उत्कर्ष शुक्ल

उत्कर्ष शुक्ल का जन्म 20 जुलाई, 1968 को उत्तर प्रदेश के रायबरेली जिले में हुआ। उन्होंने पशु चिकित्सा में स्नातक तथा वन्य जीव चिकित्सा में पी.जी. डिप्लोमा किया। पढ़ना, संगीत सुनना तथा फोटोग्राफी में विशेष रुचि रखते हैं।

वर्तमान में नवाब वाजिद अलीशाह प्राणी उद्यान, लखनऊ में वन्य जीव चिकित्सक के रूप में उपनिदेशक के पद पर कार्यरत हैं।

रहमानखेड़ा का बाघ

उत्कर्ष शुक्ल

लोकभारती पेपरबैक्स

लोकभारती पेपरबैक्स में
पहला संस्करण : 2023

लोकभारती पेपरबैक्स : उत्कृष्ट साहित्य के लोकप्रिय संस्करण

लोकभारती प्रकाशन
पहली मंजिल, दरबारी बिल्डिंग, महात्मा गांधी मार्ग
प्रयागराज-211 001
द्वारा प्रकाशित

वेबसाइट : www.lokbhartiprakashan.com
ईमेल : info@lokbhartiprakashan.com

शाखाएँ : 1-बी, नेताजी सुभाष मार्ग, दरियागंज, नई दिल्ली-110 002
अशोक राजपथ, साइंस कॉलेज के सामने, पटना-800 006

बी.के. ऑफसेट
नवीन शाहदरा, दिल्ली-110 032
द्वारा मुद्रित

मूल्य : ₹250

RAHMANKHERA KA BAGH
by Utkarsh Shukla

ISBN : 978-81-19133-21-5

बेटी अनुश्री

को

जिसकी पुरजोर कोशिशों के बाद

ये किताब आप तक पहुँची

क्रम

भूमिका

ये कहानियाँ जो आप पढ़ने जा रहे हैं। यह सिर्फ कहानियाँ न हो कर संस्मरण भी हैं। यह कहानियाँ और संस्मरण उन वन्य जीवों के हैं जो किसी-न-किसी कारण से अपने परिवेश, अपने जंगलों से बिछड़ गए हैं और जंगल से दूर आकर वो शहरों, गाँवों और कस्बों में भटक गए हैं। यह वन्य जीव सिर्फ अपना खोया हुआ घर ढूँढ़ रहे हैं। जहाँ उन्हें खाने के लिए भोजन, पीने के लिए पानी और सिर छुपाने को जगह मिल जाए। अधिकांशत: वन्य जीव दिलो-दिमाग़ और व्यवहार से बिल्कुल स्वस्थ हैं पर ये परेशान हैं, भटके हुए हैं और इसी परेशानी में उन्हें खुद ये समझ नहीं आता है कि वो क्या करें, किधर जाएँ? अपने घर की खोज और उधेड़बुन उन्हें कभी-कभी हताशा और कुंठा की स्थिति में ला खड़ा करती है और यही हताशा और कुंठा उन्हें आक्रामक बना देती है। ऊपर से उनके चारों ओर आदमी-ही-आदमी, भीड़-ही-भीड़, जो उनकी रही-सही समझ और उनके स्वाभाविक ज्ञान को भी ख़त्म करते चले जाते हैं। इसी स्थिति में वो कभी-कभी जाने-अनजाने ऐसा व्यवहार भी करने लगते हैं जिसमें किसी की जान भी चली जाती है तथा कभी-कभार वो इसके आदी भी हो जाते है, और वो मानव जाति की निग़ाह में अपराधी हो जाते हैं। इधर हमारी टीम का प्रयास यह रहता है कि इनको सुरक्षित तरीके से इस वातावरण से मुक्त करा सके एवं इनको दोबारा जीने का मौका दे सके।

यह कहानियाँ अनुभवों का एक प्रवाह है जिसमें कई वर्षों की धारा को एक दिशा देने का प्रयास किया है। मेरे लिए ये ज़रूरी था कि इन सारे अनुभवों से गुजरने के बाद इन्हें एक किताब का रूप दूँ क्योंकि मुझे ऐसा लगने लगा था कि दिन, महीने और साल गुजरने के साथ, मेरे ये बीते हुए अनुभव मुझसे ही कहीं भटक जाते और उस समय के विचार भी उम्र के साथ हो सकता था कि धूमिल पड़ जाते। मुझे ये भी लगा कि ये पन्ने आने वाली पीढ़ियों के लिए भी लिखने ज़रूरी हैं। मुझे इस प्रकार के वन्य जीवों को पकड़ने में कई-कई दिन भी लगे और कहीं कुछ घंटे भी। शायद आने वाली पीढ़ियाँ इस प्रकार के कार्यों को और बेहतर और जल्दी निबटाएँ।

मैं जब ये रेस्क्यू ऑपरेशन कर रहा था तब ये नही मालूम था कि इनको कभी लिपिबद्ध भी करना होगा, इसलिए कहीं-कहीं अपने साथ काम करनेवालों के कुछ नाम मैं भूल गया हूँ, आशा करता हूँ कि वो मुझे क्षमा कर देंगे। परन्तु उनका और मेरा मकसद एक ही है और वो है वन्य जीवों की बेहतरी और उनका संरक्षण।

मैनें वन्य जीवों के बहुत सारे रेस्क्यू ऑपरेशनों में भाग लिया। कुछ रेस्क्यू कुछ घंटे के थे और कुछ महीनों के। इन चन्द कहानियों में, उन्हीं रेस्क्यू ऑपरेशनों को मैंने दोहराने की कोशिश की है। चाहे वो पाइप में फँसा हुआ तेन्दुआ हो जो कि पाइप के दूसरे सिरे पर अपना घर ढूँढ रहा हो याकि फिर रहमानखेड़ा का वो बाघ, जो लखनऊ शहर में करीब 4 महीने रहा पर मनुष्यों पर हमला तो दूर उसने किसी को ठीक से डाँटा तक नही, बिल्कुल मस्त मलंग। वो गैंडा भी याद आता है जो तराई के अपने घर से निकला और पहाड़ों की तरफ चल दिया। कई शहर पार करने के बाद उत्तराखण्ड से महज 13 किलोमीटर पहले वो पकड़ में आया और उसको कानुपर प्राणि उद्यान में छोड़ना पड़ा। रूपहडिया के नजदीक का वो तेन्दुआ जिसे गाँववालों ने ना जाने कैसे चारपाई से बाँध दिया था, तेन्दुआ की आँखो में, बेबसी की हालात में चारपाई से बंध जाने की उसकी वो शर्मिन्दगी मुझे आज भी याद आती है। बोरवेल के कुँए में 35 फिट नीचे गिर कर फँसा तेन्दुआ या मुझ पर हमला करता हुआ वो घबराया हुआ तनाव से ग्रसित तेन्दुआ। ना जाने कितने रेस्क्यू ऑपरेशन न कागजों में दर्ज है और न जाने कितने नहीं। यह किताब उन्हीं वन्य जीवों के व्यवहार और उनके उस तनाव को दर्शाते हैं जिससे हम लोग काफी कुछ अनजान हैं। हर रेस्क्यू ऑपरेशन एक चुनौती था और इसलिए भी कि क्योंकि उन दिनों ऐसे ऑपरेशनों का कहीं कोई प्रशिक्षण नहीं दिया जाता था और ना ही कोई गाइडलाइन उपलब्ध थी। संसाधनों की सीमित व्यवस्था थी और साथ में काम करनेवाले इस तरह के ऑपरेशन के लिये अनुभवहीन थे और मैं खुद भी। फिर भी ऊपरवाले की निगहबानी में सभी रेस्क्यू ऑपरेशन सफलतापूर्वक सम्पन्न हो गए। मेरा ऐसा मानना है कि जब किसी काम को आप सच्ची भावना और शिद्दत के साथ करते हैं तो इस ब्रह्मांड में घूमती हुई अदृश्य पवित्र और सकारात्मक ताकतें और ऊर्जा से आपके काम को अंजाम तक पहुँचाने के लिए एकजुट हो जाती है। इस प्रकार जब आप गलत काम के लिए प्रेरित होते है तो नकारात्मक शक्तियाँ आप पर काबू पाने की कोशिश करती हैं और आपको गुमराह कर देती हैं।

ये भटकते हुए वन्य जीव, भटक जाने पर अजीब-सा व्यवहार करते हैं हम लोगों ने इनके बारे में जो भी अब तक सुना, पढ़ा और देखा गया होता है वो सब

बेकार हो जाता है। हर भटका हुआ वन्य जीव एक नई किताब होता है, जिसका अन्त आपको किताब के आखिरी पन्ने पर मालूम होता है।

अनगिनत रेस्क्यू ऑपरेशनों में से मैं फिलहाल आपके समक्ष कुछ रेस्क्यू ऑपरेशन को दोहरा रहा हूँ। यह कहानियाँ चलती रहेंगी क्योंकि सफर के दस्तावेज में इस वन्य जीवों की आमद को दर्ज करना जरूरी है जिससे आनेवाली पीढ़ी जान सके कि ऐसा भी कभी हुआ था।

मेरे साथ काम करनेवालों की टीम प्रत्येक रेस्क्यू ऑपरेशन में बदलती रही और उनमे काम करनेवाले आदमी भी बदलते गए, पर कुछ लोगों ने ऑपरेशन के दौरान ऐसा काम किया जो हमेशा के लिए याद रह गए। इन लोगों के लिए जंगल रहस्य से सराबोर एक किताब है। जिसको वो पढ़ते ही रहते है। छोटे-बड़े ओहदों पर तैनात यह सारे शख़्स गज़ब के उत्साह और साहस की प्रतिध्वनि होते है। मेरी कहानियों में इन लोगों का जिक्र होता रहेगा। हर रेस्क्यू ऑपरेशन में ऐसे ही और समर्पित लोगों से मुलाकातें हुईं और उन्होंने मेरे सीमित ज्ञान को और विस्तार दिया। मैं उन सभी का आभारी हूँ।

ये ज़िन्दगी, ये इरादा और काम के प्रति समर्पण की भावना, भाग्य से ही किसी को मिलती है। हमारे भाग्य की बात थी कि इन वन्य जीवों को पकड़ने का काम हमें सौंपा गया था। क्योंकि मैंने अपनी आँखों से लोगों की प्रतिभा, साहस और योग्यता को किसी सच्चे काम के अभाव में मरते हुए देखा है। लोगों की उम्र बीत जाती है और वो किसी जंगली जानवर को छू तक नहीं पाते हैं, नजदीक से देख तक नही पाते। ये मेरा सौभाग्य है कि ऐसे बेजुबान जानवरों की सुरक्षा, देखभाल, चिकित्सा और कभी-कभार उन्हें पकड़ने का काम मुझे इसी ज़िन्दगी में सौंपा जाता रहा है। मुझे लगता है कि भविष्य में भी कभी ऐसा काम जिस किसी को सौंपा जाएगा, वो बहुत भाग्यशाली होगा और जिस पर ज़िन्दगी बहुत मेहरबान होगी।

इस पुस्तक के प्रकाशन में रुचि लेकर इसको शीघ्र और सुरुचिपूर्ण ढंग से प्रकाशित करने के लिए 'राजकमल प्रकाशन समूह' के लोकभारती प्रकाशन के श्री रमेश ग्रोवर और श्री आमोद महेश्वरी का भी मैं बहुत आभारी हूँ।

—उत्कर्ष शुक्ल

रहमानखेड़ा का बाघ

उत्तर प्रदेश की राजधानी लखनऊ से लगभग 25 किलोमीटर दूर उत्तर दिशा में केन्द्रीय उपोष्ण बागवानी संस्थान है जो कि आमों के अनुसन्धान केन्द्र के रूप में प्रसिद्ध है। यह केन्द्र काकोरी मलीहाबाद नामक कस्बे के करीब है जो लखनऊ हरदोई राजमार्ग पर रहमानखेड़ा में स्थित है। लगभग 300 एकड़ में फैले इस केन्द्र में मुख्य रूप से तो आम के बाग हैं पर इसके अलावा अमरूद, जामुन, बेर तथा बेल के भी बाग़ हैं। बाकी सारी ऊबड़-खाबड़ ज़मीन पर झाड़ियाँ, तरह-तरह के पेड़-पौधे हैं तथा जंगल हैं। इस संस्थान से सटकर एक नाला बहता है जो बेतवा नाले के नाम से जाना जाता है। यह संस्थान लखनऊ हरदोई मुख्य मार्ग से लगभग 3 किलोमीटर अन्दर जाकर है, अन्दर जाने के लिए आपको दो मुख्य रेल लाइनें पार करनी पड़ती हैं तब आपको संस्थान का फाटक मिलता है, दूर से देखने पर रेल का फाटक और संस्थान का फाटक एक-दूसरे से सटे दिखाई देते हैं।

2012 शुरू हो रहा था। सर्दी अपने पाँव पूरी तरह से जमा चुकी थी। लोगों के लिए यह रोजमर्रा की आम सर्दियाँ थी पर अगल-बगल के गाँवों, कस्बों और संस्थान के लोगों को यह नहीं मालूम था कि यह सर्दियाँ उन सबकी ज़िन्दगी कुछ महीनों के लिए बदलनेवाली हैं। एक डर, एक दहशत में वे सब लोग जीने के लिए विवश होनेवाले हैं। यह आम का अनुसन्धान संस्थान जिसको आगे की कहानी में रहमानखेड़ा कहूँगा या फिर संस्थान कहूँगा, जिससे कहानी के शब्द आपके जहन में आसानी से आते-जाते रहें। इस संस्थान की एक सीमा है जो कि चारदीवारी, लोहे के तारों, लोहे की जाली, रेलवेलाइन और बेतवा नाले से मिलकर बनी है। जहाँ पर बहुत से अनचाहे रास्ते भी हैं। जहाँ से लोग संस्थान के अन्दर पहुँच सकते हैं। संस्थान के अन्दर ही संस्थान का बहुत बड़ा आफिस है और छोटी-मोटी और इमारतें हैं जो कि किसी भी अनुसन्धान केन्द्र में अमूमन होती हैं। संस्थान की चारदीवारी के बाहर मलीहाबाद-माल, काकोरी के इलाके

हैं और इनको घेरे हुए बहुत सारे मजरे, गाँवों और कस्बों से घिरा है जिसमें मोहम्मदपुर, रहातना, अल्लूपुर, लक्ष्मणखेड़ा, रहमतनगर, उलरापुर, हलुआपुर, दुगौली, मीठेनगर, फतेहनगर, सहिलामऊ, बस्ती धनेव, मंडौली और खालिदपुर प्रमुख हैं। इसमें उलरापुर, दुगौली और मीठेनगर संस्थान के सबसे करीब है। कुल मिला के इन सब मजरे, कस्बों तथा गावों में अन्दाजन लगभग 10,000 लोग रहते हैं और जिनमें उनके 10 से 12 हजार मवेशी भी शामिल हैं। पहली जनवरी से लेकर 6 जनवरी तक सब सामान्य, सब ठीक-ठाक चल रहा था। जैसे किसी भी कस्बे, गाँव में लोग सामान्य जीवनयापन करते हैं तथा रोजमर्रा की जिन्दगी जीते हैं पर 7.1.2012 को अवध वन प्रभाग के लखनऊ रेंज के चिलौली काकोरी में कुछ पंजों के निशान एक खेत में देखे गए इस तरह के पैरों के निशान इससे पहले यहाँ कभी देखे नहीं गए थे। यह जगह संस्थान के ही करीब है। वन विभाग की टीम को जब वह पंजो के निशान दिखाए गए तो उन्होंने पाया कि ये तो बाघ के साक्षात हस्ताक्षर हैं और ये हस्ताक्षर कह रहे हैं कि आ गया हूँ मैं।

इससे पहले भी लगभग 1 जनवरी को हरदोई वन प्रभाग से फोन पर एक उड़ती-उड़ती सी ख़बर आई थी कि हरदोई के आसपास के क्षेत्रों में कुछ पगमार्क देखे गए हैं पर उसके बाद उसका कुछ पता नहीं चल पाया। लोगों का ऐसा अनुमान हैं कि हो सकता है यह एक बाघ के पैरों के ही निशान हों। 7 जनवरी को जब बाघ के कुछ पगमार्क चिलौली के एक खेत में पाए गए तो वन विभाग के अधिकारियों और कर्मचारियों के माथे की शिकन थोड़ी गहरा-सी गई। अधिकारियों ने अनुमान लगाया कि सम्भवतः बाघ तराई के जंगलों से निकलकर मोहम्मदी, पिहानी, हरदोई तथा संडीला के जंगली इलाकों से होता हुआ लगभग 6-7 दिनों में काकोरी-मलीहाबाद के इलाकों में पहुँचा होगा। दो दिन बाद ही हलचल तेज हो गई। जब आम के संस्थान के 300 एकड़ इलाके के अन्दर 9 जनवरी को ब्लाक नं. 4 में काम कर रहे लोगों को एक झाड़ी में कुछ बदबू महसूस हुई। जब उन्होंने वहाँ पर जाकर देखा तो पाया कि एक नीलगाय का क्षत-विक्षत शव पड़ा था, जिसको किसी जानवर के द्वारा खाया भी गया था। वन विभाग के स्थानीय अधिकारियों को यह खबर दी गई। देखते-ही-देखते डी.एफ.ओ. अशोक मिश्र, उप प्रभागीय वनाधिकारी वी.बी. श्रीवास्तव और क्षेत्र के रेंजर ए.के. द्विवेदी मौके पर पहुँच गए। नीलगाय के खाए हुए शव के आसपास उन्हें बाघ के पंजों के खूबसूरत निशान दिख गए जो कि उन सबके दिमाग को एक बार हिलाने के लिए काफी थे, क्योंकि वह समझ चुके थे कि तराई के जंगलों से भटककर एक वयस्क बाघ लखनऊ शहर के लगभग पास

पहुँच चुका है और उसने अपने आपके पहुँचने की खबर अपनी अनोखी अदा और अपने ढंग से सबको दे भी दी है। बाघ के पंजों के निशान की यह ख़बर जब फैली तो यह भी पता लगा के इससे पहले भी काकोरी, दुर्गागंज के पास काकोरी रजबहा, भट्टाटोला, काजीगढ़ी, मलहा के जंगलों में गाँववालों ने इस तरह के पंजों के निशान देखे थे पर वे उस वक्त उन्हें पहचान नहीं पाए थे, कि ये बाघ के पैरों के निशान हैं। जिस दिन यानी 7.1.2012 को चिलौली, काकोरी में ये निशान देखे गए ठीक उसी दिन संस्थान के ब्लाक नं. 2 में तैनात गार्ड नन्दकिशोर ने भी यही निशान देखे थे, इसका मतलब यह था कि बाघ कई दिनों से इसी क्षेत्र में घूम रहा है और जो खुले आम ऐलान भी कर रहा था कि लखनऊ में एक बाघ आ चुका है और उसको इस शहर में काफी दिन घूमना भी था और रुकना भी था।

1 जनवरी से 9 जनवरी तक का यह छोटा-सा वाकया बाघ के अपने जंगल से कई महीनों पहले बिछड़ने की कहानी को बयाँकर रहा था। अखबार में खबर छपी कि, 'एक बाघ राजधानी के बिलकुल करीब' चर्चा का विषय तो होना ही था। रेंजर ए.के. द्विवेदी ने सघन काम्बिग शुरू कर दी। संस्थान के लोगों ने अपने खेत-खलिहानों तथा बागों से अनेकों कामों को समेट लिया। 10 जनवरी को संस्थान के ब्लाक नं. 4 में 12 से 16 घंटे पहले के बाघ के पैरों के ताजा निशान मिले। बाघ ने मारी गई नीलगाय का बचा-खुचा माँस, जो कि लगभग 15 से 20 किग्रा. था, उसको भी खा लिया था। सर्दियों के दिन थे तो माँस भी लगभग ज्यों-का-त्यों बना रहा। उलरापुर, दुगौली, मीठेनगर या कि फिर मंडौली तक चर्चा थी कि इतनी बड़ी नीलगाय को बाघ पूरा खा गया है, सिर्फ हड्डियाँ ही बची हैं तो जरा सोचो बाघ कितना बड़ा होगा। सारे इलाके में थोड़ी दहशत-सी फैल गई। दहशत और किस्सों का यह आलम था कि उलरापुर के 60 वर्ष के बुजुर्ग परागी ने तो 6 फुट लम्बी अपनी पुरानी लाठी निकाल ली और फर्लांग भर की दूरी भी उसके बिना नहीं तय करते हैं। रामनरेश अब शाम होने से पहले घर लौट आते हैं। दुगौली के रामचन्दर अखबारवालों को सड़क की चाय की दुकान पर चाय सुड़कते हुए, बीती रात का आँखों देखा हाल बता रहे हैं और अखबारवाले भी कुछ एस्क्लूसिव मिलने की चाह में उनसे चट रहे हैं। शम्भूलाल जो कि दुगौली के ही रहनेवाले हैं वह रोज रात को बाघ पकड़ने का एक फिल्मी किस्सा गढ़ते हैं और अगली सुबह बच्चों को घेरकर सुनाते हैं, जाहिर-सी बात है कहानी के हीरो वहीं होते हैं। उलरापुर के किसान आर.डी.पाल, रामआसरे, चन्द्रपाल और शंकर गाँव की गली-गली में बाघ का आँखो देखा हाल बताते घूमते हैं और सुबह उठकर उसे अपने ख्यालो में लिए-लिए दिन काटते हैं, और रात सोने से

पहले उसे जंगल में फिर छोड़ आते हैं। बाघ ने काकोरी रहमानखेड़ा के जंगलों और संस्थान के अन्दर अपनी मौजूदगी दर्शा कर अगल-बगल के गाँववालों की दिनचर्या ही बदल दी थी। ज्यादातर लोग काम पर नहीं जा रहे हैं। दिन में सो रहे हैं और रात में अलाव जलाकर रतजगा कर रहे हैं।

एक अजीब डर के साथ सबको मजा भी आ रहा है। शायद ऐसे ही अनुभव से गुजरने को रोमांच कहते होंगे। इधर जंगल के अधिकारी कर्मचारी मौके की नजाकत और गम्भीरता को समझ रहे हैं और बाघ से लगभग 25-26 किलोमीटर दूर वन विभाग के मुख्यालय में उत्तर प्रदेश के वन्य जीवों के मुखिया बी.के. पटनायक आजकल कुछ परेशान से रहने लगे हैं। इससे पहले भी 2009 में जब वह प्रदेश के वन्य जीवों के मुखिया थे तब उनके कार्यकाल में लखनऊ में एक बाघ के आ जाने का उनको एक कटु अनुभव हो चुका था। डी.एफ.ओ. अशोक मिश्र, रेंज आफिसर ए.के. द्विवेदी, एस.डी.ओ. वी.बी.श्रीवास्तव बाघ को कैसे घेरा जाए इस पर विचार करते रहते हैं और अपने अधीनस्थ कर्मचारियों की ड्यूटी लगा रहे हैं कि कोई अनहोनी न हो जाए। किसी को नहीं मालूम कि यह अनहोनी बाघ के साथ घटित होगी या फिर किसी इनसान के साथ।

जब से बाघ के पैरों के निशान इस क्षेत्र में मिले हैं, लोगों को बाघ के दहाड़ने की भी आवाजें सुनाई देने लगी है। जैसा पहले बताया गया है कि पिछले 4-5 दिनों में बाघ ने जो नीलगाय मारी थी उसको उसने, नीलगाय मारने के स्थान से 25-30 मीटर दूर ले जाकर जी भर खाया, फिर उसका बचा खुचा हिस्सा सियार और तथाकथित लकड़बग्घे खा गए। नीलगाय की सिर्फ कुछ हड्डियाँ ही बची है। बाघ बेतवा नाले और जंगल के मुहाने के आसपास टहलता है। वन विभाग और संस्थान आसपास के जंगलों में बाघ के पैरों के निशान को खोजते फिर रहे हैं। दिल्ली और दुधवा से रेस्क्यू टीमों को बुलाने का विचार बनाया जा रहा है। शायद 12 जनवरी तक विशेषज्ञ आ जाएँगे और तब तक बाघ और उसके निशानों के जरिये वन विभाग की टीम बाघ की आवाजाही पर नजर रखकर उसके मूवमेंट को ट्रैक करेगी। विशेषज्ञों के पहुँचने के बाद ही रेस्क्यू ऑपरेशन शुरू किया जा सकता है। इधर बाघ की दहशत बढ़ रही है और ठंड भी कड़ाके की है। 10 जनवरी के वक्त को यह नहीं मालूम था कि यह ऑपरेशन कोहरे और ठंड की बढ़त के साथ कड़क होनेवाला है। रहमानखेड़ा यानी कि आमों के संस्थान में अब नीलगाय और लंगूर यदा कदा ही रह गए हैं। बाघ को नीलगाय का शिकार किए हुए 5-6 दिन शायद हो गए है ऐसा अनुमान लगाया जा रहा है कि बाघ अब नए शिकार की तैयारी में कहीं बेतवा

नाले के किनारे, ठंडे जंगल में सुबह की सुनहरी धूप में, कहीं अलसाया हुआ लेटा होगा। रेललाइन से रेलगाड़ियाँ अपनी रफ्तार से आ जा रही हैं। रेलवे का फाटक मैन अब हमेशा से ज्यादा चौकन्ना रहता है और अपनी कोठरी छोड़कर कहीं दूर नहीं जाता है। बाघ के पैरों के निशानों को 1 जनवरी को हरदोई के पास देखा गया था और उस बात को आज लगभग 11 दिन हो चुके हैं। दिल्ली से डब्लू. टी. आई. की रेस्क्यू टीम रहमानखेड़ा पहुँच चुकी है, और मुसाबाग फारेस्ट रेस्टहाउस में उनका ठिकाना बनाया गया है जो कि संस्थान से लगभग 10-12 किलोमीटर दूर है।

11 जनवरी को प्रमुख वन संरक्षक, वन्य जीव बी.के.पटनायक और डी.एफ.ओ. अशोक मिश्र ने विचार-विमर्श किया और तय किया गया कि कल यानी 12 जनवरी को संस्थान के उस क्षेत्र में जहाँ बाघ के पैरों के निशान मिले थे और जहाँ बाघ ने नीलगाय को मारकर खाया था, वहाँ दो पिंजरे लगा दिए जाएँ, शायद बाघ धोखा खा जाए और चंगुल में आ जाए। जैसा सोचा गया वैसा ही किया गया और तत्काल एक ट्रैपिंग केज लगा भी दिया गया। ट्रैपिंग केज वह व्यवस्था होती है, जिसमें पिंजरे के अन्दर बाघ या तेन्दुए को ललचाने के लिए जिन्दा भोजन बाँधा जाता है, जिसको बेट कहते हैं, बेट के रूप में छोटी उम्र का भैंस यानी पड़वे या फिर बकरियों को बाँधा जाता है। पिंजरे के अन्दर एक पार्टीशन से यह बेट इस प्रकार बाँधा जाता है जिससे बाघ या तेन्दुआ बेट को देखकर ललचा सके और पिंजरे में वह फँस जाए पर उन्हें मार न सके। नीलगाय को मारे हुए लगभग 6 से 7 दिन हो चुके हैं और बाघ को आखिरी निवाला लिए हुए पूरे 36 घंटे से ऊपर हो आया है। यहाँ पर पिंजरे के अन्दर बाघ को ललचाने के लिए फिलहाल बकरियों को बाँधा गया है। जहाँ तक हो सका पूरे क्षेत्र को सील-सा करने की कोशिश की गई है। संस्थान की काली पतली सी सड़क पर वाइल्ड लाइफ ट्रस्ट ऑफ इंडिया की भौंड़ी सी हरी गाड़ी खड़ी रहती है। जिसको चलानेवाला करमसिंह है। करमसिंह महज एक ड्राइवर ही नहीं है बल्कि एक वाइल्ड लाइफ ट्रैकर भी है। जहाँ-जहाँ डब्लू. टी. आई. की टीम, वहाँ-वहाँ करमसिंह। ऊपरवाले क्वार्डीनेटर बदले, पशु चिकित्सक बदले, डब्लू. टी. आई. के अन्य सदस्य बदले पर करमसिंह वहीं के वहीं, उतने ही मुस्तैद जितने अपने पहले ऑपरेशन में रहे थे। डब्लू. टी. आई. की गाड़ी में ट्रंक्यूलाइजेशन गन, ट्रान्स्पोर्टिंग केज, सर्चलाइट, जाल और बहुत सारे उपकरणों के साथ डॉ. देवेन्द्र चौहान जीव विज्ञानी, पशु चिकित्सक डॉ. प्रशान्त देशमुख भी मौके पर पहुँच गए। इन सबके पहुँचने से एक माहौल-सा बन गया है। यह माहौल चौकोर-सा

है जिसके एक छोर पर आम जनता यानी गाँववाले हैं। दूसरे छोर पर वन विभाग, प्रशासन और सारे अधिकारी उनका तन्त्र उनकी टीमें। तीसरे छोर पर इन सब खबरों को दूर दराज तक पहुँचानेवाले अखबार और मीडियावाले और चौथे कोण पर चन्द लोग हैं जो बाघ को पकड़ने के लिए मैदान पर उतरे हैं, जिस दिन इस चौकोर आकृति की चारों दिशाए मिलेंगी एक विश्वास जगेगा और बाघ को सुरक्षित निकलने का कोई रास्ता मिलेगा, या कि फिर बाघ कब्जे में आ जाएगा। यही सोचते हुए संस्थान के बाग, जंगल और खेत जनवरी की इस ठंडी रात में गरम उम्मीदों को ओढ़कर सो गए।

पिंजरों की तैयारी के साथ योजनाएँ भी तय की गईं। नया दिन उगा, नई सुबह आई, नई आशा बँधी कि शायद बाघ जल्दी ही कब्जे में आ जाएगा, लेकिन लगाए गए पिंजरे में रात भर सन्नाटा रहा। बकरियाँ सारी रात ठंड में ठिठुरती रहीं, अजनबी माहौल में खाने में भी उसकी रुचि नहीं रही। बाघ के इलाके से सटे सारे गाँव, कस्बे जिनका पहले जिक्र किया जा चुका है, बाघ की एक झलक की झूठी-सच्ची दास्तान सुनाते रहे। चाय की दुकानों पर, अखबारों की सुर्खियों में बाघ के बारे में जानने की कोशिश सब लोग करते रहे। इन इलाकों में वहीं हीरो है जिसके पास झूठे या सच्चे, किसी भी तरह के, कैसे भी, किस्से हों। वन विभाग पूरी मशक्कत से संस्थान के चप्पे-चप्पे की काम्बिंगकर रहा है। संस्थान में एक छोटा-सा खेत है, जिसमें जंगल, घास, सरसों तथा बेल के कम उम्र के पेड़ लगे हैं। इसी जगह के साथ सटा हुआ पतली सी काली सड़क का वह चौराहा भी है जहाँ से बाघ को कहीं भी आने-जाने के लिए गुजरना ही पड़ता है। वन विभाग द्वारा यह निर्णय लिया गया कि यहाँ पर भी एक पिंजरा खेतों से जरा हटाकर घने पेड़ों और झाड़ियों की तरफ लगा दिया जाए और वह लगा भी दिया गया। अब कुल मिलाकर बाघ को धोखा देने के लिए दो पिंजरे लगा दिए गए है, दोनों में मरियल सी तीन बकरियाँ बाँधी गई, एक पिंजरे में बड़ी सफेद बकरी तथा दूसरे पिंजरे में काली-सफेद-चितकबरी तथा उसी के साथ भूरे रंग की बकरी। दोनों पिंजरों की आपस में दूरी लगभग 500 मीटर की थी और विहंगम दृष्टि से देखा जाए या के फिर बाघ की आँखों से देखा जाए तो ये पिंजरे बिलकुल आसपास ही लगे हुए से है परन्तु मनुष्य की बुद्धि यह कहती है कि ये बहुत दूर-दूर हैं। अखबारों में बाघ प्रथम पृष्ठ पर है, वहीं हीरो है वहीं विलेन है। अफवाहों का बाजार अपने चरम पर है। सारे विशेषज्ञ तथा तथाकथित विशेषज्ञ लखनऊ की तरफ आ रहे हैं क्योंकि यह राजधानी है यहाँ सुर्खियाँ है, प्रचार है, अगर यह घटना कहीं और होती तो शायद प्रदेश या देश को पता भी नहीं होता कि ऐसा

कहीं कुछ हो भी रहा है और इसमें मजा यह है कि यहाँ जो भी जमा हो रहे हैं, चाहे विशेषज्ञ या फिर कोई और उनको ऐसे बाघ का कोई भी अनुभव नहीं है, पर चाहता हर कोई है कि बाघ के साथ हमारा नाम भी आ जाए।

मौका-ए-वारदात पर डब्लू. टी. आई. के हेड कोआर्डिनेटर डॉ. अनिल सिंह, डॉ. देवेन्द्र चौहान, डॉ. प्रशान्त देशमुख डब्लू. टी. आई. की उसी हरी गाड़ी को लेकर पहुँचे हुए हैं, जिसका जिक्र पहले किया जा चुका है। लखनऊ चिड़ियाघर से भी कमाल शेख को भी रहमानखेड़ा प्रमुख वन संरक्षक, वन्य जीव के निर्देश पर भेजा गया है। इस तरह कमाल डब्लू. टी. आई. की टीम के साथ इस ऑपरेशन में जुड़ गया है। मेरी कहानियों में कमाल का जिक्र हमेशा होता है इस कहानी में भी है।

2009 में भी एक मादा बाघ तराई के जंगलों से बिछड़कर गोमती के किनारे-किनारे, नालों तथा नहरों के सहारे लखनऊ से होती हुई फैजाबाद जिले के नज़दीक तक पहुँच गई थी। जो कि बाद में मजबूरी के चलते मारी गई, उसकी कहानी फिर कभी सही। उसी 2009 की गलती को सुधारने के लिए वन विभाग उ.प्र. और डब्लू. टी. आई., जो कि एक बड़ा एन.जी.ओ. है, के बीच करार हुआ कि भविष्य में इस तरह के जो भी वन्य जीव अपने परिवेश से भटकेंगे, उनको रेस्क्यू या वापस जंगल में वापस करने का दायित्व डब्लू. टी. आई. का होगा। जिसके एवज में सालाना एक धनराशि डब्लू. टी. आई. को दी जाएगी। जाहिर सी बात है कि मैं पिछले कई सालों से बाघ, तेन्दुओं का रेस्क्यू करता आ रहा हूँ तो डॉ. अनिल सिंह और करमसिंह से मेरा परिचय पहले से ही था, मगर मैं अभी तक इस ऑपरेशन में आया नहीं था और जुड़ा भी नहीं था। यह कथा जो आप ऊपर पढ़ते आ रहे हैं यह मुझे रोज-की-रोज मालूम रहती थी और एस.डी.ओ. वी. बी. श्रीवास्तव, अनिल सिंह, डॉ. देवेन्द्र चौहान का यह बड़प्पन था कि वह ऑपरेशन रहमानखेड़ा में कर रहे थे पर समय समय पर मुझसे मिलने चिड़ियाघर आ जाते थे। डब्लू. टी.आई. और वनविभाग का एग्रीमेंट था इसलिए मैं उन सब से सलाह मशविरा तो कर लेता था पर रहमानखेड़ा इतने दिनों में कभी गया नहीं। गाँव के लोगों, अखबार और रेस्क्यू टीम से लगातार सम्पर्क में रहने के कारण से मुझे सही-सही जानकारी मिल रही थी।

संस्थान में 13 जनवरी, सन् 2012 की सुबह दोनों पिंजरों में बकरियों के साथ-साथ पिंजरे भी चुप से लग रहे हैं। एक डर बकरियों की गहरी, भूरी, चौकोर पुतलियों में दिखाई दे रहा हैं। अगल-बगल के गाँवों-संस्थान में बाघ की झलक की कहानियाँ, अखबारों की ख़बर किस्से, संस्थान में काम कर

रहे अधिकारियों-कर्मचारियों के झूठे-सच्चे किस्से, हवा की तरह फैले हुए हैं, बच्चों से लेकर उम्रदराज तक का एक ही प्रिय विषय था' बाघ'। ऐसा अनुमान लगाया जा रहा हैं कि बाघ को बिना खाए 50 घंटे से ऊपर हो गए हैं। बाघ के घंटो उपवास का यह वर्णन किसी-न-किसी अखबार की सुर्खियों में जरूर होता है। बाघ के पैरों के निशान एक जगह पर देखे गए। ये निशान उसी सरसों और बेलवाले खेत में भी देखे गए हैं, जिसके पश्चिम में एक नाला है, जो कि फिलहाल सूखा है। बरसात में यह सूखा नाला संस्थान में बारिश के पानी को बेतवा नाले तक पहुँचाता है और बेतवा आगे जाकर गोमती नदी में कहीं जुड़ जाता है। दक्षिण दिशा में दूर तक बेर और अनेकों जंगली झाड़ियाँ हैं और उसके पार आम के बाग। पूर्व दिशा में धरती ऊँची हो गई है और अमरूद के दूर-दूर फैले हुए बाग, उससे जुड़े हैं। लगभग उत्तर की ओर ढलान लिए हुए एक टुकड़ा घने पेड़ों और झाड़ियों का भी है। जिसके पार बेल का बाग है। फिर सड़क और फिर खेत-खलिहान, और वहीं से घूमकर अगर दक्षिण में जाए तो आम के बाग-ही-बाग हैं जो कि संस्थान के मुख्य ऑफिस से मुँह जोड़ के खड़े हैं। इसी सरसों के टुकड़े में बाघ के पैरों के निशान मिले थे, कई बार आने के, कई बार जाने के। टीम ने निर्णय लिया कि तीसरा ट्रैपिंग केज यहाँ पर भी लगा देना चाहिए। अब कुल मिलाकर तीन ट्रैपिंग केज हैं जो कि लगभग एक-दूसरे से 300 से 500 मीटर की दूरी पर लगाए गए हैं। एक सूखे नाले के पास, एक सरसों के टुकड़े के पास, और एक पूर्व दिशा में, जहाँ धरती ऊँची हो जाती है और आपको ऊपर की ओर कई फिट चढ़ना पड़ता है, चढ़ाई से उतर कर जब आप नीचे पहुँचते हैं तो नहर जैसी संरचना मिलती है जिसमें शीशम के छोटे पेड़ उगे हैं और इतने उगे हैं कि शीशम का झुरमुट जैसा तैयार हो गया है। संस्थान में ऊँचे-नीचे प्लाट, जंगल-झाड़ियाँ, बाग, खेत-खलिहान ये सब मिलकर ऐसी ज़मीन तैयार करते हैं जो कि ऊबड़-खाबड़ होते हुए भी आपको कभी ऐसा एहसास देते हैं कि जैसे कि आप किसी समतल जगह पर हों, और कभी आपको लगेगा कि आप किसी नीची जगह से गुजर रहे हो। इन सबसे लगकर पश्चिम से पूरब की ओर बहता हुआ बेतवा नाला गाँव-कस्बों से संस्थान को अलग करता है। दक्षिण दिशा में बेतवा नाले पर रेलवे का लोहे का पुल बना है जिससे रेल नाले को पार करती है और संस्थान के दक्षिणी छोर पर अगर आप खड़े है तो पुल से रेल गुजरने का सुन्दर दृश्य भी देख सकते हैं। आती-जाती रेलों के इंजनो की सीटियाँ अक्सर सुनाई देती हैं। चलते-चलते कई बार ऊँची जगह पर आपको टीले पर खड़े होने का अहसास होता और कई जगह आपको लगता है आप किसी तलहटी में पहुँच गए है सच्चाई

यह होती है कि वे टीले या ऊँचाई नहीं होती बल्कि साफ सुथरे प्लाट होते हैं जो कि अगल-बगल ऊँचाइयों के कारण अजब से भाव प्रकट करते हैं। अगर एक दो पंक्तियों में इस इलाके को लिखा जाए तो कुछ इस तरह से होगा कि शहर के नजदीक कुछ सौ एकड़ जंगल का एक टुकड़ा है जिसको जरूरत के हिसाब से जगह-जगह से समतल करके आम, अमरूद तथा बेल के बाग लगाए गए हैं और बेर, लैंटाना, जंगली झाड़ियाँ और जंगली पेड़ों को ऊबड़-खाबड़ इलाकों को जंगल के रूप में ऐसे ही छोड़ दिया गया है। इसी बीच पता चला है कि वारिसी नाम का एक लड़का भी रेस्क्यू टीम की मदद करने गोंडा जिला से यहाँ आ पहुँचा है।

बाघ को बिना खाए अब लगभग 75 घंटे हो गए हैं ऐसा मनुष्य की बुद्धि कहती है और देखती भी है। इतने गाँव, इतने जंगल, इतनी झाड़ियाँ, इतनी नीलगाय, इतने जानवर क्या पता उसने किसी का शिकार किया है कि नहीं, मारा या खाया है या नहीं। वह तो जो रेस्क्यू टीम देख लेती है या गाँववाले देख लेते हैं उसी को सच मानकर आगे की रणनीति तय की जाती है। शायद इसके अलावा कोई रास्ता भी नहीं है। शाम से सवेरे तक बाघ इधर-उधर घूमता है। सुबह से शाम तक रेस्क्यू टीम इधर-उधर कांम्बिंग करती घूमती है। जब मनुष्य की ताकत रात में कम होती है तो बाघ की बढ़ती है, और जब दिन में बाघ खुद को छुपाता है, अलसाता है तब मनुष्य सक्रिय होता है, अजब दिनचर्या है दोनों की। सुबह रेस्क्यू टीम को रात भर के बाघ की आमद के कुछ चिह्न मिल जाते हैं जैसे वह हर जगह जमीन पर हस्ताक्षर करता घूम रहा हो।

आज सारे दिन बाघ की कोई खबर नहीं रही पर उसी दिन शाम को 6.40 पर डब्लू. टी. आई. के कोआर्डिनेटर ए.के. सिंह का फोन मेरे पास आया कि संस्थान में लगाए गए एक पिंजरे के पास बाघ के आने की आहट सी आ रही है। उन्होंने मुझसे कहा कि अगर बाघ पिंजरे में आ जाता है तो आपको तुरन्त आना पड़ेगा क्योंकि आज उनकी टीम के डॉक्टर मौके पर मौजूद नहीं है। ए. के. सिंह की फोन पर बात सुनकर मैं चिड़ियाघर के अस्पताल में जाकर रहमानखेडा जाने की तैयारी करने लगा। रात लगभग 8 बजे ए. के. सिंह का फिर फोन आया कि पिंजरा चेक कर लिया गया है वहाँ कुछ भी नहीं था, चौकसी करते स्टाफ को कुछ भ्रम-सा हुआ था। थोड़ी देर बाद मेरे पास प्रमुख वन संरक्षक का भी फोन आ गया कि अभी थोड़ी देर पहले बाघ पिंजरे का चक्कर लगाकर चला गया है। यह खबर उनको ए. के. सिंह ने ही दी होगी ऐसा मेरा अनुमान था। प्रमुख वन संरक्षक ने कहा कि अगर कहीं से मादा बाघ का यूरिन मिल जाए तो हम बाघ

को ट्रेपकर सकते हैं। ऐसा सुझाव भी शायद ए.के. सिंह ने ही उन्हें दिया था। मैंने अगले दिन चिड़ियाघर की बाघिन इप्सिता का यूरिन रहमानखेड़ा भेज दिया।

इस घटना के अगले दिन सबेरे रेलवे फाटक के पार एक नीलगाय मरी मिली जिसे बाघ ने मारा भी था तथा खाया भी था। बाघ को फँसाने के लिए लगाए गए तीन पिंजरों में से दो पिंजरो के पास बाघ के लालच भरे भारी पैरों के निशान भी मिले थे। मरी हुई नीलगाय को देखकर पास के मंडौली गाँव के लोगों को पूरा यकीन हो गया कि बाघ गाँव के अगल-बगल ही है और उन पर खतरा बढ़ गया है। बाघ ने इससे लगभग 2 हफ्ते पहले एक नीलगाय मारकर खाई थी। इसी बीच डब्लू. आई. आई. देहरादून से विनोद ठाकुर एक रेडियो कॉलर लेकर लखनऊ आ गए। ऐसा सोचा जा रहा है कि जब बाघ कब्जे में आ जाएगा तो उसको यह सेटलाइट रेडियो कॉलर पहना दिया जाएगा और जब बाघ को मुक्त करके जंगल में छोड़ा जाएगा तब इस रेडियो कॉलर के जरिये उसके मूवमेंट को भी ट्रैक कर सकेगे। यकीनन मंडौली गाँव आज का हाट स्पाट भी है। संस्थान से दूर रेलवेलाइन के पार के क्षेत्र में फैले जंगल को मधुबनी का जंगल भी कहा जाता है। इस रेलवेलाइन और जंगल के बीच कोई चारदीवारी नहीं है वहाँ केवल लोहे के तारोंवाला बार्बड फेन्सिंग वायर लगा है। एक तरफ समतल जमीन है और दूसरी ओर रेलवेलाइन की तरफ की जमीन ढलान लिए हुए है और चढ़ाई पर चढ़कर आप रेलवेलाइन पर पहुँचते हैं। उस तीन तारों के फेन्सिंग वायरों में जमीन में कटाव होकर एक रास्ता जैसा बन गया है। ट्रैकिंग टीम को उसकी भुरभुरी मिट्टी में बाघ के आने-जाने के पैरों के निशान दिखे। सारी रेस्क्यू टीम उसी जगह पहुँच गई और यह उन्हें मानना पड़ा कि बाघ ने संस्थान से बाहर आने-जाने का यही रास्ता चुना है।

अब कुल मिला के तीन ट्रैपिंग केज लगे हैं। दो में बकरियाँ है, एक में पड़वा। मगर एक दिन बाद ही पड़वे को हटाकर वहाँ पर भी बकरी को बाँध दिया गया है। डी.एफ.ओ. अशोक मिश्र एवं एस.डी.ओ. वी.वी. श्रीवास्तव ने पड़वे को पिंजरे से हटाकर खुली जगह में बाँधने की सलाह दी जिससे बाघ के लिए संस्थान के अन्दर ही भोजन का लालच बना रहे और वह भोजन की तलाश में पास के गाँवह में न आने-जाने लगे। इस तरीके से वन्य जीवों को एक जगह पर भोजन, सुरक्षा तथा पानी मुहैया कराने पर अगर वन्य जीव एक ही स्थान पर रूका रहता है तो उसको वन्य जीव को लोकेलाइज़्ड् करना कहते हैं। पड़वा रोज ही बेल और सरसोंवाली जगह पर बाँधा जा रहा है पर बाघ ने अभी तक पड़वे पर अपने लालच को जाहिर नहीं किया। बाघ ने बस सफेद कालीवाली

चितकबरीवाले बकरी के पिंजरे की ताक झाँक की है। सुबह-सुबह कमाल का फोन मेरे पास आया कि बाघ पिंजरे में घुसा था। मगर आधे पिंजरे तक जाकर वापस आ गया बिना बकरी को पकड़े। यह पिंजरा नाले के लगभग किनारे में सन्नाटे में लगाया गया था। बाघ का अब मुख्य क्षेत्र ब्लाक नं. 2, 3 व 1 ही था, ब्लाक नं. 4 के परिक्षेत्र के तरफ तारोंवाली बाड़ को नीचे से पारकर रेलवेलाइन को लाँघता हुआ वह मधुबनी जंगल और उससे सटे राज्य कृषि संस्थान के वन क्षेत्र में पहुँच जाता था जहाँ डबरापुर, डुगौली और मंडौली गाँव पड़ते हैं। यहीं मंडौली में ही उसने नीलगाय को मारकर खाया है और वहीं पर बाघ के ताजे पगमार्क भी मिले हैं। चिड़ियाघर से लाया गया मादा बाघिन इप्सिता का यूरिन उसी जगह डाला गया जहाँ से बाघ तारों के नीचे से घुसकर पास के गाँवों में सैर सपाटे को जाता है। डब्लू. टी. आई. के डॉ. देवेन्द्र चौहान ने ट्रैपिंग कैमरा को वहीं पर लगाया और जाते-जाते एक ईंट जो यूँ ही वहाँ पड़ी थी उस पर भी उन्होंने बचे हुए यूरिन को डाल दिया, और उसके ठीक सामने कैमरा लगा था। रात को बाघ बहुत इतमीनान से आया रास्ते में पड़ी ईट पर रुका, उसे सूंघा और बाघ की तसवीर पास लगे कैमरे में कैद हो गई। यह बाघ की पहली फोटो थी जो कि प्रत्यक्ष सामने आई थी। दोपहर तक संस्थान के अधिकारियों कर्मचारियों ने भी बताया कि जब वे लोग अपनी शटल बस से संस्थान के अन्दर आ रहे थे तब उन्होंने बाघ को देखा था। इससे ज्यादा जोरदार एक और खबर थी। सहिलामऊ गाँव के पूर्व प्रधान और किसान मेराज अहमद लगभग 2.15 दोपहर अपने दो साथियों के साथ रेलवे ट्रैक पारकर रहे थे कि तभी उन्हें रेलवे फाटक से लगभग दक्षिण की ओर 150 मीटर दूर एक झाड़ी में हलचल दिखाई दी। तब उन्होंने ध्यान से देखा तो झाड़ी में से बाघ निकलकर आया और रेलवे ट्रैक के बीचों-बीच खड़ा होकर उसने बहुत बेपरवाही से एक जोरदार अँगड़ाई ली। मेराज, तस्लीन, अनुवारुल तथा राजपाल यादव के रोंगटे खड़े हो गए और वे इतने डर गए कि उनको लगा कि रोंगटे शरीर पर चलने भी लगे हैं। कुछ देर तक उन्हें कुछ समझ में नहीं आया, जब समझ में आया कि उन्होंने क्या देखा था तब तक बाघ राजा बाबू की तरह वहाँ से अकेले अपने ओज के साथ संस्थान के ही जंगल में कहीं गुम हो गया। उन्होंने रेस्क्यू टीम, जो संस्थान के अन्दर ही वहीं कहीं सुस्ता रही थी, को यह खबर दी। रेस्क्यू टीम जब तक वहाँ पहुँची उससे पहले बाघ वहाँ से नदारद था। आज सुबह भी संस्थान की स्टाफ बस में बैठे लोगों को बाघ दिखा था। यानी की सारी फिजा में, सारी जमीन पर, सारी कायनात में सिर्फ बाघ-ही-बाघ था। मौसम ने भी सोचा चलो बाघ को

नजदीक से देखा जाए। बादल धरती के नजदीक ही छा गए हैं। हलकी बारिश और भारी ठंड है।

रेस्क्यू टीम दिन में बाघ को बेहोश करने की सोच रही है, मगर बाघ तो शाम को जंगल में निकलता है और सूरज की पहली किरण के साथ कहीं गायब हो जाता है, और अगर कहीं किस्मत से दिखता है तो उन लोगों को जिनको बाघ को सिर्फ देखने का अधिकार है पकड़ने का नहीं। और अगर यह अधिकार उन्हें दे भी दिया जाए तो उनके बस की यह बात नहीं है। रेस्क्यू टीम रात में बाघ को पकड़ने के विकल्प पर विचार कर रही है। जैसा मैं पहले भी लिख चुका हूँ कि कहानी शुरुआत चौकोर रूप में हुई थी। पर अब यह चौकोर कहानी धीरे-धीर कई कोणों में बँट रही है। इसके एक कोने में डब्लू. टी. आई. की रेस्क्यू टीम है जिसका नेतृत्व अनिल सिंह कर रहे हैं और उनके साथ डॉ. देवेन्द्र चौहान, डॉ. प्रशान्त देशमुख, जैसा पहले भी बताया जा चुका है कि करमसिंह उपकरणों को लिए हुए एक छोटी गाड़ी तथा इन सबके रूकने तथा खाने-पीने का इन्तजाम बाघ के स्थान से लगभग 11-12 किमी दूर मूसाबाग फारेस्ट रेस्टहाउसमें किया गया है। डब्लू. टी. आई. ने अपने दूसरे पशु चिकित्सक डॉ. सौरभ सिंघई को भी बुला लिया है। डॉ. सौरभ सिंघई भी यही रेस्टहाउसमें आ गए और रेस्क्यू ऑपरेशन से जुड़ गए। डब्लू. टी. आई. की टीम एक तरह से नौजवानों की टीम थी। सब लोगों ने अभी हाल में ही डब्लू. टी. आई. को ज्वाइन किया था।

दूसरे कोण पर डी.एफ.ओ. लखनऊ अशोक मिश्र, एस.डी.ओ. वी.बी. श्रीवास्तव, रेंजर ए.के. द्विवेदी, डिप्टी रेंजर, एस.के. गुप्ता, राजकुमार थे। तीसरे कोण पर इन सबके ऊपर सी.सी.एफ. सी.पी. गोयल और बी.के.पटनायक, प्रमुख वन संरक्षक, वन्यजीव थे और चौथे कोण पर बाघ के चारों ओर फैले हुए आबादी क्षेत्र के लोग, बूढ़े, औरत, जवान, बच्चे, अस्पताल, हाट, बाजार, स्कूल, सड़क, रेलवे ट्रैक और संस्थान में काम करनेवाले अधिकारी और कर्मचारी और इस चर्तुभुज को आपस में प्रेस-मीडिया जोड़ रहा था एक लकीर के रूप मे। तैयारी की जा रही है बाघ को घेरने की, पकड़ने की। एक फौज सी है। टीमें बढ़ा दी गई है। जहाँ भी कोई सूचना मिलती है टीम मुस्तैदी से भागती है पैरों के निशानों की सच्चाई परखती है ऊपर खबरे भेजती है और इन सारे कोणों को सम्हाले हुए है एक अकेला बाघ है। जिसके पास न जी.पी.एस. है न कोई घर, न सुरक्षा के इन्तजाम, न खाने का न पानी का ठिकाना। पर वह मस्त है, मग्न है, मलंग है। वह यह जानता है कि वह सही जगह नहीं है। वह ऐसा ऐयार है जिस पर शायद ऊपरवाले का हाथ है। वह घूमता है खाता है पीता है आराम

करता है, सोता है और बेफिक्र है। मगर नजर हर तरफ रखता है। चौकन्ना रहता है। आदमियों पर तो उसको बिलकुल भरोसा नहीं है।

रेस्क्यू टीम द्वारा बाघ को घेरने के लिए पेड़ों में मचान बाँधे जाने का सोचा जा रहा है। दूसरा विकल्प यह है कि जिस बारबेट वायर फम्सिंग के नीचे से बाघ संस्थान से आता जाता है वहीं पर उसको फँसा लिया जाए। ट्रैपिंग क्रेट में तो वह बकरी के लालच में आ नहीं रहा है पर अगर जमीन में बिछाए जाल के फन्दे में अगर उसका पैर फँस जाए और उसके बाद डॉ. प्रशान्त देशमुख उसे इम्मोब्लाइज कर दें तो यह कथा यहीं समाप्त हो जाएगी। जिस प्रकार ट्रैपिंग केज एक से तीन हो गए उसी तरह से मचानों की संख्या भी धीरे-धीरे बढ़ाई जा रही है। मचान बैठने की वह व्यवस्था है जो जमीन से 22 से 24 फुट ऊपर बनाई जाती है। ज्यादातर यह पेड़ पर इस प्रकार बनाई जाती है जिससे वहाँ छिपकर बैठकर जमीन पर आते-जाते या बेट का शिकार करते या खाते हुए बाघ या तेन्दुए को इम्मोलाइज किया जा सकता है। पुराने समय में मचान पर ही शिकारी बैठकर बाघ या तेन्दुए का शिकार करते थे। डब्लू. टी. आई. तथा वन विभाग की संयुक्त टीम ने एक अलग तरह का दूसरा प्लान यह बनाया गया कि बारबेट फम्सिंग के पास जमीन को खुदवाकर एक ट्रान्सपोर्टिंग केज (ट्रान्सपोर्टिंग केज वह पिंजरा है जिसमें किसी जानवर को पकड़कर स्थानान्तरित किया जा सकता है और ट्रैपिंग केज वह व्यवस्था है जिसमें जानवरों को भोजन का लालच देकर फँसाया जाता है) में देर शाम डॉ. प्रशान्त देशमुख बाघ को इम्मोब्लाइज करने बैठेंगे और सुरक्षा के लिहाज से कमाल शेख उनके साथ रहेंगे। सोचा यह जा रहा था जब बाघ फेंसिग को पास करेगा तब उसको थोड़ा झुकना और रूकना पड़ेगा। ठीक उसी वक्त डॉ. प्रशान्त देशमुख उसको डार्ट से इंजेक्शन दे देंगें और बाघ कुछ दूर जाकर बेहोश हो जाएगा और अगर वह डार्ट नहीं भी होता है या बेहोश नहीं होता है तो इस अफरातफरी या हड़बड़ी में जमीन पर फैलाए फन्दों में अगर बाघ का पैर फँस जाए और वह जितनी ताकत से पैर खींचेगा उतनी ही जोर से उसका पैर और फँसता चला जाएगा। डॉ. प्रशान्त के लिए बाघ पर निशाना लगाना उतना ही आसान होगा और बाघ चंगुल में होगा। मगर मंजूर तो और कुछ था। हमेशा बाघ उसी रास्ते से आता-जाता था पर उस ठंड भरी रात में वह आया ही नहीं। न जाने उसे कैसे पता लग गया कि उस पर निगाह रखी जा रही है। उस छोटे से पिंजरे में सुबह तक बैठे-बैठे डॉ. प्रशान्त और कमाल अकड़ गए और उसी दोपहर जब रेस्क्यू टीम खाना खा रही थी तब दोपहर के लगभग 2 बज गए थे। अचानक शोर मचा कि मधुबनी के जंगल में, रेलवे ट्रैक के किनारे फिर बाघ दिखा है। यह

वहीं जंगल है जो संस्थान से रेलवे ट्रैक पार करके गाँवों की तरफ रास्ता जाता है, बाघ यकीनन रेस्क्यू टीम को नहीं दिखा, दिखा तो सिर्फ गाँववालो को। वहाँ जब टीम पहुँची तो रेल पटरी पर काम कर रहे मजदूरों ने बताया कि उन्होंने साक्षात बाघ को देखा है। भीड़ बढ़ने के साथ-साथ वहाँ भगदड़ सी मच गई, और यह बाघ देखे जाने की दहशत पड़ोस के गाँव मीठे नगर, डुगौली और उलरापुर तक पहुँच गई। बाघ की खोज आरम्भ हो गई। काम्बिंग के दौरान ट्रैकिंग टीम को रेलवे ट्रैक पर एक सियार मरा मिला, उसके टुकड़े-टुकड़े हो गए थे। बाघ का कहीं अता-पता नहीं मिला। अगले दिन अखबारों ने लिखा कि सियार जैसा हाल बाघ का भी हो सकता है या भविष्य में होगा।

बाघ को लखनऊ की सीमा पर आए लगभग 13 दिन हो चुके हैं। सारे क्षेत्र में उसके पगमार्क मिल रहे हैं। सभी विशेषज्ञ अपनी अपनी राय जाहिर कर रहे हैं किसी की राय कारगर भी हो सकती है। वारिसी लड़का इस ऑपरेशन में जोड़ा जा चुका है, जिसका जिक्र पहले भी किया जा चुका है। ऐसे कई लोग अनेकों रेस्क्यू ऑपरेशन में आ जुड़ते हैं जो कुछ करना चाहते हैं। पाना चाहते हैं मगर रेस्क्यू टीम को थोड़ा सतर्क रहना पड़ता है कि यह नए लोग इस भटके हुए जीव का कुछ भला भी करना चाहते हैं कि नहीं। यह अन्तर इतना महीन है कि इसको समझना बहुत मुश्किल होता है। यह कठिन निर्णय होता है कि किसको रेस्क्यू टीम में शामिल किया जाए और किसको छोड़ा जाए। वारिसी की ही तरह एक और नया लड़का वासिफ जमशेद भी पूरे उत्साह से ऑपरेशन में जुड़ गया। आखिरकार रेस्क्यू टीम के निर्णय के अनुसार बेल, छितरे हुए सरसों के खेत और जंगल के किनारे के एक आरर के ऊँचे पेड़ पर मचान बँधवा ही दी गई। लोहे के फ्रेम पर प्लास्टिक से बिनी हुई हरे रंग की यह पहली मचान है। रणनीति यह तय की गई है कि दिन में सुबह से शाम तक मचान पर तथा रात में बार्बड फेन्सिंग वायर के पास गड्ढे में लगाए गए पिंजरे में बैठकर बाघ को काबू करने का यत्न किया जाएगा। इधर रेस्क्यू टीम मचान बँधवा रही थी और उधर संस्थान के निदेशक डॉ. एच. रविशंकर अपने स्टाफ के साथ संस्थान के एक ब्लाक में दूसरे ब्लाक में जा रहे थे कि उसी दौरान उनको एक छोटी-सी सड़क को पार करता हुआ बाघ दिख गया। रविशंकर के जीवन में पहली बार साक्षात बाघ के दर्शन हो गए। रविशंकर स्तब्ध, अँचम्भित से थे पर वह संस्थान के निदेशक थे, इसलिए उनको सँभलना भी था। आगे की कार्यवाही भी करनी थी और वह थोड़ा डर भी गए थे। वह फौरन अपने कार्यालय वापस आ गए। निदेशक को बाघ दिखने की खबर इतने जोरदार ढंग से फैली कि रेलवे ट्रैक पर

काम करनेवाला लाइनमैन रामलाल ने बाघ के डर से पटरियों पर काम न करने का ऐलान कर दिया था। मंडौली गाँव के रेलवे गेट से सहलामऊ गाँव के रेलवे गेट तक करीब 3.5 किमी. का रेलवे ट्रैक है। ब्राघ इस रेलवे ट्रैक को पार करके मधुबनी के जंगलों में जाता है। इसी रेलखंड पर बेतवा नाले का पुल भी पड़ता है, पुल के रेल लाइन में लगे करीब 150 बोल्टों को कीमैन 02 घंटे में कसता है, पटरी को जोड़े रखने के लिए पिंटरोल का लैम्प (ज्वाइंट) के बोल्टों के कसाव समेत का काम दिन में दो बार किया जाता है। इस निरीक्षण का जिम्मा ड्यूटीकर रहे अकेले कीमैन रामलाल की जिम्मेदारी पर रहता है। रामलाल ने बताया कि नियमानुसार यह काम दिन में दो बार होना चाहिए पर अब वह बाघ के डर से यह काम दिन में एक ही बार कर पा रहा है। बेतवा नाले के पुल पर बोल्ट व पिंटरोल कसने का दो घंटे का काम वह आधे घंटे में अधूरे मन से छोड़कर वहाँ से भागना पड़ता है। सिंगनल मैन ने बताया कि रेलगाड़ियों को सिग्नल दिखाने की हिम्मत भी नहीं होती है, बाघ के खौफ से वह रेलगाड़ी के पहियों के एक्सल गरम होने जैसी गड़बड़ियाँ तक नहीं देख पा रहे हैं। बाघ की वजह से रेल की पटरियों की देखभाल का काम बाधित होने की खबर रेस्क्यू टीम को कर दी गई थी और इस कारण अगर रेल का आना-जाना प्रभावित होता है तो सचमुच यह गम्भीर समस्या थी।

डी.एफ.ओ. अशोक मिश्र पूरे घटनाक्रम और ऑपरेशन को अपने सहयोगी वी.बी. श्रीवास्तव के साथ लीड कर रहे थे। फील्ड में कमान रेंजर ए.के. द्विवेदी और उनके सहयोगियों के हाथ थी। डब्लू. टी. आई. की रेस्क्यू टीम में दो वन्य जीव चिकित्सक एक जीव वैज्ञानिक और एक अन्य सहायक थे। कमाल शेख और वासिफी डी.एफओ. साहब से अनुमति लेकर ऑपरेशन में सहयोगकर रहे थे। लगभग 4 टीमें बाघ की मूवमेंट को ट्रेस करने के लिए लगाई गई है। सुबह से शाम तक सारी टीमे जो भी बाघ से जुड़ी सूचना पाती, वहाँ जाती और उनकी सच्चाई का पता लगाती और फिर सारी सूचनाओं को क्रमबद्ध करके ऊपर अधिकारियों को भेजती। रेस्क्यू टीम अधिकांशतः ट्रैकिंग करती या फिर संस्थान के अन्दर बने मचान में भोर से सूर्यास्त तक बाघ के इन्तजार में बैठी रहती। मीठे नगर, उमरापुर, सहिमामऊ गाँव में बाघ के झूठे सच्चे किस्सो की सबसे ज्यादा अफवाह थी। इसके अलावा भी कुछ और जगहों से भी बाघ की खबर आ रही थी। सभी प्रकार की स्थितियों के लिए सभी टीमें मुस्तैद और तैयार थी। 20 जनवरी की एक शाम को जब टीम मचान से उतरने की तैयारीकर रही थी तभी उनको मोबाइल पर सूचना मिली की बाघ ब्लाक नं. 2 में लगे एक पिंजरे

के पास दिखाई दिया है। इस आशा में कि शायद बाघ मचान के पास से गुजरेगा टीम शान्ति से फिर मचान पर बैठ गई और अँधेरा घिरने तक बाघ का इन्तजार करती रही। अँधेरा होने तक बाघ का कुछ अता-पता नहीं मिला। सर्दियों के दिन की शाम जरा जल्दी ही अपने अँधेरे को बुला लेती है और सब कुछ धुँधला होते-होते, दिखाई देना बन्द हो जाता है। उसी रात लगभग 11 बजे सबके फोन बज उठे। खबर मिली कि कहीं से घूमते-घूमते बाघ मलहा गाँव में आ गया है। रेस्क्यू टीमें मौके की तरफ निकल पड़ीं और आधे घंटे बाद 11.40 पर फिर फोन बजे और मुस्तैद टीमो ने सबको बताया कि बाघ नहीं सिर्फ अफवाह थी। किसी गाँववाले को एक खेत में चरती हुई नीलगाय से अँधेरे में बाघ होने का भ्रम-सा हो गया था।

रेस्क्यू और ट्रैकिंग टीमें जंगल-जंगल पगडंडी-पगडंडी घूम रही थी। इसी तलाश के दौरान उन्हें बाघ द्वारा मारी गई तीसरी नीलगाय के अवशेष भी मिल गए जो लगभग बाघ द्वारा 2 दिन पहले मारकर खाई गई थी। काम्बिंग जोरों-शोरों से की जा रही थी। सभी एकमत थे कि अब दूसरा मचान भी बेल के बागवाले इलाके के पास बाँध दिया जाए। इसी बीच रेस्क्यू टीम को एक खबर मिली कि लखनऊ में कुकरैल के पास फरीदीनगर नाले के पास की रोड पर तेन्दुआ आ गया है। यह इलाका रहमानखेड़ा से दूर था पर उसी से जुड़ा हुआ ही इलाका था। तेन्दुए के लिए दूसरी टीमों को जिम्मेदारी दी गई पर तेन्दुआ कहीं दोबारा दिखाई नहीं दिया। मलीहाबाद के जंगल और रहमतनगर गाँव में बाघ के घूमने की सबसे ज्यादा अफवाहें थी। इतनी ज्यादा खबरें आ रही थीं कि टीम कभी-कभी असमंजस में पड़ जाती थी कि कहा जाए, कहा नहीं। जैसा पहले भी कहानी में बताया जा चुका है कि बाघ को ललचाने के लिए और वह कहीं संस्थान छोड़कर भोजन की तलाश में किसी गाँव न निकल जाए इसलिए शुरू से दो-एक पड़वा सरसोंवाले खेत और जंगल के बीच में बाँधा जा रहा थे। उससे ठीक 20-25 फुट दूर और लगभग 24 फुट पेड़ के ऊपर पहला मचान भी बाँधा गया था। जिसका जिक्र ऊपर किया जा चुका है। यहाँ आने के ठीक 16 दिनों के बाद बाघ ने टीम द्वारा दिए गए भोजन को आदर और रोमान्च के साथ यही पर ग्रहण किया।

यह अजीबोगरीब घटना कुछ ऐसे घटी कि 22 जनवरी की शाम को लगभग 3 बजे पड़वे को सरसों के खेत तथा जंगल के बीच बाँधा गया और पड़वे के पास पेड़ के ऊपर बाँधे गऐ मचान में डॉ. प्रशान्त देशमुख और कमाल खुद को छिपाकर बैठ गए। कमाल ने लगभग 4 बजे अपने मुँह से पड़वे की आवाज

निकालनी शुरू की और कुछ ही देर बाद लगभग 4.30 बजे दक्षिण दिशा से बाघ घूमता हुआ इनके मचान के नीचे से होता हुआ पड़वे के पास आकर बैठ गया।

40-50 किग्रा. का पड़वा हैरत से लगभग 225 किग्रा. के बाघ को देख रहा था। उसने अपनी छोटी-सी जिन्दगी में कभी इस तरह के जानवर को नहीं देखा था, पर पड़वे के अन्दर के उसके खून और दिमाग में छिपे जेनेटिक कोड उसको आगाहकर रहे थे कि यह सामने आया मेहमान ठीक नहीं है, एक खतरा है। बाघ आगे दोनों पैरों को आगे लम्बा करके छाती और पेट को जमीन से लगभग चिपका के और पिछले पैरों को मोड़कर बैठा था। उसके दोनों कान सामने की ओर सीधे खड़े थे और अपनी पूँछ के सिरे को वह दाएँ-बाएँ हिला रहा था। पड़वा पहले बाघ को अचम्भे से देख रहा था फिर उसने अपने छोटे-छोटे गोल काले मुलायम सीगो को सिर झुकाकर, बाघ को कमजोर लहजे में धमकाना शुरू किया। बाघ ने देखते-देखते एक जबर्दस्त दाहिना पंजा चलाया और एक ही वार में पड़वे की गर्दन टूट गई और वह बिना आवाज किए वहीं जमीन पर लुढ़क गया। मचान के ऊपर बैठे डॉ. प्रशान्त और कमाल, शाम की जाती हुई धूप में यह नायाब और अद्‌भुत खेल को किसी दूसरे की नहीं, अपनी ही आँखों से देख रहे थे। डॉ. प्रशान्त ने डार्टगन को सेट किया निशाना लगाया और फायर कर दिया। डार्ट बाघ के पिछले पुट्ठे, के ऊपर से होती हुई पीछे जमीन में जा धँसी। एक बार बाघ ने चौंककर ऊपर की तरफ देखा फिर वह निर्जीव पड़े पड़वे को ही एकटक देखने लगा। डॉ. देशमुख ने जब देखा कि डार्ट पुट्ठे के ऊपर से निकल गई है तो उसने दूसरी डार्ट सिरिंज के लिए मचान पर टूल बैग को तलाशा, तो पाया कि डार्टवाला बैग तो चौकी पर ही रह गया। मचान पर लाया ही नहीं गया। डॉ. प्रशान्त के पास दूसरी डार्ट सिरिंज थी ही नहीं। बाघ मरे हुए पड़वे को लगभग 10 मिनट तक लिए बैठा रहा, फिर पता नहीं क्यों पड़वे को यूँ ही छोड़कर वहाँ से उठकर पीछे जंगल में कहीं चला गया। घटना अजब-गजब थी ऐसा बहुत कम होता है कि आप दिन के उजाले में बाघ को साक्षात पड़वा मारते देख पाए। अँधेरा होने पर मचान से इन लोगों को नीचे उतारा गया तो बड़े बोझल मन से दोनों मुसाबाग फारेस्ट रेस्टहाउस पहुँचे। जाहिर सी बात है डॉ. प्रशान्त और कमाल को उस रात बहुत देर तक नींद नहीं आई और उधर बाघ रात में वापस आया और मरे हुए पड़वे को खींचकर लगभग 100 मीटर ऊपर की तरफ एक ऊँचे प्लाट पर ले गया और रात भर उसने वहाँ उसे जी भर के खाया। अगली सुबह रेस्क्यू टीम ने बुझे मन से पड़वे के अवशेषों के पास खड़े होकर एक नए मचान के बारे में सोचा। पड़वे के अवशेषों को पैदल ढूँढ़ने में

ट्रैकिंग टीम को काफी वक्त लग गया था और बाघ के द्वारा मारे और खाए हुए बचे भोजन को इस तरीके से ढूँढ़ना भी खतरे से खाली नहीं था। बाघ की ठीक प्रकार से ट्रैकिंग हो सके और वक्त पड़ने पर उसको आसानी से बेहोश किया जा सके, इस कारण इस घटना के बाद दुधवा नेशनल पार्क से ट्रैकिंग में इस्तेमाल किए जानेवाले हाथियों को रहमानखेड़ा में मँगवाने की सिफारिश और कवायद तेज हो गई।

बेल के बाग के पास ऊँचे-नीचे खेतों से सटा एक पम्प हाउस था। इसी की छत को मचान की तरह इस्तेमाल करने का मन बनाया गया। पड़वे के बेजान अवशेषों को बने बनाए मचान से कुछ मीटर की दूरी पर इस उम्मीद में खींचकर रखा गया कि बाघ आएगा और पड्डे के बचे-खुचे माँस को जब खाने की सोचेगा या खाएगा तब पम्पहाउस वाले मचान पर बैठी इम्मोब्लाइजेशन टीम बाघ को डार्ट सिरिंज मारकर बेहोश कर देगी और बाघ के अचेत होते ही उसे पिंजरे में कऱ लिया जाएगा। सुबह से शाम तक रेस्क्यू टीम ऊपर मचान पर बाघ का इन्तजार करती रही पर बाघ नहीं आया। अगली सुबह खबर आई कि रात में दूर खालिदपुर गाँव में जाकर किसी जानवर ने एक बछड़े को मार दिया है। सुबह-सुबह टीम मरे हुए बछड़े के पास पहुँची तो पाया यह काम तो लकड़बग्घे का है, न कि बाघ का। बाघ वहीं कहीं मचान के आसपास खाए हुए पड़वे के मृत अवशेषों और जिन्दा रेस्क्यू टीम पर निगाह रखे हुए था ऐसा ट्रैकिंग टीम को बाघ के पैरों के निशानो से मालूम हुआ। तय किया गया कि अब रात में पड़वे को नहीं छोड़ा जाएगा। भोर होते ही पड्डे को बाँध दिया जाएगा और अँधेरा होते ही खोलकर दोनों कमरों के बने बेस कैम्प के पास रख लिया जाएगा।

अगले दिन नया पड़वा नए जोश के साथ मँगवाया गया और वहीं सरसों के खेत के समीप बेर के झाड़ों के पास जंगल में बाँधा गया। पड़वा मँगवाते बाँधते सुबह के 9.30 बज गए। 10 बजे सुबह रेस्क्यू टीम मचान पर बैठ गई और वह शाम 5.15 पर मचान से उतरी। टीम उतर कर लगभग 500 मीटर दूर बेस कैम्प पहुँची ही थी कि बाघ ने लगभग 20 मिनट बाद ही पड़वे को मार दिया और वह पड़वे को मारकर उठा भी ले गया था। सब हैरान थे कि बाघ को कैसे मालूम हुआ कि मचान पर अब कोई नहीं है। डब्लू. टी. आई. के विशेषज्ञों ने सुबह पड़वे को बाँधते समय उससे हाथ जोड़कर माफी माँगी थी और पड़वा सबको माफ करके वहाँ से गायब था। कई दिनों की काम्बिंग के बाद भी उसके अवशेष को रेस्क्यू टीम ढूँढ़ नहीं पाई। पिंजरे में बकरियाँ बाघ को ललचाने के लिए बाँधी जा रही थीं। संस्थान के अन्दर रेस्क्यू टीम की गाड़ियो को एक ही रास्ते का

प्रयोग करने को कहा गया, जिससे बाघ को बिना किसी व्यवधान के संस्थान में देर तक रुके रहने के ज्यादा अवसर मिल सके। यह पहले ही तय कर लिया गया था कि पड़वा भोर से शाम तक बाँधा जाएगा। रात को अकेला नहीं छोड़ा जाएगा, क्योंकि रात में बाघ पड़वे को उठा ले जाता है और कभी-कभी पड़वे के अवशेषों को भी रेस्क्यू या ट्रैकिंग टीम खोज नहीं पाती है। रात को पड़वा बाघ के लिए तभी बाँधा जाएगा जब बाघ के भूखे होने पर यह खतरा बढ़ जाएगा कि बाघ भोजन की तलाश में कहीं और निकल सकता है। रेस्क्यू टीम यह योजनाएँ बना ही रहा था कि खबर मिली कि बाघ रात में हलुआपुर और मँगौती गाँव की सैरकर आया है। टीम फिर जिन्दा पड़वे को मरे मन से लिए मचान के ऊपर सुबह सूर्य उदय से सूर्यास्त तक बैठी रही। तीन तारवाली बार्बेड वायर के पास भी बाघ के पैरों को फँसाने के लिए नीचे नीले-नारंगी रंग का जाल मिट्टी के नीचे दबा हुआ है, उसकी मिट्टी पर बाघ के पैरों के कोई निशान भी नहीं मिले।

अगली रात संस्थान के एक जुते हुए खेत में नीलगाय के पैरों और बाघ के पैरों के अनगिनत निशान बता रहे थे कि बाघ की भूख उस छोटे पड़वे को खाने से खत्म नहीं हुई थी। बाघ ने नील गायों के झुंड को संस्थान के खेतो में बहुत दौड़ाया मगर वह एक को भी पकड़ नहीं पाया। उसी रात बाघ फिर शिकार की तलाश में बेतवा नाले के किनारे किनारे चलता हुआ हलुआपुर गाँव तक पहुँच गया। वहाँ पर भी उसे कोई शिकार नहीं मिला, सिर्फ निराशा ही उसके हाथ लगी और वह फिर जिस रास्ते गया था उसी रास्ते लौटकर अपने पुराने अड्डे यानी के संस्थान के अन्दर लौट आया। यह खबर उसके पैरों के ताजे निशान दे रहे थे। अब तक किसी रेस्क्यू टीम के सदस्य ने बाघ को देखा तक नहीं था। केवल उस कैमरा ट्रैप की उस फोटो को छोड़कर, जिसमें बाघ एक ईंट पर डाली गई बाघिन के पेशाब को सूंघता नजर आया था। अब तक रहमानखेड़ा में बाघ को कदम रखे 23 दिन हो चुके है। ऐसा अनुमान लगाया जा रहा है। आज फिर पड़वे को रेस्क्यू टीम ने सुबह से शाम तक ही मचान के नीचे बाँधा और रात को हटा लिया, बस यहीं सब का अनुमान थोड़ा गड़बड़ा गया था। 24वीं रात को बाघ भोजन की तलाश में रहमानखेड़ा से संस्थान से दूर 4-5 किलोमीटर दूर सहिमाबाद, मोहम्मद नगर व रहमतनगर गाँवों की सीमा पर पहुँच गया और वहाँ जाकर उसने एक बछिया को मारकर खाया। जहाँ उसने बछिया को मारकर खाया था वह खेत मोहम्मदनगर में आता था, इसलिए दर्ज किया गया कि बाघ मोहम्मदनगर गाँव पहुँच गया। हुआ कुछ यूँ था कि मोहम्मद नगर गॉव के रहनेवाले अब्दुल अजीज के आम के बाग में ट्यूबवेल है इनकी देखभाल और चलाने के लिए पड़ोसी गाँव

सहिमाबाद के रहनेवाले घनश्याम रात में यहीं ट्यूबवेल की कोठरी में रात को सोते भी थे। घने आमों के पेड़ों के नीचे वह अपना बछड़ा और बछिया भी रखता है। भोजन की तलाश में बाघ वहीं आमों के बाग पर जा पहुँचा, बछड़े पर बाघ ने हमला किया पर हमले के दौरान सफेद रंग के इस बछड़े के गले की रस्सी टूट गई और वह भाग निकला। पास में लाल रंग की बछिया भी बँधी थी वह यह सब देखकर हैरान परेशान हो उठी, जिस पर बाघ ने झुँझलाकर हमला कर दिया और मार दिया फिर मरी हुई बछिया को उठाकर गॉव रहमतनगर की तरफ बाबू गद्धी के आम के बाग में ले गया और बछिया का पिछला हिस्सा और आगे का एक पैर खा गया। दूर खेत में बाघ के हमले में घायल और रस्सी तुड़ाकर भागा हुआ सफेद रंग का बछड़ा दूर जाकर एक खेत में कुछ घायल होने और कुछ मारे दहशत के मर गया। सफेद रंग का बछड़ा खेत की भूरी मिट्टी में बिना कफन के भी कफन ओढ़े पड़ा लग रहा था। बछड़े को वहीं जमीन में गड़वा दिया गया। पूरी घटना घनश्याम को अगली सुबह पता चली रात के अँधेरे में वह सोते ही रह गए उन्हें कुछ पता ही नहीं चल पाया। एक सप्ताह और यूँ ही गुजर गया।

जनवरी महीने का आज आखिरी दिन है बाघ का पूरे महीने कहीं अता पता नहीं मिला। एक विचित्र खबर मिली कि लखनऊ के पास बंथरा कस्बे में एक लड़की दीपा सुबह-सुबह हैंड पाइप के पास ब्रश कर रही थी, उसके पिता सन्तोष ने थोड़ी देर बाद बाहर जाकर देखा कि दीपा गायब थी। तुरन्त ही अफवाह फैल गई कि लड़की को बाघ उठा ले गया। क्योंकि बाघ रहमानखेड़ा, काकोरी में था पर बाघ की दहशत तो पूरे लखनऊ में थी। टीम को तुरन्त बन्थरा भेजा गया वहाँ कुत्तों के पंजो कें निशान के अलावा कुछ नहीं मिला। आज ही उत्तर प्रदेश वन विभाग के प्रमुख वन संरक्षक, वन्य जीव, उ.प्र. बी.के.पटनायक रिटायर हो गए है। नए प्रमुख वन संरक्षक मुहम्मद अहसन ने कुर्सी सम्हाली है, हो सकता है मुझे ऑपरेशन पर बुलाया जाए ऐसा मेरा अनुमान, उस वक्त था। पूरी जनवरी बीत गई, बाघ पूरे इलाके में बिन्दास घूम रहा है। आखिरकार फरवरी, 2012 ने दस्तक दे ही दी।

पहली फरवरी सुबह लगभग 10.30 बजे प्रमुख वन संरक्षक, वन्यजीव मु. अहसन का फोन मेरे मोबाइल पर आया कि रहमानखेड़ा क्षेत्र में घूम रहे बाघ को रेस्क्यू ऑपरेशन के लिए मुझे उनके साथ काकोरी, रहमानखेड़ा जाना होगा। मैं अपने अस्पताल के आफिस में था। थोड़ी देर में एस.डी.ओ. वी.बी. श्रीवास्तव, रेंज आफिसर ए.के. द्विवेदी, डब्लू. टी. आई. के ए.के.सिंह और डॉ. सौरभ सिंघई मेरे आफिस में आ गए। जनवरी के महीने की घटनाओं को

उन्होंने मुझे बताया और पूरे ऑपरेशन के बारे में तफ्सील से जानकारी दी। थोड़ी बहुत जानकारी तो मुझे भी थी। मैं इस ऑपरेशन में जाना नहीं चाहता था। उसका कारण यह था कि जब एक एन.जी.ओ. को यह रेस्क्यू का दायित्व सौंप दिया गया है तो फिर वहाँ जाने का कोई औचित्य नहीं, दूसरे मैं काम बिलकुल अपनी मर्जी से करता हूँ। अपने काम में सलाह सबसे लेता हूँ, पर काम करने का मेरा अपना एक ढंग है। लगभग दोपहर 1.45 पर मैं पहली बार उन सबके साथ काकोरी रहमानखेड़ा निकल गया। रहमानखेड़ा का पूरा क्षेत्र मुझे और नए प्रमुख वन संरक्षक, वन्य जीव उ.प्र. को दिखाया गया जिसका वर्णन मैं पहले ही कर चुका हूँ। एक पिंजरा रेलवेलाइन के पास के जंगल में लगाया गया है इसी प्रकार एक पिंजरा बेतवा नाले के पास और एक सूखे नाले के मुहाने पर टीले के ऊपर। धीरे-धीरे तीन मचान भी जगह-जगह बाँध दिए गए है। पूरा दिन मैं घूमता रहा, जहाँ-जहाँ बाघ ने चहलकदमी की थी या दौड़ा था, जहाँ उसने नीलगायों को मारकर खाया, जहाँ उसने पड़वों को मारा था। बेस कैम्प के दो-तीन कमरो के पास तीन बकरियाँ दिखाई दी। दोपहर की सुनहरी धूप में बकरियाँ घबरा-घबराकर पत्तियाँ खा रही थी। अगली रात जो उनको पिंजरे के अन्दर गुजारनी थी। खतरनाक बात उनके लिए यह थी कि पिंजरे के बाहर घूमते बाघ की निगाहों को भी उन्हें रात भर झेलना था।

शाम के धुँधलके में जंगल में दूर दो सियार मस्त घूमते दिखाई दिए। योजनाएँ बनती बिगड़ती रही। चलते-चलते वह तीन तारोंवाले फेन्सिंग के नीचे बाघ के आने-जाने का रास्ता भी हम लोगों को दिखाया गया। वहीं जमीन पर मिट्टी के नीचे बाघ को फँसाने के लिए नीले-नारंगी रंग का फन्देवाला जाल उदास-सा बेजान पड़ा था। जाल की भावभंगिमा को देखकर यह कोई भी अन्दाजा लगा सकता है कि इस तरकीब से कुछ नहीं हो पाएगा। प्रमुख वन संरक्षक, वन्य जीव मु. अहसन कुछ देर बाद वापस लखनऊ निकल गए थे। अँधेरा होते ही मैंने भी सबसे नमस्ते की और गाड़ी में बैठकर सर हिलाया और शाम 7.40 पर वापस लखनऊ आ गया। रात में खबर आई वह जो लड़की हैंड पम्प के पास ब्रश करते गायब हो गई थी। वह आज 1 फरवरी को लखनऊ से लगभग 500 किलोमीटर दूर मुजफ्फरनगर जिले के रेलवे स्टेशन में मिली। छठी कक्षा में पढ़ती इस बच्ची के बारे में यह अफवाह थी कि इसको बाघ उठा ले गया है।

इधर पिंजरे में जो बकरियाँ बाँधी जा रही थी उनको पिंजरों के सींखचे के पार से बाघ ने पकड़ने की कोशिश की और इसी कोशिश में एक काली बकरी की पूँछ नोच ले गया और दूसरी भूरी सी बकरी के पुट्ठे और पैर और पेट के

पास बाघ नाखून मार गया। शायद बाघ बकरियाँ न मार पाने के कारण कहीं शर्मिन्दा-सा घूम रहा है और बकरियाँ पूंछ न होने और बेतुकी जगह से घायल होने से शर्मिन्दा हैं। रेस्क्यू टीम बाघ को न पकड़ पाने के कारण शर्मिन्दा है और गाँव के बड़े-बुजुर्ग अपने से उम्र में छोटो के सामने बाघ से डर जाने के कारण शर्मिन्दा है। विशेषज्ञ इसलिए शर्मिन्दा क्योंकि रात में लेटते वक्त वे यह सोचते हैं कि उनको बाघ के बारे में ज्ञान और जानकारी कितनी कम है। रेस्क्यू टीम ने दुधवा नेशनल पार्क से हाथियों को मँगाने की कवायद जोर-शोर से शुरू कर दी है। इधर दूर रहमतनगर में जहाँ दो दिन पहले बाघ ने दो बछिया मारी थी और एक बछिया को बाघ ने खाया था और दूसरे बछड़े को वनविभाग ने जमीन के नीचे दबाया था और आधी खाई बछिया को बड़ी मेहनत से लाकर एक ट्रैपिंग केज में लगाया था। वहाँ से खबर आई कि दो दिन बाद उस पिंजरे में दो कुत्ते बन्द हो गए हैं। पिंजरे को हटा लिया गया और कुत्तों को भगा दिया गया क्योंकि संस्थान में पिंजरों के अन्दर बँधी बकरियो के घायल होने से यह साफ था कि बाघ इधर रहमानखेड़ा में ही है, और बाघ ने बकरियों के पिंजरे के नीचे की जमीन भी खोदी थी। बाघ का शायद यह अनुमान रहा होगा कि जमीन खोदकर पिंजरे के फर्श के रास्ते वह बकरियों तक पहुँचकर उनका डिनर कर सकता है। यहाँ पर मुझे बाघ की चतुराई पर कुछ-कुछ सन्देह-सा होता है, और उसकी इस हरकत पर मेरी निगाहों में उसका सम्मान भी थोड़ा कम होता है। सोचता हूँ बाघ को ऐसी बेवकूफी नहीं करनी चाहिए पर यह भी सोचता हूँ बाघ हमारी बेवकूफियों पर भी कहीं मुस्कराता होगा।

आखिरकार हाथी रुपकली रहमानखेड़ा रात को ही पहुँच गई। सभी लोग हाथी के आने से अजीब से उत्साह में भर गए। उसके विशाल शरीर और उसकी भव्यता को देखकर रेस्क्यू टीम और अन्य अधिकारियों को अपनी शारीरिक क्षमता पर थोड़ा अफसोस भी हुआ होगा। रात में भी बाघ ने फिर दोनों बकरीवाले पिंजरों का निरीक्षण-परीक्षण किया और फिर से पिंजरे के नीचे मिट्टी खोदकर बकरियों को पकड़ने की मूर्खतापूर्ण कोशिश फिर की जिसमें मनुष्य जाति में कुछ आत्म विश्वास-सा आया कि यह अच्छा है कि, बाघ भी हमारी तरह मूर्खताएँ करता है। अगली सुबह फिर 9.30 बजे मैं और प्रमुख वन संरक्षक, वन्य जीव, उ.प्र. मुहम्मद अहसन रहमानखेड़ा काकोरी की तरफ निकल गए। लगभग 10.20 पर रहमानखेड़ा पहुँच गए। प्रमुख वन संरक्षक साहब को फिर तीनों पिंजरे तीनों मचान दिखाए गए बाघ के पगमार्क के साथ बाघ के आने-जाने का रास्ता भी दिखाया गया। प्रमुख वन संरक्षक, वन्य जीव को वह ट्रैपिंग केज

भी दिखाया गया जिसके अन्दर बकरियाँ बाँधी जाती थीं, वह जगह भी दिखाई जहाँ बाघ ट्रैपिंग केज के नीचे की जमीन को खोदकर बकरियों को पकड़ने की कोशिश करता है। यह देखकर कि बाघ जिधर बकरियाँ बाँधी जाती है उधर से ही बाघ बकरियों को पकड़ने की कोशिश करता है जबकि केज के अन्दर जाने का रास्ता दूसरी तरफ से है। मुहम्मद हसन ने कहा कि पिंजरे को घुमाकर पिंजरे का दरवाजा उस तरफकर दो, जहाँ से बाघ बकरियों को देखकर जमीन खोद रहा है। पिंजरे को पलटकर ऐसाकर भी दिया गया। उनका अनुमान था कि बाघ को अन्दर जाने का रास्ता समझ नहीं आ रहा है जिधर से बाघ पिंजरों में बन्द बकरियों को पकड़ने के लिए पिंजरे के नीचे खोद रहा है यदि उस तरफ ट्रैपिंग केज का मुख्य दरवाजा कर दे तो बाघ को याद आ जाएगा कि अरे इधर से तो मैं गलत खोद रहा था यह रास्ता तो बिलकुल साफ है चलो अन्दर चलकर बकरियों का खाते हैं। न जाने क्या सोचकर आज बकरियों को हटाकर उन्होंने वहाँ पड़वा बँधवाने को कहा गया। बचपन में एक सिगरेट का विज्ञापन देखा था जिसमें बार-बार कहा जाता है कि हम रेड एंड व्हाइट पीनेवालों की बात ही कुछ और है। दोपहर में घर लौटते वक्त यही सोच रहा था कि बाघ आज रात हम लोगों की कार्यवाही पर मुस्कराएगा उसकी लम्बी सफेद मूँछ कई इंच तक फैल जाएगी और वह किसी टीले पर लेटकर कहेगा कि हम रेड एंड व्हाइट पीनेवालो की बात ही कुछ और है। खैर गम्भीर बात यह है कि बाघ ने जो पहले बछिया मारकर खाई उसके बाद उसने कुछ नहीं खाया ऐसा सबका अनुमान है। वह अब भूखा होगा और ऊपर से प्रदेश में इलेक्शन भी होने है। आम आदमी को वोट देने और पार्टियों को प्रचार-प्रसार के लिए निकलना भी है। ऐसे में बाघ के दहशत भरे माहौल में यह सब कैसे सम्भव होगा। शासन-प्रशासन के लिए उलझन और परेशानी है खासतौर से वन विभाग के लिए।

प्रमुख वन संरक्षक, वन्य जीव के निर्देशों के अनुसार मैं 03 फरवरी की सुबह 10.20 पर रहमान खोड़ा काकोरी पहुँच गया। रेस्क्यू टीम के ज्यादातर सदस्य कमाल और डॉ. देवेन्द्र के साथ कहीं दूर के गाँवों वह में बाघ के निशान खोजने गए है। बीती रात मे बाघ के कोई निशानात कहीं नहीं दिखे। मैं रुपकली हथिनी के महावत इरशाद के साथ पूरे संस्थान में पैदल ही घूमता रहा मुझे इरशाद पुराने पगमार्क में बाघ के आने-जाने का रास्ता दिखवाता रहा दोपहर में मोबाइल पर खबर मिली कि बाघ दक्षिणी पूर्व दिशा में स्थित रेलवेलाइन की पटरी के पार कुछ गाँववालों को दिखा है। हम लोग संस्थान से तीन तारोंवाले रास्ते से रेलवेलाइन को पार करके मधुवनी के जंगलों से होते हुए गाँव की तरफ घूम गए

और पूरा जंगल पार करते हुए यू टर्न करते हुए दोबारा पूरा जंगल पार करके, रेल की पटरी को पार करते हुए संस्थान के मुख्य द्वार से वापस पहुँच गए। जंगल की पगडंडियों में हमको बाघ का कोई पगमार्क नहीं मिला या हम देख नहीं पाए। शाम को लगभग 3 बजे मैं और डब्लू. टी. आई. के डॉ. सौरभ सिंघई मचान पर बैठ गए और बिना किसी आहट के सूर्यास्त के समय 5.30 बजे मचान से नीचे उतर आए। 6 बजे शाम को सारी टीमे इकट्ठी हुई और अगली दिन की प्लानिंग करके, बकरी, पड़वा, मचान और पिंजरों को बाघ के हवाले करके मैं लखनऊ वापस आ गया और टीमें मूसा बाग फारेस्ट रेस्टहाउस में रात्रि विश्राम के लिए चली गई। मूसाबाग फारेस्ट रेस्टहाउस रहमानखेड़ा से 11-12 किमी. दूर लखनऊ के रास्ते था जैसा कि पहले बताया जा चुका है, और मूसाबाग से लगभग 12 किमी. आगे मेरा घर था। मूसाबाग रेस्टहाउस में रेस्क्यू टीम के बहुत से लोग ठहरे हुए थे। इसलिए भी मैं वापस चिड़ियाघर पर स्थित ज्यादातर अपने घर पर वापस आ जाता था। बाघ अधिकांशतः संस्थान से रेलवेलाइन क्रास करके गाँवह के पास स्थित मधुबनी के छोटे से जंगल में आराम करता या फिर बेतवा नाले के किनारे के जंगलो में गश्त करता। बाघ संस्थान से मधुबनी के जंगलों में जाने का तीन वायरवाला रास्ता ही चुनता था। बाकी टीमे हलुवापुर, मीठानगर में कांम्बिंग करती रही। बाघ के पैरों के पुराने निशान मधुबनी की तरफ जाने के तो मिले पर ताजे निशान कहीं नहीं मिले। पिछली रात बाँधे गए पड़वे को बाघ ने नहीं मारा। सोच विचार और बाघ के भूखे होने की स्थिति को देखते हुए पड़वे को फिर वहीं सरसोंवाले प्लाट में एक रात और गुजारने के लिए बाँध दिया गया। पिछले 3-4 दिनो से बाघ का कहीं अता-पता नहीं था बस उसे गाँववालों ने रेलवेलाइन पार करके जंगल में जाते देखा था।

आज सुबह मुहम्मद अहसन प्रमुख वन संरक्षक, वन्य जीव ने 10.30 फिर रहमानखेड़ा का दौरा किया। दौरे के दौरान अशोक मिश्र, वी.बी. सिंह, ए.के. द्विवेदी, और भी कई लोग साथ में थे। वह 2 घंटे पूरे संस्थान में घूमे। पिछली रातो के बाघ के मूवमेंट को देखा-समझा गया पिंजरे और मचानों को देखा गया। मुझे अगले दिन एक कान्फ्रेन्स के लिए पुणे जाना था इसलिए मैं बाद में प्रमुख वन संरक्षक, वन्य जीव के साथ लखनऊ लौट आया। पूरे दौरे के दौरान कोई खास घटना नहीं हुई पहले की तरह बाघ के पुराने और नए पैरों का निशान मिलते रहे और हम लोग अनुमान लगाते रहे कि बाघ ने शाम से सुबह तक क्या किया होगा और कहा-कहा घूमा होगा तथा हमारी आगे की क्या रणनीति रहेगी। रहमानखेड़ा में प्रमुख वन संरक्षक, वन्य जीव की एम्बेसडर

गाड़ी में बैठते हुए मैं सोच रहा था कि बाघ का यह मामला थोड़ा गम्भीर होता जा रहा है क्योंकि बाघ को लखनऊ आए हुए लगभग 1 महीने से ऊपर होने को है। सोचा, कान्फ्रेन्स से लौटकर रहमानखेड़ा के इस बाघ के बारे में गहराई से सोचा जाएगा।

पुणे में मुझे खबर मिली कि पिछली रात 4 दिन से भूखे बाघ ने खुले सरसों के खेत में बाँधे हुए पड़वे को मार दिया है। रेस्क्यू टीम ने पिछली बार की ही तरह आधे खाए हुए पड़वे को ढूँढ़कर उत्तर दिशा के बेलवाले प्लाट के पास बने पक्के पम्प हाउस के पास रख दिया और पम्पहाउस की छत का प्रयोग मचान की तरह किया गया। ऐसा पहले भी किया गया था। सारा दिन मचान पर दो एक्सपर्ट बैठे रहें। बाघ का दूर-दूर तक कहीं अता पता नहीं था। शाम होने को आई और कुछ नहीं हुआ। रेस्क्यू टीम अँधेरा होने पर मचान से नीचे उतर आई। रात घिरने पर बाघ सूखे नाले में, रेत पर अपने पैरों के निशान बनाता हुआ इत्मीनान से आया और बचा हुआ पड़वा उसने खाया और रेल लाइन पार करके थोड़ा टहला और अपना हाजमा ठीक कर, वापस संस्थान में आ गया। अगले दिन पड़वे के बचे हुए अवशेषों या यह कह लें कि कुछ खाल और कुछ हड्डियों को लेकर फिर टीम पम्प हाउस की छत पर बैठी रही और बाघ कहीं दूर जंगल में अपने पेट में बन्द पड़वे को करवट बदल बदलकर-पचाता रहा। इस पम्प हाउसवाले मचान को मिलाकर अब कुल मिलाकर चार मचान हो गए है। मैं अभी पुणे में ही था। एक रात छोड़कर, नया पड़वा फिर मजबूरन, न चाहते हुए भी दोबारा वहीं बाँधा गया। सुबह-सुबह जब रात के बँधे पड़वे को दूर से जिन्दा देखकर, रेस्क्यू टीम पड़वे को खोलने के लिए जैसे ही नजदीक पहुँची, पास ही बाघ की गुर्राहट सुनाई दी। सब लोग वहाँ से तुरन्त हट गए और टीम ने तुरन्त पड़वे के पास ट्रंक्यूलाइज करने की पोजीशन ले ली। पर बाघ न दोबारा गुर्राया, न पड़वे के पास फटका। रेस्क्यू टीम समझ रही थी कि इस तरह से काम नहीं चलेगा। रात में बाँधे गए पड़वे को तो बाघ मारकर खा जाता है और फिर दिन भर वहाँ फटकता नहीं है, इसलिए रेस्क्यू टीम द्वारा तय किया गया कि कल से पड़वा नहीं बाँधा जाएगा और बाघ की भूख को और बढ़ाया जाएगा। रात में ट्रैपिंग केज में रोज की तरह बस बकरियाँ ही बाँधी जाती रहेगी। 8 फरवरी को सारे ट्रैपिंग केज को ट्रेगर किया गया। सुबह-शाम मचान के नीचे पड़वा बाँधा गया। भोर से शाम तक टीम ट्रंक्यूलाइज गन लेकर बैठी रही। मौसम का यह हाल है कि सारे जंगल सारी संस्थान में सन्नाटा छाया है। पतझड़ में पेड़ों की पत्तियाँ टूटकर उड़ रही है सरसों में पीले फूल निकल आए

है। आम में बौर आने को है, बेल पेड़ों पर आ गए है। जो गर्मियों तक पक जाएँगे और विभिन्न प्रजातियों के शानदार अमरूद खा-खाकर रेस्क्यू टीम अघा गई है। सारे दिन यूँ बेकार से जा रहे हैं। सारे दिन एक ही तरह से बीत रहे हैं जैसे एक-दूसरे को धकेल रहे हों।

9 फरवरी, 2012 दिन बृहस्पतिवार सुबह से शाम तक मचान पर बैठकर फिर बाघ का इन्तजार किया गया। मचान के पास बाँधा पड़वा भी ऊबा-ऊबा-सा लग रहा था, आगे की रणनीति इस बात में टिकी थी कि आज रात बाहर खुले में पड़वे को बाँधा गया और अगर बाघ पड़वे का शिकार करता है तो आगे की नीति क्या होगी। बाघ की कहीं खबर नहीं थी। न जंगल में, न किसी गाँव में, न मचानों के पास और न ही रेस्क्यू टीम को सान्त्वना देने के लिए किसी अफवाह के रूप में। दिनभर बाघ के इन्तजार में एक्सपर्ट टीम के साथ यहाँ वहाँ समय बिताया लेकिन कुछ हाथ न लगा। मधुबनी के जंगलों में एक अफवाह पर काम्बिंग की गई पर अफवाह इतनी कमजोर थी कि टीम के वहाँ पहुँचते-पहुँचते अफवाह मर सी गई। ट्रैकिंग टीम को पगमार्क मिले लेकिन पुराने। बाघ की कोई हरकत न देखकर टीम ने रणनीति में थोड़ा परिवर्तन करते हुए शाम को बाघ को ललचाने के लिए और इस डर से भी कि कहीं बाघ भोजन की तलाश में दूर न निकल जाए फिर एक बार पड़वा सरसों के खेतों के पास ब्लाक नं. 3 के पास बाँध ही दिया गया। रूपकली हथिनी भी किसी भी चीज में कोई दिलचस्पी नहीं दिखा रही थी। न ही कोई क्लू दे रही थी या फिर कोई संकेत। आज रात टीम को डर है कि कहीं बाघ अगर संस्थान में नहीं है और अगर उसने पड़वा नहीं मारा तो बाघ की भूख बाघ को भटकाकर किसी गाँव के नजदीक ले जा सकती है पर निराश टीम, सुस्त हाथी और बोझल माहौल को यह नहीं मालूम था कि कल इन सब का सामना बाघ से होनेवाला है वह भी जोरदार तरीके से।

आज बाघ को आए हुए लगभग 33 दिन हो चुके हैं पर बाघ का कहीं अता पता ठिकाना नहीं मिल रहा था। रात में ही बाघ को बेहोश करने का प्लान बन रहा था। पूरे अभियान में कई टीमें लगी हुई थी और भविष्य में लगनेवाली थीं। अभी फिलहाल डी.एफ.ओ. लखनऊ और डब्लू. टी. आई. की टीम ही पूरे रेस्क्यू ऑपरेशन को सम्हाले थे। चिड़ियाघर से पिंजरे, गन, कमाल शेख और थोड़ा बहुत मेरा योगदान चल रहा था। कई वाइल्ड लाइफ वालेंटियर्स भी वन विभाग की टीम को सहयोग कर रहे थे और बगल के गाँव के प्रधान मिराज अहमद भी इस ऑपरेशन में अपने साथियों के साथ अपना सहयोग दे रहे थे। अवध या लखनऊ वन प्रभाग से अभी तक अशोक मिश्र, वी.बी. श्रीवास्तव,

ए.के. द्विवेदी, पी.पी. सिंह, के.के.उपाध्याय तथा रामानुज त्रिपाठी ऑपरेशन में जुटे थे। सबकी अपनी-अपनी जिम्मेदारियाँ तय की गई थी, पर क्योंकि क्षेत्र ए.के. द्विवेदी का था इसलिए डी.एफ.ओ. के बाद सबसे ज्यादा जिम्मेदारी वी.बी. श्रीवास्तव और ए.के. द्विवेदी की थी और दोनों अपने-अपने तरीके से रेस्क्यू ऑपरेशन में भिड़े थे। वन दरोगा देवेश प्रांजपये, छागुर प्रजापति, वन रक्षक दिनेश सिंह, दिनेश कुमार, शफत अली, मँगनू प्रसाद, राजकुमार, मुकद्दर अली, राम सिंह भी हर जगह हर तरफ नजर आते थे। डब्लू टी. आई. के डॉ. देवेन्द्र चौहान, डॉ. सौरभ सिंघई और करमसिंह मैदान में डटे थे। डॉ. प्रशान्त देशमुख को उनके हेड क्वार्टर वापस उनकी सिगरेटों के साथ, किसी दूसरे अभियान के लिए बुलाया जा चुका था। इन्हीं सब ताने-बाने में उलझी रेस्क्यू टीम के सारे लोग ऊपरवाले से यह मनाते रहे कि बाघ पड़वे को भोजन के रुप में स्वीकार कर ले और कहीं इधर-उधर न जाए।

रात को सरसों के खेत में जो कम उम्र के बेल के पेड़ लगे थे उसी एक बेल के पेंड़ में पड़वे को बाँध दिया गया था। देर रात बाघ ने पड़वे को मार दिया और पड़वे को जब वहाँ से खींचकर पास के खेत में ले जाने लगा तो बाघ की ताकत से पड़वे की गर्दन में बँधी रस्सी से पेड़ जड़ से उखड़ गया और बाघ पेड़ समेत पड़वे को जंगल में खींच ले गया। बाघ ठीक तीन मचानो के लगभग बीचोबीच जंगल में अपने दस्तरख्वान पर पड़वे को सजाया और खाया भी। मैं 8 फरवरी की रात को पुणे से वापस आ गया। जिस दिन पड़वे को बेल के पेड़ में बाँधा गया यानी 9 फरवरी को मैं लखनऊ तो आ गया था पर रहमानखेड़ा नहीं गया। बीती रात सुबह-सुबह बाघ ने बेल के पेड़ सहित पड़वे को उठा ले गया यह खबर मुझे सुबह-सुबह मिल गई थी। अब मौका था बाघ को घेरने का और घेरा भी गया। खबर मिलते ही सुबह-सुबह मैं रहमानखेड़ा के लिए निकल गया। वहाँ पहुँचकर देखा कि बाघ ने रात में बाँधा गया पड़वा मार दिया है और उसको सरसों से लगे जंगल के एक टुकड़े में दिन निकलने पर भी लिए बैठा है, यानी बाघ ने पड़वे को भोर में ही मारा था और अभी उसको खा ही रहा था। मैंने रूपकली हथिनी पर इरशाद महावत के साथ बैठकर उस जंगल के टुकड़े के चारों तरफ घूमा कि शायद किसी ओर से बाघ की झलक मिल जाए जिससे उसको डार्ट किया जा सके, पर लैंटाना और बेर की घनी झाड़ियों के कारण हाथी जंगल के अन्दर नहीं जा पा रहा था और न ही हमें बाघ की दूरी का अन्दाजा लग पा रहा था। लगभग एक घंटे की मशक्कत के बाद मैं हाथी से उतर कर उसी जंगल के किनारे सरसों के खेत के ही तरफवाले दक्षिण दिशा में पेड़ के ऊपर बँधे मचान

पर इस उम्मीद से डार्टगन लेकर बैठ गया कि बाघ अगर पड़वा खाने के बाद जंगल से निकला तो पानी पीने इसी दो रास्तों से होकर जा सकता है और मुझे उसको डार्ट करने का मौका मिल सकता है। डॉ. सौरभ सिंघई को मैंने कहा कि वह हाथी लेकर बाघ की तरफ दोबारा जाए और जंगल के उस टुकड़े पर दबाव बनाए तो हो सकता है कि बाघ हाथी के झूठे दबाव से अगर पड़वा छोड़कर वहाँ से हटे तो उसके आने के दोनों रास्तो पर मैं निशाना लगाए बैठा था। डॉ. सौरभ को मौका कम मिल सकता है क्योंकि वह हाथी पर जरूर थे पर घनी झाड़ियों और जंगल की उबड़-खाबड़ सतह होने से बाघ पर निशाना लेना और उस पर डार्ट फायर करना बहुत कठिन था। हाथी के ऊपर से बाघ दिख तक नहीं रहा था, निशाना लगाना तो दूर की बात थी। झाड़ियाँ ऐसे काम कर रही थीं जैसे किसी ऊँची-नीची, टेढ़ी-मेढ़ी मोटी सी दीवार के एक पार हाथी हो और दूसरे पार बाघ।

मचान पर मैंने अपनी जगह ले ली। डॉ. सौरभ से दोबारा बिलकुल मेरे मचान की जगह से उलटी दिशा यानी उत्तर से बाघ की ओर बढ़ने को कहा थोड़ी देर में मचान से हाथी ओझल हो गया। मैं मचान पर पेड़ों और झाड़ियों के बीच बनी दो छोटी-सी पगडंडियों पर निगाह लगाए बैठा था कि हाथी के खलल डालने पर शायद बाघ मेरी तरफ निकल आए। डॉ. सौरभ ने महावत इरशाद से हाथी को थोड़ा जंगल के अन्दर उस तरफ करने को कहा जिस तरफ उन्हें अनुमान था कि बाघ पड़वे को खा रहा है। जैसे ही हाथी ने झाड़ियों और पेड़ों के बीच अन्दर की तरफ कदम बढ़ाया। शान्त बैठा बाघ अचानक नाराज हो गया और उसने जोरदार आवाज में हाथी को अपनी ओर न आने की चेतावनी दे डाली। रूपकली हथिनी भी कोई नई हाथी नहीं थी और न ही इरशाद महावत नए थे। यह दोनों न जाने कितने ऐसे ऑपरेशनों और अनगिनत बार बाघ से आमना सामना कर चुके थे। रूपकली ने भी बिना पीछे हटे, बाघ को उससे दुगुनी तेज आवाज में चिंघाड़कर और अगले पैर से जमीन पर ठोकर मारकर, बाघ को यह जता दिया कि हम पीछे हटनेवालो में से नहीं है। सुबह-सुबह जंगल के सन्नाटे में बाघ की दहाड़ और हाथी की चिंघाड़ से वातावरण में एक रोमांच और उत्तेजना भर दी। हालाँकि मुझे मचान पर बैठे होने के कारण कुछ दिखाई नहीं दे रहा था पर दोनों की आवाज इतनी जोरदार थी लगा पूरा जंगल हिल-सा गया है। रूपकली हथिनी को इरशाद महावत, बेर और लैंटाना ने रोके रखा था। हथिनी ने सूँड़ पटककर झुँझलाहट दिखाई पर बाघ तक न जा सकी।

हथिनी और बाघ की आवाज से ही मैंने दोनों के तेवर का अन्दाजा मचान पर लगा लिया और पूरी घटना को बाद में डॉ. सौरभ और इरशाद ने मुझे बताया

कि नाराज रूपकली जैसे ही जंगल के अन्दर की ओर बढ़ी, बाघ पड़वा छोड़कर तेज आवाज करता हुआ झाड़ियों से अचानक निकलकर रूपकली पर झपटा, पर हथिनी के तेवर देखकर जितनी तेजी से वह आया था उतनी ही तेजी से वह दोबारा झाड़ियों में ओझल हो गया। मेरी समझ में यह आ गया कि इस तरह से आमने सामने झाड़ियों में बैठे बाघ को डार्ट करना असम्भव तो नहीं, पर कठिन जरूर है। मैंने डॉ. सौरभ को कहा कि उत्तर पूरब दिशा की ओर ऊँचे खेत पर जो तीसरा मचान है वहाँ चुपचाप बैठ जाए और रूपकली जिसको लगभग अपनी पीठ पर हौदा बाँधे हुए 4 घंटे के ऊपर हो गए थे, को वापस कैम्प में जाने के लिए कह दें। अब लगभग दोपहर को 12.30 बज रहे थे। मैं और सौरभ दो अलग-अलग दिशाओं में अलग-अलग मचान पर बैठे थे और हम दोनों के बीच में कहीं बाघ भी बैठा था। जंगल बाघ की दहाड़ और हाथी की चिंघाड़ के बाद और ज्यादा चुपचाप हो गया था जैसे किसी ने उसको बेवजह ही डॉट दिया हो। मैंने अपने मचान के नीचे बकरियाँ भी बँधवा दी थीं कि बकरियों की आवाज सुनकर अगर बाघ अपनी झुँझलाहट इन बकरियों पर अगर निकालता है तो भी मुझे मौका मिल सकता है। मचान के नीचे बकरियों के द्वारा की जानेवाली मिमिआहट से वातावरण की एकरसता खराब हो जाती थी और मेरा ध्यान बार-बार बकरियों की तरफ चला जाता था। हम दोनों अपने-अपने मचान पर चुपचाप बैठे रहे। शाम को लगभग 4 बजे मेरे मचान के दाहिने तरफ सरसों के खेत में जंगल कैट का एक जोड़ा दिखाई दिया दोनों खूबसूरत बिल्लियाँ, बिलकुल स्वस्थ चमकती हुई। उनकी चाल इतनी चौकन्नी और इतनी नपी-तुली थी कि मैं मन्त्रमुग्ध-सा उनको देखता रहा गया आखिर वह भी जंगल के अन्दर बैठे बाघ का ही तो एक छोटा रूप थीं। थोड़ी देर बाद दो सियार बदहवास से खेत में आए और चौंक-चौंक इधर-उधर देखते रहे और थोड़ी देर में डरे सहमे से वहाँ से चले गए। शायद उन्हें कहीं बाघ की एक झलक मिल गई थी।

पूरे जंगल, सारे बागों, सारी झाड़ियों, सारे पेड़ों, सारे खेतों और सारे पौधों में बिलकुल सन्नाटा था। शाम होते-होते हवा चलने लगी और हलकी ठंड होने लगी थी। हम लोग थके तन और उदास मन के साथ अपने-अपने मचानों से उतरे। आप कभी अगर मचान पर इस तरह के अभियान में बैठे हों तो सबसे बुरा वह वक्त होता है जब आपका मचान से उतरने का समय हो गया हो और आपको तब तक कोई सफलता नहीं मिली हो न ही उसकी उम्मीद हो। घटना का क्रम सुबह से दोपहर तक तेज रहा और फिर धीरे-धीरे धीमा होते-होते शाम और अँधेरा होने तक बिलकुल ठंडा पड़ गया। जिसमें आज के दिन सफलता की कोई भी

गुंजाइश नहीं बची थी। मैं शाम को लगभग 6.15 पर मचान से हाथों में डार्टगन और मन में एक अवसाद लेकर मचान से उतरा और चुपचाप गाड़ी में बैठकर घर की तरफ निकल गया। मैं गाड़ी की अगली सीट पर बैठा-बैठा खिड़की से बाहर देख रहा था। बाहर के ट्रैफिक का शोर मुझे सुनाई नहीं दे रहा था। मेरे मन में बाघ और हाथी की जोरदार आवाजे गूँज रही थीं। घर पहुँचकर अगले दिन की तैयारी में, बिना नींद की तैयारी के लेट गया और देर तक लेटा ही रहा।

ट्रंक्यूलाइजेशन टीमों को अभी और बढ़ाना पड़ेगा इस उम्मीद में अगले दिन दुधवा से एक और डार्टगन मँगवाई गई है। मचानों के नीचे बकरियाँ, पड़वा बाँधा गया। शिकार किए गए पड़वे को बाघ ने उसी रात सफाचट कर दिया था। अगले दिन बकरी, पड़वा बाँधकर हम लोग मचानों में बैठे रहे। न जाने कहाँ से खूब सारे बन्दर आकर पेड़ों पर चढ़कर चिल्लाने लगे और विशेषज्ञों को बाघ के होने का अनुमान लगाने को विवश कराते रहे। रात फिर से एक पड़वा और खुले में बाँधा गया तथा सुबह तक जिन्दा बचे पड़वे के पास बाघ के आने और जाने के पैरों के ताजा निशान रेस्क्यू टीम को मिले शायद वह अगले डिनर की डिश देखने आया हो क्योंकि अभी तो लगभग 35 किलो मीट खाकर उसका पेट पूरा भरा ही था। गाँववालों की दिलचस्पी बाघ में धीरे-धीरे अब कम होने लगी है। दिलचस्पी और रोमांच की जगह अब दहशत ने ले ली है। शुरू शुरू में तो सबको इस सब कार्यवाही में मजा आ रहा था पर अब वह थोड़े-थोड़े डरने भी लगे हैं तथा उकताए हुए भी लगते हैं। संस्थान के अन्दर जो घटनाएँ हो रही थी वह उनको पूरी तरह से देख नहीं पा रहे थे और बाघ को संस्थान में नियमित भोजन मिलने लगा था, इसलिए बाघ ने भी ज्यादा इधर-उधर घूमना कम कर दिया था। जिससे आम जनमानस को बाघ के विषय में अब जानकारियाँ नहीं मिल पा रही थीं। अखबारो में छपी खबरो से ही उनको सन्तोष करना पड़ रहा था। रोज की प्रेस ब्रीफिंग अशोक मिश्र या वी.बी. श्रीवास्तव दिया करते थे। वहीं अखबार में छपता था। वहीं पढ़ा जाता था। बहुत छोटी-छोटी रोजमर्रा की कार्यवाही प्रेस नोट में नहीं लिखी जाती थी और न ही लिखी जानी चाहिए। इसलिए दुगौली, फतेहनगर, खालिदपुर, महिमामऊ, नई बस्ती, धनेवा, मँगौली, मीठेनगर और दुलारपुर तक सिर्फ बोरियत है, दहशत है। दूसरी तरफ सारी रेस्क्यू टीम बाघ के एक ही जगह भोजन ग्रहण करने से उत्साह से भरी है। कुल मिलाकर ऑपरेशन में लगभग 30 अधिकारी/कर्मचारी लगे हैं।

अगले दिन प्रमुख वन संरक्षक, वन्य जीव, मुहम्मद अहसन द्वारा फिर से दौरा, मौका मुआयना और सलाह-मशविरा किया गया। दोपहर तक उनको मचान,

बकरी, पिंजरा, जंगल और बाघ के पैरों के निशान दिखाए गए। कोई पुख्ता योजना न होते हुए भी उनको पूरी योजना के बारे में बताया गया। डब्लू. टी. आई. की टीम फारेस्ट रेस्टहाउस में रुकी हुई थी। वन विभाग के लोग भी संस्थान के अन्दर तथा अगल-बगल ड्यूटी पर मुस्तैद रहते थे। रात में जिसकी ड्यूटी लगती थी वे संस्थान में ही दो जगह बनाए गए कैम्प में रुकते थे। मैं अधिकांशतः लखनऊ चला जाता था और वहाँ से रात में दो बजे उठकर थोड़ा खाना और पानी पैक कराकर भोर होते-होते 3.30 से 4 बजे के बीच रहमानखेड़ा पहुँच जाता था। इस काम के लिए मुझे एक नीले रंग की जिप्सी दी गई थी। जिसके ड्राइवर सुशील भारती थे। वे भी धीरे-धीरे इस ऑपरेशन में रम गए थे। रात 2 बजे उठकर मेरे पास पहुँचने में उन्हें कोई गुरेज नहीं था। यह सिलसिला रेस्क्यू ऑपरेशन के अखिरी दिन तक चलता रहा रेस्क्यू टीमों के बाकी सदस्य भी भोर में 3.30 से 4 बजे के बीच इकट्ठे हो जाते थे और रूपकली हाथी मय महावत के मुस्तैद रहते।

दोपहर लगभग 2.30 से 3 बजे के बीच मैं फिर सरसों के खेतवाले दक्षिण छोर के मचान पर बैठ गया। अनुमान था कि खेत से लगी सड़क के पार नाले के पार जंगल में कहीं बाघ रूका हुआ है। लंगूर बन्दर की अपनी विशेष आवाजों और उनकी उछलकूद से, पेड़ों के पत्तो की आवाज से दोपहर का जंगल जो आलस में आँखें बन्द करके बैठा था बीच-बीच में अपनी आँखें खोल देता था और जंगल का यूँ बीच-बीच में चौंक जाना यह सब कुछ हमें बता रहे थे कि बाघ यही-कहीं आसपास है। शाम तक सन्नाटा और बढ़ गया। सूरज जंगल और बेल के पेड़ोंवाले प्लाट में जाकर कहीं डूब गया और अँधेरा होने को आया। मैं मचान से उतर आया, कुछ नहीं हुआ। दिन यूँ ही चला गया। अगले दिन मैं चिड़ियाघर में कुछ काम था इसलिए रहमानखेड़ा नहीं जा पाया। सारा दिन उलझा-उलझा-सा बीता। रहमानखेड़ा से सूचना आई कि कुछ नहीं हुआ, न कोई अफवाह, न बाघ के पैरों के निशान, न बाघ ने पड़वे को मारा। रात में बार्बेड वायर के पास जमीन में लगे केज में कमाल बैठे रहे। बाघ क्या बाघ की पूँछ भी नहीं दिखी। भोर हुई सुबह की धूप उजली हो गई। रात भर मैं उलझा-उलझा रहा और सुबह एक स्लाटर हाउस से पूरा ड्रेस्ड पड़वा लेकर लखनऊ से रहमानखेड़ा लेकर पहुँच गया और ट्रैपिंग केज को सरसों और बेलवाले प्लाट से लगे जंगल के अन्दर बाँधे मचान के पास खिंचवाकर रखा और उसके अन्दर मरा हुआ पड़वा रखवा दिया। ट्रैपिंग केज का गेट हटाकर अलग रख दिया। लगभग दोपहर 1.30 बजे मैं और कमाल मचान पर सीढ़ी लगाकर बैठ गए और सीढ़ी हटा ली गई। शाम तक कुछ नहीं हुआ। थोड़े बहुत बन्दर दूर कहीं, कल ही की तरह चिल्लाते

रहे। डॉ. सौरभ भी अपनी टीम के साथ जंगल-जंगल भटक रहे थे। तभी शाम को पाँच बजे के ठीक 5 मिनट पहले मोबाइल पर खबर आई कि बाघ ने रेल लाइन पर मधुबनी के जंगलों में एक भैस को घायल कर दिया है। उलरापुर गाँव के रहनेवाले संजय अपनी भैंस को जंगल में चराने के लिए छोड़ रखा था कि भैंस के रम्भाने की बहुत तेज आवाज आई वह दौड़कर पहुँचे तो देखा भैस के शरीर से खून निकल रहा था और हमला करनेवाला गायब था। भैंस के शरीर पर जख्म और नाखूनों के निशानों को देखकर उन्हें अन्दाजा लग गया कि यह बाघ का ही काम है। काफी गाँववाले इकट्ठे हो गए थे। देर तक हंगामा होता रहा जाहिर था कि गाँववाले बहुत नाराज थे। डॉ. सौरभ और उनसे मिलने आई उनकी पत्नी डॉ. नेहा जो कि खुद भी एक पशुचिकित्सक थी। दोनों ने देर रात तक भैंस का इलाज किया। इसी बीच शाम के धुँधलके में एक खबर आई कि हैदराबाद से एक शूटर नवाब शफतअली खाँ को भी बुलाने के लिए प्रमुख वन संरक्षक, वन्य जीव ने पत्र जारी कर दिया है। नवाब शफतअली 2009 में लखनऊ-फैजाबाद में घूम रही इसी प्रकार की एक बाघिन को गोली मारकर बाघ को उसके जीवन से और जनहित में जनमानस को उसके आतंक से मुक्त किया था। उन्हीं नवाब साहब को विभाग सवा महीने से घूम रहे बाघ पर काबू पाने के लिए उन्हें उन्हीं के आग्रह पर फिर निमन्त्रण भेजा गया और वह लखनऊ आ रहे हैं।

सारी टीम सुबह रहमानखेड़ा पहुँच गई। हलकी जाती हुई सर्दियों के दिन थे। थोड़ी देर में भली सी धूप खिल गई और एक भली बात भी पता चली कि नवाब साहब को बाघ को मारने के लिए नहीं बल्कि बेहोश करने के लिए बुलाया गया। देर रात नवाब साहब हैदराबाद से लखनऊ पहुँच गए तथा सीधे रहमानखेड़ा के पास बने फारेस्ट रेस्टहाउस मूसाबाग में रुके गए। मुझसे कहा गया कि नवाब साहब को एक डार्ट गन और कुछ सिरिंज देनी है और उनको डार्टगन कैसे काम करती है, और दवा की मात्रा कितनी होती है यह सिखाना और बताना भी था। नवाब साहब एक डार्टगन कुछ डार्ट सिरिंज लेकर दोपहर तक उलझे रहे और समझने का प्रयास करते रहे कि डार्टगन काम कैसे करती है और चलती कैसे है। मैं वहीं पुरानी जगह पर पड़वा बाँधकर मचान पर आकर बैठ गया। दूसरे मचान पर डॉ. सौरभ को बैठाया गया था जो कि मेरे मचान से काफी दूर थे। दोपहर में एस.डी.ओ. श्रीवास्तव का फोन आया कि उलरापुर गाँव के मधुबनी जंगलों में एक ट्रैपिंग केज लगवाना है। जहाँ कल शाम बाघ ने भैस को घायल किया था। ट्रैपिंग केज लगाने के लिए नवाब शफतअली ने कहा है। मैंने डॉ. देवेन्द्र चौहान को ट्रैपिंग केज लगाने के लिए कह दिया। मैं मचान पर ही बैठा रहा।

आज मैं अपनी डार्ट सिरिंज में दवा नहीं भर पाया हूँ। हवा तेज चल रही है। मचान झूले की तरह झूल रहा है। बहुत मुश्किलों से मैं सिरिंज में दवा भर पाया। दोपहर के ठीक 2 बजे है कभी-कभार बन्दर चिल्लाते हैं। नीचे लगभग 25 मीटर दूर पर पड़वा लेटा हुआ सो रहा है उसको भी यह नहीं मालूम है कि पेड़ के ऊपर मचान पर मैं हूँ और नीचे उसी के आसपास कहीं बाघ भी हो सकता है। मचान भी अजीबोगरीब चीज है। आपको अगर अकेले या किसी एक साथी के साथ लगभग 22 से 25 फुट की ऊँचाई में एक छोटी-सी जगह पर करीब 10 से 12 घंटे बैठना पड़ता है। आप बोल नहीं सकते मोबाइल नहीं चला सकते न सो सकते हैं और न ही बार-बार अपनी पोजीशन बदल सकते हैं। अगर आप अकेले बैठे है तो आपको समय का भ्रम होने लगता है मसलन आप अगर शाम को 6 बजे मचान पर बैठे है तो हो सकता है आपको लगे कि बहुत देर हो चुकी कई घंटे निकल चुके हैं मगर जब आप घड़ी देखते हैं तो आपको घड़ी शाम 7.30 बजे का समय बताती है कि आपको मचान पर बैठे सिर्फ 1.30 घंटा ही हुआ है और कभी-कभी आपको लगता है कि बस 1 ही घंटा हुआ तो पता चलता है लगभग 3 घंटे हो चुके हैं। पता नहीं किस धुन में मैं शाम को ठीक 6.10 पर मैं मचान से नीचे उतरा और पैदल ही सरसों के खेत को पार करके बेस कैम्प की तरफ जाने लगा। रास्ते में ही मुझे बैकअप टीम मिल गई और टीम ने आपत्ति जताई कि अँधेरे में आपको नीचे नहीं उतरना चाहिए और तब तो बिलकुल नहीं जब नीचे आपने खुद ही बाघ को पड़वा बाँधकर रात के खाने पर बुलाया हो। उनकी बात बिलकुल ठीक थी सो मैंने सुन ली। सब लोग गाड़ियों में जब बैठ गए तो मैंने हँसते हुए डॉ. देवेन्द्र चौहान से पूछा डॉ. सौरभ सिंघई साहब कहा है। डॉ. सौरभ तो कहीं साथ में थे ही नहीं। किसी ने उन्हें मचान से नहीं उतारा ही नहीं। न ही उन्होंने अपने मोबाइल से अपनी कोई खबर दी या कुछ कहा सब लोग सन्नाटे में आ गए। अँधेरे में रायफल लिए करीब पूरी टीम जंगल और सूखे नाले को पार करके उस पेड़ के नीचे पहुँची जहाँ डॉ. सौरभ को मचान पर बैठाया गया था। 6.40 के करीब उन्हें मचान से उतारा गया। मुझे अपनी और बैकअप टीम की लापरवाही पर थोड़ा गुस्सा भी आ गया। बैकअप टीम का यह दायित्व होता है कि जिसको मचान पर बैठना है उनको बैठाए और अँधेरा घिरने पर सुरक्षित उतारे भी। शाम को 8 बजे के बाद सब लोग घर पहुँच पाए। आज भी बाघ की कोई कन्फर्म सूचना किसी से भी नहीं मिली थी। मुझे न जाने क्यों बार-बार याद आ रहा था कि आज जब मैं मचान पर बैठा था और जब थोड़ा अँधेरा हो गया तब एक कुत्ता न जाने क्यों मेरी दाहिनी तरफ आकर पड़वे को देखकर रो रहा था।

रेस्क्यू टीम के बाकी सदस्य मुस्तैदी से अपने-अपने काम में लगे थे। मधुबनी के जंगलों में नवाब साहब ने एक पेड़ के ऊपर एक छोटा-सा मचान बँधवा दिया। बाघ का तो कहीं अता पता ही नहीं था पर मधुबनी के जंगल और गाँव के ठीक बगल में पिंजरा और मचान देखकर गाँववालो में यह दहशत फैली कि बाघ कहीं-न-कहीं गाँव के आसपास ही है और वन विभागवाले यह बात बता नहीं रहे हैं गाँववालों से छुपा रहे हैं। गाँव के लोगों में अचानक बहुत गुस्सा भर गया जिसको वे लोग करीब महीना भर से दबाए बैठे थे। इसी आक्रोश में गाँव के दुखी लोगों ने खालिसपुर के पास हदरोई रोड मार्ग पर जाम लगाने की कोशिश की जिसे वहाँ के कुछ कथित छुटभैयों ने एक अलग ही रंग देने की कोशिश पर प्रशासन की सख्ती से उनका इरादा सफल नहीं हो पाया। कई बार इस तरह के रेस्क्यू ऑपरेशन में कुछ छुटभैया भीड़ को बेवजह प्रशासन-शासन के खिलाफ उकसाते हैं तथा अपनी तथाकथित नेतागिरी चमकाने की कोशिश करते हैं और और कभी-कभी यह बात बहुत ज्यादा बढ़ जाती है तब झड़प या झगड़े की स्थिति पैदा हो जाती है जबकि अधिकांशत: गाँववाले ऐसा नहीं चाहते हैं। इसी बीच की खबर आई कि बाघ धनेवा नई बस्ती में घूम रहा है। टीम शाम तक वहाँ पहुँच पाई और उसने खबर की कि बाघ यहाँ आया जरूर है मगर लगभग एक दिन पहले। अब कुल 5 मचान और 4 ट्रैपिंग केज लगाए गए जिसमें एक में मुर्दा जानवर को रखा गया है, वहीं पड़वा जिसको मैं स्लाटर हाउस से लेकर आया था। बाकी तीन में जिन्दा बकरियाँ और पड़वे।

रात बीती सुबह हुई। सुबह प्रमुख वन संरक्षक, वन्य जीव, उ.प्र. के आफिस में बैठक हुई। अवध के चीफ सी.पी.गोयल, डी.एफ.ओ. अशोक मिश्र, एस.डी.ओ. वी.बी. सिंह, डॉ. देवेन्द्र चौहान और मैं थे। कोई खास नीति तय नहीं हो पायी। डॉ. देवेन्द्र ने एक नया मचान जंगल में लगाए गए ट्रैपिंग केज के ठीक ऊपर पेड़ में बाँधने का आइडिया रखा। उस वक्त यह आइडिया और मचान का बाँधना ठीक लगा पर बाद में समझ आया कि ट्रैपिंग केज और मचान दोनों एक साथ एक ही जगह पर होने चाहिए कि नहीं इस पर हम लोगों को और मंथन करना चाहिए था। मचान बाँधते-बाँधते शाम के करीब 3.45 हो गए। नवाब साहब मधुबनी के जंगलों में मचान पर बैठे हैं। मैं और डॉ. सौरभ एक-दूसरे से करीब 200 मीटर दूर सरसों के खेत के पास के जंगल में अलग अलग मचानो पर बैठे थे। न जाने क्यों मेरे मचान के नीचे बँधे हुए बैठे पड़वे को देखकर आज भी एक कुत्ता भौंक रहा है। शायद यह वहीं कुत्ता है जो एक दिन पहले मचान के दाहिने तरफ शाम को रो रहा था। शाम को मैं उकताकर लगभग 5.30 बजे

ही मचान से उतर गया और डॉ. सौरभ को भी मचान से उतार लिया। पड़वे को मचान से हटाकर वहीं सरसों के खेत में बाँध दिया और बकरियों को बेस कैम्प में ले जाकर पिंजरे में रात भर के लिए बाँध दिया। 1 घंटा सब जानवरों को दाना और पानी देने में लग गया। शाम को उड़ा-उड़ा-सा मैं घर वापस आ गया। शायद ऐसी स्थिति सभी की थी। अब मैं सभी की कहानी या मनोदशा तो एक कहानी में लिख नहीं सकता हूँ सो जो कुछ सामने हो रहा है उसी को लिख रहा हूँ।

हम लोग यहाँ मचान पर बैठे रहे और मलीहाबाद की नई बस्ती धनेवा में आम के बाग में गाँव के बाशिन्दे ने बाघ को देख भी लिया। यह खबर मिलते ही वन विभाग की टीम वहाँ पहुँच गई। धनेवा नई बस्ती में बाघ के होने की खबर एक दिन पहले भी आई थी। टीम को बताया गया कि सुबह लगभग 7.30 बजे उमेश और विजय कुमार खेत जा रहे थे। वहीं दूर सुन्दर पड़ोसी के खेत की बोआई कर रहे थे। वहीं एक पेड़ के नीचे उन्होंने बाघ को देखा। दोनों भागे और सूचना दी। गाँववाले इकट्ठे होकर आम के बाग की ओर गए। बाघ भीड़ देखकर बहुत इत्मीनान से वहाँ से उठा और पास के अरहर के खेतों की तरफ चलता चला गया और फिर दिखना बन्द हो गया। वन विभाग की टीम पहुची जैसा बताया गया है। देर तक बाघ की खोज होती रही पर वह लापता ही रहा

ऑपरेशन की कमान वन संरक्षक, पी.पी. सिंह को सौंप दी गई है जो कि वन विभाग मुख्यालय में तैनात थे, और वह भी आज रहमानखेड़ा पहुँच गए है। अब तक तीन पड़वे बाघ के द्वारा मारे और खाए जा चुके हैं। चौथा पड़वा भी फिर वहीं सरसों के खेत में खूँटे में बँधवा दिया गया। जिसे बाघ ने रात में बिना किसी असमंजस के, बिना किसी दुविधा के, बिना किसी संकोच के मारा और खींचकर लगभग 300-400 मीटर दूर सड़क पार के जंगल में ले गया। मेरा मन था कि बाघ को यह पड़वा भी खाने दे और अगले किल का फिर इन्तजार करें, क्योंकि अब बाघ बिना किसी संकोच के बार-बार एक ही जगह से पड़वे को उठा रहा था। सबकी इच्छा और मत की सहमति से रूपकली हथिनी पर बैठकर मै, नवाब साहब और सौरभ जंगल के अन्दर जाकर बाघ द्वारा उठाए गए पड़वे को खोजने लगे। थोड़ी देर बाद हाथी की बुद्धिमानी से हमें आधा खाया हुआ पड़वा जंगल के बीचोंबीच मिल गया। तुरन्त ही दो कुर्सियाँ पेड़ों पर मचान के रूप में बाँध दी गई, भूरे से रंग की यह कुर्सियाँ कैम्प से लायी गई थी और कुर्सियाँ मुझें बहुत कमजोर और बीमार सी लग रही थी।

आधे खाए पड़वे के ठीक सामने ऊँचाई पर, पेड़ों के ऊपर, दो जगहों पर कुर्सियों का मचान बाँधा गया और उन पर डॉ. सौरभ और नवाब को बैठा दिया गया। मैं बिलकुल उलटी दिशा में जहाँ रात में बाघ ने पड़वे को किल किया था। अपने चिरपरिचित मचान के ऊपर बुझे मन से जाकर बैठ गया। आज सुबह ही रेललाइन पर रेल से एक सुअर मर गया था सुबह की गश्त के दौरान वह मुझे रेललाइन के किनारे ही मरा मिला था। सुबह ही उसको मैं खींचकर अपने मचान के नीचे ले आया था। तीनों मचान पर तीन लोग बाघ के इन्तजार में बैठे थे। आज सुबह से मेरे पास कुछ खाने को नहीं है ज्यादातर जब मैं रात लगभग 2.00 बजे घर से चलता हूँ तो कुछ-न-कुछ साथ में रखता पर आज कुछ नहीं था। मचान पर नीचे मरे हुए सुअर को देखकर न जाने क्यों मेरे मन में बार-बार यह ख्याल आ रहा था कि रात घर पहुँचकर ही मैं कुछ खा पाऊँगा। शाम को लगभग 6.30 बजे मचान में हम तीनों लोग एक साथ मचान से उतरे। कुर्सियाँ, मचानों, पिंजरों और आधे खाए हुए पड़वे को रात भर के लिए अकेले छोड़ दिया गया। सारे दिन का उत्साह कहीं हवा में विलीन हो गया। अँधेरा हो गया। आज भी कुछ नहीं हुआ। प्रदेश में इलेक्शन है वोटिंग की तैयारी हो रही है।

सुबह अस्थि पिंजर सहित बाघ का आधा खाया हुआ पड़वा दोनों कुर्सीवाले मचान के नीचे से गायब था। वहीं पर नवाब भी मिल गए, उनकी गन और डार्ट कुछ ठीक काम नहीं कर रही थी। मैंने वह ठीक की। बोरी में रेत भरकर नवाब बार-बार डार्ट चलाकर निशान लगा रहे थे। डार्ट सिरिंज में दवा की जगह पानी भर-भरकर अभ्यासकर रहे थे। मेरी भी गन थोड़ी-सी लीककर रही थी उसमें पूरी तरह से हवा का प्रेशर नहीं बन पा रहा था। मन भी कहीं लड़खड़ा रहा था। लगातार एक ही काम को करते रहना और सफलता जैसे कोसों दूर लग रही थी। कहीं कोई तार टूटा-टूटा-सा लग रहा था। वह क्या था पता नहीं।

हमारे अभियान में धीरे-धीरे कई लोग जुड़ रहे थे और बहुत लोग जुड़ना चाह रहे थे। बिजनौर से भी एक नवाब, नवाब आसिफ और उनके सहयोगी परवेज़ हमारे अभियान में प्रमुख वन संरक्षक, वन्य जीव से अनुमति लेकर जुड़ गए थे। यह सब लोग अच्छे निशानेबाज और शूटर थे, पर चाहे नवाब हैदराबाद या फिर नवाब बिजनौर हो, इन लोगों को डार्टगन चलाने, डार्ट सिरिंज को भरने, डोज का अन्दाजा तथा दवा की बारीकियाँ और उसके खतरों के बारे में बिलकुल जानकारी नहीं थी। पर यह लोग चाह रहे थे कि यह लोग यहीं पर सब सीखकर बाघ को बेहोशकर दे और वह इस बात की गलतफहमी में पूरा यकीन भी रखते थे कि वह ऐसा कर भी सकते हैं।

दोपहर के लगभग 12 बजे है। मैं जंगल में मचान के ऊपर रेललाइन के पास मिले मरे सुअर और कुछ दूरी पर एक जिन्दा बकरी को बाँधकर बैठा हूँ। डॉ. सौरभ कल जहाँ बाघ ने पड़वा मारा था ठीक उसी जगह फिर एक जिन्दा पड़वा बाँधकर बैठे है। नवाब डार्टगन से खेलते-खेलते थक गए है। इसलिए वह रेस्टहाउस वापस चले गए। मैं मचान पर बैठा-बैठा सोच रहा था कि नवाब दिनचर्या ही ठीक है। नवाब सुबह और शाम को आते हैं। दोपहर में वह रेस्टहाउस जाकर आराम करते हैं। कमाल आज नहीं आया। फोन करके पता किया तो पता चला कि कपड़े धो रहा है उनके हाथ-पैरों में भी बहुत दर्द है। आज फिर हवा बहुत तेज चल रही है, सारा मचान पेड़ के साथ झूल रहा है। बकरी मरे हुए सुअर के पास अचम्भित उदास बैठी है। सब तरफ सन्नाटा है। दूर पटरियों से गुजरती रेलगाड़ी की आवाज और तेज हवा जंगल की खामोशी को तोड़-सा देते हैं और लगता है इस उदास खामोशी को तोड़कर यह आवाजें शरारती बच्चे की तरह मुस्करा रहे हैं। शायद प्रमुख वन संरक्षक साहब आएँगे ऐसी कुछ खबर मिली है दोपहर 12 या 12.30 बजे तक पहुँच जाएँगे। प्रमुख वन संरक्षक आए भी, पर मैं मचान पर बैठा था इसलिए उनसे मुलाकात नहीं हो पाई। नवाब रेस्टहाउस से प्रमुख वन संरक्षक के आने की खबर सुनकर रहमानखेड़ा आ गए थे। प्रमुख वन संरक्षक साहब की नवाब साहब से बातचीत हुई। थोड़ी देर बाद प्रमुख वन संरक्षक और नवाब दोनों वापस चले गए। मैं मचान पर बैठा था कि शाम 5 बजे डॉ. देवेन्द्र का फोन आया कि मीठेनगर गाँव में बाघ को देखा गया है। आप मचान से उतर कर वहीं पर पहुँच जाइये। मेरा मन शाम को मचान से उतरने का नहीं था, फिर भी मैं मचान से नीचे उतरा और डॉ. देवेन्द्र और बिजनौर के नवाब के साथ सीधे मीठेनगर गाँव पहुँच गया। घंटा भर घूमने के बाद पता चला कि बाघ नहीं बस बाघ की अफवाह थी। अफवाह इतनी असरदार थी कि डी.एफ.ओ. अशोक मिश्र और एस.डी.ओ. वी.बी. श्रीवास्तव भी वहाँ पहुँच गए थे। शाम को सब लोग लौटकर संस्थान के मुख्य आफिस के सामने खड़े हो गए और कल क्या करना यह तयकर रहे थे। बिजनौर के नवाब मुझसे मेरी डार्टगन माँग रहे थे और डार्टिंग की प्रैक्टिस के लिए कुछ डार्ट सिरिंज। नवाब हैदराबाद अपनी धीमी पतली और मुलायम आवाज में अपनी एक अलग कहानी चला रहे थे। बार-बार डार्ट गन और डार्ट सिरिंज माँगने से शाम की ठंडक में माहौल थोड़ा गरम हो गया और मुझे भी कुछ गुस्सा-सा आ गया। शाम को घर जो हुए रेस्टहाउस जाकर मैं सबसे मिला और 8 बजे लखनऊ, अगले दिन कुछ कर गुजरने की उम्मीद से वापस पहुँच गया।

19 फरवरी, 2012 उत्तर प्रदेश राज्य चुनाव की आज वोटिंग थी। मैं वोट डालकर सुबह लगभग 11.30 बजे रहमानखेड़ा पहुँचा। वारिसी ने फोन पर सुबह ही मुझे बताया कि जिस मरे हुए सुअर को कल मैं मचान के नीचे रखकर बैठा था। उसकी रस्सी काटकर बाघ उसको पूरा-का-पूरा उठा ले गया है। रहमानखेड़ा पहुँचकर मैं अपने मचान पर जा बैठा और पिछले दिनों जो मरा हुआ पड़वा मैं लखनऊ से लेकर आया था और जिसको मैंने ट्रैपिंग केज में लगाया था। उसको ट्रैपिंग केज से निकालकर मचान के नीचे जमीन में डाल दिया। पड़वे में से बदबू आ रही थी। डॉ. सौरभ सुबह से पूरी तन्मयता के साथ दूरवाले दूसरे मचान पर जिन्दा बकरी को मचान के नीचे बाँधकर बैठे थे। लगभग 5.30 बजे शाम को डब्लू. टी. आई. के डॉ. देवेन्द्र का फोन आया कि हरदोई सीतापुर बार्डर पर शिवलाल पुरवा, गाँव हरीराम पुरवा के पास एक बाघ ने कुछ गाँववालो पर हमला कर दिया और हमले के बचाव में गाँववालों की प्रतिक्रिया से बाघ बुरी तरह से जख्मी होकर एक पुलिया के नीचे पड़ा है। आप तुरन्त मचान से नीचे उतर कर आ जाइये हरदोई की तरफ चलना होगा। 15-20 मिनट में ही डी.एफ.ओ. अशोक मिश्र, एस.डी.ओ. वी.वी. श्रीवास्तव, रेंजर ए.के. द्विवेदी, डब्लू. टी. आई. के डॉ. सौरभ, डॉ. देवेन्द्र चौहान, कमाल, बिजनौर के नवाब आसिफ और उनके साथी परवेज हरदोई और मैं हरीराम पुरवा की ओर तुरन्त रवाना हो गए। बात समझ नहीं आ रही थी। बाघ इतनी दूर इतनी जल्दी कैसे चला गया। हम लोग बाघ को वहीं रहमानखेड़ा और उसके आसपास तलाशकर रहे थे और आज ही इरशाद महावत को सुबह की अपनी गश्त में बाघ के ताजे पैरों के निशान रेलवेलाइन के आसपास के क्षेत्रों में मिले थे पर उस शाम हम लोग सचमुच सहम गए थे और अन्दर-ही-अन्दर थोड़ा डर भी गए थे क्योंकि खबर के हिसाब से तो बाघ आज बचेगा नहीं ऐसा लगता था। रास्ते में गाड़ी का टायर भी पंचर होने के कारण आधे घंटे और देरी हो गई। शाम होते-होते अँधेरा होते-होते, पूछते-पुछाते हम लोग हरीराम पुरवा गाँव पहुँच गए। गेहू और सरसों के कई खेतो को रात में तेज पावर के पीले बल्लों को जनरेटर के सहारे से चलाकर उस जगह को रोशन करने की कोशिश की गई थी। डी.एफ.ओ. हरदोई भी अपने अमले और दलबल के साथ वहाँ मौजूद थे। उनका नाम भूल गया हूँ वह मुझे जरूर माफ भी कर देगे, ऐसा मेरा विश्वास है। गाँववालो की बेतरबीब भीड़ तो स्वाभाविक है ही। चारों ओर शोर और अफरातफरी मची थी। लोगों ने बताया कि पुलिया के नीचे से निकलकर अब बाघ सामने के गेहू के खेतों में ही कहीं है। लोग इतने यकीन से बता रहे थे कि यह सब सुनकर हम लोगों को यह

विश्वास हो गया कि बाघ यहाँ आकर जख्मी होकर कहीं पड़ा है। हम लोगों ने अपनी-अपनी गाड़ियाँ पीली रोशनी में खेतो में डाल दी जहाँ-जहाँ गाँववाले बता रहे थे। वहाँ-वहाँ हम लोगों ने सावधानी से गाड़ियों को घुमाया। सर्च लाइट से पूरे खेतों को देखने का भी प्रयास किया पर कुछ नहीं मिला। आगे एक गेहूँ के खेत में ताजा पानी लगाया गया था। वहाँ एक तेन्दुए के ताजे पगमार्ग मिल गए। नाप तौलकर परखा गया था। यह कन्फर्म किया गया कि यह निशान तेन्दुए के पैरों के ही हैं। गाँववालो ने तेन्दुए को बाघ समझ लिया था। पता यह चला कि दोपहर में एक खेत में एक जंगली जानवर छिपा था। जानवर को ढूँढ़ने के चक्कर में 15-20 गाँववालों और उस जानवर के साथ जबर्दस्त मुठभेड़ हुई थी। लगभग 12 आदमी घायल थे। पैदल और गाड़ी के सहारे लगभग सारे खेतों को घूमा गया। तलाशा गया। देर रात गाँववालों को यकीन दिलाया कि अँधेरा का फायदा उठाकर तेन्दुआ कहीं और, बहुत पहले ही निकल गया है। रात लगभग 12.30 बजे डी.एफ.ओ. अशोक मिश्र ने मुझे लखनऊ मेरे घर तक छोड़ा।

ऑपरेशन अभी तक तो लगातार चल रहा था। परन्तु इसका कोई परिणाम नहीं निकल पा रहा था। टीम परेशान थी। ऊपर के अधिकारियों पर दबाव बढ़ता जा रहा था। प्रेस मीडिया में लगातार बाघ के बारे में छप रहा था। मीडिया ने तो बाघ का नाम भी रख दिया था रहमान। रोज रिपोर्ट बन रही थी। ऊपर भेजी जा रही थी। अधिकारियों कर्मचारियो की ड्यूटी लग रही थी। गाँववालों की उत्सुकता खत्म तो नहीं हुई थी, पर कम जरूर हो गई थी। अब लोग दहशत में आ रहे थे जैसा मैं पहले बता चुका हूँ क्योंकि हर जगह बाघ की ही खबर थी। अभी तक लोगों का विश्वास था कि वन विभाग की टीम बाघ को पकड़ लेगी पर जैसे-जैसे दिन बढ़ते जा रहे थे उनका विश्वास कहीं धूमिल-सा होता जा रहा था। सर्दियाँ जा रही थी। दिन अब हल्के गरम होने लगे थे। बस सुबह-शाम और रात की मुट्ठी भर ठंड बची थी। बाघ रात भर सभी जगह घूमता-फिरता रहता था। अब उसका अगल-बगल के क्षेत्रों का अन्दाजा होने लगा था, इसलिए अब वह रात को अक्सर रहमानखेड़ा से दूर तक निकल जाता था, पर सुबह होते-होते फिर संस्थान में, अपने ठिये पर वापस लौट आता था। दिन और रात तेजी से गुजर से रहे थे। पेड़ों पर बेर लगे, पके और अब अगले साल दोबारा फलने के लिए विदा ले रहे थे। आमों के पेड़ों पर ढेर सारे बौर आने लगी थी। अमरूद बेदस्तूर पेड़ों पर लगे थे और पके जा रहे थे। बेल के पेड़ों पर बेल अब हरे से धूसर रंग के होते जा रहे थे। रात में बाघ मचान के नीचे पड़े हुए सड़े पड़वे को उठाकर ले गया।

आज सुबह-सुबह सारी टीम को एक जुट कराके, दोबारा से यह संकल्प लिया गया कि ऑपरेशन बिना रुके लगातार किया जाएगा। वह भी बिना थके। बिना निराश हुए। संकल्प लेना इसलिए जरूरी था क्योंकि रेस्क्यू ऑपरेशन में धीरे-धीरे सफलता न मिलने और एक जैसे सारे दिनों के गुजरने से नीरसता तथा अवसाद-सा आता जा रहा था। संकल्प लेने के बाद फिर रोज की तरह मैं और डॉ. सौरभ अपने-अपने मचानो पर पड़वा और बकरी बाँधकर शाम तक के लिए बैठ गए। कुल तीन पिंजरे लगभग 4 मचान बनाए गए है। दो मचान प्लास्टिक की कुर्सियो के वहीं बँधे है। जहाँ बाघ पड़वे को खीचकर ले गया था। आज लखनऊ चिड़ियाघर से चौथा ट्रैपिंग केज भी मँगवाया गया है। शायद शाम तक पिंजरा आ जाए। पुराने महावत नासिर अली को भी दुधवा नेशनल पार्क से बाघ की ट्रैकिंग के लिए बुलवा लिया गया है। मैं जहाँ मचान पर पड़वे को लेकर बैठा हूँ इसी के अगल-बगल यहीं-कहीं झाड़ियों में बाघ बैठा है। मुझे मालूम है जैसे शाम होगी अँधेरा होगा बाघ उठेगा। सुबह ही तय किया गया था कि पड़वा या बकरी मचान के नीचे ही बाँधी जाएगी, वह भी बस सुबह-शाम। सुबह लगभग 3.50 से 9 बजे तक और शाम 2.30-3.00 बजे से अँधेरा होने के कुछ पहले तक। शाम को हम दोनों अपने-अपने मचानों से उतर आए ओर बोझल कदमों से कैम्प की तरफ चल दिए। एक खबर आई कि टडियावा क्षेत्र के डडबानी बरगदिया में तेन्दुए के हमले में कई लोग घायल हो गए हैं। तेन्दुए के पंजो के निशान भी बरसीम वाले खेत में मिले। दोपहर में बरसीम काट रहे देवराज ने पास के गेहूँ के खेत में निकल गए तेन्दुए को देख शोर मचाया तो तेन्दुए ने सीधे उन पर हमला कर दिया और जब बाकी लोग देवराज को बचाने पहुँचे तो तेन्दुए ने उन लोगों को भी घायल कर दिया। बाघ क्योंकि लखनऊ में था। लखनऊ उत्तर प्रदेश की राजधानी केन्द्र बिन्दु है। अगल-बगल कहीं भी कोई भी घटना होती थी उनको बाघ की खबर के साथ जोड़ दिया जाता था। इधर रहमानखेड़ा संस्थान जो कि आमों के अनुसन्धान में प्रख्यात है। आजकल सूना-सूना-सा लगता है। अब तो फार्म संस्थान में न नीलगाय है, और न ही बन्दर, न बन्दरों की आवाजें। यदा कदा जंगली बिल्लियाँ या कभी-कभार सियार दिख जाते हैं। जंगल भी इतना खामोश, जैसे सुस्ता रहा हो। इधर डेढ़ महीनों से उलासपुर, रहमानखेड़ा, मीठेपुर, दुगौती, मँगौड़ी, खालिसपुर, फतेपुर और कई गाँवों में दहशत का माहौल है। इधर पाँच दिनों से बाघ की न कोई नई मूवमेंट नजर में आई न कोई अफवाह कानों में सुनाई दी, सिर्फ ऊपर लिखी तेन्दुओं की घटनाओं को छोड़कर। जब कोई खबर नहीं होती है तो दिल घबराता है कि कहीं कोई अनहोनी न हो जाए।

16 फरवरी को बाघ ने आखिरी पड़वे को खाया था। नासिर खाँ ट्रैकर जो दुधवा से आए है। सबके साथ जोर-शोर से ट्रैकिंग कर रहे हैं। सारी टीम पूरे जोश से लगी है। फैजाबाद में 2009 के बाघ ऑपरेशन के दौरान दो ट्रैपिंग केज बनवाए गए थे। उनको भी फैजाबाद वन प्रभाग से लखनऊ मँगवा लिया गया है।

आज मैं सुबह रहमानखेड़ा नहीं गया था। मचान पर डॉ. सौरभ को बैठना था। सुबह कमाल को फोन 6.30 पर आया कि जब डॉ. सौरभ और कमाल जब मुँह अँधेरे सरसों और जंगल की सीमा पर बने मचान पर पड़वे को नीचे बाँधकर बैठ थे। बाघ सुबह लगभग 5.10 पर आया और पड़वे को मार गया। कमाल ने बाद में बताया कि सुबह-सुबह 5 बजे अँधेरा ही था, मचान नीचे से जैसे ही पड़वे के गले से अजीब सी आवाज निकली। डॉ. सौरभ ने नीचे पड़वे पर कमाल को सर्च लाइट मारने को कहा कमाल ने सर्च लाईट ऑन की मगर बदकिस्मती से उसे ने सर्चलाईट उलटी पकड़ी हुई थी। सर्च लाईट ऑन करते ही सर्चलाईट की सारी की सारी रोशनी डॉ. सौरभ और कमाल के ऊपर चमक गई। गलती का अहसास होते ही क्षण भर में कमाल ने सर्च लाइट को घुमाकर नीचे देखा तो पड़वा मरा पड़ा था और बाघ गायब था। कमाल और डॉ. सौरभ धूप निकलने तक बाघ के लौटने का इन्तजार करते रहे। मैं भी रहमानखेड़ा पहुँच गया। धूप तेज होने पर कमाल, सौरभ को मचान पर छोड़कर नीचे उतर आए थे। तेज धूप में बाघ के लौटने की सारी सम्भावनाएँ खत्म होती दिख रही थीं इसलिए सौरभ को मचान से नीचे उतारने मैं, इरशाद, डॉ. देवेन्द्र, नासिर और कमाल पेड़ के नीचे लगभग 11.30 पहुँचे, डॉ. सौरभ को मचान से सीढ़ी लगाकर नीचे उतारा गया। नीचे जमीन पर पड़वा गर्दन टेढ़ा कर, अगले घुटने मोड़कर मरा पड़ा था मुँह के ऊपर मक्खियाँ भिनभिना रही थी। सावधानी से मरे हुए पड़वे को वहाँ से खींचकर जंगल के अन्दर बने दूसरे मचान के नीचे रख दिया गया और उस मचान पर मैं और कमाल डार्टगन लेकर बैठ गए। पहलेवाले मचान से पड़वे को इसलिए हटाया गया कि वहाँ बहुत हलचल हो चुकी थी और सबकी एक ही राय थी कि बाघ अब वहाँ दोबारा नहीं आएगा। किसी दूसरी जगह किल को रखकर प्रयास किया जाना ठीक होगा। शाम को मूर्खो की तरह मचान पर बैठकर हम दोनों अँधेरा होने पर नीचे उतर गए। मरे हुए पड़वे को ट्रैपिंग केज में लगाने की योजना थी पर पड़वे का साइज बहुत बड़ा था वह पिंजरे में ट्रैपिंग केज के रूप में नहीं लगाया जा सकता था। क्योंकि पड़वा इतना बड़ा था कि बाघ बिना पिंजरे को छुये पड़वे को बाहर से खड़े-खड़े खींच सकता था। वहीं पर यह तय किया गया कि पिंजरे के अन्दर पड़वे को रखकर उसे बन्द कर दिया जाए। रात भर

के लिए मरा हुआ पड़वा सुरक्षित हो जाएगा। जिसका इस्तेमाल कल मचान के नीचे पड़वे के निर्जीव शरीर को रखकर बाघ को ललचाने का प्रयास किया जा सकता है। हम लोग आदमियों की तरह सोच रहे थे कि रात भर अपने खुद के द्वारा शिकार किए गए प्रिय भोजन को पिंजरे के अन्दर देख-देखकर बाघ सुबह तक लालच में भर जाएगा और पौ फटने से पहले जैसे ही हम पड़वा पिंजरे से निकालकर मचान के नीचे रखेगे। भोजन की प्रतीक्षा कर रहे बाघ का धैर्य चुक जाएगा और वह भोजन पर टूट पड़ेगा और जब वह निवाला निगल रहा होगा उसके पुट्ठे में सिरिंज धँस जाएगी और बाघ गिरफ्त में होगा लेकिन मुँगेरीलाल के हसीन सपने हम लोग देख रहे थे, बाघ नहीं। वह योजनाओ और सपनों पर नहीं जीता है उसका भरोसा सिर्फ और सिर्फ अपनी ज्ञानेन्द्रियों पर है जिसमें सबसे सशक्त और सटीक उसकी छठवीं ज्ञानेन्द्री है।

अगली सुबह मरे हुए पड़वे को कमाल और मैंने जैसे-तैसे पिंजरे से खींचकर पेड़ पर बँधे मचान के नीचे रखकर ऊपर जाकर सावधानी से बैठ गए। गर्मी के कारण पड़वा फूल गया था। उसमें से हलकी बदबू भी आ रही थी, मेरी जेब में एक जोड़ी ग्लब्स रखे थे, जो मैंने पड़वे को पिंजरे से बाहर निकालते हुए हाथों में पहन लिए थे। कमाल ने सारा काम नंगे हाथो से किया था। मचान पर जब हम लोग बैठे तो मैं कमाल की लाल आँखें देखकर, उसका माथा छुआ तो पाया कि कमाल को तेज बुखार है। मेरे बैग में बुखार और दर्द की दवाई थी और थोड़ा खाना भी था। खाली पेट मैं दवाई देना नहीं चाहता था इसलिए कमाल को खाना खिलाना जरूरी था। कमाल के हाथ गन्दे थे जो कि साबुन से अच्छी तरह से धोने के बाद ही ठीक हो सकते थे। मैंने उसको एक डेढ़ पराठा खिलाया और दवाई खिला दी। बाघ को न आना था न वह आया। रोज की तरह निराश होकर अँधेरा होने पर मचान से हम दोनों उतर गए। मैं सोच रहा था कि आज लगभग 6-7 दिन हो रहे हैं। बाघ शायद भूखा हो, बाघ को पड़वा खाने के लिए ऐसे ही छोड़ देना चाहिए पर डी.एफ.ओ. अशोक मिश्र का ख्याल था कि बाघ के सब्र का इम्तेहान, एक रात के लिए और लेना चाहिए और पड़वे को पिंजरे के अन्दर रख देना चाहिए फिर अगली सुबह उसका इस्तमाल मचान पर बैठ बेहोश करनेवालों को करने देना चाहिए। पड़वे को पिंजरे में बन्द कर, बकरियों को ट्रैपिंग केज के हवालेकर हम सब लोग घर आ गए। रात की ड्यूटी का स्टाफ वहाँ पहुँच गया। अफवाह आई कि बक्शी है तालाब के रैया गाँव, जो कि रहमानखेड़ा से लगभग 6 किलोमीटर दूर था। एक फार्म हाउस के पास बाघ दिखाई दिया है। यह बात लगभग रात 9.30 बजे की है। गोमती नदी के किनारे पर फार्म हाउस था। रात

में ही टीम वहाँ पहुँची पर घना अँधेरा होने की वजह से कुछ नजर नहीं आया। सुबह नदी के किनारे बाघ के पैरों के निशान मिले मगर वे पुराने थे, ताजे नहीं।

मैं अक्सर सोचता हूँ कि हमारी इतनी बड़ी टीम में छोटे से लेकर आला अफसर तक सब पूरी तरह से रेस्क्यू ऑपरेशन की योजना और उसको करने के लिए सचमुच जी जान से जुटे है। इतने सारे मचान, पिंजरे, गन, हाथी, ट्रेसर, कैपचर कैमरा, जी पी.एस. खबरें, गाड़ियाँ और तरह-तरह के उपकरण, इतने सारे एक्सपर्ट इतनी सारी निगाहे और वह अकेला। जिसके पास छुपने की जगह तक नहीं, रहने का ठिकाना नहीं, खाने का अता पता नहीं, कोई उपकरण नहीं, अजनबी जगह, जहाँ उसे पानी एवं खाना ढूँढ़ना पड़ता है और छुपने का स्थान भी तलाशना पड़ता है। उसके पीछे इतने सारे लोग, उसका कोई सहयोगी नहीं, बल्कि उसके जैसे जानवर उसके पहुँचने पर शोर और मचा देते हैं। जिससे हम लोगों को उसके होने की जगह का पता लग जाता है। चाहे कौव्वे हो चाहे मोर, चाहे लंगूर हों, चाहे बन्दर, चाहे तेज भागती हुई नीलगाय हो या फिर घबराए हुए सियार, सब-के-सब उसका पता बता देते हैं। वह अकेला, निडर और बेखौफ। हम लोगों को दिन में कम-से-कम तो दस बार देखता होगा हम लोग उसको लगभग पौने दो महीनों में सिर्फ एक बार मचान के नीचे देख पाए या फिर एक दो बार संस्थान के स्टाफ और कभी एक आध बार गाँववालों ने उसे धोके से देखा होगा और केवल एक बार कैमरा ट्रैप में उसकी फोटो आई। कभी आप गन्ने के खेत या बड़ी घास के मैदान या घने जंगलों के अन्दर घुसे हो तो अन्दर जाकर थोड़ी देर के बाद आपको दिशा भ्रम हो जाता है कि किधर से आए थे और किधर जाना है। अब कल्पना करिए कि बाघ के आँखों की ऊँचाई ज्यादा से ज्यादा 3) फीट तक होगी और वह घनी झाड़ियों में छुपकर चलता है और ज्यादातर रात में। उसके पास तो जी.पी.एस. नहीं है फिर भी वह सारी दिशाए सारी दूरियाँ, सारे गाँव, सारी सड़के, सारी पगडंडियाँ, सारी रेलवेलाइनें अच्छी तरह से पहचानता है, जानता है। उसको कैसे मालूम होता है कि यहाँ खतरा है या नहीं। इस पिंजरे से दूर रहना है। इस गली जाना है इस गली नहीं। यहाँ ऊपर पेंड़ की पत्तियों में मचान छुपा है इसके नीचे से नहीं गुजरना है। कमाल है। अद्भुत है। इतने दिनों के लगातार लखनऊ से रहमानखेड़ा आने-जाने से उकताकर आज मैं सुबह अपना कुछ दिनों का सामान लेकर मुसाबाग रेस्टहाउस पहुँच गया। एक कोने में अपना सारा सामान रखकर मै, डॉ. सौरभ और डॉ. देवेन्द को लेकर रहमानखेड़ा लगभग 12 बजे दोपहर होते-होते पहुँच गया। मन में तय किया था 2-3 दिन यही रहूँगा। दोपहर लगभग 3.40 पर मैं डॉ. सौरभ को लेकर फिर

पुराने सड़े हुए पड़वे को जमीन पर रखकर पुराने मचान पर बैठ गए। शाम 5.40 पर मचान से नीचे उतरे। मैंने सोचा पड़वा और बकरी को देख-देखकर बाघ उकता गया होगा सो कुछ अलग ट्राई करना चाहिए, तो मैंने एक जिन्दा सुअर लखनऊ से मँगवाया। मेरे जू के शानदार कर्मचारी सफीर, राकेश, रामसेवक और कुबेर एक छोटे ट्रक में जिन्दा सुअर लेकर रहमानखेड़ा पहुँच गए। पिंजरे के बाहर जो बदबू करता हुआ बड़ा मरा हुआ पड़वा था, और जो अपने बड़े होने के कारण पिंजरे में आ नहीं पा रहा था। रामसेवक ने बड़ी सफाई से उसको दो भागो में काट दिया। एक भाग को पिंजरे में लगाया और दूसरा भाग मचान के नीचे ही छोड़ दिया। सुअर हम लोगों को बिलकुल बर्दाश्त नहीं कर रहा था। आज सुअर को पड़वे की जगह उसी सरसोंवाले खेत में बाँधना था। जहाँ सरसों लगभग खत्म सी हो रही थी। खेत साफ-सा हो रहा था। ज़िन्दा पड़वे को खूँटे से बाँधना और एक ज़िन्दा सुअर को खूँटे से बाँधने में जमीन-आसमान का तो नहीं, पर जमीन और पहाड़ी का फर्क जरूर था। सुअर इतना बेकाबू हो रहा था कि खूँटे से बाँधना सम्भव नहीं हो रहा था। थक हारकर सोचा गया कि सुअर को ट्रैपिंग केज में ही बाँधकर छोड़ दिया जाए। अँधेरा होते-होते बेचारे सुअर को पश्चिम दिशावाले सूखे नाले के पास लगे ट्रैपिंग केज से बकरियों को हटाकर, बाँध दिया गया, यह वहीं जगह थी जहाँ बाघ अक्सर आता-जाता था और पिंजरे के नीचे की जमीन खोदकर अन्दर बँधी बकरियों को पकड़ने की भरसक कोशिश करता था। सारी कार्यवाही के बारे में डी.एफ.ओ. अशोक मिश्र, एस.डी.ओ. वी.बी. श्रीवास्तव और रेंजर ए.के. द्विवेदी को बता दिया गया था। रात को हमारे पास खाने के लिए कुछ भी नहीं था। न ही इसके बारे में पहले सोचा गया। अँधेरा घिरने पर काम खत्म होने पर मैंने डॉ. सौरभ और डॉ. देवेन्द्र को गाड़ी से कुछ खाना लेने पास के एक ढाबे में भेज दिया। मैं और वारिसी संस्थान के मुख्य ऑफिस के अस्थाई कैम्प के कमरों से निकलकर बाहर टहल रहे थे। जिनको हम कैम्प की तरह रात में रुकने के लिए इस्तेमालकर रहे थे। वारिसी और मैं अपने कमरे से बाई तरफ की पतली सड़क पर निकल गए काफी आगे चले गए तो अचानक सामने जाती काली रोड के दाहिने किनारे पर एक आकृति बैठी दिखाई दी, बिलकुल बाघ की तरह। जो सड़क पर लगी मरियल किस्म की रोशनी में धुँधली सी दिखाई दे रही थी। वारिसी के मुँह से निकला बाघ ! बैठी हुई आकृति का मुँह हमारी ओर था और उसके दोनों कान खड़े थे। थोड़ी देर के लिए तो मैं भी सोचने पर मजबूर हो गया कि यह क्या बाघ बैठा हैं। वारिसी उम्र में छोटा और अनुभव में बौना था, इसलिए मुझे ही कुछ हिम्मत दिखानी थी और इस परिस्थिति को समझना

भी था कि अगर यह बाघ हमसे लगभग 100 मीटर की दूरी पर रात में बैठा है तो हम क्या कर सकते हैं और अगर वह बाघ नहीं है तो क्या है ? वारिसी ने भी बड़ी हिम्मत की और मेरी तो खैर मजबूरी भी थी। मैंने डॉ. सौरभ को फोन किया तो उसने कहा कि खाना पैक हो रहा है। पहुँचने में लगभग 30-40 मिनट लग जाएँगे। हम लोग धीरे-धीरे उस छाया की तरफ बढ़ते रहे जो साक्षात उस रात के वक्त यम की तरह महसूस हो रही थी। धीरे-धीर फासला जब कम होने लगा तो मुझे डर के मारे ध्यान आया कि मेरे बैग में तो दूरबीन भी रखी है। मैं और वारिसी लगभग दौड़ते हुए कमरे में पहुँचे और दूरबीन लेकर फिर उसी जगह पहुँच गए जहाँ लगभग 75 मीटर की दूरी पर वह आकृति उसी अवस्था में खड़ी थी जैसे 15 मिनट पहले थी। मैं मन-ही-मन कुछ आश्वस्त हो चला और दूरबीन आँखों से लगाकर उस तथाकथित बाघ को फोकस किया तो देखा कि संस्थान में काम रहे किसी मजदूर ने रेत की बोरी के दोनों कोने पकड़कर वहाँ पहुँचकर बोरी को वहीं सड़क पर रखकर छोड़ गया था। बोरी के दोनों उठे हुए कोने, धुँधले में कान जैसे लग रहे थे और उसका स्वरूप बिलकुल बैठे हुए किसी जानवर से मेल खा रहा था और हम लोगों की दिल, दिमाग ओर आँखों में सिर्फ बाघ-ही-बाघ था। यही बाघ की माया थी। यही उसका तिलिस्म था।

हम सभी लोग इसी में उलझे थे कि एक जोरदार लोहे के गिरने और एक जानवर के चिल्लाने की आवाज सुनाई दी, जो यकीनन एक सुअर ही की हो सकती थी जिसे हम लोग अभी कुछ देर पहले ट्रैपिंग केज में बड़ी जद्दोजहद से रखकरकर आए थे। वारिसी के साथ-साथ मुझे भी उन दोनों मिली-जुली आवाजों का भ्रम-सा हुआ था। वारिसी ने कहा पिंजरे के अन्दर हलचल की आवाज़ भी आ रही है यानी बाघ पिंजरे के अन्दर फँस गया है और वहाँ से निकलने का रास्ता वह अपनी पूरी ताकत के साथ ढूँढ रहा है, पर पिंजरे को देखने जाए तो कैसे जाए हम लोगों के पास कोई गाड़ी नहीं थी। हमारी गाड़ी तो खाना लेने गई थी। हम लोग खाना लेने गए लोगों को लगातार फोन करते रहे। गाड़ी लगभग 15-20 मिनट बाद लगभग रात 11 बजे लौट आई। खाना वगैरह तो हम भूल चुके थे। जिप्सी लेकर तुरन्त उस प्लाट के पास की सड़क के पास भागे जहाँ पिंजरे के अन्दर सुअर था। सड़क पर जिप्सी से उतरे और प्लाट जो कि 7-8 फिट सड़क से नीचे था वहाँ टार्च की रोशनी को पिंजरे पर फेंकते हुए डरे सहमे से लगभग खेत में 50 मीटर दूर लगे पिंजरे के जब पास पहुँचे तो देखते हैं कि पिंजरे का गेट तो खुला ही हुआ है। बन्द ही नहीं हुआ, तो यह आवाज कैसी थी। यह पक्का है कि ट्रैपिंग केज के अन्दर तो बाघ नहीं फँसा है मगर बाघ

अगल-बगल भी तो हो सकता है। धीरे-धीरे हम लोग डरते-डरते पिंजरे के पास पहुँचे तो देखा सब ठीक ठाक था। सुअर नाराज-सा पिंजरे के अन्दर चुपचाप बैठा था। बाघ को देखकर सुअर ने उछल कूद करी होगी जिसकी आवाज हम लोगों ने सुनी थी, ऐसा हम लोगों ने अनुमान लगाया। वहाँ से तुरन्त हम लोग वापस आ गए और खाना खाकर सो गए। सुबह जल्दी ही उठ गए। दोबारा उसी जगह जाकर देखा तो पिंजरे के अन्दर सुअर ने अपने सारे बँधन खोल लिए थे, और वह पिछली रात ही की तरह ज्यों का त्यों चुपचाप बैठा था। उसकी आँखों में सारी रात का मंजर था जहाँ बाघ ने पिंजरे के पास आकर उसको अपना चेहरा दिखाया था क्योंकि पिंजरे के अगल-बगल बाघ के ताजे पैरों के निशान थे यानी रात को बाघ आया था। पिंजरे और सुअर का निरीक्षण करके और खतरे को महसूस कर लौट गया था। आधा खुले में पड़ा पड़वा और आधा पिंजरे में पड़ा पड़वे का शरीर ज्यों-का-त्यों था। सुबह देर से एक खबर आई कि देवरई खुर्द गाँव में रामआसरे के एक सफेद बछड़े पर किसी ने हमला कर घायल कर दिया लोगों का यह कहना है कि यह बाघ का ही काम है। जब हमारी टीम गाँव पहुँची तो सफेद बछड़ा अपनी मलहम-पट्टी कराकर अपनी माँ के पास चुपचाप खड़ा था उसके चारो ओर भीड़ लगी थी, क्योंकि गाँववालों का यह मानना है कि यह बाघ का काम है और बहादुर बछड़ा बाघ के हमले के बावजूद बच गया। बछड़ा आज का सेलिब्रिटी हो गया है और रामआसरे आज की खबरों के प्रमुख दावेदार बन गए हैं।

दिन गुजरते जा रहे हैं। सुबह-शाम सारी टीमें मचान के नीचे जिन्दा या मरा हुआ पड़वा या फिर बकरी रखते और मचान के ऊपर हम जिन्दा लोग बैठते। बाघ मरे हुए पड़वे को कभी खींच ले जाता, कभी रस्सी मजबूत बँधी होने के कारण वहीं बैठकर खाता। वह अब पूरा-का-पूरा पड़वा खाने लगा था। कमाल की बात यह थी कि हम लोग उसको जो खाना दे रहे था वह बहुत धैर्य से स्वीकार भी कर रहा था। हम लोग जब मचान पर बैठते तो मरे हुए पड़वे के अवशेषों को कौवे और क्रो फीजेन्ट को नोचते देखते। सुबह सूरज जल्दी निकलने लगा था और शाम को अब देर तक उजाला रहता था। पिंजरों में बकरियाँ बेदस्तूर बाँधी जा रही थी। मचानो को बार-बार हरे कपड़े में पत्तियों, टहनियों के साथ कैमोफ्लेज किया जा रहा था। दिन मचानो में छुपकर बैठने और बाघ के पगमार्को को खोजते बीत रहे थे। सारी टीम जुटी थी। हम लोग लगातार सोच रहे थे कि क्या नया किया जाए। बाघ शाम से सुबह तक खाता-पीता घूमता है पर पिंजरे के अन्दर जाता नहीं है। अँधेरा होने पर बेहोश नहीं किया जा सकता

है। इसी बीच एक बड़े पिंजरे में बैठकर बाघ को बेहोश करने का विचार दोबारा से आया और सबकी सहमति से इसको करने का सोचा भी गया। मैं चिड़ियाघर से एक बड़ा-सा पिंजरा उठाकर ले आया और सरसों के खेत में जहाँ सरसों लगभग खत्म हो गई थी और मैदान जैसा होता जा रहा था, यह वहीं जगह थी जहाँ पर पड़वा लगातार बाँधा जा रहा था। बड़े से पिंजरे को वहीं खेत के लगभग बीचोबीच रख दिया और उसको अच्छी तरह से पत्तियों और घास से ढक दिया। 4-5 दिन मरा हुआ सड़ा-गला आधा पड़वा जो ट्रैपिंग केज में पड़ा था, उसको उठाकर इस नए पिंजरे के सामने डाल दिया। रात को बाघ वह खस्ता हालत पड़ा हुआ पड़वा उठा ले गया और उसने जंगल में बैठकर उस सड़े गले पड़वे को बेहद स्वाद लेकर खाया भी।

हम लोगों ने यह सोचा कि जो पिंजरा हम लोगों ने सरसोंवाले खेत में लगाया है और पिंजरे के आगे जो जगह है जहाँ बाघ को खाना देने के लिए हम रोज पड़वा बाँधते हैं अगर हममें से कोई पिंजरे के अन्दर बैठकर बाघ को पड़वा मारते समय डार्ट कर दे तो बाघ पकड़ा जा सकता है और यह काम मुँह अँधेरे और देर शाम तक करा जा सकता है। यह प्रयास पहले भी तीन तारोंवाली बार्बेड वायर के पास बाघ के आने-जानेवाले रास्ते में जमीन में पिंजरों को लगाकर डॉ. प्रशान्त देशमुख और कमाल द्वारा कई बार किया भी जा चुका था। पिंजरे में देर तक बैठने का अभ्यास मैं करने भी लगा। पहला अभ्यास शायद हम लोगों ने 28.02.2012 फरवरी को किया था।

मैं सुबह 4 बजे लखनऊ से चला और 4.40 पर रहमानखेड़ा पहुँच गया। आपको याद होगा कि एक सुअर को एक ट्रैपिंग केज में लगातार बाँधा जा रहा था जहाँ बाघ उसको पिंजरे के बाहर से ही आँखों-आँखों में डराकर चला जाता था। कुछ दिनो बाद उस सुअर को एक अलग ट्रान्सपोर्टिंग केज में ऐसी जगह रखा गया था जहाँ से बेतवा नाले के ऊपर बना रेलवे पुल दिखाई देता था और वहीं उसके खाने-पीने का प्रबन्ध किया जा रहा था और देखभाल की जा रही थी। उसी सुअर को ट्रान्सपोर्टिंग केज से निकालकर बड़े पिंजरे के सामने बहुत मुश्किल से खूँटे से बाँध दिया। मैं खुद पिंजरे के अन्दर ट्रंक्यूलाइजिंग गन को लेकर बैठ गया। पिंजरा लगभग तीन साढ़े तीन फुट ऊँचा होगा, 4 फिट चौड़ा ओर 6 फिट लम्बा होगा। चारो तरफ सरिया लगे थे। छत लकड़ी के पटरों पर लोहे के छड़ों के सहारे बन्द की गई थी। नीचे फर्श का भी यही रूप था। बैठने के लिए एक भूसे से भरी बोरी रखी गई थी और केज को चारों तरफ पत्तियों और घास-फूस से छिपाया गया था। पिंजरे के सामने की तरफ दो-तीन छेद इस

प्रकार बनाए गए थे कि सामने खूटे से बँधा जानवर आपको दिखाई दे। केज के अन्दर आप खड़े नहीं हो सकते हैं। ज्यादा इधर-उधर हिल-डुल नहीं सकते हैं। सुबह 7 बजे केवल लगभग 2 से 2.30 घंटे ही तक मैं पिंजरे के अन्दर बैठ पाया। उसके बाद मैं पिंजरे से बाहर निकल आया। इधर-उधर जंगल में घूमते हुए बाघ के चिह्नों को खोजते रहा वारिसी के साथ ट्रैकिंग करते हुए पूरा मधुबनी का जंगल और उलरापुर गाँव तक घूम आया। बाघ के पैरों के नए पुराने निशान पूरे रास्ते मिलते रहे। शायद पिछली रात के भी निशान थे। गर्मी बढ़ रही थी। लौटकर देखा तो सुअर जमीन की मिट्टी खोदकर पड़ा था। उसके लिए छाँव की, पानी डलवाया और पत्तागोभी और आलू खाने को डाले गए। इस तरह शाम को नियम के अनुसार मचान पर बैठा गया और बेवजह दिन बरबाद हो गया कुछ हाथ नहीं आया। सिर्फ ट्रैकिंग टीम को सुबह मीठेनगर गाँव की तरफ बाघ के ताजा पगमार्क मिले।

रात को बाघ पूरे संस्थान में घूमता टहलता आया और नाम मात्र को रह गई सरसों के खेत में बँधे सुअर के पास जा पहुँचा। सुअर के कई चक्कर लगाए। बिलकुल पास तक जा पहुँचा और न जाने क्या सोचकर पास के जंगल में कहीं जाकर खो गया। रात की यह कहानी, सुबह मिले, बाघ के पैरों के निशान बता रहे थे। अजब बात थी कि बाघ ने सुअर को मारा नहीं हालाँकि उसको आखिरी शिकार किए हुए लगभग 7 दिन हो रहे हैं। बाघ भूखा था, फिर भी उसने सुअर को नहीं मारा। बाघ यहीं-कहीं संस्थान में है, इसी यकीन के साथ सुअर की जगह एक पड़वे को पिंजरे के सामने बाँधकर मैं सुबह से ही पिंजरे के अन्दर बैठ गया। शाम को बाकी टीमें मचान पर जा बैठी। गाड़ियों में भी छुपकर बाघ का इन्तजार किया गया। पता नहीं बाघ को हमारी योजनाओं के बारे में कैसे पता लग जाता है। देर रात खबर आई कि नई बस्ती धनेवा, मलीहाबाद के जिला पंचायत अध्यक्ष रामचन्द्र प्रधान के फार्म में बाघ घुस गया है, रात भर हड़कम्प मचता रहा है। उत्साही गाँववालो ने खरपतवार में आग लगा दी जो दूर तक चली गई। बाघ भूखा है पर अगल-बगल, आस-पड़ोस कहीं से भी किसी किल की कोई खबर नहीं आ रही थी। सारी टीम हर खबर पर ढूँढ रही थी दौड़ रही थी। क्या पता था कि बाघ से फिर आमना-सामना होनेवाला था जो अजीबोगरीब होगा।

योजना के अनुसार मुझे अगली सुबह मुँह अँधेरे में कमाल के साथ पिंजरे में बैठना था और सामने बेट के रूप में पड़वा बाँधना था और धूप के तेज होने तक बाघ का इन्तजार करना था। जब हम पिंजरे के अन्दर बैठने लगे तो डॉ. सौरभ

जो कि ट्रंक्यूलाइजर गन के साथ थे, ने कहा कि मैं भी आपके साथ पिंजरे में बैठ जाऊँ मैं मना नहीं कर पाया। हम लोग लगभग सुबह 5.30 बजे तीनों आदमी पिंजरे के अन्दर बैठ गए। डॉ. देवेन्द्र महावत इरशाद हथिनी रूपकली के साथ करीब वहाँ से 200-300 मीटर दूर ऊँचाई पर स्थित दो कमरोंवाली चौकी में थे। हमें बैठे हुए 40-45 मिनट ही हुए थे कि मुझे किसी के नजदीक आने की आहट सुनाई दी। मैंने और कमाल ने एक-दूसरे को देखा। तीनों के बैठने से पिंजरा पूरा भर-सा गया था ज्यादा हिलने-डुलने की स्थिति नहीं थी। आवाज तेजी से पास आती गई। पिंजरे के अन्दर मुझे डॉ. देवेन्द्र की धीमी आवाज दूर से सुनाई पड़ी कि सर, बाघ चौकी के पीछे ही आम के बाग में बैठा है। मैं पिंजरे में कुछ देर असमंजस की स्थिति में बैठा रहा, फिर घास हटाकर देखा तो इरशाद महावत के साथ डॉ. देवेन्द्र रूपकली हाथी के ऊपर बैठे पिंजरे के बाहर थे। फिर मौका अच्छा है, यह सोचकर डॉ. सौरभ को पिंजरे के अन्दर छोड़कर मैं और कमाल चुपचाप पिंजरे से निकले कि बाघ अगर मुझे बाग में मिल जाएगा तो ठीक वरना वह पिंजरे के पास बँधे पड़वे के समीप जब आएगा और हो सकता है कि डॉ. सौरभ को मौका मिल जाए। मैं हाथी पर डॉ. देवेन्द्र और इरशाद के साथ जा बैठा तथा वहाँ से निकलकर सीधे चौकी के पासवाले आम के बाग में जाने लगा जहाँ इन दोनों ने बाघ को देखा था। जब मैं पिंजरेवाले प्लाट से निकला तो सामने पतली काली डामर की सड़क थी जो मेरे बाईं ओर ऊँचाई पर जाकर चौकी तक पहुँच रही थी और सड़क के एक ओर घना जंगल था और दूसरी ओर ठीक सरसोंवाले प्लाट के बाद, टीलेनुमा ऊँचाई लिए हुए एक खाली प्लाट था और उसके बाद फिर गहराई भी जहाँ छोटे-छोटे कटे सागौन का एक जंगल था और उसके बाद यहीं सड़क बाई ओर, सागौन के किनारे किनारे दूर तक जाती थी, जहाँ सड़क के 90 अंश के मोड़ पर चौकी थी और चौकी के सामने से भी यही रोड एक तिराहा होते हुए सीधी चली जाती है, अमरूदों के बागों तक। जैसे ही हम लोग सड़क पर आए और चौकी तरफ, बाग की ओर बढ़ते हुए टीले तक पहुँचे तो देखा सुबह की पीली नारंगी धूप में टीले पर बैठा पीला-नारंगी बाघ चमचमा रहा है। अब स्थिति यह थी कि हाथी और उसके ऊपर हम तीनों, कुछ फीट पर टीला और टीले पर बाघ। जिस टीले पर बाघ बैठा था उसकी ऊँचाई लगभग हाथी की पीठ के ही बराबर या ज्यादा थी, बाघ इतनी पास और अपना मुँह हमारी ओर किए बैठा था कि उसके शरीर के सारे बालों को हम लोग खड़े होते हुए देख रहे थे। उसके गले के बाल बिलकुल खुल गए, चेहरा, आँखें और गर्दन बड़ी हो गई, वह अपनी पूँछ धीरे-धीर वह दाएँ-बाएँ घुमा रहा था। उसका

मुँह ठीक हमारे सामने था। बाघ के मुँह के सामने डार्ट करना लगभग नामुमकिन था। वह अगले पैरों को समेटकर शरीर को फुलाकर सिकोड़ने लगा। उसकी फैली हुई आँखें सिकुड़ गई और मुझे लगा कि वह हाथी पर अब कूद ही पड़ेगा। मुझे और महावत इरशाद को रूपकली हाथी को धीरे-धीर पीछे करना पड़ा। हम धीरे से कहाँ से चल दिये। थोड़ी दूर जाकर हमने पीछे देखा तो बाघ ने अपने शरीर को अब सड़क के समानान्तर करके ढीलाकर लिया था। हम धीरे-धीर अब सड़क के दूसरी तरफ से बाघ के पास पहुँचने की कोशिश करने लगे। बाघ ऊपरी टीले पर धूप में दमदमा रहा है और उसकी तुलना में बस हाथी ही सुन्दर लग रहा था। हम लोगों का तो दोनों के बीच ठीक से अस्तित्व भी नहीं लग पा रहा था। बाघ और सड़क के समानान्तर खीचे शरीर के पास हाथी जब गया तो बाघ ने मुँह घुमाकर पूरी शहंशाही रूख से हम लोगों को देखा। अब उसका खूबसूरत और बलिष्ठ पुट्ठा मेरे सामने था। शायद 10 से 15 फिट दूर। मैंने गन को उठाया तो बाघ हल्के से गुर्राया और ऊपरवाले होठ सिकोड़कर अपने ऊपर जबड़े से सामने के छोटे साफ सफेद दाँत को हमको दिखाया और उसने फिर से शरीर को सिकोड़ा। इरशाद ने धीरे से फुसफुसाकर कर कहा फायर मत कीजिएगा बाघ हाथी पर कूद जाएगा। मैंने गन धीरे से हाथी के पीठ पर बँधे गद्दे पर रख दी। और अपनी तरफ से होशियारी दिखाते हुए सोचा कि फिर मौका मिले न मिले। गन को नीचे रखे-रखे ही फायर कर दूँगा, जैसे ही मैंने गन की बैरल का रुख बाघ के पुट्ठे की तरफ किया बाघ ने गुस्से में अगले पंजों से सूखी जमीन उखाड़ दी और घूरकर, हम लोगों की तरफ देखा। अब हम सब सचमुच डर गए थे। मुझे यह आज मानने में कोई परहेज नहीं है कि हम सब डर गए थे, सिवाय रूपकली को छोड़कर। मैंने डर को छिपाते हुए जरा बुद्धिमानी जताते हुए कहा कि बाघ पड़वे के पास जाने में शायद हम लोगों को बाधा समझ रहा है, इसलिए ऐसा कर रहा है। मैंने इरशाद को सड़क के दूसरी ओर जंगल के पेड़ों में हाथी को ले जाने को कहा जिससे मैं पेड़ों की ओट से दूर बैठे बाघ को डार्ट कर सकूँ। हाथी सड़क से बामुश्किल 3 मीटर गया और हमने पेड़ों को सहारा ले लिया जब हमने पेड़ों की एक कतार के पीछे से बाघ को देखा तो बाघ उठकर खड़ा हो गया था और उसने एक सुबह कि हलकी धूप में एक भरपूर अंगड़ाई ली शरीर को एक बार आगे खीचा और एक बार पीछे, बेपरवाही से उस ओर चल दिया जहाँ सरसोंवाले प्लाट में पिंजरे के आगे पड़वा बँधा था। मैंने महावत इरशाद से कहा कि हो सकता है बाघ पड़वे की तरफ ही जाए। मुझे पिंजरे में फिर बैठा दो, बस यहीं गलती हो गई, डर और हड़बड़ाहट में गलत निर्णय ले

लिया मुझे पिंजरे में दोबारा नहीं बैठना चाहिए था क्योंकि वहाँ तो पहले से ही डॉ. सौरभ बैठे थे। हाथी पिंजरे के पास आया और मैं हाथी से उतर कर पिंजरे में बैठ गया और कमाल को हाथी पर ही बैठे रहने दिया। मुझे पिंजरे में बैठाकर पिंजरे के पास से हाथी चला तो मैंने पिंजरे से झाँककर देखा कि बाघ उसके बिलकुल ठीक पीछे-पीछे चल रहा है। बाघ हमारी सब कार्यवाही समझ भी रहा था और देख भी रहा था। कमाल, इरशाद और डॉ. देवेन्द्र, रूपकली हथिनी के साथ घूमते रहे और बाघ उनके पीछे-पीछे घूमते-घूमते अचानक सूखे नाले की ओर लापता हो गया और वह वापस पड़वे पर भी नहीं आया। हमारे द्वारा इतना गड्डमड्ड किए जाने के बाद बाघ पड़वे पर इतनी धूप में क्या आता। मैं और डॉ. सौरभ पिंजरे से बाहर निकले। जब काफी देर हो गई तो मैं भी बुझे मन से खेत-खेत बाग-बाग बाघ की तलाश करता रहा गलती तो हो चुकी थी, बाघ हाथ से निकल गया था। रास्ते भर हमें पुराने बाघ द्वारा मारे गए पड़वो के अवशेष और उसकी हड्डियाँ तो मिली पर बाघ का कहीं कोई नामोनिशान न मिला। दोपहर तक बहुत मूड खराब रहा शाम को उदास मन से पड़वे को मचान नीचे बाँधकर शाम 3 बजे तक हम लोग मचान पर बैठ गए। मचान पर बार-बार यह ख्याल आ रहा था। बाघ हाथ से निकल गया। हाथ से निकल गया। शाम को मैं खामोश जंगल में खामोशी से मचान से नीचे उतरा और घर की तरफ चल दिया। रास्ते में डी.एफ.ओ. अशोक मिश्र मिल गए। मैं उनसे मिलना नहीं चाहता था पर गाड़ियाँ आमने सामने थी, मिलना मजबूरी थी। सुबह का वाकया सबने अपने-अपने ढंग से सुनाया। मुझे इस बात का अफसोस था कि जब योजना यही थी कि हम लोग पिंजरे के अन्दर बैंठेगे और बाघ को ललचाने के लिए पड़वा बाँधा जाएगा तो वहीं तो हो रहा था फिर डॉ. देवेन्द्र को मेरे पास यह बताने के लिए हाथी समेत क्या आने की जरूरत थी कि बाघ पड़वे से 300 गज की दूरी पर बैठा है। बाघ तो स्वंय चलकर पड़वे के पास आ ही रहा था। डॉ. देवेन्द्र का कहना था कि जब बाघ साक्षात बाग में बैठा उनको दिख ही गया तो वह क्या करते। पिंजरे पर बैठने पर हम लोग मोबाइल भी बन्द कर देते थे वह कैसे बताते कि बाघ बिलकुल खुला बाग में बैठा है। इस वैचारिक मतभेद के चलते और सुबह की असफलता के कारण मेरी डॉ. देवेन्द्र से कहासुनी हो गई, असल में मैं बाघ को सामने पाकर डार्ट नहीं कर पाया था इसलिए थोड़ा कुंठित था और वह कुंठा डॉ. देवेन्द्र के साथ कहा सुनी से निकल गई और फिर एक जिन्दा पड़वा पिंजरे में बाँध कर, मरी हुई आशा और जिन्दा निराशा के साथ हम लोग अपने-अपने घरों और रेस्टहाउस को वापस चले गए।

आज की आपाधापी में ट्रंक्यूलाइजेशन गन के पीछे की नॉब जिसके सहारे डार्ट सिरिज को बैरल के अन्दर डालकर पीछे से बैरल बन्द की जाती है, किसी समय पिंजरे या मचान पर बैठते उतरते समय गिरकर खो गई। शाम को जंगल में, खेत में ढूढ़ने की कोशिश की, पर अँधेरा होने पर नॉब को ढूँढ़ना छोड़ना पड़ा और पड़वा को पिंजरे में बाँधकर हम लोग चले गए।

रात भर सोचता रहा कि ट्रंक्यूलाइजेशन गन की नाब को कैसे ढूँढ़ा जाए क्योंकि उसके बिना तो डार्ट गन बेकार थी। वह डार्ट सिरिंज को फायर ही नहीं कर सकती थी। अगला दिन कहीं कुछ भी नहीं था। दूर तक जंगल के पेड़ भी बिलकुल खामोश खड़े थे। बाघ की कोई खबर नहीं। सारी टीम चुपचाप बिलकुल चुप मशीन की तरह काम करते रहे। हम लोग आपस में बाते भी कम ही कर रहे थे। कल की असफलता की घटना दिमाग और दिल से जा ही नहीं रही थी। पड़वा को ट्रैपिंग केज से निकालकर वहीं पुरानी जगह पर शहीद के होने लिए बाँध दिया गया, जिससे बाघ संस्थान छोड़कर इधर-उधर न चला जाए। शाम को सारे काम खत्म करके अँधेरा होते-होते सब लोग अपने ठिकाने पहुँच गए। सुबह ही सुबह फोन आया कि रात को जो अपने पड़वा बाँधा गया था वह बाघ ने मार दिया है। जब हम लोग वहाँ पहुँचे तो देखा कि पड़वे का सर बाघ ने बहुत सफाई से काटकर शरीर से अलगकर दिया था और बाकी शरीर लेकर बाघ नदारद था। उसने न रस्सी खीची, न तोड़ी। बस गर्दन काट दी। गर्दन में बँधी रस्सी अपने आप निकल गई। पूरे जंगल में हाथी से किल को ढूँढ़ते रहे पर कहीं कोई नामोनिशान नहीं मिले। मैं गन की नॉब ढूँढ़ने के लिए जू से मेटल डिटेक्टर ले गया था और मचान से कुछ कदमों की दूरी पर एक बेर की झाड़ के पास की पत्तियों के ऊपर जब मेटल डिटेक्टर ने बीप की आवाज की तो मैंने हाथ से पत्तियों को हटाया तो देखा नीचे लोहे की नॉब पड़ी थी। नाब पाकर क्षणिक खुशी हुई पर हताशा इस कदर मन पर सवार थी कि उसी हताशा को लेकर चौकी पर जाकर चुपचाप बैठ गया। सारे दिन कुछ नहीं हुआ। अगला दिन भी वैसा ही बीता जैसा पिछला। संस्थान में बाघ पड़वे को खाकर रातभर घूमता रहा। हम लोग बस उसके पैरों के निशान से अन्दाजा लगाकर कहानी के सिरे से सिरे मिलाते रहे। सुबह-शाम हाथी या मचान पर ही कट रही थी। पिंजरे में बैठने का ख्याल छोड़ दिया गया। सरसोंवाले खेत के जंगल में एक-दूसरे ट्रैपिंग केज को लगाया और उसे घास और पत्तियों से ऐसा रूप दिया कि वह बिलकुल एक झोंपड़ी की तरह लग रहा था। झोंपड़ीनुमा ट्रैपिंग केज के अन्दर पड़वा भी बाँधना जरूरी था पर किन्हीं कारणो से अभी तक पड़वा आ नहीं पाया था। दोपहर

में जब हम लोग पिंजरे को झोंपड़ी के रूप में सजा रहे थे तो उसी समय एक घटना घट गई। डॉ. देवेन्द्र की आदत थी कि मोबाइल पर बात करते-करते वह कहीं भी चल पड़ते थे, निकल जाते थे, हम लोग दोपहर में जंगल और खेत के बीचोबीच पिंजरे को झोंपड़ी का-सा रूप बनाने में लगे थे। डॉ. देवेन्द्र का फोन आ गया वह फोन पर बात करते-करते उसी जंगल के अन्दर चले गए जहाँ हम लोग पिंजरा लगा रहे थे। अचानक बाघ की जोरदार दहाड़ ने पूरा जंगल हिला दिया और डॉ. देवेन्द्र जंगल से बाहर भागते नजर आए और उनको भागता देख हम लोग भी भागे। थोड़ी दूर जाकर ठहरे तो डॉ. देवेन्द्र ने बताया कि वह बात करते-करते थोड़ा ही अन्दर गए कि एक झाड़ी में से बाघ के गुर्राने की आवाज आई फिर उसकी एक जोरदार डाँट सुनाई दी। डॉ. देवेन्द्र फोन पर बात करते-करते पिंजरे से कुछ दूर बैठे बाघ के पास ही चले गए थे। गनीमत थी कि वह जिन्दा थे। डॉ. प्रशान्त देशमुख ऑपरेशन में दोबारा लौट आए है। यहाँ पर यह उल्लेख करना जरुरी है कि डब्लू. टी. आई. का एक पशु चिकित्सक ऑपरेशन में जरुर मौजूद रहता था। कभी डॉ. प्रशान्त देशमुख कभी डॉ. सौरभ संघई और कभी दोनों एक साथ जीववैज्ञानिक डॉ. देवेन्द्र चौहान ऑपरेशन में लगातार बने हुए थे। इसलिए कहानी में डॉ. प्रशान्त देशमुख और सौरभ संघई आते-जाते रहते हैं, बाद के ऑपरेशन में डॉ. प्रशान्त देशमुख वापस चले गए थे और डॉ. सौरभ संघई आखिरी दिन तक ऑपरेशन में बने रहे।

एक-दो दिन से जंगल और आसपास के लोग भी बिलकुल चुपचाप से हैं। एक खामोशी सी है, सन्नाटा-सा है। अब गाँव के लोग भी ज्यादा बाघ के बारे में बात नहीं करते। संस्थान के अधिकारी कर्मचारी भी अब रेस्क्यू टीम से ज्यादा मिलते-जुलते नहीं है। प्रेस-मीडिया भी बस जानने भर का लिख रहे हैं। रेस्क्यू टीम के लोग थोड़े-थोड़े निराश, पर काम में लगे हुए है। पतझड़ का मौसम है और होली के रंग हैं। जंगल पेड़ों से गिरी हुई पीली भूरी और हरी पत्तियों से भर गया है। दोपहर होते-होते धूप कुछ तेज सी लगती है। सब सोचते हैं दोपहर के समय बाघ जरूर पानी में कहीं लेटा होगा। दूर से एक खबर आई थी कि रात के 9.30 बजे उन्नाव हाईवे पर एक बस के ड्राइवर ने बाघ को सड़क पार करते देखा था। उससे यह खबर होते-होते उस क्षेत्र के रेंजर वी.के. अस्थाना को दी और उन्होंने रहमानखेड़ा तक इस खबर को पहुँचा दिया। मगर रात आधे से ज्यादा हो चुकी थी। रात कुछ नहीं हुआ। सुबह एक टीम को भेजा गया पर कोई निशान तक नहीं मिले। होली आई और चली भी गई। टीमे आती रही। टीमे जाती रही। अधिकारियों का दौरा होता रहा कर्मचारी और विशेषज्ञ रेस्क्यू में लगे

रहे। गाँववाले थोड़े उदासीन से हो गए। चाय की दुकानवाले अब हम लोगों से ज्यादा पूछताछ नहीं करते हैं। उनकी आँखों में रेस्क्यू टीम के प्रति जो उत्सुकता और आदर नजर आता था। वह धीरे-धीरे कम होता जा रहा था। मुझे होली के बाद वायरल बुखार हो गया मैं रहमानखेड़ा नहीं जा पाया।

7 मार्च, 2012 को खबर मिली संस्थान के पूरब दिशावाले अमरूद के बाग में एक नीलगाय मरी पड़ी है, पर रेस्क्यू टीम ने उन्नाववाली खबर और नीलगाय को थोड़े आलस और होली की उमँग के कारण वहीं पड़े रहने दिया। कौतुहलवश जब अगले दिन सुबह मरी हुई नीलगाय को देखने गई रेस्क्यू टीम जब वहाँ से वापस आ गई तो ट्रैकिंग टीम ने सूचना दी की बाघ मरी हुई नीलगाय को उठा ले गया और बाग के बिलकुल किनारे पर संस्थान की लगभग सीमा पर लैंटाना और बेरों की घनी गड्ढेनुमा झाड़ियों में छुपाकर खा रहा है। जब डॉ. देवेन्द्र और डॉ. प्रशान्त को ट्रैकिंग टीम से यह खबर मिली कि बाघ मरी हुई नीलगाय को लैंटाना और बेरो की झाड़ी में बैठकर खा रहा है तो वे तुरन्त मुस्तैदी से तैयार होकर हाथी और महावत इरशाद के साथ मौके पर पहुँच गए। कमाल को भी इन लोगों ने हाथी पर बैठा लिया। हाथी का झाड़ियों में घुसना मुश्किल था और बाघ अपना भोजन छोड़ने को तैयार नहीं था। बहुत देर तक बाघ और हाथी ने आवाज़ और पैंतरा बदल-बदलकर दूर से जंग का ऐलान और तैयारी करते रहे पर जंग हुई नहीं। हाथी की पीठ पर बैठे चारों लोग हिलहिलकर परेशान हो गए। इधर रूपकली रूकने को तैयार नहीं और बाघ वह इलाका और खाना छोड़ने को तैयार नहीं। इनकाउंटर काफी नजदीक था पर बेहद घनी झाड़ियों और गड्ढो में बाघ छुपा होने के कारण डार्ट नहीं हो पा रहा था। तेज धूप और उबड़खाबड़ जगह होने के कारण कुछ घंटो में हाथी थक गया और हाथी की पीठ के ऊपर वैठे हुए लोग भी और बाघ भी अब सिर्फ हलके-हलके से गुर्रा रहा था, धूप की तेजी के साथ वह भी शिथिल हो रहा था। यह सब लोग दोपहर होते-होते वापस चौकी पर आ गए। सोचा दोपहर बाद फिर प्रयास किया जाएगा।

शाम को पूरी टीम फिर उसी जगह रुपकली हाथी को लेकर पहुँच गए पर बाघ उस जगह को छोड़कर निकल गया था। ट्रैकिंग टीम ने पाया कि जहाँ सुबह यह लोग बाघ से मोर्चा ले रहे थे, वहाँ मरी हुई नीलगाय थी ही नहीं। बाघ ने नीलगाय को दूसरी जगह छुपा रखा था और हाथी से दिखावे की लड़ाई दूसरी जगह कर रहा था। थोड़ी ही देर बाद में यह लोग बिलकुल खाली हाथ वापस आ गए। इतने हताश की अपनी निराशा को भी वहीं झाड़ियों में भूल आए और सब गुमसुम से हो गए। टीम की बातों से दो बातें साफ थी। जहाँ बाघ और हाथी

में आमना-सामना हो रहा था वहाँ नीलगाय थी ही नहीं। बाघ ने अपना किल दूसरी जगह रख रखा था और हाथी से मुँहजोरी कहीं दूसरी जगह से कर रहा था। दोपहर के ताजा पगमार्क बता रहे थे कि बाघ नीलगाय को दोबारा खाने से पहले सरसों के खेत में जहाँ उसे पड़वे का भोजन दिया जाता था, वहाँ पर भी गया था। जब उसे वहाँ कुछ नहीं मिला तो वह फिर मरी हुई नीलगाय के पास आधे पेट भूखे होने की वजह से आ गया था।

लगभग दो दिन में बाघ ने 80 प्रतिशत नीलगाय को खा लिया। मेरे अन्दाजे से 40 से 50 किलो मीट बाघ खा चुका था। नील गाय के लगभग अस्थिपंजर हो चुके शव के आसपास, हाथी से हम लोग बेफिक्र बाघ की बेहद फिक्र से तलाश करते रहे मगर जंगल ने यह रहस्य दबा लिया कि बाघ कहा है। दो दिन बाद दोपहर में बचे हुए जीर्ण-शीर्ण नीलगाय के शव को बेहद मुश्किलों से बेहद घनी झाड़ियों में से ढूँढ़ निकाला। रूपकली हमारे पीछे सशक्त सम्बल की तरह खड़ी थी। हाथी और जिप्सी से नीलगाय के बचे-खुचे शरीर को रस्सी के सहारे से लगभग एक किलोमीटर खींचकर सरसों के खेत में गड़े खूँटे पर बाँध दिया। अँधेरा होने तक टीम ने जिप्सी और हाथी के सहारे अगल-बगल ही छिपे बाघ को बहुत ढूँढ़ा पर वह आँखों से तो नजर नहीं आया पर अपनी उपस्थिति का अहसास जरूर कराता रहा मैं भी जिप्सी को घनी झाड़ियों में छिपाकर बाघ का बेवकूफों की तरह इन्तजार करता रहा तभी आफताब अली भी आ गए। आफताब काफी पुराने वन विभाग के रेंजर थे और अन्यत्र कहीं पोस्टेड थे। किसी जमाने में जब बाघ और तेन्दुए से कहीं मनुष्य जाति की दृष्टि में उपद्रव करते दिखते तो उन्हें ठिकाने लगाने के लिए जो टीम तैयार होती थी उसमें आफताब अली रहते थे। अच्छे स्वभाव के आफताब जंगल और वन्य जीव के अच्छे जानकार थे। और सबसे अच्छी बात थी कि वह खुशी-खुशी ऐसे ऑपरेशन में सम्मिलित होने को उत्सुक रहते थे और बेहद उत्साह के साथ काम करते थे।

बाघ इधर-उधर घूमता रहा। टीमे कभी मचान पर, कभी पिंजरे में, कभी किसी गाड़ी में बैठकर बाघ का इन्तजार करती रहती। सुअर जो खूँटे पर बाँधा जा रहा था। उसे रात की उसकी बहादुरी के इनाम मे, जिस रात बाघ उसके चक्कर लगाकर उसे छोड़ गया था। उसको लखनऊ वापस बाइज्जत भेज दिया गया। मैं सोच रहा था कि बेचारा सुअर शहीद होते-होते रह तो गया है पर अब किसी अँधेरे सीलन भरे कमरे में गुमनामी की मौत मारा जाएगा। सब तरफ से असफलता और हताशा टीम पर लगातार हावी हो रही थी। शायद प्रशासन का भी दबाव बढ़ रहा था, साथ ही आम जनमानस की नाराजगी और गुस्सा भी धीरे-धीरे अपने चरम

पर जा रहा था। टीम की लगातार नाकामयाबी उनको मीडिया और प्रेस में भी हास्यापद छवि का रूप दे रही थी। किसी को कुछ समझ नहीं आ रहा था कि क्या करें ? तभी एक विचार आया कि एक पिंजरे में एक बाघिन की ट्राफी रखी जाए और उससे सटाकर दूसरा ट्रैपिंग पिंजरा लगा दिया जाए। उस ट्राफी के पास ऐसा इन्तजाम किया जाए जिससे वहाँ एक बाघिन की आवाज भी आए जो किसी नर बाघ के लिए बुलावे जैसी हो। आवाज के लिए मुझे कौशलेन्द्र सिंह की याद आई जो कि एक पुराने जाने-माने वाइल्ड लाइफर थे। पिछले दिनो कौशलेन्द्र सिंह, जी.पी. मिश्र, सेवा निवृत्त आई.एफ.एस. जो कि दुधवा नेशनल पार्क के निदेशक भी रह चुके थे और अपने एक मित्र संजय नरायण के साथ रहमानखेड़ा आए भी थे। मैंने कौशलेन्द्र जी को फोन किया और उन्होंने मुझे लगभग 2 दिन बाद बाघो की विभिन्न प्रकार की आवाजों की एक सी.डी. दे दी और मुझे यह भी समझाया कि कौन सी आवाज का क्या मतलब है और बताया कि पिंजरा किस प्रकार लगाना चाहिए।

चिड़ियाघर में रखी एक पुरानी जीर्ण-शीर्ण बाघिन की ट्राफी भी रहमानखेड़ा आ गई। दो पिंजरे भी लग गए। मैं वारिसी के साथ रहमानखेड़ा के पास काकोरी बाजार चला गया वहाँ एक साउंड सिस्टमवाले से एम्लीफायर और साउंड बाक्स लिए। इधर डॉ. देवेन्द्र ने पूरी टीम को लगाकर ट्राफी और पिंजरों को बेतवा नाले के पास कैमोफ्लेज करके लगा दिया। लगभग शाम चार बजे तक सारा इन्तजाम हो गया। डी.एफ.ओ. अशोक मिश्र को इसकी जानकारी दे दी गई थी। वह भी इस नए प्रयोग को देखने वी.बी.श्रीवास्तव और रेंजर द्विवेदी के साथ पहुँच गए। ठीक चार बजे, जंगल बाघिन की आवाज से गूँज गया। अँधेरा होने तक रूक-रूककर सी.डी. को चौकी पर रखे म्यूजिक प्लेयर में चलाते रहे पर कुछ नहीं हुआ। बहुत उम्मीद थी कि इस एकान्त जंगल में बाघ दूसरे बाघिन की यह पुकार भरी आवाज सुनकर जरूर आएगा। हम लोग बाघिन की आवाज सुनकर खुद ही खुश होते रहे और छुपकर, न आनेवाले बाघ का इन्तजार करते रहे। प्रयोग नया था। बेहतर भी था, पर पहले दिन कामयाब नहीं हुआ। होली के बाद आज कई स्टाफ ड्यूटी पर वापस आ गए थे। और वे सब भी इस नए प्रयोग से अचम्भित थे।

बाघिन की आवाज जंगल में गूँजती रही। पड़वा बाँधा जाता रहा सरसों के खेत में लगे पिंजरे में लोग बदल बदलकर बैठते रहे पर बाघ का कहीं अता पता नहीं था। आखिरी नीलगाय के शिकार के बाद से वह गायब है। किसी को समझ नहीं आ रहा था कि वह किधर गया। सब खामोश, सब चुप। दिन ज्यादा होते

जा रहे हैं। टीम के ऊपर दबाव बढ़ता जा रहा है और ऊपर के अधिकारियों पर और ज्यादा दबाव। टीम हताश, अधिकारी निराश। नित्य नई-नई रेस्क्यू टीम को बुलाने की बात चल रही है। संस्थान में सन्नाटा है। इसी सन्नाटे में 15 मार्च को एक खबर आई कि बाघ ने संस्थान से 7-8 किलोमीटर दूर जाकर कुलाबा गाँव में देर रात एक बैल को मार दिया। माल के भनौरा गाँव के निवासी सोहनलाल रावत अपने खेत में छप्पर डालकर रहते हैं, सुबह उन्होंने देखा कि उनका बैल रस्सी तुड़ाकर वहाँ से गायब था। इसकी जानकारी उन्होंने तुरन्त वन अधिकारी कुंजमोहन वर्मा को दी। मौके पर वनकर्मी जे.बी.सिंह पहुँचे तो वहाँ पर उन्होंने बाघ के पैरों के निशान भी पाए। बाघ बैल को मारकर उसे जंगल में खींच ले गया था। बाघ बैल के पिछले एक पैर को 7-8 किलो ही खा पाया था कि सुबह हो गई। बाघ ने खुद को सूरज की पहली किरण के साथ बेमन से अपना भोजन छोड़कर खुद को नजदीक के घने जंगल में छुपा लिया। लगभग समूचे बैल को एक अफरातफरी में बनाए गए मचान के नीचे रखने में टीम को लगभग सारा दिन बीत गया। डॉ. प्रशान्त देशमुख इस टीम के इंचार्ज थे। सब कुछ करने के बाद लोगों को ख्याल आया कि अँधेरा हो गया। मचान पर बैठने का समय कहीं छूट गया है। बाघ के किल पर लौटने का समय हो गया है। मुझे लगा यह मचान, यह बाघ द्वारा किए गए शिकार को खींचकर मचान के नीचे लाना, लोगों का आना-जाना। बाघ सारा खेल समझ गया होगा। मेरे मन में एक छवि-सी उभरती है बाघ हम लोगों की गतिविधियाँ देखकर अँधेरे में थोड़ा मुस्कराया होगा और वह उस रात वहाँ बैल के पास आया ही नहीं, कहीं दूर निकल गया। अगली भोर मचान पर डॉ. प्रशान्त मरे हुए बैल से कुछ दूरी पर बैठे रहे। बाघ कहीं अपने भारी, खूबसूरत पंजो और रोबदार चाल के साथ कहीं और ही घूमता रहा अगली रात बैल को बाघ खाए बगैर दोबारा संस्थान में वापस आ गया, और सरसों के खेत पर खूँटे पर जो पड़वा बाँधा जाता था उसे मार दिया। मगर हम लोगों के धैर्य को तौलने के लिए उसने उसे वहीं छोड़ दिया, खाया नहीं, जबकि वह खा भी सकता था, कहीं और ले भी जा सकता था, पर शायद उसका ऊपर ईश्वर से सीधा सम्पर्क है वह भी निस्वार्थ, और हमारा किसी-न-किसी स्वार्थवशः। वह बैल खाने वापस क्यों नहीं आया। उसने पड़वा मारकर क्यों नहीं खाया। यह कुछ सवाल आज तक उलझे से हुए है समझ नहीं आए। मरे हुए पड़वे को ऊँचे टीलेवाली जगह पर बने लोहे के मचान के नीचे रखा गया और डॉ. प्रशान्त मचान पर बैठ गए। बैठे तो बैठे ही रहे। बाघ को नहीं आना था और वह आया भी नहीं।

बाघ की धूम दिल्ली तक मची थी बाघ ने अपने व्यवहार अपनी गतिविधियों से एन.टी.सी.ए. के सदस्य सचिव को भी लखनऊ के रहमानखेड़ा में बने आम के बागों में बुला लिया। दिनांक 19.03.2012 को राजेश गोपाल, सदस्य सचिव, एन.टी.सी.ए. मौके पर पहुँच गए। पिछले कई महीनों की कहानी को उन्होंने ध्यान से सुना, पर कहानी इतनी उलझी हुई थी कि कहीं-न-कहीं कुछ छूट जाता था, फिर भी शाम 3.30 बजे तक राजेश गोपाल को सारी कथा रेस्क्यू टीम ने व्यथा के साथ सुना दी गई और उनसे उनकी सलाह और परामर्श लिए गए और समझे गए। रात डब्लू. आई. आई., देहरादून के वैज्ञानिक डॉ. पराग निगम का फोन आया। उत्तर प्रदेश के वन विभाग ने उनसे सहायता माँगी थी और वह शायद कल 20 मार्च, 2012 तक आ जाएँगे। उसी रात राजेश गोपाल वापस दिल्ली की ओर निकल गए।

सारी टीमे दिन भर मरे हुए बैल, गाँव, मचान और राजेश गोपाल में लगे रहे और इधर रात में बाघ अपने द्वारा मारे गए पड़वे पर दोबारा आया और उसने पड़वे को ऐसा खाया कि पड़वे के खुर तक नहीं मिले। डॉ. पराग निगम डब्लू. आईआई में वैज्ञानिक है और उनको बाघ के ट्रंक्यूलाजिंग का अच्छा अनुभव है। हँसमुख, जिन्दादिल और अपने फन में माहिर, डॉ. निगम को सब कुछ बताया और दिखाया गया। मेरी डॉ. निगम से पुरानी जान पहचान थी। वह मुझसे छोटे हैं पर मेरे दोस्त जैसे है। डॉ. पराग ने हमारी टीम के साथ 3 दिन तक लगातार काम किया। पिंजरे के अन्दर बैठने का आइडिया डॉ. पराग को कुछ खतरनाक तो लगा, पर अच्छा लगा। वह दो-तीन बार सुबह शाम पड़वा बाँधकर पिंजरे के अन्दर मेरे साथ बैठे और हमेशा की तरह मुस्कुराते, नई चीजें हम लोगों को सिखाते वह देहरादून वापस चले गए और हम लोग फिर जहाँ थे वहीं के वहीं रह गए। वहीं बाघ के पगमार्क, वहीं सुबह-शाम मचान, वहीं पिंजरा और वहीं रेस्क्यू टीम। धीरे-धीरे टीम के सदस्यों का स्वाभाविक रोमाँच खत्म-सा हो रहा था और थोड़ी-थोड़ी झुँझलाहट भी हम लोगों में भर रही थी। एक-दूसरे से हम लोग पहले से कम बातचीत करने लगे थे। काम खत्म करने के बाद सीधे हम लोग घर या रेस्टहाउस निकल लेते थे। खाना खाकर सो जाते थे और सुबह फिर बाघ के पीछे या शायद बाघ के छोड़े गए एक धोखे के पीछे चल देते थे। सब कृत्रिम ढंग से मशीन के पुर्जो की तरह काम कर रहे थे।

24 मार्च की सुबह 3.30 से 7.30 बजे तक सरसोंवाले खेत में लगे केज में मैं और कमाल एक नया पड़वा बाँधकर बैठ गए। पड़वा घड़ी-घड़ी सर और कान हिलाकर मक्खियाँ भगाता रहा था। शाम को उसी अभागे पड़वे को मचान

के नीचे बाँधकर डॉ. प्रशान्त बहुत आशा से मचान पर बैठे रहे। शाम तक पिछले कुछ महीनों की तरह कुछ नहीं हुआ और रात में भी बाघ ने पड़वे का शिकार नहीं किया, पर अगली सुबह ट्रैकिंग टीम को बाघ के पैरों के निशान ठीक चौकी के पीछे मिले जहाँ सारी टीम कभी कभार आराम करती थी। जब सुबह चौकी की पिछली खिड़की के पीछे बाघ के ताजे पैरों के निशान मिले तो टीम ने निर्णय लिया कि चौकी के अन्दर के कमरों में बैठा जाएगा, बाघ जब रात में पीछे खिड़की से गुजरेगा तो डार्ट किया जाएगा। सब उत्साहित हो उठे। जोर-शोर से तैयारियाँ होने लगीं।

बाघ को रेस्क्यू करने के लिए कमल लोचन पुरोहित को उड़ीसा से बुलाया गया है। वे आज रहमान खेड़ा पहुँच गए हैं। पुरोहित जी नन्दन कानन प्राणि उद्यान, भुवनेश्वर में क्यूरेटर के पद पर तैनात हैं। पुरोहित जी को चिड़ियाघर के वन्य जीवों को बेहोश करने का अनुभव है परन्तु रेस्क्यू का कोई खास अनुभव नहीं था। असल में चिड़ियाघर में वन्य जीवह को बेहोश करना और जंगल से भटके हुए वन्य जीव को बेहोश करके रेस्क्यू करना दोनों में बहुत अन्तर है पर किसी भी टीम की नाकामयाबी, उनका विश्वास और उसका उत्साह छीन लेती है तथा कार्य कर रही टीम किसी भी बात का विरोध करने की स्थिति में भी नहीं रहती है और असफलता के कारण पूरी टीम किसी से कुछ कहने-सुनने लायक भी नहीं रहती। कुछ ऐसा ही हाल हम लोगों की टीम का था। नाइट विजन बाइनाकुलर और नाइट मोड पर एक मूवी कैमरा कमरे की खिड़की पर उसी कच्ची जमीन की तरफ लगा दिया गया खिड़की के पीछे जिस रास्ते से रात बाघ गुजरा था। खिड़की पर बेहद मुश्किलों के साथ नाइट विजन बाइनाकुलर और मूवी कैमरा और डार्टगन के साजोसामान को स्थापित करके उनका सामंजस्य बैठाकर उन्हें सेटकर पाए। कमरे के अन्दर अँधेरा करके प्रशान्त, देवेन्द्र और मैं बैठ गए। पुरोहित जी आज ही पहुँचे थे इसलिए उन्हें आराम करने रेस्टहाउस भेज दिया गया। रात के लगभग 2.30 बज रहे थे। कमरे के पीछे खिड़की पर कुछ दूरी पर एक पड़वा बाँध दिया गया। खिड़की पर नाइटविजन और मूवी कैमरा के स्क्रीन पर देखते-देखते और एक ही जगह खड़े-खड़े सुबह हो गई। पड़वा भी थककर शरीर को गोल करके सो गया। रात में मेरे दिमाग में यह बात बार-बार आ रही थी कि अगर हमने डार्ट कर भी दिया तो डार्ट लगने के बाद बाघ तेजी से आगे बढ़ जाएगा तो क्या हम लोग अँधेरे में उसे ढूँढ़ पाएँगे ? इसी वजह से तो रात को डार्ट करने की कोशिश नहीं की जा रही है। पड़वा या तो सुबह भोर में मचान के नीचे बाँधते हैं जिससे धीरे-धीरे उजाला होता चला जाए या दोपहर

बाद अँधेरा होने से पहले तक, कि डार्ट लगने के बाद बेहोश बाघ को ढूँढ़ा जा सके। अँधेरे में तो बाघ को ढूँढ़ पाना असम्भव है। हमारे पास बेहोश करने की जो दवा है उसके शरीर में जाने पर बाघ कम-से-कम 8 से 15 मिनट में बेहोश तो हो जाएगा, मगर बाघ अँधेरे में घने पेड़ों और झाड़ियों में छुप जाने के लिए यह समय बहुत ज्यादा है, तो क्या ऐसी डार्ट सिरिंज बनाई जाए जिसके पीछे एक लाईट (रोशनी) लगी हो जो दूर से दिख जाए। यही सब सोचते हुए मैं सुबह धूप फैलते ही रहमानखेड़ा से घर जल्दी लौटकर आ गया और बाजार से बच्चों के खिलौने खरीदकर उसमें से एल.ई.डी. लाइट निकालकर डार्ट सिरिंज के पीछे लगाने लगा। पूरे दिन लगा रहा रात नौ बजते-बजते लाइटवाली डार्ट सिरिंज तैयार हो चुकी थी। मैंने सोचा सरसों के खेत में लगे पिंजरे के अन्दर शाम को रात भर के लिए बैठा जाएगा। उस रात मैं बहुत खुश था चलो एक नई चीज तो तैयार हो गई। लाइटवाली डार्ट सिरिंज बनते ही मैंने सोचा कि अब तो रात का बँधन नहीं रह गया है। अब तो रात के अँधेरे में भी बाघ को बेहोश करने की कोशिश की जा सकती है, क्योंकि जब डार्ट सिरिंज बाघ के शरीर में लगेगी तो उसके पीछे तेज लाल रोशनी चमकती रहेगी जहाँ-जहाँ बाघ जाएगा वहाँ-वहाँ वह लाल रोशनी दिखेगी और बेहोश बाघ को ढूँढ़ना आसान होगा। बाघ पड़वे का शिकार एक ही वार में कर देता है, इसलिए बाघ को देर तक एक जगह रोकने और उलझाने के लिए अब की बार पड़वे की जगह एक बड़ी भैंस बाँधी जाए तो ठीक रहेगा। जिसे बाघ मारने के बाद बहुत दूर तक खींचकर नहीं ले जा पाएगा। हम लोगों को भी जब तक बाघ भैंस का माँस खाने आता रहेगा तब तक बाघ को बेहोश करने का पूरा मौका मिलता रहेगा। ऑपरेशन करने का दिन वह चुना जाए जिसमें चाँद आसमान में पूरा निकला हुआ हो और चाँदनी चमक रही हो और पर्याप्त रोशनी हो। पिंजरा वहीं उसी तरह पत्तियों और घास-फूस से छुपा हुआ रखा हुआ था और उसके आगे लगातार पड़वा तो बाँधा ही जा रहा था। भैंस माँगने के लिए डी.एफ.ओ. अशोक मिश्र को कह दिया गया। तब तक के लिए पड़वे को ही बाँधकर प्रयास करने का सोचा गया। 26 मार्च की सुबह 3 बजे खूँटे पर पड़वा बाँधकर पिंजरे के अन्दर मैं और कमाल बैठ गए। सुबह 7 बजे ही काफी उजाला हो गया। धूप पूरी तरीके से निकल आई थी। हम लोग पिंजरे से निकल गए और पड़वे को भी वहाँ से हटाकर चौकी पर बाँध दिया, और उसको भोजन-पानी दे दिया गया। दोपहर में मैं घर वापस आ गया और एल.ई.डी. लाइटवाली 4 डार्ट सिरिंज तैयार करी और शाम ठीक 6 बजे केज के अन्दर मैं और कमाल बैठ गए। टीम के बाकी लोग पुरोहित जी के साथ चौकी पर हाथी

समेत चले गए। भैंस दोपहर में आ गई थी, तो शाम को पड़वे की जगह भैंस बाँध दी गई थी। ऊँचेवाले खाली प्लाट में बने लोहे के एक मचान पर डॉ. देवेन्द्र एक मूवी कैमरा और पानी की बोतल लेकर बैठ गए जिससे कि पूरी घटना को फिल्माया जा सके। शाम 6.10 तक मैं और कमाल पत्तियों और घास में छुपाए गए पिंजरे के अन्दर बैठ गए। कमाल ने एक .315 रायफल भी रख ली थी क्योंकि पिंजरा पुराना था और बहुत ज्यादा मजबूत भी नहीं था। भूसे से भरी बोरी के ऊपर मैं बैठ गया और कमाल एक बोरे के ऊपर मेरे बाँई ओर बैठे गए। पिंजरे से भैंस को देखने के लिए दो छेद बनाए गए थे। एक कमाल के सामने और एक मेरे सामने। मैंने अपने वाले छेद से डार्ट गन की बैरल थोड़ी-सी निकाली हुई थी। हम दोनों ने मोबाइल फोन बन्दकर दिए थे। मैंने एक सिगरेट निकाली और बिना जलाए मुँह में दबा ली। मैं बहुत अच्छी तरह से पोजीशन लेकर बैठ गया। पिंजरे के सामने छेद में इत्मीनान से खड़ी भैंस हम लोगों को दिख रही थी और धीरे-धीर 6.30 बजे के करीब अँधेरा-सा हो गया और कुछ धुँधला होते-होते दिखना मुश्किल हो गया। समय के साथ आँखें अँधेरे में चाँद की रोशनी में देखने को कुछ अभ्यस्त हुई तो सामने धूसर सफेद मिट्टी पर काली भैंस दिखने लगी, हमारे पिंजरे से भैंस 15-20 फिट से ज्यादा दूर नहीं थी। भैंस शान्त खड़ी जुगाली कर रही थी। लगभग 7.30 बजे हम दोनों को लगा कि कोई पिंजरे के पीछे आया है। शान्त जंगल में साँसों की आवाज और भारी पैर से ज़मीन पर पड़ी पत्तियों और घास के दबने की आहट हमनें सुनी। कमाल ने मुझें कोहनी मारी और मेरा हाथ दबा दिया। यह इशारा उसने किया था कि बाघ बस आ ही गया है। अचानक भैंस ने जुगाली करना बन्द कर दिया और अपनी दाहिनी ओर एकटक देखने लगी। उसके दोनों कान घोड़े के कानों की तरह बिलकुल सीधे खड़े हो गए। हम दोनों सांस रोककर बैठ गए। मैंने डार्ट गन का सेफ्टी लाक धीरे से हटा दिया और पूरे ध्यान से भैंस की तरफ निशाना लेकर बैठ गया। गन की नाब मैंने पीछे से खोलकर खींची और डार्ट सिरिंज और एल.ई.डी. लाइट को चेक किया, पीछे की तरफ से बैरल लाल रंग की रोशनी से भरी थी। डार्ट सिंरिज की एल.ई.डी. लाईट काम कर रही थी। यूँ ही बैठे-बैठे बहुत वक्त निकल गया। हम लोग चुपचाप सीधे सतर चौकन्ने बैठे थे। हम लोगों को यह डर भी था कि अगर इस शान्त बाघ को कहीं से पता लग गया कि हम लोग पिंजरे के अन्दर बैठे है तो यह पिंजरे को कागज के डब्बे की तरह तोड़-मोड़ न दे। भैंस से पहले कहीं हम लोग ही शिकार न हो जाएँ। वक्त भारी, कभी तेज, कभी बोझल-सा कट रहा था। मैंने चुपचाप कलाई पर बँधी घड़ी पर नजर डाली 9.05 हो रहे थे, तभी भैंस ने

अगले पैर पटकना चालूकर दिया। हम कुछ समझ नहीं पा रहे थे। अचानक 10-15 मिनट बाद हमारे सामने धमाका-सा हो गया। बाघ ने भैंस के ऊपर पूरी तैयारी से हमला कर दिया था उसने भैंस की गर्दन ऊपर से अपने जबड़ों में और उसके अगले दोनों पैर भैंसे की गर्दन के इर्द-गिर्द फँसे हुए थे। भैस अजीब आवाज में रँभा रही थी और बाघ की आक्रमण करने की आवाज ने हम लोगों का दिल थर्रा दिया। तभी डॉ. देवेन्द्र के मचान से नीचे कुछ गिरने की आवाज आई फिर कुछ सेकेन्ड बाद दूसरी आवाज आई पर हमारा सारा ध्यान तो सामने था। जमीन पर बैठकर साक्षात मृत्यु और जीवन का खेल देख रहे थे। भैंस बाघ को लिए हुए खूँटे का चक्कर काट रही थी बाघ भैंस के गर्दन से चिपका हुआ लग रहा था। चारों तरफ धूल ही धूल उड़ रही थी, सफेद गुबार में हम लोगों को भैंस और बाघ बस तभी नजर आते जब वह दोनों खूँटे की रस्सी में घूमते-घूमते पिंजरे के पास आ जाते थे। भैस चक्कर पर चक्कर लगा रही थी और बाघ उसको छोड़ने को कतई तैयार नहीं था। घूमते घूमते बाघ भैंस के सिर के सामने आ गया और भैंस ने बाघ को पूरी ताकत लगाकर हवा में उछाल दिया। धम से आवाज हुई और सब कुछ शान्त हो गया। कुछ मिनटों के बाद जब उड़ती हुई धूल बैठी तो हमारे सामने भैंस खड़ी थी। बाघ का कहीं अता पता नहीं था। हम पिंजरे के अन्दर हक्के-बक्के भौचक्के से बैठे थे। मैंने पाया कि कमाल मेरी बाई तरफ न होकर लगभग मेरी पीठ पर लदा था। हम लोग कुछ बोल नहीं सकते थे। वैसे भी उस स्थिति में गले से आवाज निकल भी नहीं रही थी। हम लोग अन्दर तक दहल गए थे। कमाल को मैंने कोहनी मारी तो कमाल ने मेरे कान में फुसफसाकर कहा उसकी तरफ सांप है। मेरे तो होश उड़ गए। बाहर बाघ अन्दर सांप। सामने घायल भैस। चारो तरफ सन्नाटा कुछ ज्यादा हो गया था। जंगल एकदम खामोश, ऐसे जैसे अभी थोड़ी देर पहले यहाँ कुछ हुआ ही न हो। जैसे कहीं तेज बम फटा हो और उसके बाद सब बिलकुल शान्त हो गया हो। डरे-सहमे से हम लोग लगभग रात 11.30 बजे तक यूँ ही बैठे रहे। मैंने डरते-डरते अपना मोबाइल आन किया हाथों और घास से मोबाइल की रोशनी छुपाने की कोशिश की। इरशाद महावत को फोन लगाया। मैंने कहा रूपकली हाथी को लेकर आ जाओ। इरशाद ने पूछा आप लोग ठीक है। मैंने कहा हाँ बिलकुल ठीक है। मोबाइल की रोशनी में मैंने अपने नीचे पैरों के पास नजर गई तो देखा कि मेरे मुँह में दबी सिगरेट नीचे गिरी हुई थी तथा वह भी हमारी योजना की तरह टूटी-फूटी पड़ी थी। लगभग 15-20 मिनट में हाथी हमारे पिंजरे के पास पहुँच गया और हाथी के मजबूत सहारे के साथ हम दोनों पिंजरे से बाहर निकले। इरशाद

सर्च लाईट लेकर आया था। चारो तरफ सर्चलाइट डाली कहीं कोई नहीं था बस सामने घायल भैंस अचम्भित सी खड़ी थी। जिसने बहुत बहादुरी से बाघ का सामना किया था। हाथी के साथ-साथ हम लोग पैदल चलने लगे क्योंकि इतनी रात गए हाथी के ऊपर का हौदा नहीं बँधा हुआ था। सिर्फ इरशाद ही अकेला हाथी पर बैठा था। हम लोगों ने दूर लोहेवाले मचान पर बैठे डॉ. देवेन्द्र को मचान से नीचे उतारा तो मचान के नीचे मूवी कैमरा और पानी की बोतल गिरी हुई थी, मूवी कैमरा टूट गया था। उन्होंने बताया कि जब बाघ ने भैंस पर हमला किया तो उन्होंने आवाज सुनी और वह मचान पर रखें मूवी कैमरे को उठाकर फिल्म बनाने का सोचने लगे कि कैमरा उनके हाथ से छूटकर मचाने के नीचे गिर गया और इसी हड़बड़ाहट में पानी की बोतल भी मचान से लुढकते हुए नीचे जा गिरी। जिसकी आवाज मैंने और कमाल ने नीचे पिंजरे में बैठे हुए सुनी थी। लगभग आधी रांत 12.30 बजे हम लोग चौकी पहुँचे तो पुरोहित जी बाकी लोगों के साथ बेसब्री से हमारा इन्तजार कर रहे थे। थोड़ी देर बाद ही हमारे मुँह से कुछ आवाज सी निकली और मैं पिछले घटनाक्रम को याद करके मुस्करा के हँस पड़ा। क्या नजारा देखा था। अफसोस हम कामयाब नहीं हो पाए। मगर हमें अफसोस नहीं था तथा एक आत्मविश्वास-सा आ गया कि कामयाबी अब दूर नहीं है। अगले दिन हमारी टीम में एक नए सशक्त हस्ताक्षर आत्मविश्वास को दोगुना करने के लिए सम्मिलित हो गया। पी.पी. सिंह जो कि उस समय लखनऊ मुख्यालय में तैनात थे। पी.पी. सिंह कई जगह वाइल्ड लाइफ की पोसिंटिग पर रहे थे और कई रेस्क्यू ऑपरेशनो में वह सम्मिलित भी रहे थे। मेरी उनकी जान पहचान बहुत पुरानी और जुड़ाव के साथ थी।

रात में हमारे वापस चौकी आने के बाद भी बाघ घायल भैंस के पास नहीं आया। न जाने क्या सोचकर उसने उस रात भैंस को यूँ ही घायल करके छोड़ दिया। मुँह अँधेरे ही घायल भैंस का इलाज किया गया। भैंस को एक दूसरी सुरक्षित जगह बाँधकर और उसे पानी व चारा देकर उसके पास के एक ऊँचे मचान पर हम लोग बैठ गए। करीब 11.30 बजे दोपहर को मैं और कमाल मचान से नीचे उतरे और मैं वापस घर चला गया। डी.एफ.ओ. अशोक मिश्र ने शाम को उसी खूँटे पर घायल हो गई भैंस को फिर बँधवाने के लिए कहा रात में लगभग 8 बजे पुरोहित जी हाथी के सहारे भैंस को बाँधने गए और सुबह-सुबह बाघ ने भैंस को मार भी दिया। मारने के बाद उसने भैंस को घनी झाड़ियों की तरफ खींचने की पुरजोर कोशिश की मगर भैस के वजन के कारण तथा भैंस के जो रस्सी बँधी थी वह भी इतनी मजबूत थी कि बाघ उसे तोड़ नहीं पाया। भैस

को घनी झाड़ियों में न खीच पाने के कारण वहीं लगभग खुले में बैठकर बाघ ने करीब 10-15 किलो भैंसे के पीछे का हिस्सा खा गया और आराम करने किसी ठंडे छायादार जंगल में चला गया। भैंस को मारने और खाने की खबर पाकर टीम के सभी लोग मौके पर पहुँच गए और हम लोग भैंस के निर्जीव शरीर को देखने के बाद जंगल जंगल, पगडंडी-पगडंडी बाघ को ढूँढ़ने लगे। हाथी के साथ मै, डॉ. सौरभ, पी.पी. सिंह, कमाल और इरशाद थे। जितना हो सकता था उतना बाघ को तलाशा गया। फिर लौटकर धूप में पड़ी भैंस को खीचकर जंगल के अन्दर छाँव में मचान के पासकर दिया गया। रूपकली हाथी ने बड़े बेमन और लगभग घिनाते हुए भैंस की लाश को रस्सी के सहारे से खींचकर घनी झाड़ियों में जंगल के अन्दरकर दिया रूपकली इस काम को करना नहीं चाहती थी और वह इस बात से हम लोगों से नाराज भी थी कि हम लोगों ने यह उसके स्तर से नीचे का यह बेकार का काम उससे कराया था पर हम लोगों की अपनी मजबूरियाँ थी। एक मचान पर देवेन्द्र और डॉ. सौरभ बैठे थे। पुरोहित जी चौकी पर दूर से ही सारी कार्यवाही को देख रहे थे और रेस्क्यू की कठिनाइयों को भी समझ रहे थे। दोपहर को देवेन्द्र और सौरभ को मचान से उतारकर आ गए और मैं और कमाल मचान पर बैठ गए और शाम 6.20 पर नीचे उतरे और पैदल-पैदल ही जंगल पार करके चौकी तक जा पहुँचे। हमारी हरकत पर हमारे साथी हमसे दोबारा थोड़ा नाराज हो गए और उनकी नाराजगी जायज थी। हमने तिबारा यह हरकत न दोहराने का वादा किया।

रात में मैं चिड़ियाघर स्थित अपने घर पहुँचा तो पता चला वन विभाग के मन्त्री एस.पी. यादव जी चिड़ियाघर के दौरे पर आए थे और वह रहमानखेड़ा बाघ ऑपरेशन की समीक्षा करने, कल यानी 28 मार्च को रहमानखेड़ा जाएँगे। किसी को गुमान तक नहीं था कि कल रहमानखेड़ा में एक हाईक्लास ड्रामा होनेवाला है और वह भी सबके सामने खुले मैदान में।

अगली सुबह मैं लगभग सुबह 5 बजे रहमानखेड़ा पहुँच गया। बाघ ने जो भैंस मारी थी और खाई थी, उसको उसने आज रात भी खाया था। मन्त्री जी के आने से पहले पूरी टीम रोज की तरह बाघ को खोजने के लिए जुट गई क्योंकि बाघ अगल-बगल ही कहीं था। आज विभाग के सर्वोच्च पदाधिकारियों का आगमन भी था, तो लोग उत्साह में भी थे। इतने दिनों की नाकामयाबी के कारण थोड़ा घबराए भी हुए थे। अगर आप मारी गई भैंस के पास से 500 मीटर का घेरा खींचते हैं तो उस घेरे के अन्दर ही बाघ के ताजे पैरों के निशान लगातार मिल रहे थे। मतलब बाघ मारी हुई भैंस छोड़कर ज्यादा दूर नहीं निकला था। सुबह

6 बजे से 10.30 बजे तक हम लोगों ने बाघ की जी-तोड़ खोजकर डाली। सूखे नाले में बेल, आम, अमरूद के बागों में, बेतवा नाले के किनारे, उधर रेलवेलाइन के पास, सरसोंवाले खेत के पास बाघ के प्रिय जंगल में जहाँ भैंस को वह खा भी रहा था। चौकी और टीलेवाले प्लाट के बीच में नहरनुमा शीशम के उस टुकड़े को भी चप्पा चप्पा खोज डाला। दो जगह बाघ के ताजा बैठने के निशान तो मिले पर बाघ की कहीं दूर-दूर तक गंध तक नहीं थी। बाघ को खूब खोजा गया पर बाघ नहीं मिला। मिले तो सिर्फ उसके ताजे पैरों के निशान और उसके बैठने, लेटने के स्थान पर दबी हुई ताजा घास। धूप सर के ऊपर आ गई और पिछले लगभग 3-4 घंटों से चल रही रूपकली भी थक गई। मन्त्री जी के आने का भी समय हो रहा था। मैं वापस चौकी पर आ गया जहाँ मन्त्री जी को आना था। यह चौकी वहीं दो कमरो का एक ठिकाना है, जहाँ रेस्क्यू टीम थक जाने, खाने-पीने और सुस्ताने के लिए रुकती है। योजनाएँ तय करती है, सारी बैठक, सारे मशविरे यहीं होते हैं। जैसा मैं पहले भी लिख चुका हूँ। चौकी के कमरों को आगे से घेरता हुआ एक बरामदा है और अगर आप कमरो से निकलकर बरामदे में खड़े होते हैं तो एक छोटी सड़क आपके ठीक सामने से गुजरती है जो दाहिने तरफ दूर तक जाती है जहाँ अधिकांशत: अमरूद के बाग है और जंगल झाड़िया और बागों के साथ-साथ बेतवा नाला चलता है और आप चौकी से बाई ओर देखते हैं तो यहीं सड़क एक दूसरी सड़क को समकोण पर काटती है यह सड़क दूर तक सीधे चलती है और इस सड़क के दूसरी ओर ढाल है फिर छोटे शीशम का नहरनुमा जंगल फिर टीलेवाला प्लाट जिस पर लोहे का मचान। दूर प्लाट के ढलान से उतरो तो सरसोंवाला खेत जिसके दाहिनी तरफ बाघ का पसन्दीदा जंगल है और बाई ओर चौकी से उतरती हुई सड़क है और सड़क के पार जंगल और फिर घूमता हुआ वहीं बेतवा नाला जिसके किनारे-किनारे बेर और लैंटाना की बेहद घनी झाड़िया है और छोटी-सी पुलिया सड़क के बीचोंबीच है जिसमें खेतों का पानी बरसात में पुलिया के नीचे से बहता हुआ बेतवा नाले में चला जाता है। इस सबकी सीमा बनाता हुआ सूखा नाला जो सिर्फ बरसात में जागता है। वैसे यह नाला सारे साल पत्तियाँ ओढ़कर सोता रहता है। आखिरकार दोपहर 12 बजते-बजते मन्त्री जी मौके पर पहुँच गए उनके साथ सी.सी.एफ., लखनऊ सी.पी.गोयल, डी.एफ.ओ. अशोक मिश्र, कंजरवेटर पी.पी. सिंह, प्रेस, मीडिया और अधिकारी-कर्मचारी और रहस्यमयी बाघ की फिजा।

हाथी तैयार खड़ा था। मन्त्री जी के गाड़ी से उतरते ही चल रहे ऑपरेशन के पूरे क्षेत्र को जहाँ तक सम्भव हो सके दिखाने को कहा गया। सी. पी. गोयल

ने कहा कि उत्कर्ष तुम मन्त्री जी को सारा क्षेत्र दिखा दो। हाथी पर मैं मन्त्री जी, इरशाद महावत और एक कोई और था मुझे याद नहीं। मन्त्री जी से मेरा परिचय तो पहले से ही था। वह चिड़ियाघर के दौरे पर अक्सर आ जाते थे। मैंने बताना शुरू किया कि पूरा जंगल और बाग कहा कहा कैसे है। गाँव कहा है। नाले कहा है। मचान कितने है और किधर है। ट्रैपिंग केज कहा पर लगाए गए है। पड़वे कितने मारे जा चुके हैं और मैं बार-बार यह बात दोहरा रहा था कि सर बाघ अँधेरा होने के बाद शाम को निकलता है और सुबह सूरज निकलने से पहले कहीं गुम हो जाता है। बाघ के दर्शन गाँववाले, रेलवेलाइन मैन या फिर संस्थान के लोग कर चुके हैं। एक बार डब्लू. टी. आई. के एक डॉक्टर ने बाघ को मचान से देखा था। दो बार मैंने उसे हाथी से और पिंजरे के अन्दर बैठकर बाघ का अद्भुत नजारा लिया पर कर कुछ नहीं पाया। इरशाद महावत और डॉ. देवेन्द्र को चौकी के पीछे के बाग में हाथी पर से बाघ दिखा था। इसके अलावा बाघ ने कहीं कोई ऐसा मौका नहीं दिया जिससे उसको बेहोश किया जा सके। पिंजरो के अन्दर वह आता नहीं, ट्राफी और बाघिन की आवाज पर वह ध्यान नहीं देता है। शिकार करने के बाद उसको अगर जरा भी शक हो जाता है तो वह अपना मारे हुए शिकार पर वापस नहीं आता है। मन्त्री जी से इतनी बात इतनी सारी कहानी कह कर, मैं यह कहना चाहता था कि बाघ को पकड़ना आसान नहीं है और वह दिखता ही बहुत कम है तो पकड़ा कैसे जाएगा। सब मैंने खेत जंगल और मारी गई भैंस को दिखाकर पिंजरा और मचान भी दिखा दिया। मन्त्री जी सन्तुष्ट से थे कि टीम मेहनत तोकर रही है पर क्या करे बाघ ही बहुत होशियार है। उनकी वापसी उसी सड़क से की गई जो सरसों के खेत टीलेवाले प्लाट और जंगल के बीच से ऊँचाई लिए हुई जाती है और चौकी के पास जाकर दो टुकड़ो में टूट सी जाती है दाएँ ओर बाएँ। इसी सड़क पर पुलिया के पास मुझे दूर एक-दो आदमी दिखाई दिए जो पुलिया की छोटी-सी दीवार से नीचे झाँककर हाथ हिला-हिलाकर कुछ हमसे कह रहे थे पर उनकी आवाज दूरी की वजह से हम तक पहुँच नहीं रही थी। रूपकली अपनी मस्त चाल से गर्व की भावना के साथ धीरे-धीरे भारी कदम रखते हुए पक्की रोड पर पुलिया की ही तरफ जा रही थी। उसके आगे चौकी थी जहाँ पूरा अमला खड़ा था और पुलिया पर मैंने पहचाना कि वह तीन थे, एक आदमी अमरनाथ यादव थे जो कि मन्त्री जी की सुरक्षा में तैनात थे, दूसरे और तीसरे कमाल और वारिसी थे, कुछ देर बाद मेरे कानो में कमाल की आवाज आई, कमाल कह रहा था बाघ जंगल की तरफ पुलिया के नीचे छोर पर घनी झाड़ियों में बैठा है।

जैसे ही हाथी चौकी की तरफ पुलिया पार करके निकला, मैंने पुलिया के दूसरी तरफ नीचे घनी झाड़ियों में सड़क के किनारे उस विशाल बाघ को देख लिया वह करवट करके अधलेटा हुआ था और मुँह उसने ऊपर उठा रखा था। मैंने जल्दी-से-जल्दी चौकी पर पहुँचकर मन्त्री जी और उनके साथ बैठे सज्जन को नीचे उतार दिया और वहीं पर खड़े सी.पी.गोयल ने कहा कि मैं साथ में चलता हूँ। मैंने कहा आइये सर, और वह मेरे साथ हाथी पर बैठ गए। नीचे डी.एफ.ओ. अशोक मिश्र और पी.पी. सिंह अन्य लोगों के साथ वहीं रह गए। हाथी घूमा और सड़क और पुलिया से दूर होता हुआ लगभग आधा गोलाई में घूमकर बाघ के पीछे के जंगलों से होता हुआ महावत की होशियारी से ठीक बाघ की जगह पर पहुँच गया। हाथी के नजदीक पहुँचते ही बाघ ने नाराजगी दिखानी शुरू कर दी। वह ठीक से दिख तो नहीं रहा था पर उसकी गुर्राने की आवाज आ रही थी। इधर रूपकली के तेवर भी बाघ को इतना पास पाकर बदल गए। बस दोनों के बीच बेर, लैंटाना की घनी झाड़ियाँ ही थी। महावत इरशाद रूपकली को किसी तरह से नियन्त्रण में किए हुए था। मैंने डार्टगन सम्हाल ली। सी.पी. गोयल हाथी पर बाँई तरफ बैठे थे। दूर ऊँचाई पर चौकी होने के कारण वहाँ खड़े ज्यादातर सभी लोगों को हम हाथी पर बैठे होने के कारण दिख रहे थे। मैंने फोन लगाकर पी.पी. सिंह से कहा कि पुलियावाली सड़क पर अगर आप दो-तीन गाड़ी लगाकर खड़े हो जाए और डॉ. सौरभ को भी अपने साथ रख लें तो हो सकता है कि हमारे हाथी के दबाव के कारण बाघ घनी झाड़ियाँ छोड़कर सड़क पर आपकी ही तरफ निकल पड़े और हो सकता है कि आप लोगों को सड़क और पुलिया की तरफ से बाघ दिख जाए तो आप लोग उसे डार्ट कर सकते हैं। मैं जानता था बाघ के इतनी पास गाड़ी से डार्ट करने और बाघ को रोकने का काम पी.पी. सिंह ही कर सकते हैं। तुरन्त तीन गाड़ियाँ लग गई एक गाड़ी में पी.पी. सिंह, बीचवाली में ड्राइवर के साथ वन विभाग का स्टाफ और दो-तीन आदमी पीछेवाली में डॉ. सौरभ। मैंने बाघ को डार्ट करने के लिए पोजीशन ली और निशाना लेने लगा मगर हाथी से झाड़ियों और पौधों की वजह से बाघ दिख ही नहीं रहा था। अगर कभी दिखता था तो झाड़ियों में से झाँकता हुआ उसका मुँह जो सीधा हमारी ओर होता था। सी.पी.गोयल भी बार-बार बाघ को कैसे डार्ट लगे इसके रास्ते ढूँढ़ रहे थे और मुझे डार्ट कर सकने की जगह दिखा रहे थे। बाघ को इतना नजदीक पाकर और बाघ की बेअदबी देखकर हाथी बेकाबू हुआ जा रहा था। मेरे फोन पर लगातार बाहर खड़े लोगों के फोन आ रहे थे। मैं बाघ को ढूँढ़ू या निशाना लगाऊँ या फोन सम्भालूं। मैंने फोन गोयल सर को दे दिया।

हाथी झाड़ियों के आसपास बेताबी से घूम-घूमकर बाघ को तलाश रहा था पर घनी कटीली झाड़ियाँ होने के कारण अन्दर नहीं जा पा रहा था। इरशाद कोशिश कर रहा था कि कहीं से बाघ का थोड़ा-सा भी हिस्सा दिख जाए तो काम हो जाएगा। झाड़ियों के बाहर सड़क पर बाहर खड़ी गाड़ियाँ और अन्दर बिलकुल सर के ऊपर खड़े हाथी से बाघ थोड़ा बौखला गया था। इस हड़बड़ाहट में वह झाड़ियाँ और ऊबड़-खाबड़ जमीन में बिलकुल चिपककर गुर्राने लगा। अगर वह आवाज न करे तो यह पता लगाना मुश्किल था कि यहाँ एक बाघ भी बैठा है। करीब आधे घंटे तक यह आँख मिचौली चलती रही। मैंने आखिर में उकताकर पी.पी. सिंह को फिर फोन करके कहा कि मैं झाड़ियों के अन्दर किसी रास्ते से बाघ के और पास जाने की कोशिश कर रहा हूँ हो सकता है और ऐसा मुमकिन भी है कि हाथी के झाड़ियों के अन्दर जाने से बाघ झाड़ियों से निकलकर बाहर सड़क की तरफ निकले तब आपको या डॉक्टर को मौका मिल सकता है। सब उत्तेजना से भरे अचम्भित से थे। मैंने इरशाद से कहा हाथी को झाड़ियो में अन्दर ले चलो। जैसे ही हाथी ने एक कदम झाड़ियों के अन्दर रखा बाघ हाथी को डाँटता हुआ सड़क की तरफ निकल गया। जहाँ पी.पी. सिंह के साथ पूरी टीम तैयार बैठी थी। सड़क के किनारे बाघ के इन्तजार में तीन गाड़ियाँ खड़ी थी। जैसे ही बाघ ने सड़क पर निकलने के लिए कदम निकाला, बीचवाली जिप्सी में बैठे किसी शख्स से हड़बड़ाहट में गाड़ी का हार्न दब गया। पूरा जंगल हार्न की आवाज से गूँज गया। सब चौंक गए मैं, सी.पी.गोयल, इरशाद, पीपी.सिंह, डॉ.सौरभ यहाँ तक की रूपकली हथिनी और बाघ भी। हार्न की आवाज से बाघ सड़क से निकलते-निकलते फिर जंगल की ओर तेजी में चला और जब तक यह लोग चलते हुए बाघ पर निशाना लगाते तब तक बाघ इनकी पहुँच से दूर था। बाघ संशय से भरा हुआ जंगल की ओर जाती हुई एक कच्ची पगडंडी पर मुझे भागता नजर आया और इरशाद ने भागते हुए बाघ को देख लिया था। हमारा हाथी उसके पीछे हो लिया लगभग दौड़ते हुए। बाघ सड़क पार, बेतवा नाले के किनारे के जंगलों में भागा। हम लोग उसके पीछे पीछे हो लिए। बाघ सामने तेज चाल से उबड़-खाबड़, ऊँची-नीची जमीन पर चला जा रहा था। लगभग भागते हुए बाघ के नीचे सूखे पत्ते और ऊपर ऊँचे पेड़ थे, उसके पीछे दाहिने तरफ बेतवा का पानी चमचमा रहा था। सारा जंगल धूप-छाँव से सजा था। दृश्य इतना खूबसूरत था कि क्या कहने। हाथी इरशाद के इशारे से बाघ के पास और पास जाने की कोशिश में उबड़-खाबड़, ऊँची नीची जमीन पर लगभग दौड़ते हुए चल रहा था। मैं और सी.पी.गोयल हाथी के गद्दे पर अपने आपको किसी तरह से सम्हाले बैठे

थे। मैं एक हाथ में गन, एक में हाथी का हौदे का खूँटा पकड़े था। हाथी की पीठ के हौदे के एक कोने पर मेरा डार्ट सिरिंज और दवाइयों का बैग इधर-उधर डोल रहा था। बाघ ने जंगल का एक लम्बा चक्कर लगाया और करीब 15-20 मिनट बाद हम लोगों को छकाते हुए फिर वहीं आकर बैठ गया जहाँ से वह चला था। हम लोग फिर उसके पीछे-पीछे चलते हुए उसी जगह वापस पहुँच गए। बाघ लैंटाना और बेर की झाड़ियों में अपनी पुरानी जगह जाकर छुप गया इस बार वह बहुत ज्यादा नाराज था। धीरे-धीरे वह अपनी शालीनता भी खो रहा था। हम लोग भी अबकी बार हाथी के ऊपर अपनी पुरानी जगह से हटकर थोड़ी-सी ऊँची जगह पर आ गए थे। इस खेल को बाहर खड़े लोग कुछ दृश्यों देख पा रहे थे और कुछ दृश्यों को नहीं भी देख पा रहे थे। हम लोग हिम्मत करके फिर हाथी लेकर झाड़ियों में घुसे। बाघ झाड़ियों में लपकता हुआ कहीं घूमा और गायब। हमारा हाथी इधर-उधर आगे पीछे करता रहा, शायद रूपकली भी हैरान थी कि वह गया तो गया किधर। अभी तो सामने था अभी गायब। हम लोग सोच ही रहे थे कि बाघ कहा निकल गया, कि किसी ने सी.पी.गोयल को फोन पर बताया कि बाघ भागकर सड़क पारकर गया है और शीशमवाले प्लाट में कहीं आकर छुप गया है। हाथी घूमा और सड़क पार करके एक किनारे पर सी.पी. गोयल को उतारकर पी.पी. सिंह को हाथी पर बैठा लिया गया। हाथी हम लोगों को अपने ऊपर बैठाकर सब लोगों की आँखों के सामने थोड़े घमंड के साथ शीशमवाले प्लाट में घुस गया। पी.पी. सिंह को हाथी पर बैठने के लिए सी.पी. गोयल ने कहा था, पी.पी. सिंह के पास भी एक डार्टगन थी, हम लोगों को बाघ को डार्ट करने का ज्यादा मौका मिल सके, इसलिए उनको हाथी पर बैठा लिया गया था।

इस आपाधापी में मेरा मोबाइल सी. पी. गोयल के पास ही रह गया। इसी अफरातफरी में कमाल को टीलेवाले प्लाट पर बने लोहे के मचान पर बैठा दिया गया जिससे बाघ के मूमेंट को उँचाई से देखा जा सके। डॉ. सौरभ और डी.एफ.ओ. अशोक मिश्र अपनी अपनी गाड़ियों के साथ शीशम के खेत के समानान्तर ऊपर, चौकी के साथ जा रही सड़क पर डार्टगन लेकर मुस्तैद हो गए। जंगलवाली तरफ पर वारिसी और रेंजर ए.के. द्विवेदी गाड़ियों से बाघ के प्रबल वेग को रोकने को तत्पर थे। रूपकली हाथी पर पी.पी. सिंह मैं और इरशाद। शीशम का वह प्लाट आज भी भुलाए नहीं भूलता है। हाथी से बाघ का आना जाना शीशम में एक लहर की तरह दिख रहा था। हम लोगों को लगा कि बाघ अब लगभग घिर गया है। शीशम का यह टुकड़ा, बाघ और हमारी इज्जत का चश्मदीद गवाह बनने को आतुर हो गया। बाघ अब अपने पूरे प्रवाह

में था। रूपकली अपने ऊँचे कद, कद्दावर शरीर और बेफिक्र मगर तेज चाल से बाघ को बार-बार पीछे हटने पर मजबूर कर रही थी। ऊपर सड़क से लोग नीचे शीशम के खेत में हो रहे हाथी और बाघ की पैतरेबाजी अपनी जिन्दगी में पहली और आखिरी बार देख रहे थे। शीशम के ऊँचे पेड़ों में हाथी लगभग डूबा हुआ था। सिर्फ हम लोग ही दूर खड़े लोगों को शीशम के पेड़ों की फुनगी पर आते-जाते, खिलौने की तरह दिख रहे थे। सूरज भी चमककर आँखें फाड़े सारे मंजर को ऊपर साफ नीले आसमान में अपनी चमचमाते सात घोड़ेवाले रथ में बैठा देख रहा था। आसमान में रोशनी इतनी तेज थी कि सूरज की तरफ देखा भी नहीं जा रहा था। दोपहर के लगभग 2 बजे गए थे बाघ और हाथी में लुकाछिपी का खेल चल रहा था। बाघ एक घने शीशम के झुरमुट में छिप गया। हाथी ने अपनी स्वाभाविक प्रवृत्ति से अन्दाजा लगाया और झुरमुट में अन्दर की तरफ चल दिया। बाघ ने पूरे जोर से हाथी पर हमला कर दिया धूल उड़ाता वह लगभग हाथी के अगले पैरों के पास ही गया था। हाथी ने भी जोरदार आवाज के साथ अपने अगले पैरों से ऐसी जोरदार ठोकर मारी कि शीशम के कई नौजवान पेड़ जड़ समेत बाघ की तरफ उड़ गए। बाघ झुरमुट में फिर कहीं गुम हो गया और अचानक फिर कम घने झुरमुट में वह क्रोध की साक्षात अग्नि जैसा विकरालता की तरह सामने आया और फिर से उसने हाथी को जोरदार आवाज के साथ धमकाया और हाथी पर अपना प्रचंड रूप लेकर दौड़ पड़ा। रूपकली का भी संयम और धैर्य, सतत प्रवाह अब तक अपने चरम पर था और टूटकर बिखरने ही वाला था। सामने बाघ वह भी चुनौती देता हुआ। पीछे हटना तो रूपकली के स्वभाव में नहीं था। 50 साल के ऊपर की यह हथिनी सुबह से बाघ के पीछे थी। रूपकली की गर्दन को छुआ तो पाया कि उसका शरीर बिलकुल तप रहा था। इस बीच बाघ को अपने ऊपर दोबारा दौड़ता देख रूपकली सूँड़ ऊँची करके भयानक चिंघाड़ के साथ बाघ पर लपकी। इस संग्राम में हम और पी.पी. सिंह किसी तरह अपने आपको हाथी की पीठ पर सम्हाले हुए बैठे थे। दोपहर लगभग 3.30 बजे बाघ हाँफता हुआ दिखा वह ऊपर सड़क की तरफ देख रहा था। हम लोगों ने भी उधर देखा तो देखा कुछ लोग हाथी और बाघ का यह संग्राम देखने के लिए गाड़ियों से उतर कर कच्ची ढलान पर आ गए थे। बाघ ढलान पर खड़े, उन्हीं लोगों की तरफ एकटक देख रहा था। जिन पौधों और घास के बीच बाघ बैठा था, उसी झुरमुट में उसकी पूँछ दिखाई दी जो क्रोध के मारे दाएँ बाएँ घूम रही थी और उसका शक्तिशाली पुट्ठा मुझें पहली बार दिखा। मैंने हाथी को रूकवाया, गन उठाई निशाना लगाया बैरल में लगे टेलीस्कोप के ठीक सामने

बाघ का दाहिना पुट्ठा था मैं ट्रेगर दबानेवाला था कि रूपकली ने ऊँची झूलती एक पेड़ की डाल को सूँड़ से खीचकर मेरे डार्टगन को हिला दिया। मेरी आँखों के आगे आई डाल की पत्तियों से मुझें बाघ दिखना बन्द हो गया। आँखों के आगे हरी-हरी पत्तियाँ थी। मैंने इरशाद से कहा रूपकली से जल्दी से यह डाल छुड़वा। वह पहले से ही समझ गया था कि कुछ गड़बड़ हो गई है। वह रूपकली से डाल छुड़वाने लगा। रूपकली ने सूंढ़ से डाल छोड़ी ही थी कि सामने फिर बाघ दिखा पर वह थोड़ा खिसक कर बैठ गया था। फिर भी पुट्ठे का एक कोना मुझें दिखाई दे रहा था। मैंने डार्टगन उठाई टेलीस्कोप से फिर निशाना लगाया, तभी रूपकली ने फिर पेड़ की डाल सूँड़ से खीचकर नीचे डार्टगन के बैरल को हिला दिया। मैंने आसमान की तरफ देखा और सर झुका लिया। मौका निकल चुका था। अबकी बार जब हाथी ने जब डाल छोड़ी तो सामने से बाघ गायब था। क्या हो रहा था। समझ से बाहर था। चारो तरफ बाघ-ही-बाघ था और कहीं नहीं था। मेरी सर की नस तक तन गई। शरीर पसीने से नहा गया। कमीज भीग गई। हम सबने पूरी जान लगा दी कि बाघ आज बचकर न जा पाए। बाघ नीचे से भागता हुआ ढलान की उस तरफ चढ़ता चला गया, जहाँ 10-12 लोग खड़े थे। बाघ को तेजी से आता देखकर सब लोग पीछे भागे। मैंने कई लोगों को वहीं धूल में गिरते देखा। जिसमें डॉ. सौरभ हाथों में डार्ट गन लिए गिरे थे, पर उन्होंने गन नहीं छोड़ी। डी.एफ.ओ. अशोक मिश्र भागते हुए लड़खड़ाए और वहीं धूल में गिर पड़े। बाघ ऊपर भी आदमियों को देखकर हड़बड़ा गया और सड़क और ढलान के किनारे किनारे होता हुआ बेतवा नाले की तरफवाले जंगल की ओर भागा। हम नीचे हाथी से यह नजारा देख रहे थे। अफरातफरी सी मच गई। बाघ ने एक चक्कर-सा लगाया और फिर उसी ढलान से पुलिया की सड़क को पार करके जंगल की ओर भाग गया। रूपकली ने उसको फिर देख लिया था और वह उसके पीछे फिर लपकी। बाघ ने किसी की भी परवाह न करते हुए सड़क पार की और जंगल के अन्दर भागता चला गया। पी.पी. सिंह के मोबाइल में डॉ. सौरभ का फोन आया कि जब ढ़लान पर बाघ भाग रहा था तब उन्होंने उसको डार्ट कर दिया है। मुझे, पी.पी. सिंह या इरशाद को भागते हुए बाघ में कोई डार्ट सिरिंज लगी नहीं दिखी थी। फिर सोचा बाघ के बेतहाशा भागने से डार्ट सिरिंज गिर गई होगी। शाम 4 बजे तक हम बाघ को जंगल, झाड़ी, बेतवा के किनारे सब जगह तलाशते रहे पर वह कहीं नहीं मिला। न अब हाथी के शरीर में हिम्मत थी। न हमारे शरीर में। धीरे-धीरे मन में सन्नाटा-सा लिए, हम तीनों हाथी पर बैठे-बैठे जंगल से बाहर निकले और चौकी की तरफ चल दिए। जहाँ मन्त्री जी

के साथ और लोग यह अद्भुत नजारा देख रहे थे। सच पूछो तो उन लोगों के सामने वहाँ हाथी के ऊपर बैठकर जाने में झिझक-सी लग रही थी। हम चौकी से बहुत पहले हाथी से उतर गए और ढलान से सीधे उस जगह पहुँचे जहाँ डॉ. सौरभ खड़े थे। हम लोगों ने डॉ. सौरभ से पूछा कि कहा से डार्ट चलाई थी और किस तरफ से फायर गया था। मेरे लिए यह जानना बहुत जरूरी था कि बाघ को डार्ट लगी है कि नहीं। सौरभ ने बिलकुल ठीक जगह दिखाई। बाघ भागता हुआ वहाँ से निकला था और डॉ. सौरभ ने फायर किया था। तलाश करने पर एक किशोरावस्था शीशम के सीने में डार्ट धँसी हुई मुझे मिल गई। यह इत्मिनान हो गया कि बाघ को डार्ट नहीं लगी है क्योंकि अगर डार्ट लगी होती तो उसको ढूँढ़ना-ही-ढूँढ़ना पड़ता और जो इस वक्त इतने घने जंगल में जा चुके बाघ के विषय में असम्भव था। प्रेस-मीडिया ने पहली बार शीशम के प्लाट से सड़क पार करके जंगल की ओर भागते हुए बाघ की फोटो ले ली थी। जो अगले दिन हर अखबार के पहले पेज की खूबसूरती बन गई और हमारे लिए यह शर्मनाक था कि बाघ सबके सामने हमसे मुँहजोरी करके निकल गया था।

हम और पी.पी. सिंह चौकी में बने कमरों के पीछे खड़े सिगरेट पी रहे थे। परेशान और उलझे हुए, पसीने से लथपथ। तभी फरमान आया कि मन्त्री जी आप दोनों को बुला रहे हैं। जाने की इच्छा बिलकुल नहीं थी और ऐसी परिस्थितियों से गुजरकर तो बिलकुल भी नहीं। जाकर देखा तो मन्त्री जी और अधिकारी आपस में बात कर रहे थे। सब लोग वहाँ से उठे और संस्थान में ही बने मीटिंग हाल में, जो कि निदेशक के कार्यालय में ही था, मीटिंग के लिए पहुँच गए। प्रेस और मीडिया के अनगिनत प्रश्न, लोगों की संशय भरी निगाहें, कुछ लोगों की आँखों में हास्य का भाव, एक दो आँखें ऐसी भी जो कह रही थी, दोस्तो, कोशिश तो तुमने खूब की। मन्त्री जी ने भी कहा प्रयास अच्छा किया। उन्होंने स्वंय देखा कि एक बाघ को जिन्दा पकड़ना कितना दुरूह और दुष्कर कार्य है। उन्होंने और संसाधनो को देने की बात की और एक हाथी से बाघ को घेरना और कामयाबी मिलनी दुष्कर है इसलिए उन्होंने दो और हाथी दुधवा से यहाँ भेजे जाने के लिए कहा, हम लोग कुछ कहने की स्थिति में थे ही नहीं। असफलता आपको कई पायदान पीछे खड़ाकर देती है, आप जब आगे-पीछे देखते हैं तो आप उस जगह अकेले ही होते हैं पर मैं और पी.पी. सिंह अकेले नहीं, दुकेले थे। सफलता में तो आपके आसपास भीड़ भी होती है और सभी लोग अपने-अपने तरीके से अपने-अपने योगदान का जिक्र करते हैं पर असफलता सर्वदा अकेली होती है, हताश और निराश। उस शाम बिलकुल वैसा ही था। मीटिंग हाल के बाहर शाम

हुई और ढल गई। अँधेरा-सा हो गया। अगले दिन नए पी.सी.सी.एफ., वाइल्ड लाइफ जे.एस. अस्थाना के कार्यालय में बाघ को लेकर मीटिंग हुई। मुहम्मद अहसन सेवानिवृत्त हो चुके थे। पहले सब लोग अस्थाना जी के यहाँ इकट्ठे हुए उसके बाद मन्त्री जी के साथ शाम को बैठक हुई। लगभग सभी लोग थे। शाम तक चली बैठक के बाद हम सब लोग अपने-अपने ठिकाने की ओर चल दिए। वहाँ रहमानखेड़ा में रात को सन्नाटे में बाघ शेष बची भैंस को धीरे-धीरे खाता रहा भैंस की हड्डियों को तोड़ने की आवाज रात के सन्नाटे में दूर तक जा रही थी। अगले कई दिनों तक उदास और हताश टीम के लोग मचान पर बैठते रहे, पिंजरे में बकरी और पड़वा बँधते रहे, पिंजरे में रखी बाघिन की ट्राफी पर चिड़ियाघर की एक बाघिन का मूत्र डाला जाता रहा, बाघिन की रिकार्ड आवाज को सी.डी. प्लेयर पर बार-बार बजाकर बाघ को बेवजह मूर्ख बनाने की कोशिश की जाती रही। सब थका-थका-सा नीरस हो चला था।

जिस दिन से बाघ हमारे सामने कुछ फुट की ही दूरी पर घनी बेर ओर लैंटाना की झाड़ियों में सामने छिपा बैठा रहा था। उसी दिन से ही मैं सोच रहा था कि काश डार्टगन की नली इतनी लम्बी होती कि मैं झाड़ियों में वह लम्बी बैरल की जगह बना पाता और झाड़ी के उस पार चुनौती देते बाघ तक बैरल पहुँचा देता और ट्रेगर दबाकर बाघ को बेहोश कर पाता। यदि झाड़ी के अन्दर बैठे बाघ को बिना देखे दूर से फायर करने पर या तो डार्ट सिरिंज झाड़ी में ही अटक के रह जाती या फिर पता नहीं छिटककर और कहीं चली जाए। लम्बी बैरल के सहारे डार्ट सिरिंज झाड़ी पार करके बाघ के शरीर में धँसा सकती थी। मगर कैसे ?

मैं लगातार सोचता रहा कि यह कैसे सम्भव हो सकता है। पुराने जमाने के लोग जानवरों को जहर देकर या बेहोश करने के लिए ब्लो पाइप का इस्तेमाल करते थे, यह खोखली लकड़ी या बाँस का एक पाइपनुमा शाखा होती थी जिसके अन्दर पंखोंवाला तीर डाला जाता था और तीर के फलक पर जहर लगा रहता था। जब तीर को ब्लो पाइप में डालकर ब्लो पाइप के एक सिरे को मुँह से जोर से फूँका जाता था, तब तीर हवा में दूर तक जाता था। जैसे धनुष से बाण छूटा हो। फर्क इतना होता है कि इसका वेग प्रचंड नहीं होता है, जितना धनुष की डोरी खींचने से उत्पन्न होता है या फिर डार्टगन से जो बारूद या कंम्प्रेस्ड CO_2 से चलती है। आज के युग में बहुत अच्छे ब्लो पाइप बन गए हैं जो पाइप को मुँह से एक तरफ से फूंकने पर डार्ट सिरिंज दूसरी तरफ से तेजी से निकलती है और कई फुट दूर-दूर जाकर जानवर के शरीर में धँस जाती है। लेकिन इसकी एक मारक सीमा होती है। मैंने एक लम्बा पाइप का टुकड़ा ढूँढ़ा जिसका डाया

या व्यास मेरी डार्ट सिरिंज की उस मोटाई के अनुपात में हो जो डार्ट सिरिंज को अपने अन्दर रख ले और दूसरी से मुँह से फूँकने पर डार्ट सिरिंज वेग के साथ निकल जाए। पाइप में अतिरिक्त चिकनाई के लिए मैंने एक सामग्री का प्रयोग किया जिससे वह डार्ट सिरिंज की गति और दूरी को लगभग 3 से 4 गुना बढ़ा देती थी। इसमें अनोखी बात यह थी कि यह पाइप लगभग 22 फिट लम्बा था जो तीन टुकड़ों में था। आप हाथी पर बैठकर एक-एक टुकड़े को जोड़कर पाइप को झाड़ी के अन्दर बढ़ाते रहिये और जब पाइप का दूरवाला सिरा झाड़ियों को पारकर ले और उसका सिरा बाघ के शरीर की तरफ हो तो उसके दूसरे तरफ से डार्ट सिरिंज को मुँह के सहारे से फूँक मारकर जोरदार धक्का दे सकते थे। जिससे वह गति और वेग पाकर पास बैठे बाघ के शरीर में घुस सकती थी और आप हारती हुई बाजी जीत सकते हैं। अगले दिन मैं यह पाइप लेकर रहमानखेड़ा पहुँचा और टीम को इसका चमत्कार दिखाया कि कैसे झाड़ी में छुपे बाघ को आसानी से गिराकर कब्जे में ले सकते हैं। बच्चो की तरह मैंने यह करतब सबको करके बार-बार दिखाया और खुश होता रहा। मन्त्री जी के निर्देशो के क्रम में दो और हाथियाँ गंगाकली ओर पुष्पाकली अपने-अपने महावत लल्लन और अनीस के साथ दुधवा से आ गई। इनके साथ में 5 वॉकी टाकी, सर्चलाइट और लगभग 300 मीटर जाल(खाबड़) भी रहमानखेड़ा पहुँच गया।

बाघ द्वारा लगभग खाई हुई भैंस को ट्रैक्टर से खीचकर मचान से दूर मैदान में कर दिया क्योंकि भैंस में अब कुछ खाने योग्य बचा नहीं था और शरीर के बचे-खुचे हिस्से सड़ने से असहनीय बदबू उठ रही थी। ऑपरेशन में लगाई गई दोनों हाथी ऑपरेशन में पहले से काम कर रही रूपकली हाथी के साथ गश्त पर निकल गई। तीनों हाथी पुरानी सहेली होने के नाते उत्साह से भर गई खासतौर पर रूपकली जो इतने दिनो से अकेली ही बाघ से मोर्चा ले रही थी। वह पिछली बातो को भूलकर नए सिरे से बाघ की खोज में सहायता करने लगी। अपने पुराने साथियों का साथ पाकर और उनके साथ काम करके खुश थी।

गश्त के दौरान दूसरे हाथी पर बैठे कमाल शेख ने बताया कि सड़क पर बेतवा नाले के जंगलों की तरफ से बाघ की उपस्थिति की महक आ रही है। उसने यकीन से कहा कि बाघ के यहीं कहीं आसपास ही होने की उम्मीद है। तीनों हाथी तुरन्त ही अलग-अलग दिशाओं में बँट गए। एक हाथी पर कमाल और आफताब, दूसरे हाथी पर रेंजर ए.के. द्विवेदी और वारिसी और उनके सहयोगी। तीसरे हाथी पर मैं और डॉ. देवेन्द्र। तीनों हाथी बाघ की सम्भावित उपस्थिति को तलाशने में जुट गई। तीनों हाथियो के महावत भी अनुभवी तथा

अत्यन्त कुशल थे। तीनों हाथी भी काफी पुरानी थी और जोखिम लेने को तैयार रहती थी। कई रेस्क्यू ऑपरेशन को इन सबकी टीम ने एक जुट होकर सफल बनाया था। यह रेस्क्यू ऑपरेशन भी एक परीक्षा के समान सामने मुँह बाएँ खड़ा था। जिसमें सफलता की उम्मीद बहुत कम नजर आती थी। मुझे याद है हाथी जब अलग अलग हो गए तब मैं रूपकली हाथी पर बेतवा नाले के किनारे की बेहद ऊँची-नीची जमीन पर बाघ की झलक के लिए मुस्तैद बैठा था। मेरे साथ मेरे सहयोगी डॉ. देवेन्द्र भी बैठे थे। हाथी बहुत धीमी चाल से जंगल में चल रहा था। इरशाद के कुशल पैर हाथी के कान के पीछे टिके थे जहाँ से वह हाथी को दाएँ-बाएँ, आगे-पीछे, तेज-धीमा चलने का इशारा कर रहा था। हाथी भी महावत के बिना कुछ बोले इशारा समझ रहा था और मौके की नजाकत को भी आत्मसात कर रहा था। शाम के लगभग 4 या 4.30 बज रहे थे। अन्य दोनों हाथी नजर से ओझल होकर दूर कहीं और थे। हम बेतवा नाले की ढलान पर होने की वजह से निचली सतह पर थे। अचानक महावत इरशाद ने कहा डॉक्टर साहब कूदिए ! उसने कहा कूदिए, क्यों कूदिए कुछ मालूम नहीं। बस कूदिये और यह कहते-कहते इरशाद हाथी की रस्सी पकड़कर लटका और कूद गया। अचानक मेरा ध्यान सर के ऊपर की भन भनाहट पर गया। सर आसमान की तरफ उठाया तो काला-सा बड़ा धब्बा हिल रहा था और वह भी तेज भनभनाहट साथ। मधुमक्खियों ने हम लोग पर हमला कर दिया था। रूपकली बिलकुल अविचल खड़ी हो गई। वह बिलकुल भी हिल-डुल नहीं रही थी। मैंने कुछ सोचा नहीं डार्टगन समेत हाथी से नीचे कच्ची जमीन और पत्तो के ढ़ेर पर कूद गया। मेरे पीछे-पीछे डॉ. देवेन्द्र भी हाथी से नीचे कूद गए। हम तीनों अन्दाजे से सड़क की दिशा की ओर भागे। मगर हम लोग जंगल में काफी अन्दर थे। लगभग 50-100 मीटर भागने के बाद मुझे ध्यान आया कि बाघ भी तो यहीं कहीं हों सकता है और उसी को तो हम लोग यहाँ ढूँढ़ रहे हैं। कुछ मधुमक्खियाँ हमारे कपड़ो में घुस चुकी थी और उनमें से कइयों ने हमे जगह-जगह काट भी लिया था। मैंने आवाज लगाकर सबको एक पेड़ के नीचे रोका और सबने जल्दी-जल्दी पत्तियाँ टहनियाँ इकट्ठी करके आग जला ली। हम लोग बुरी तरह से हाँफ रहे थे। हमारा हाथी पीछे कहीं छूट गया था। बेतहाशा भागते हुए हम कहाँ है हम यह भी भूल गए थे, हमें दिशा भ्रम-सा हो गया था। मैंने सहायता के लिए दूसरे हाथियों पर बैठे अपने साथियों को फोन लगाया। हम लोगों ने जल्दी-जल्दी पत्तियाँ और टहनियाँ इकट्ठी और वहीं आग जलाकर खड़े हो गऐ। हमारे साथी अपने हाथियों पर बैठे जंगल में आग से उठते धुंएँ से हम लोग की जगह का पता लगाते पहुँचे तो

हम लोगों को पता चला कि हम लोग तो जंगल के बिलकुल किनारे ही पर खड़े है। धीरे-धीरे सूरज की रोशनी पीली-सी होती हुई खत्म हो रही थी। इस साल की जाती हुई सर्दियों के यह कुछ बचे-खुचे दिन थे। दोनों हाथी और टीम के सारे लोग मिल गए तो हम लोग नाले के ढ़लान पर अपनी रूपकली को ढूँढ़ने वापस निकले जिसे हम लोग भागते हुए पीछे छोड़ आए थे। सूखी पत्तियों के गलीचे से होते हुए हम लोग धीरे-धीर उस तरफ बढ़ रहे थे जहाँ हम लोगों को अन्दाजा था कि हमारा हाथी हमसे छुटा था। इरशाद सबसे आगे आगे तेज चल रहा था। जंगल के अन्दर अँधेरा और गहरा हो गया और दूर एक खाई सी में काले पत्थर का पहाड़ नजर आया जो बिलकुल हिलडुल नहीं रहा था। वह मूर्ति की तरह बेजान खड़ा था वहीं तो रूपकली थी हमारी हाथी। रूपकली बिलकुल निश्चल खड़ी थी। बुत की तरह हमारे आने से भी नहीं हिली। पर जैसे ही इरशाद ने आवाज दी वह घूमी और मस्त चाल से इरशाद की तरफ चल दी। हाथी से कूदते समय मेरी कलाई में बँधी घड़ी कहीं टूटकर गिर गई थी। सब लोग जंगल से निकलकर चौकी की तरफ चल दिए। मधुमक्खियों ने मुझे और देवेन्द्र को ज्यादा काटा था। इरशाद उनके प्रकोप से लगभग बच से गए थे। हाथी ने अपनी असाधारण सजह बुद्धि से खुद को बिलकुल स्थिरकर लिया था। शायद वह साँस भी धीरे-धीरे लेने लगी होगी। ऐसा मेरा ख्याल है। चौकी पर पहुँचकर मधुमक्खियाँ हमारे क़पड़ों से निकाली गई। कुछ जिन्दा थी और कुछ मर गई थी। मेरे बैग में एँटी एलर्जिक इंजेक्शन रखा था जिसे मैंने खुद ही अपनी बाँह पर वह इंजेक्शन लगा लिया। चौकी पर अब ठहरने का कोई मतलब नहीं था। बाकी लोगों ने रास्ते में जाते हुए सूजन ज्यादा न बढ़ने पाए इसकी दवाई खा ली थी। रोज की तरह पिंजरे लगाकर हम लोग रात के स्टाफ की निगहबानी में क्षेत्र छोड़कर चल दिए। बाघ भैंस को खा ही चुका था। सोचा गया बाकी हड्डियों में लगा गोश्त भी वह आज रात दाँत से खुरचकर साफ कर ही देगा।

रातभर में बाघ बची-खुची भैंस को मैदान से खींचकर झाड़ियों में ले गया। बचा-खुचा क्या बस भैंस का पिंजर भर ही रह गया था। गर्मी धीरे-धीरे बढ़ रही थी। कल मधुमक्खियों के हमले के बाद आज कम ही लोग आए थे। हाथियों से दोबारा कामूंबिग की गई। पैदल-पैदल बाघ के पगमार्क तलाशे गए और शाम होते-होते सब लोग भारी कदमों से वापस चले गए। सन्नाटे जैसा दिन बीत गया। जाते जाते सरसों के खेत और शीशम के खेत के बीच में बने लगभग खाली पड़े ऊँचे खेत में आज पहली बार पड़वा बाधाँ गया है। महीनों बाद यह हुआ कि सरसों के खेत के अलावा पड़वा कहीं और बाँधा गया हो पर बाघ ने रात

में पड़वे को नहीं मारा। बाघ सड़ी-गली बची-खुची भैंस की हड्डियो तक को चाटकर साफ करने के बाद परम सन्तुष्ट लग रहा था। तीनों हाथियों को रोज की तरह काम्बिंग के लिए लगाया गया। आफताब, वारिसी, देवेन्द्र, कमाल और मैं। सरसों के खेत के पास जब रूपकली हाथी को सूखे नाले में इरशाद ने उतारा तो मुझे एक मोड़ पर बाघ के पिछले हिस्से की एक झलक मिली। वहाँ पहुँचे तो कुछ नहीं था सुबह का जंगल का केवल सन्नाटा और खामोशी। काम्बिंग करके जब वापस चले तो देखा कि हाथी के आने के पैरों के निशान के ऊपर बाघ के पैरों के निशान थे। हाथी के ताजा पैरों के निशानों के ऊपर बाघ के ताजातरीन पैरों के खूबसूरत निशान बहुत सुन्दर मिश्रण था। हाथियों से बाघ को ढूँढ़ते रहे और बाघ इधर-उधर झाड़ियों में छुपकर हाथियों की गतिविधियों को देखता रहा होगा ऐसा हम सोच रहे थे। दोपहर होते-होते हाथियो को वापस बुला लिया गया। धूप तेज होने लगी थी। थोड़ी देर बाद हम लोग पैदल ही ट्रैकिंग करने लगे क्योंकि इतनी गर्मी में हाथियो को बेवजह चलाना कोई बुद्धिमानी नहीं थी। चौकी के आगे अमरूद के विशाल बागो में एक पागल लड़का मिला जो कहता था कि वह बाघ को ही ढूँढ़ रहा है। बड़ी मुश्किल से समझा बुझाकर उसको संस्थान से बाहर निकाला गया। पता नहीं कैसे वह संस्थान के अन्दर आ गया था। कहीं रात में वह संस्थान में रहता तो बाघ उसके साथ क्या सलूक करता यह तो बाघ ही बेहतर बता सकता था। शाम की ढलती धूप में चौकी के कोने पर लगे हैंड पम्प से ठंडा पानी पीते हम सब एक-दूसरे को बेवकूफो की तरह देख रहे थे और तीनों हाथी पानी पीने के लिए भी आए थे और हमें घेरे से खड़े थे और मुझे लग रहा था कि सारे हाथी मुस्करा रहे थे और आँखों-ही-आँखों में हमारे दिन भर की मूर्खता की समीक्षा सी कर रहे हैं।

सारे महावत, सारे हाथी संस्थान के आफिस के बीचोंबीच पीछे बने विशाल बरामदों पर मैदान की ओर जा चुके थे। वहीं हाथियों को बाँधने और महावतों के सोने-रहने की व्यवस्था थी और विशालकाय हाथियों के लिए ढ़ेरो गन्ना और पेड़ों की पत्तियाँ रखी गई थी। हाथियों के नहाने और चुहल करने के लिए बेतवा नाला और गोमती नदी तो पास में थी। वहीं आफिस के पीछे एक कैंटीन थी जहाँ पर नाश्ता और दोपहर का भोजन भी मिल जाता था। अगले दिन पड़वे को फिर उसी ऊँचेवाले प्लाट में बाँधा गया मगर बाघ ने इतनी बेरुखी दिखाई कि वहाँ आया तक ही नहीं। सुबह तक कोई पगमार्क नहीं मिले। मैं सुबह देर से रहमानखेड़ा संस्थान पहुँच पाया क्योंकि रास्ते में गाड़ी का टायर पंचर हो गया था। सुबह-सुबह की हलकी नम हवा और तिरछी पीली रोशनी में हाथी से जंगलों

और खेतों बागों की काम्बिंग करते डॉ. देवेन्द्र, डॉ. सौरभ ओर वारिसी, मुझे संस्थान में रेलवे पुल की तरफ मिल गए। उन्होंने मुझे बताया कि बाघ पड़वे की तरफ तो गया ही नहीं है लेकिन बाघ के रात के पैरों के निशानों से लगता है कि वह बेतवा नाले से रेलपुल के नीचे से मधुबनी के जंगलों की तरफ निकल गया है। शाम ढल गई और अँधेरा हो गया। सब लोग सारे दिन काम्बिंग करते रहे और वापस चले गए। अगली सुबह जब जंगल अभी रात की नींद से पूरी तरह जागा भी नहीं था। बाघ ने दो दिन से ऊँचेवाले प्लाट पर बाँधा जा रहा पड़वा मार दिया और रस्सी काटकर पड़वे को शीशमवाले ठंढे और घने प्लाट में ले गया। पड़वे को खींचे जाने के निशानो को तलाशते हुए जब तक तीनों हाथी ने पड़वे के आधे खाए हुए शरीर की जगह को घेर पाते तब तक बाघ लगभग आधा पड़वा खाकर फरार था। हम लोग पूरी शिद्दत के साथ बाघ को पूरे शीशम में खोजते रहे। धूप चढ़ने लगी तेज गर्मी से हाथी जल्दी थक गए और हम लोग भी हाथी छोड़कर मचान पर चढ़कर बैठ गए और पड़वे के आधे खाए भाग को वहीं मचान के नीचे खींचकर रख लिया। दोपहर तक मैं और कमाल मचान पर बैठे। उसके बाद डॉ. सौरभ और डॉ. देवेन्द्र को शाम तक बैठना था। हम लोग बारी-बारी से मचान पर बैठे-बैठे आधे खाए पड़वे को देखते रहे। और दूर कहीं सूरज डूबा और दिन बेवजह ढल गया। पेड़ों के पीछे का सूरज का रंग पड़वे के मिट्टी पर गिरे खून की तरह गाढ़ा-भूरा लाल हो गया। हम लोगों ने सारी चीजों को शतरंज के मोहरों की तरह रात भर के लिए सारे मोहरो को ज्यूँ-का-त्यूँ छोड़ दिया। रात हो गई थी अब बाघ को अपनी चाल चलनी थी।

पी.पी. सिंह और हम लोग सुबह 5 बजे के लगभग संस्थान के फार्म में पहुँच गए। यह योजना बनाई गई कि शीशम का प्लाट दूसरे प्लाटो की बनस्पत थोड़ा ठंडा भी रहता है। उस शीशम के प्लाट में अगर संस्थान के ट्यूबवेल से पानी लगा सकते हैं तो लगा दिया जाए जिससे वहाँ और ठंडक बनी रहे और जमीन भी नम रहे, जो रोज बढ़ रही गर्मी में बाघ के लिए मुफीद होगी। साथ ही 300 मीटर जो खाबड़ जाल दुधवा से आया था उसको, शीशम के प्लाट में इसी तरह खड़ा किया जाए कि बाघ अगर शीशमवाले प्लाट में पड़वा मारकर खीच ले जाए और वह पड़वे के कहीं आसपास मौजूद रहे और उस पर दबाव डाला जाए तो वह प्लाट से लगी सड़क पार बेतवा नाले और उसके जंगलों में मारे गए शिकार को न ले जाने पाए। योजना के अनुसार जाल शीशम के एक तिहाई हिस्से को अपनी ऊँचाई से काट रहे एक ऊँची मेड़नुमा पगडंडी पर लगाया गया। खाबड़ को लगाते लगाते शाम होने लगी तभी जे.के. अस्थाना

प्रमुख वन संरक्षक, वन्य जीव अपने अन्य अधिकारियों के साथ वहाँ आ गए। सबने योजना बनाई कि एक बड़ा गड्ढा बनाया जाएगा और उसके ऊपर की नकली जमीन इस प्रकार कमजोर बनाई जाएगी कि बाघ जैसे ही गड्ढे के ऊपर पहुँचे तो अपने ही भार से अन्दर जा गिरे। बाघ के गिरते ही उसे विशेषज्ञों द्वारा इम्मोब्लाइज कर दिया जाएगा और किस्सा खत्म। वास्तव में यह विचार अशोक मिश्र का था जिस पर सबने सहमति व्यक्त की। एक विचार यह भी था कि जिस सरसों से लगे जंगल में बाघ बार-बार जाता है और रुकता है उस बड़े क्षेत्र को लोहे की जाली से चारों तरफ से घेर दिया जाएँ और उसके एक दो दरवाजे इस प्रकार बनाए जाए कि बाघ अगर पड़वे के लालच में अन्दर प्रवेश करे तो सारे दरवाजे एक साथ बन्द कर दिए जाए। मेरी और पी.पी. सिंह की यह डिमांड थी कि एक बड़ा शिकार हम लोगों को दिलवाया जाए जैसे पिछली बार भैंस दी गई थी। जिससे उस बड़े भोजन पर बाघ कई बार आए जाए, तो हमें बाघ को ट्रंक्यूलाइज करने के ज्यादा मौके मिल सकते हैं। पड़वे को बाघ एक दो बार में ही खाकर समाप्त कर देता है, दूसरे वह शिकार के आकार में छोटा होने से इधर-उधर उठा भी ले जाता है और घनी झाड़ियों में उसे छुपा भी देता है। कभी-कभी तो एक ही रात में पड़वे का नामोनिशान तक नहीं मिलता है।

इधर हम लोग रात 7 बजे तक योजना बनाते रहे और उधर बाघ हमसे 100-150 मीटर दूर पड़े आधे खाए पड़वे को उठाकर ले गया और उसने तसल्ली से बैठकर खाया भी। मैं सोच रहा था इतना पड़वा खाकर उसने अपने अगले दोनों पंजे देर तक चाटे होंगे और बेतवा का ठंडा पानी अकंठ पिया होगा और दुनिया भुलाकर सो गया होगा। गड्ढेवाली योजना के लिए अगले दिन जेसीबी मशीन आ गई और वहीं सरसोंवाले प्लाट में बैठने के लिए लगाए गए पिंजरे से थोड़ी दूर पर गड्ढा खुदने लगा। मशीन की आवाज इतनी थी कि अगल-बगल काम्बिंग करना या मचान पर बैठना व्यर्थ था। सो आम भारतीयों की तरह हम लोग जेसीबी का काम करते देखते रहे और मुझे वह अपने हाथी जैसा ही लग रहा था। गड्ढे में से अब रेत निकलने लगी थी। रेत देखकर मेरे मन में आया कि कभी यहाँ नदी बहती होगी या फिर यह नदी का किनारा होता होगा। क्या वह गोमती ही होगी या फिर और कोई नदी। शाम होते-होते वहाँ से सब लोग अपने-अपने ठिकानो पर वापस चले गए। आज बहुत दिनो बाद सब लोग सूरज के ऊँची बिल्डिगों में पीछे छुपने से पहले लखनऊ अपने घर पहुँच गए। रहमानखेड़ा में चौकी पर ड्यूटी कर रहे लोग वहीं रुके रहे। अब यहाँ गड्ढा खुद रहा था तो वर्तमान चौकी को हम लोगों को छोड़कर उत्तर पश्चिम की ओर बने एक कमरे में स्थानान्तरित

होना था क्योंकि बाघ को गड्ढे तक आने देने के लिए इस क्षेत्र को बिलकुल शान्त छोड़ देना होगा और अपनी खुद की भी आवाजाही को बन्द करना होगा। इस चौकी पर अब सिर्फ रात में इम्मोब्लाइज वाले ही रुकेगे। अगर रात में बाघ गड्ढे में गिरता है तो उसको तुरन्त ट्रंक्यूलाइज करना होगा।

गड्ढा करीब 10-12 फीट के करीब चौकोर था और लगभग 12-13 फीट गहरा था और ज्यादा गहराई तक गड्ढा खोदा नहीं जा सकता था, क्योंकि नीचे और खोदने पर अब गीली रेत आने लगी थी। सीराज प्रधान जो कि शुरू से इस ऑपरेशन से जुड़े थे। वन विभाग के कर्मचारियों के साथ मिलकर गड्ढे के ऊपर बाँस का एक टट्टर डाला फिर मिट्टी और हरी घास फूस तथा सूखे पत्ते। गड्ढे के ऊपर पुल की तरह लकड़ी के पटरे डाले गए जिस पर बाघ को ललचाने के लिए पड़वा बाँध दिया गया। सबने मिलकर जमीन को ऐसा कर दिया कि अगर आदमी को न पता हो कि यहाँ पर गड्ढा है तो आदमी भी नीचे गड्ढे में जा गिरे। दिन ढलते ही जैसे ही पड़वा बाँधकर रात की निगहबानी के लिए पुरानी चौकी पर आफताब, वारिसी, डॉ. देवेन्द और मैं पहुँचे, कौवो ने आवाज करना और कुत्तों ने भौंकना शुरूकर दिया। रात में कौवे को बोलते हमने नहीं सुना था, पर उस दिन पता नहीं क्या देखकर वह कुत्तो के साथ जुगलबन्दी कर रहे थे। हम सब लोग चौकी की छत पर चुपचाप लेटे बैठे थे। मैं चौकी के सामने सड़क पर खड़ी जिप्सी की पिछली सीट पर लगभग अधलेटा हुआ बैठा था। रात पड़वे की दो बार आवाज आई एक बार लगभग 9.20 पर और दूसरी लगभग रात 12 बजे। मगर बाघ की कोई आवाज नहीं आई। अगर बाघ गड्ढ़े में गिरता तो आवाज जरूर करता और निकल जाने का रास्ता तो खोजता ही खोजता। पड़वे की दूसरी आवाज के बाद हम लोग जिप्सी लेकर धीरे-धीरे सड़क पर गए वहीं से टार्च की तेज रोशनी से पड़वे को देखा सब ठीक ठाक था। जमीन समतल थी पड़वा गड्ढे के बीचोबीच निश्चिन्त-सा बैठा था और जुगाली कर रहा था। वापस चौकी पर सब लोग लौट आए और किसी तरह सोते-जागते रात गुजारी, दिल में कहीं एक उम्मीद थी कि क्या पता बाघ गड्ढे में गिर ही जाए। न जाने कब झपकी लग गई। जब आँख खुली तो सुबह का हलका उजाला हो रहा था। सुबह के 5 बज रहे थे। जिप्सी से गड्ढे के पास जाकर देखा तो पड़वा गायब था। सब खुश हो गए। हाथी को बुलवाया गया क्योंकि जिप्सी से गढ्ढे के पास जाना ठीक नहीं समझा गया हो सकता था कि बाघ गढ्ढे में हो तो उसको डार्ट से बेहोश करना पड़ सकता है। इसलिए मन में आशंका लिए हाथी लेकर पास गए तो देखा पड़वा ही अपनी उछलकूद से गड्ढे में गिर कर, लटक-सा गया था।

पड्डे को बाहर निकालकर उसे दाना-पानी दिया गया। बाघ शीशमवाले प्लाट से निकलकर गड्ढे के पास आया और गड्ढे से निकली मिट्टी के पहाड़ के चक्कर लगाए और उस पर बैठा भी रहा वह मिट्टी के ताजे टीले पर बैठा-बैठा शायद यह सोच रहा होगा अचानक यह मिटटी का पहाड़ कैसे आ गया और यह पड़वा आज यहाँ नई जगह क्यों बाँधा गया है। मेरे ख्यालों में वह अप्रैल की सुखद दोपहर भर कहीं नहाकर आया होगा और शाम को शीशम की ठंडक में उसने आराम किया फिर टीले पर आकर बैठकर उसने वहीं सोचा होगा जो उसने फरवरी में सोचा था कि हम रेड एंड व्हाइट पीनेंवालों की बात ही कुछ और है। उसके बाद वह पड़वे को हिकारत भरी नजर से देखता हुआ, सूखे नाले में उतर गया होगा। पड़वे के हाल से लग रहा था कि पड़वा रात में बाघ को अपने इतना पास पाकर इधर-उधर भागने की कोशिश में खुद ही गड्ढे में धराशायी हो गया और लटक-सा गया। सारी रात जागने से सबको नीद आ रही थी इसलिए रात की मुस्तैद पर, उदास टीम को आराम करने की छूट दी गई और मैं भी घर वापस आकर सो गया।

उसी रात 7 बजे मैं फिर रहमानखेड़ा जा पहुँचा। पूरी टीम मौजूद थी। उसी पड़वे को फिर गड्ढे के ऊपर पटरों पर फिर से बाँधकर बाघ को धोखा देने के लिए रखा गया। चौकी की छत पर एक-दो मच्छरदानी के अन्दर डॉ. देवेन्द्र, वारिसी, कमाल, आफताब, ड्राइवर रमेश और कल रात की ही तरह मैं चौकी के सामने जिप्सी के अन्दर बहुत सारे मच्छरों के साथ। खाना खाने के बाद सब लोग अपनी-अपनी जगह पहुँच गए और सारा काम बिलकुल खामोशी से और चुपचाप किया गया। जहाँ हम लोग थे वहाँ से नीचे दूर गड्ढा। गड्ढे के ऊपर धोखे की बिछायी हुई कमजोर जमीन, और उस जमीन के बीचोंबीच पटरे के ऊपर वह पड़वा जो एक रात यहाँ पहले भी बिता चुका था और लटककर झूले का कष्टकारी अनुभव भी झेल चुका था। सब लोगों को मैंने घर से बाँधकर लाया हुआ कद्दू-पराठा खिलाया। हम सब उस आहट और आवाज का इन्तजार करने लगे जिससे टीम को यह यकीन हो जाए कि बाघ गड्ढे में गिर गया है। जब हम लोग गड्ढे में झाँके तो बाघ गुस्से से भरा नीचे कुंए जैसे गढ्ढ़े में चक्कर लगाता नजर आए। यह दृश्य सोच सोचकर ही अच्छा लग रहा था। रात कट नहीं रही थी और मच्छर काट तो रहे थे पर रात काटने नहीं दे रहे थे। हर हलकी-सी भी आहट यहाँ तक की पत्तियों की सरसराहट से भी दिल चौंक रहा था, जैसे ही उजाला हुआ घड़ी ने 5 बजाए, हम लोगों ने गड्ढे के नजदीक जाकर देखा तो दूर से ही गड्ढे के बीचोंबीच पड़वा बैठा दिख गया। सारी

आशाएँ पड़वे को पटरे पर आराम से बैठकर जुगाली करता दिखते ही खत्म हो गई। न जाने क्यों उस निर्दोष और मासूम पड़वे पर थोड़ी-सी झुँझलाहट भी आ गई। जब कि उस बेचारे का कोई दोष नहीं था। रात में आंधी तूफान आया था और पानी बरसा था। पानी के बरसने के बाद भुरभुरी हो गई मिटटी के ऊपर बाघ के पंजो के निशान बने थे। एक शरीफ और समझदार शख्स की तरह बाघ आया और गड्ढे के बीचोंबीच बैठे पड्डे को दूर से ही देखकर, जंगल की तरफ चला गया। आज पड़वा बाघ को देखकर घबराया नहीं ज्यों-का-त्यों बैठा रहा सुबह लगभग 7.30 बजे पड़वे को भोजन पानी के लिए गड्ढे से हटाकर दूरवाली दूसरी चौकी पर ले जाकर बाँधा गया। बाघ के पैरों के निशान ही बस बाघ के आने-जाने और होने का पुख्ता सबूत थे। इसके अलावा न कोई खबर, न कोई वारदात। थी तो बस असफलता की असीम उदास शान्ति।

पी.पी. सिंह आज शाम को रहमानखेड़ा पहुँच गए। बाघ को गड्ढे में गिराने की योजना को अन्तिम जामा पहनाया जा रहा था। इसलिए पिछली दो रातों की तरह आज रात भी संस्थान में रुकना लाजिमी था। रात में बाघ अगर गड्ढे में गिर जाए तो उसे फौरन ट्रंक्यूलाइज करना होगा। इसलिए किसी-न-किसी ट्रंक्यूलाइजेशन एक्सपर्ट को अपनी टीम सहित तो वहाँ रुकना ही था।

देर शाम को मुझे हलका बुखार होने के कारण मैं लखनऊ लौट आया। दूसरे ट्रंक्यूलाइज करनेवालों को वहाँ रूकने को कहा गया। सुबह-सुबह ही वारिसी का फोन आ गया कि बाघ रात गड्ढे में गिर गया था और फिर बाहर निकल गया वह भी एक ही छलाँग में। ऐसा गड्ढे में बाघ के द्वारा बनाए गए निशानो से लग रहा है। वारिसी ने बताया कि सब लोगों का ऐसा अनुमान है कि कुछ ऐसा ही हुआ होगा। पड़वा गड्ढे के बीचोंबीच पटरे के ऊपर जहाँ था वहीं बैठा रहा लगभग भोर में उधर टीम चौकी की छत पर रात भर के इन्तजार के बाद थोड़ा सुस्ताई। उधर सन्नाटा पाकर बाघ मौका देखकर सीधे पड़वे की ओर लपका। शीशम के प्लाट से होता हआ वह ऊँचेवाले प्लाट पर चढ़कर उतरता हुआ सीधे पड़वे की ओर तेज चाल से बढ़ा और पूरब की ओर से जैसे ही उसने गड्ढे की बेबुनियादवाली हलकी फूसवाले जमीन पर अगले पैर रखे वह सीधा गड्ढे में चला गया और गड्ढे की तलहटी में गिरते ही वह सम्भला और उसने ऊँची छलाँग लगाई और गड्ढे की कच्ची दीवारो पर एक दो बार अगले पैर जमाए, पिछले पैरों ने उसके भारी पर लचीले शरीर का पूरा साथ दिया और वह गड्ढे से किनारे को अपने अगले पैरों के बेहतरीन पंजो ओर नाखूनो से पकड़कर बाहर आ गया। गड्ढा था ही 12-13 फुट का। मेरे ख्याल में जब बाघ गड्ढे में खड़ा हुआ होगा तो पिछले पैरों, शरीर और अगले पैरों की

लम्बाई को अगर मिलाया जाए तो गड्ढे की ऊँचाई शायद 2-3 फुट से ज्यादा नहीं बच रही होगी। इतनी छलाँग लगाना बाघ के लिए कोई बड़ी मुश्किल का काम नहीं था। हुआ तो अजूबा था। पहली बार हमने बाघ को धोखे में डाला था और वह हमारे झाँसे में भी आ गया था पर उसकी किस्मत और वक्त अभी हमसे बहुत आगे चल रहे थे। वरना बाघ का गड्ढे में गिरना और गिरकर तुरन्त निकल जाना एक अजूबा था और दूसरा अजूबा था कि 150-200 मीटर दूर बैठी रेस्क्यू टीम को बाघ ने यह अन्दाजा भी नहीं लगने दिया कि आज की रात वह बेवकूफ बन गया था। पड़वे ने भी बिलकुल खामोश रहकर बाघ का साथ दिया। बाघ गड्ढे में गिरने के बावजूद बिना किसी आहट और आवाज के गड्ढे के बाहर निकल गया और निकलकर हड़बड़ाहट में तेज चाल से कहीं दूर निकल गया। तेज चाल से चलते हुए पीछे मुड़कर-मुड़कर देखते हुए वह शायद यह सोच रहा हो किसी ने देखा तो नहीं ?

तुरन्त ही पड़वे को यथास्थान पहुँचाकर दोपहर तक जे.सी.बी. को दोबारा बुलाकर गड्ढे को 2-2) फीट और गहराकर दिया गया। मगर चूक तो हो चुकी थी और अब जे.सी.बी. जब गड्ढे को गहरा खोद रहा था तब मुझे जेसीबी एक पीली रंग की बहुत बड़ी बिल्ली की तरह लग रहा था जो खिसिया-खिसियाकर आज खम्भा नहीं, गड्ढे की गीली मिट्टी को नोच रहा था। तीन-चार दिनो के अभ्यास को फिर से दोहरा गया। गड्ढे को फिर समतल करा गया। फिर पड़वा बाँधा गया, रात को फिर वारिसी, वासिफ, आफताब, अशरफ, देवेन्द्र और मैं जगराता करते रहे किसी ने खाना नहीं खाया। सब चुप थे। दोबारा खोदे गए गड्ढे में निकली मिट्टी ने एक छोटे टीले की सी एक आकृति ने ली थी जो कि बड़े मिट्टी के टीले के पास ही बैठी हुई लग रही थी। उस पर चल चलकर हम लोगों के पैरों के ऐसे निशान बन गए थे जैसे- बड़े से मुँह पर होठ और वह हमेशा मुस्कराती सी लगती थी और खामोश इतनी, जैसे बाघ के बारे में सब कुछ जानती हो पर उसके दिमाग में सब गड्मगड्-सा हो गया हो, और उसे सिलसिलेवार कुछ याद न हो। हम लोग चुपचाप रात के सन्नाटे में बैठे थे कि अचानक डॉ. देवेन्द्र ने कहा बाघ की आवाज आई आफताब ने कहा कि नहीं यह पड़वे की आवाज थी। बाकी लोगों ने कुछ सुना ही नहीं था। एक दो दिन से बारिश ने पूरे जंगल को महका दिया था। पौधों-घास पेड़ और खासकर भीगी मिट्टी की खुश्बू ने ऐसे उदास और हारते हुई बाजीवाले दिनो को भी यादगार महक दे रखी थी जो उम्रभर याद रहनेवाली थी। इन दोनों के बुबुनियाद शक को यकीन में बदलने के लिए पूरे यकीन से हममे जिप्सी लेकर गड्ढे से दूर

सड़क तक गए, सर्च लाइट से देखा कि गड्ढे के ऊपर स्याह पड़वा ज्यों-का-त्यों बड़े इत्मिनान से बैठा हुआ था जैसे उसे मालूम था आज बाघ नहीं आएगा। सुबह रेस्क्यू टीम ने खिसियाकर पी.पी. सिंह से कहा कि प्रमुख वनसंरक्षक, डी.एफ.ओ. और रेंजर को फोन कर दीजिए कि गड्ढेवाला अभियान चलता रहेगा मगर एक भैंस और मँगवा देना जरूरी है।

टीम अपनी हार के लिए धीरे-धीर मानसिक रूप से तैयार हो रही थी। डी.एफ.ओ. अशोक मिश्र की टीम में एस.डी.ओ. वी.बी.सिंह, रेंजर ए.के. द्विवेदी, रेंजर बी.एन.सिंह और इनके साथ बहुत सारे मुस्तैद और सक्षम लोग। इधर डब्लू. टी. आई. के कई लोग आऐ और वापस गए। रेस्क्यू ऑपरेशन के बीच में डब्लू. टी. आई. के विशेषज्ञ प्रेमचन्द्र पांडेय भी आए थे। एक टीम में आफताब, वारिसी, वासिफ, महावत कमाल। एक टीम सबसे बड़ी सबसे भारी थी वह थी हाथियों की, गंगाकली, रूपकली और पवनकली और उनका महावत इरशाद, अनीश तथा लल्लन उनके साथ उनके चाराकटर। इन्हीं सबके बीच कहीं डोलते हुए मैं और पी.पी. सिंह। मुख्यालयों में बैठे अशोक मिश्र, सी.पी.गोयल और उनके साथ और अधिकारी, इतनी गाड़ियो और गाड़ियों के ड्राइवर, हाथी का भोजन-पानी, रेस्क्यू टीम के रुकने का व्यवस्था और खाना-पीना। रेस्क्यू टीम क्या थी चलता-फिरता छोटा-मोटा पूरा मोहल्ला हो गया था।

हमेशा की तरह अगली सुबह टीम 5.30 बजे रहमानखेड़ा पहुँच गई। पड़वा गड्ढे से हटा लिया गया था। डब्लू. टी. आई. के डॉ. अशरफ आए हुए थे। मुझे याद है कुछ दिन पहले ऊँचेवाले प्लाट के ऊपर खड़े होकर खुदते हुए गड्ढे को देखकर हम लोगों ने .सोचा था कि क्यो न इस पूरे जंगल के टुकड़े को लोहे की मजबूत जाली से घेर दिया जाए और जब बाघ उसमें रखे भोजन की लालच में अन्दर जाए तो गेट गिरा दिया जाए। यह विचार पहले भी रेस्क्यू टीम के पास लाया जा चुका था। मगर लगभग 1 किलोमीटर से ऊपर की चेनलिंक को लगाना और बिना लोहे के खम्भो के वह सीधी खड़ी भी नहीं रह सकती थी। फिर हम लोगों को लगा कि इस योजना में खर्चा भी बहुत था और अगर बाघ पिछले लगाए गए पिंजरो की तरह इस योजना और जगह को भी ताड़ गया और घेरे के अन्दर नहीं गया तो सारा खर्चा, सारी योजना धूल में मिल जाएगी। पी.पी. सिंह के आने से सारी टीम में थोड़ा-सा उत्साह-सा तो आ गया था पर इतने दिनों की असफलता ने सारी टीम के प्रमुख सदस्यों में धीरे-धीर अवसाद-सा भर दिया था। डॉ. अशरफ चले गए। डॉ. सौरभ जो कि घर गए हुए थे, वह भी ऑपरेशन में दोबारा दुःखी-दुःखी से लौट आए। दुःखी पड़वे को आज फिर गड्ढे के ऊपर

उस रात रखा गया। रात में मैं, पी.पी. सिंह, वासिफ, आफताब और कमाल चौकी पर ठहरे। हम लोग रात लगभग 11 बजे रहमानखेड़ा पहुँचे और सुबह उजाला होने तक बाघ के गड्ढे में दोबारा गिरने का इन्तजार करते रहे और खुद सुबह होने पर निराशा के गड्ढे में जा गिरे।

आज बाघ को शिकार किए और खाए हुए 8 से 9 दिन हो रहे थे। डी.एफ.ओ अशोक मिश्र और पी.पी. सिंह ने तय किया कि बाघ को अब पड़वा खुले में दे देना चाहिए, इससे पहले कि वह भूख से परेशान होकर आबादी की तरफ जाकर विद्रोह का रास्ता अपना ले। शाम को गश्त के दौरान हाथीवालों को बाघ की एक झलक जंगल में मिली, मगर महावत यह तय नहीं कर पा रहे थे कि सचमुच बाघ था या भ्रम। शाम होते-होते शीशमवाले प्लाट में पड़वे को उत्तर दिशावाले कोने में बाँध दिया गया और टीम पुरानी चौकी पर बैठकर बाघ के पड़वे का शिकार करने की प्रतीक्षा करती रही। चौकी के बिलकुल पास बाँधा गया यह पड़वा, चौकी से महज 100-150 मीटर की दूरी पर ही था। इससे पहले रेस्क्यू टीम के इतने नजदीक पड़वा एक बार ही रात को चौकी की खिड़की के पीछे बाँधा गया था। जब नाइट विजन लगाकर उसको ट्रंक्यूलाइज करने की योजना थी। पड़वा लगभग शाम 6 बजे शीशम जहाँ पर लगभग खत्म हो रहा था वहाँ पर बाँध दिया गया था। रातवाली टीम ने सुबह बताया कि पड़वा लगभग रात 8.20 पर 15 मिनट लगातार बोलता रहा फिर अचानक एक तेज आवाज हुई और लगभग 1-2 मिनट बाद दूसरी एक और तेज आवाज हुई फिर रात भर की खामोशी हो गई। उस रात तेज बौछारो के साथ आंधी-तूफान भी आता रहा, रह-रहकर बिजली चमकती रही। सारे पेड़-पौधे तथा घास धुल गए। जमीन की मिट्टी भी दिन भर की तपिश पानी पड़ने से गुनगुनी सी हो गई थी। सुबह-सुबह पड़वा अपनी जगह पर नहीं था। था तो बस वहाँ थोड़ा-सा खून और टूटी रस्सी। जो रात की कहानी खुद ही बता रहे थे। लगभग सुबह 10.30 तक टीम इकट्ठी हो पाई। रात आए आंधी पानी से सब कुछ अस्त-व्यस्तकर दिया था। दोपहर तक तीनों हाथी अपने-अपने उत्साह और यथाशक्ति लगाकर बाघ को ढूँढ़ते रहे। बादल घिरने और हवा चलने से मौसम सुहावना था इसलिए आज हाथियों को भी घूमने में कोई दिक्कत नहीं हो रही थी। ढूँढ़ते-ढूँढ़ते एक जगह झाड़ी में आधे से ज्यादा खाया हुआ पड़वा हम लोगों को मिल गया। हम लोगों ने बचे हुए पड़वे को उठाकर सरसों के खेत के पासवाले जंगल में लगे ट्रैपिंग केज में लगा दिया और इस यकीन के साथ लौट आए कि आज तो बाघ इसे खाने जरूर आएगा, क्योंकि कहीं पढ़ा था। उम्मीद का दामन कभी छोड़ना नहीं चाहिए।

इधर अशोक मिश्र गढढे को लेकर परेशान थे। उनको पूरा यकीन था कि बाघ दोबारा गढढे में गिरने जरूर आएगा, मगर सबके दबाव और भूखे बाघ के संस्थान छोड़कर कहीं और निकल जाने के भय ने उनको खुले में पड़वा बाँधने पर मजबूर होना पड़ा था। अशोक मिश्र ने बाघ द्वारा पड़वे को मार के आधा खाने के बाद भी अपनी योजना की उम्मीद नहीं छोड़ी और गड्ढे के किनारे एक दूसरा मरा हुआ पड़वा मँगवाया और डलवा दिया। यह पड़वा केवल बाघ को ललचाने के लिए गढ्ढे के किनारे डाला गया था गड्ढे के बीच में नहीं, मिश्र जी का मत था कि अगर बाघ गड्ढे के किनारे से पड़वा उठा ले जाता है तो अगला पड़वा गड्ढे के बीचोंबीच रख दिया जाएगा। शाम ढली रात हुई और हम लोग बाघ, गड्ढे, मरे हुए पड़वह और अँधेरे जंगल को छोड़कर शहर की रोशनी में आ गए। आफताब अली का सुबह-सुबह फोन आया कि बाघ गड्ढे के किनारे पड़े मरे हुए पड़वे को उठा ले गया है, जिसके खीचे जाने के निशान भी मिल रहे हैं और दूसरी बात यह कि बाघ अपने आधे खाए हुए पड़वे के पास भी गया था जो हम लोगों ने जंगल के अन्दर ट्रैपिंग केज के अन्दर रख दिया था। बाघ ने ट्रैपिंग केज के अन्दर रखे अपने आधे भोजन का लालच छोड़ दिया और गड्ढे के किनारे बिना खतरेवाले भोजन को वह उठा ले गया। मैं कुछ-कुछ झुँझलाता-सा सुबह लगभग 8 बजे रहमानखेड़ा पहुँच गया। बारिश ने मौसम को और बाघ की जहनियत भरी करतूत ने तबीयत को ठंडा कर दिया था। आसमान पर बादल आ-जा रहे थे। जगह जगह बारिश का पानी भरा था और गीली जमीन पर बाघ के ताजा पैरों के निशान उसके बेखौफ आमद की खबर दे रहे थे। तुरन्त तीनों हाथी तैयार किए गए एक हाथी पर मैं और आफताब दूसरे हाथी पर देवेन्द्र और कमाल तीसरे हाथी पर वासिफ और डॉ. सौरभ।

गड्ढे के किनारे पड़वे को खींचे जाने के निशान को जमीन और घास के झुके होने से अन्दाजा लगाते हुए हम लोग सरसोंवाले खेत पर बने गड्ढे से पश्चिम दिशा की ओर सूखे नाले की ओर बढ़े ही थे कि देवेन्द्र और कमाल को एक लैंटाना झाड़ी से बाघ भागता हुआ नजर आ गया। कमाल ने कूकी मारी, यह इशारा था कि बाघ यहीं-कहीं है। सब लोग चौकन्ने हो जाओ। सारे हाथी एक जगह इकट्ठे हो गए। कमाल और अनीस महावत ने बताया कि बाघ यहीं-कहीं झाड़ी के अन्दर बैठा, गड्ढे के किनारे से उठाए हुए पड़वे को खा रहा था। अब हाथियो की आहट से भागकर उधर घनी झाड़ियों में चला गया है। इसका मतलब यह हुआ कि बाघ रात भर शिकार को पाने के लिए परेशान-सा रहा पर ट्रैपिंग के खतरे को भांपते हुए उसने कहीं और भोजन की तलाश शुरू करी और गड्ढे

के पास दस्तरख्वान में परोसा हुआ पड़वा बिना किसी मेहनत के उसे मिला पर तब तक सुबह हो गई होगी, ऐसा अनुमान लगाया जा रहा था। तभी धूप चढ़ने पर भी बाघ पड़वे को खाने में जुटा था। बाघ की इस हरकत पर तीनों हाथी उस तरफ इस तरह घेराबन्दी करके चले कि बाघ निकल न पाए। जहाँ हम लोगों का अनुमान था कि इस झाड़ी में बाघ हो सकता है वह झाड़ी जंगल के एक कोने के पेड़ों और लैंटाना से घिरी थी और उसके पीछे कम-से-कम 50-60 फीट की ढलान खाई जैसी थी और फिर दूर तक जंगल था। सारा इलाका बहुत उबड़-खाबड़, ऊँचा-नीचा था और सारे इलाके को एक सूखा नाला दो भाग में विभक्त करता था जो की एक तरह से बरसाती नाला था जो जीवित होने के लिए बारिशों का इन्तजार कर रहा था। तीनों हाथी तीन दिशाओ से एक सम्भावित झाड़ी की ओर बढ़े। अचानक बाघ झाड़ी से निकलकर दहाड़ता हुआ सामने आ गया। बाघ को सामने साक्षात पाकर तीनों हाथी अपना आपा खो बैठे और कोई परवाह किए बगैर झाड़ी की ओर अन्दर तक घुसते चले गए। बेरों के पेड़ों के काँटे सब लोगों के चेहरे हाथो शरीर में लगते चुभते गए। सारे हाथी चिंघाड़ रहे थे और शान्त रहनेवाला बाघ भी तमतमाया हुआ अपना पूरा भोजन समाप्त न कर पाने के कारण सब्र-सा खो बैठा था। बाघ को देखकर हाथी इतनी तेज पहलू बदल रहे थे कि हाथी पर बैठे रहना मुश्किल हो रहा था। महावतो ने अंकुश निकाल लिए मगर हाथी कहा माननेवाले थे। बाघ तीनों हाथियों से पैंतरे बदल बदलकर मोर्चा ले रहा था। तीनों हाथियों पर बैठे आफताफ अली, डॉ. देवेन्द्र और मैं हाथियों की पीठ पर डोल रहे थे। हाथी कभी गुस्से में अगले पैरों पर बैठ जाता तो पीठ आगे खड़ी ढलान की तरह हो जाती है। सारी चीजें अगर न पकड़ो तो नीचे जमीन पर गिर रही थी। न हाथी रुके रहे थे और न बाघ। बाघ के पीछे भागने की कोई जगह ही नहीं थी, पीछे अगर थी तो बिलकुल सीधी गहराई थी। अचानक बाघ तीनों हाथियो के बीचोंबीच दौड़कर आ गया और पिछले दोनों पैरों पर गुस्से में खड़ा हो गया। तीन गणेशों के बीच जैसे क्रोधित रूद्र खड़े हो गए। हम सबको साक्षात रूद्र के दर्शन हो गए। वह नजारा वह क्षण अजब गजब था। अनोखा था। अद्‌भुत था। सामने सारी प्रकृति समग्र खड़ी थी। बाघ की यह जबर्दस्त धमकी थी। बाघ के इस दांव से भौचक्के हाथी जब तक कुछ समझ पाते, मेरे और डॉ. देवेन्द्र के हाथी के बीच में से बाघ आग के गोले की तरह लपकता हुआ निकला। इसके बाद वह नारंगी आग पता ही नहीं चला किधर गई। एक तिलस्म था एक जादू था। ट्रंक्यूलाइज करना तो दूर की बात है हम लोग बाघ के सामने हाथी से गिरे नहीं, यही गनीमत थी। सबके हाथों-चेहरों से कहीं-न-कहीं खरोच थी ख़ून

निकल रहा था। तीनों हाथी पलटे और उधर दौड़ पड़े जिस तरफ बाघ अपनी रफ्तार से निकला था। मगर किधर जाए सीधे, दाँए या बाँए। हाथियो के सामने तो सिर्फ सन्नाटा था, सुबह की धूप थी, खामोश झाड़ियाँ, पेड़ थे और जंगली घास थी और कुछ नहीं था। लग ही नहीं रहा था कि थोड़ी देर पहले हाथियों के चिंघाड़ने और बाघ के दहाड़ने से सारा जंगल हिल-सा गया था, और इसी जगह पर हाथियो और बाघ की आपस में जबर्दस्त जिरह हो चुकी है। हम लोग अपने छिले चेहरों और बेर की काँटों भरी डालों को हाथों से रोकने की कोशिश में घायल हुई ऊँगलियों के साथ जंगल के एक शान्त टुकड़े में हाथियों समेत शर्मिन्दा से खड़े थे। सुबह के लगभग 10 बज रहे थे। पानी पिया, काँटे निकाले और फिर बुझे मन से फिर बाघ को ढूँढ़ने लगे। जहाँ तक हो सका, सब जगह तलाशा गया। जंगल, सूखा नाला, ऊँचाई, गहराई, झाड़ी, बाग, खेत और बेतवा नाले का किनारा पर हमें कुछ भी कहीं नहीं मिला। नई चौकी पर बने दो कमरो में हम लोग बोझल मन और बेजान से हो गए शरीर के साथ उतर गए। बाघ हाथ में आते-आते रह गया। अभी तो ठीक से समझ ही नहीं आ रहा था कि हमारे साथ हुआ क्या था। यहाँ पिछली चौकी की तरह कमरों के आगे बरामदा नहीं था इसलिए कुर्सियाँ कमरो से थोड़ी दूर पेड़ों की छाँव में डाली गई। हम लोग अपने और एक दूसरों के घावों को साफकर रहे थे और उस पर पट्टियाँ बाँध रहे थे। मुझे याद है कि मेरी आठो ऊँगलियों में पट्टियाँ बँधी थी और भी साथियों के महावतों के बेहिसाब काँटे लगे थे। ऑपरेशन के इंचार्ज पी.पी. सिंह लगभग 12 बजे दोपहर में वहाँ पहुँच गए। डॉ. देवेन्द्र ने धीरे-धीरे सुबह की बाघ से मुठभेड़ की जानकारी उन्हें दी। सारी बात सुनने के बाद पी.पी. सिंह का मिजाज थोड़ा खराब-सा हो गया। पता नहीं कौन सी बात उन्हें बुरी लगी और वह डॉ. देवेन्द्र के ऊपर थोड़े नाराज से हो उठे। मुझे माहौल में धूप के साथ-साथ और भी कुछ तपता-सा महसूस हुआ। मैं उठकर सिगरेट पीने के बहाने दूर निकल गया। जब लौटकर आया तो नए तीन जगह मचान बाँधने की बात की जा रही थी। लगभग दोपहर के 1.30-2 तो बज ही गए थे इतनी जल्दी तो मचान बाँधे नहीं जा सकते थे। सो हम लोगों ने उन्हीं कुर्सियों को पेंड़ो पर बँधवा दिया जिन पर हम लोग कमरो के आगे पेड़ों की छाँव में बैठे थे। लगभग 3.30 बजे तक तीन कुर्सियाँ अलग-अलग जगहो पर जमीन से लगभग 22-24 फुट ऊपर पेड़ों पर बाँध दी गई और तीनों मचानो के बीचोंबीच बाघ द्वारा छोड़े आधे खाए हुए पड़वे को खींचकर रख दिया गया। एक मचान पर डॉ. सौरभ, एक मचान पर आफताब और मचान पर मैं खुद यह इलाका सड़क पार बेतवा नाले से लगा हुआ था। सारे

जंगल में सूखी पत्तियों का गलीचा-सा बिछा था और दूर-दूर पेड़ों के झुरमुट थे। पतझड़ का मौसम अपने चरम पर था इसलिए ज्यादातर पेड़ों पर पत्तियाँ बहुत कम थी। मैं पेड़ पर एक कुर्सी पर बैठा सामने आधे खाए पड़वे को ऊपर से देख रहा था और सोच रहा था कि बाघ अगर आया तो किधर से आएगा और मैं बार-बार नीचे भूरी सूखी पत्तियों के ऊपर काली गठरी की तरह पड़े पड़वे क अधखाए बेजान शरीर पर टेलीस्कोप से निशान ले रहा था। जब आप कुर्सी नुमा मचान पर पैर लटकाकर बैठते हो तो ज्यादा आप हिल डुल नहीं सकते हो क्योंकि प्लास्टिक की कमजोर कुर्सी खुद ही बहुत मुश्किल से पेड़ पर बँधी टिकी रहती है। मैं मचान पर बैठा यह सोच भी रहा था कि पी.पी. सिंह ने ऐसी योजना एकदम से क्योंकर बनाई होगी। उनका मूड क्यों खराब-सा हो गया। मुझे लगा एकदम से बनी योजनाएँ कभी-कभी सफल हो जाती है। इसी उम्मीद के साथ शाम तक मैं उस प्लास्टिक की भूरी कुर्सी पर जमीन से कई फुट ऊँचाई पर बैठा रहा और ढलती धूप में सामने जंगल की बेमिसाल खूबसूरती को आत्मसात करता हुआ नीचे उतर आया और नीचे उतरने से पहले कुर्सी के मचान से ही एक खाली डार्ट सिरिंज पड़वे के बेजान शरीर पर मारने से नहीं चूका। निशाना बिलकुल ठीक लगा। आखिर सुबह से जब से बाघ से आमना-सामना हुआ था तब से डार्ट चलाने के लिए मेरे हाथ कसमसा रहे थे। पी.पी. सिंह हम लोगों को हाथी लेकर उतारने आए थे। आधे खाए हुए पड़वे पर डार्ट सिरिंज का सटीक निशाना देखकर वह, गोधूलि की इस उदास बेला में भी मुस्करा दिए। जाने-अनजाने सारे गिले-शिकवे दूर हो गए। दूर कहीं गाँव-शहरों में रोशनी जगमगा उठी। पड़वे को फिर खीचकर विशाल गड्ढे के ऊपर रखे पटरों पर डाल दिया गया और बाघ न पकड़ पाने की सजा के तौर पर कुर्सियों को अकेले रातभर के लिए पेड़ों में बाँधे रहने दिया गया। पी.पी. सिंह के साथ घर लौटते समय लगभग 7 बजे महावत इरशाद का फोन आया कि बाघ जिस जंगल में हम पड़वा रखकर मचानों पर बैठे थे वहीं उन्हीं झाड़ियों में बाघ निकलकर सड़क पार करके गड्ढे के बगल में सूखे नाले की ओर जंगल में जाता दिखा था। बाघ के सयानेपन का यह नजारा डूबते सूरज में रूपकली ने महसूस किया और इरशाद ने अपनी आँखों से देखा।

रास्ते में पी.पी. सिंह ने मुझसे कहा कि आप सुबह 9 बजे से शाम 5-6 बजे तक यहाँ रहा करिए। इतनी सुबह-सुबह यहाँ आने की जरूरत नहीं है। मैं जब से ऑपरेशन से जुड़ा था रोज रात में लगभग 2 बजे उठता था और नहा धोकर सुबह का नाश्ता और दोपहर का खाना एक साथ ही एक टिफिन में बाँधकर सुबह 3.30-4 बजे तक रहमानखेड़ा पहुँच जाता था। यह सिलसिला फरवरी से

लगातार चला आ रहा था। मुझे इतने दिन लगातार एक ही उपक्रम करते जाने से पी.पी. सिंह ने सोचा कि वह इंचार्ज होने के नाते मुझे कुछ आराम दे। इधर मेरे मन में आया अब बाघ ज्यादा इधर-उधर नहीं जा रहा है। अब जहाँ हम उसको भोजन दे रहे हैं वह वहीं उसको बड़ी सभ्यता से बिना किसी हिचक के ले लेता है और उसने गाँवों देहातो में भी जाना अब कमकर दिया है। गर्मी बढ़ रही है इसलिए वह ज्यादातर बेतवा नाले के साफ पानी में पड़ा शरीर को तर करता रहता है या फिर किसी आम के बाग की ठंडी छाँव में दोनों पैर आसमान की तरफ उठाए पड़ा रहता है। पी.पी. सिंह के सुझाव के चलते शीशम के खेत के उस टुकड़े को खाबड़ से धीरे-धीरे घेरा जा रहा था। जिससे बाघ को अचानक कोई अनहोनी न लगे और बाघ उसी शीशम के खेत में शिकंजे में आ सकता है। खैर पी.पी. सिंह ने जैसे-जैसे कहा मैंने वैसे ही किया और अगली सुबह मैं लगभग 9 बजे रहमानखेड़ा पहुँच गया। भोर से धूप के उठने तक और दोपहर के ढलने से लेकर अँधेरा होने तक की ड्यूटी डब्लू. टी. आई. के विशेषज्ञों को सौप दी गई थी। सुबह 9 बजे से शाम 5 बजे तक मेरे पास सिवाय घूमने के और कोई काम नहीं था कि मैं बाघ के पैरों के निशानो को तलाशूँ और सुबह और शाम की रिपोर्ट लूँ। मेरी इस बदली दिनचर्या में मलीहाबाद के रेंजर बी.एन.सिंह, रेंजर कुंज बिहारी, वारिसी, वासिफ और आफताब अली भी पूरे मनोयोग से जुटे थे। दिन ढलते दोपहर बाद पी.पी. सिंह आए और सबको शाम की ड्यूटी समझाकर हम दोनों लोग रोज की तरह धूप के ढलते ढलते वापस लखनऊ शहर की ओर निकल गए। घर पहुँचकर हाथ-मुँह धो ही रहा था कि वन संरक्षक महेन्द्र सिंह का फोन आया कि वह कल से इस ऑपरेशन के इंचार्ज हो गए है। महेन्द्र सिंह से काफी देर तक बात होती रही। महेन्द्र सिंह लखनऊ चिड़ियाघर के निदेशक रह चुके थे और मैंने उनके साथ लम्बे समय तक काम किया था, उन्होंने पूछा कितने दिन लगेगे बाघ को पकड़ने में मेरे मुँह से निकल गया एक हफ्ते में। मगर कुछ दिन बिलकुल वैसा ही हो, जैसा मैं चाहता हूँ, क्योंकि मंजिल अब काफी करीब आती नजर आ रही है। मैंने उनको स्पष्ट रूप से कहा कि बार-बार ऑपरेशन की कमान बदलने और विशेषज्ञो के बेवजह के जमावड़े के कारण ऑपरेशन की योजनाए बनती बिगड़ती रहती है। महेन्द्र सिंह ने कहा कल प्रमुख वन संरक्षक, वन्य जीव की मीटिंग के बाद रहमानखेड़ा आऊँगा, उन्होंने यह भी कहा कि वह और पी.पी. सिंह दोनों मिलकर हम ऑपरेशन को आगे चलाएगे। उसी दिन देर शाम को वासिफ का फोन आया कि वह शाम को गंगाकली हाथी से महावत लल्लन के साथ गश्तकर रहा था तो उसने देखा कि बाघ बेतवा नाले की तरफ

से निकलकर सड़क पार करके शीशमवाले टुकड़े में आ गया है। खबर कोई बहुत महत्त्वपूर्ण नहीं थी पर बाघ अभी भी संस्थान के अन्दर ही है, यही बहुत है।

दिन बुधवार 18 अप्रैल, 2012 को सुबह लगभग 10 बजे मैं रहमानखेड़ा ड्राइवर सुशील भारती के साथ बेवजह पहुँच गया। कोई योजना, कोई तरकीब नहीं थी फिर भी मैं पहुँच गया क्योंकि मेरी उपस्थिति सुबह से शाम तक काम करने की थी। बीती शाम की रातभर की और सुबह की टीमें अपना काम खत्मकर चुकी थी। दिनभर मैं दिन को बेकार करता रहा और दिन मुझे। मैं चौकी छोड़कर कहीं नहीं गया। पी.पी. सिंह भी नहीं आए क्योंकि शायद अब ऑपरेशन की कमान महेन्द्र सिंह के हाथों में थी। हम लोगों ने पी.पी. सिंह के साथ पिछले दिनों जो योजना बनाई थी उसको अंजाम देने का समय आ चुका था। मैंने शाम को वापस जाते हुए पूरे संस्थान में पैदल और गाड़ी से घूमकर पगडंडियो को देखा। लगे हुए पिंजरो को देखा, मचानों को देखा, शीशमवाले प्लाट में भी अच्छी तरह से घूमा, जहाँ कल शाम को बाघ को जाता हुआ देखा गया था।

धूप की तपिश बढ़ रही थी। शाम 4 बजे प्रमुख वन संरक्षक, वन्य जीव ने लखनऊ स्थित अपने कार्यालय में रहमानखेड़ा में चल रहे ऑपरेशन के सम्बन्ध में मीटिंग रखी थी। मीटिंग में वहीं पुरानी टीम थी। सब ने अपनी अपनी समस्या और अब तक असफलता के कारणो के विषद में बातचीत कर रहे थे। कोई ठोस निष्कर्ष नहीं निकल पा रहा था क्योंकि लगभग सारे प्रयास किए जा चुके थे। मीटिंग चल रही थी और मैं सोच रहा था कि सफलता के नाम पर बस बाघ हमारा दिया हुआ भोजन ग्रहण कर रहा था और यह उसकी मेहरबानी थी कि वह अपना तलाशा हुआ यह इलाका छोड़कर कहीं इधर-उधर ज्यादा आ जा नहीं रहा था। सबसे अहम बात यह थी कि अभी तक उसने किसी भी आदमी पर कभी कोई हमला नहीं किया। न किसी को मारा था और न ही किसी को घायल किया। उसकी शराफत की यह हद थी कि उसने अभी तक किसी आदमी को जी भर के डराया और धमकाया तक नहीं था। कितने ही मचान बनाए गए, कितने ही पिंजरे लगाए गए, पिंजरो में सुअर, बकरी, पड़वा और माँस सब कुछ रखा गया। बाघिन की असली ट्राफी भी पिंजरे में लगाकर रखी गई। उसके पेशाब की गंध का छिड़काव कर, बाघिन की आवाज को हफ्तों तक बजाया गया। पिंजरे को जमीन में गड्ढे के अन्दरकर के रात-रात भर बाघ को डार्ट करने के लिए बैठा गया। एक और पिंजरे के अन्दर बैठकर भैंस को बाँधा गया, और बाघ को उसकी हत्या का प्रयास करते देखा गया। भैंस की दिलेरी देखी गई। बाघ को गिराने के लिए गहरा गड्ढा खोदा गया। तीन हाथियों से पूरे जंगल और बागों को

रौन्दा गया। अनगिनत आदमियों की ड्यूटी लगाई गई। देश के अनेको विशेषज्ञों को बुलाया गया। मगर सब बेकार रहा। हम लोग आज 18 अप्रैल, 2012 को भी वहीं खड़े थे, जहाँ 9 जनवरी, 2012 को खड़े थे। तीन प्रमुख वन संरक्षक, वन्य जीव भी कुर्सी से बदल चुके थे। मगर बाघ ने महीनों से अपनी दिनचर्या को न छोड़ा, न बदला था। डब्लू. टी. आई. की एक रिपोर्ट के अनुसार बाघ अब तक लगभग 17 पड़वे और 1 भैंस मारकर खा चुका था। ट्रैपिंग केज 157 बार पूरी-पूरी रात के लिए लगाए गए। बाघ लगभग 22 बार ट्रैपिंग केज की खिड़की तक आया पर पूरा अन्दर नहीं गया। गहरे गड्ढे के ऊपर 7 बार पड़वा बाँधा या माँस रखा गया। बाघ सिर्फ एक बार गड्ढे में गिरा और निकल गया। 07 मचानों पर लगभग 200 घंटे ट्रंक्यूलाइजेशन टीम बैठी और 200 घंटे शून्य में तब्दील हो गए। दो बार मचान से बाघ को डार्ट करने का मौका मिला पर वक्त को मंजूर नहीं था। एक बार निशाना चूका। एक बार रोशनी से मात खाई। जब से हाथी आए है तब से लगभग 50 घंटों से ऊपर हम लोगों के द्वारा उनके साथ बाघ को ढूँढ़ा गया और इस दौरान 10 बार बाघ से उनका आमना-सामना भी हुआ, पर सब व्यर्थ रहा एक बार बाघ हाथी के पीठ की ऊँचाई के बराबर एक ऊँची जमीन पर इतना नजदीक आ गया था कि लगा कि हाथी की पीठ पर हम लोगों को गिराकर वह खुद बैठ जाएगा और उसका वह भैंस को पकड़ना और हमारा कुछ दूरी पर पिंजरे में बैठकर बाघ का भैंस का वध करने का प्रयास करते देखना और सचमुच में हमारे छक्के छूट जाना। सब मिट्टी हुआ, क्योंकि आज भी उसी मिट्टी में बाघ वहीं-का-वहीं घूम रह रहा है, बिलकुल बेपरवाह, मस्त तथा निडर। यह भी सोच रहा था कि बाघ तराई के उन खूबसूरत और बेमिसाल जंगलों से निकलकर यहाँ आया ही क्यों। मीटिंग चल रही थी और मैंने सर उठाकर अस्थाना साहब की तरफ देखा, प्रमुख वन संरक्षक, वन्य जीव जे.के.अस्थाना सर की कुर्सी के ठीक पीछे, कैफी आजमी की खुद की लिखावट में उन्ही की एक गजल फ्रेम करी हुई लगी थी और मुझे याद है उस गजल का पहला शेर था—

शोर यूँ ही परिन्दों ने न मचाया होगा।
कोई शहर से जंगल की तरफ आया होगा।

मुझे यह भी याद आया कि लगभग 2-3 दिन पहले बाघ ने जिस पड़वे को मारकर खाया था उसके बचे हुए हिस्से को गड्ढे के पास छोड़कर ठीक किया गया कि नहीं, अब ऑपरेशन के इंचार्ज महेन्द्र सिंह थे। जो कई बरस पहले लखनऊ चिड़ियाघर के निदेशक भी रह चुके थे। अगली सुबह लगभग 9 बजे मैं महेन्द्र सिंह के साथ ही रहमानखेड़ा पहुँच गया। ऑपरेशन के इंचार्ज बनाने

के बाद महेन्द्र सिंह पहली बार संस्थान आए थे और लगभग साढ़े तीन महीने से बेफिक्र घूम रहे एक बाघवाले क्षेत्र में पहुँचे थे। हम सबने उनको मचान, पिंजरे, गड्ढा और लगभग तीन-साढ़े तीन महीनों की असफलता को उनको दिखाया और बताया। गड्ढे के पास रखे गए लगभग सड़ गए पड़वे को बाघ उठाकर शीशमवाले प्लाट में ले गया था और वहाँ ढूँढ़ने पर हमें पड़वे की सिर्फ हड्डियाँ भर मिली थी। शीशमवाले प्लाट में लगातार ट्यूबवेल का पानी लगाया जा रहा था। जिससे वह बढ़ती गर्मी में संस्थान के अन्य क्षेत्रों की अपेक्षा कुछ ठंडा रह पाए और बाघ उसे अपनी आरामगाह की तरह इस्तेमाल करे। जितनी देर हम लोगों ने महेन्द्र सिंह को संस्थान के मुख्य क्षेत्रों को घुमाया इतनी देर में इरशाद ने रूपकली से इलाके की गश्त लगवा चुका था और चौकी पर हमारे पहुँचने के बाद हाथी के साथ पहुँचा। मधुमक्खी के हमलेवाले दिन मेरी जो घड़ी कलाई से छूटकर जंगल में गिरी थी न जाने कैसे वह घड़ी गश्त के दौरान कहीं से ढूँढ़कर रूपकली उठा लायी थी। जो कि अपने आप में एक अजूबा था। इरशाद ने बताया कि हम लोग वहीं उसी जंगल में गश्त कर रहे थे जहाँ मधुमक्खियों ने हम पर हमला किया था। वहीं गश्त करते हुए रूपकली ने सूखी पत्तियों के नीचे से यह घड़ी निकालकर ऊपर बैठे इरशाद को पकड़ा दी। घड़ी सही सलामत थी और सुबह के 11.20 का समय भी बता रही थी। आज बाराबंकी जिले के वन विभाग के ए.सी.एफ. के.के. सिंह और इलाके के रेंजर ए.के. द्विवेदी भी साथ में आए थे, इनकी भी डयूटी रहमानखेड़ा में लगाई गई थी। बाकी सब सूरमा आज गायब थे। महेन्द्र सिंह बोलते रहे और बहुत बोलते रहे इतना कि मुझे लगा अगल-बगल खड़े हाथी भी मुस्कराकर मुझे देख रहे हैं। सारे हाथी लगातार पहलू बदल-बदलकर जता रहे हैं कि उन्हें छोड़ दिया जाए वे सब अब आराम करना चाहते हैं। गड्ढे के ऊपर रखा पड़वा बाघ खा चुका था या यूँ कह ले कि वह खाना तो कल ही खा चुका था आज तो उसने बची खुची जूठन खाकर ही अपनी भूख को शान्त किया था। फिर भी एहतियात के तौर पर यह सोचकर कि बाघ भूख के कारण कहीं दूर न निकल जाए इसलिए 5 किलो भैंसे का मीट मँगाकर गड्ढे के बीचों-बीच रख दिया गया। आज किसी तरह की खास खबर नहीं थी, सिवाय इसके कि बाघ रात में सड़ा हुआ पड़वा उठाकर शीशम वाले प्लाट में ले गया था और उसकी सिर्फ हड्डियाँ छोड़ गया था।

शाम को गढ्ढे में माँस रखकर गड्ढेवाली योजना के सफल होने के चमत्कार पर विश्वास करके हम लोग रात्रि के स्टाफ को वहीं छोड़कर वापस चल दिए। शीशमवाले प्लाट में संस्थान के निदेशक से अनुरोध किया गया था

कि रात में देर तक ट्यूबवेल चलाकर और पानी लगा दे जिससे जंगल और फार्म का यह हिस्सा ठंडा रहे और बाघ को भोजन, पानी और ठंडा इलाका तीनों यही मिल जाए और मारे आलस के कहीं और न जाए। गड्ढे पर मीट था। शीशम के प्लाट में बाघ को रात भर चाटने के लिए पड़वे की उसके द्वारा खुरची हुई कुछ हड्डियाँ थी। रात को रेंजर ए.के.द्विवेदी का फोन आया कि एक बड़ी भैंस तो संस्था के अन्दर आ गई है और वह पुरानी चौकी पर फिलहाल सुरक्षित बांध दी गई है। कल यहाँ सब लोग तय करेंगे भैंस को किस जगह बाघ के लिए बँधवाया जाएगा और खास बात यह बताई कि आज शाम शीशमवाले प्लाट में तकनीकी खराबी से ट्यूबवेल का पानी नहीं लगाया जा सका है, और यह इलाका कल शाम तक नमी और ठंडक से महरुम रहेगा।

20 अप्रैल की सुबह तक ऑपरेशन में तेजी आ गई थी। सब लोग लगभग सुबह 10.30 बजे तक रहमानखेड़ा पहुँच गए। नई चौकी पर पेड़ों की छाँव में बैठे बी.एन. सिंह और वारिस मिले। थोड़ी देर बाद पी.पीसिंह भी वहाँ पहुँच गए। वासिफ मुझे बता रहा था कि भैंस को पुरानी चौकी के पास फिलहाल जहाँ रखा गया था। जहाँ कमरो में रेस्क्यू टीम के कुछ लोग भी रात में रुकते हैं, वहाँ तक कल रात बाघ आया था और भैंस के पास घूम-घामकर आम के बाग से होता हुआ बेतवा नाले की ओर चला गया। हम लोग वारिस को लेकर उस जगह पहुँचे, जहाँ वासिफ ने बाघ का घूमना फिरना बताया था पर वासिफ किसी को कोई पगमार्क नहीं दिखा पाया। जबकि बाग की मिट्टी नरम थी। ढूँढ़ते-ढूँढ़ते बाघ के ताजे पैरों के निशान शीशम के उस भाग में दिखे जहाँ पिछली बार पड़वा बाँधा गया था और अब उसी जगह भैंस बाँधने की तैयारी की जा रही थी। महेन्द्र सिंह साथ ही में आए थे। आज स्टाफ के बहुत कम लोग आए थे, इसलिए महेन्द्र सिंह थोड़े नाराज हो गए। रुक-रूक कर तेज हवा चल रही थी। थोड़े ही दिनो में अप्रैल की यह दोपहर की हवा, गरम थपेड़ों में बदलकर लू का रूप इख्तियार कर लेगी। शीशम के जिस उत्तरवाले कोने में शाम को भैंस को बाँधा जाना था। वहीं पर एक बड़ी नांद को जमीन के अन्दर लगवाने का इन्तजाम करने को कहा गया। जिससे भैंसे को मारकर खाने के बाद बाघ को पानी पीने बेतवा तक न जाना पड़े क्योंकि पेट भरा होने और भरपेट पानी पीने के बाद हो सकता है बाघ अलसाकर वहीं कहीं ठंडी जगह लेट जाए। आज सुबह से ही बाघ के लिए ट्यूबवेल का पानी लगवाकर शीशमवाले प्लाट की जमीन को खूब ठंडा किया गया। नवयुवा पेड़ों की सघनता से बाघ को खुद को छुपाने में भी दिक्कत नहीं मंहसूस होगी और भोजन-पानी तो उपलब्ध ही है। ऐसा हम लोग सोच रहे थे।

बाघ क्या सोच रहा था मालूम नहीं। महेन्द्र सिंह ने जहाँ भैंस बाँधनी थी वहाँ से 50 गज की दूरी पर लगभग 16-18 फुट ऊँचा एक बल्लियों का मचान बना देने को कहा नांद और बल्लियाँ, पटरे आ गए। नांद को जमीन में गाड़ने का काम शुरू हो गया और बल्लियाँ शीशम की गीली जमीन में लगाई जाने लगी। इधर बल्लियाँ गाड़ने का कार्यक्रम चल रहा था और इधर मैं कमाल और पी.पी. सिंह शीशमवाले प्लाट से निकलकर सड़क पार करके बेतवा नाले के किनारे के उस जंगल की तरफ पैदल चल दिए। जहाँ ट्रैपिंग केज में बाघिन की ट्राफी लगाई हुई थी और जंगल के ढलान के बाद पेड़ों के बीच में बेतवा का साफ पानी दिखाई देने लगता था। हम लोग भरी दोपहरी में बाघ के पगमार्ग को ढूँढ़ते हुए चले जा रहे थे, कि अचानक बाई तरफ के जंगल से आदमियों की बातचीत की धीमी आवाज सुनाई देने लगी। मैं और कमाल यह समझ ही नहीं पाए कि आवाज किधर से आ रही है। मैं और कमाल आँखों के समानान्तर जमीन और पेड़ों के तनो में आवाजों को तलाश रहे थे, मगर पी.पी. सिंह जो कि जंगलों में काफी काम कर चुके थे उन्होंने ऊपर तलाशा तो पेड़ पर बैठे हुए दो आदमी और एक आदमी नीचे पेड़ों में ही छुपा हुआ मिल गया। यह सब मिलकर पेड़ से मधुमक्खी के छत्ते में से शहद निकाल रहे थे। हम लोगों की आहट सुन और हम लोगों को अपनी ओर आता देखकर यह सब पेड़ से उतर कर नीचे खड़े अपने साथी के साथ भागे तो पी.पी. सिंह ने दौड़ाकर उनमें से एक को पकड़ लिया। एक को मैंने और एक को कमाल ने किसी तरह पकड़ लिया। मगर दौड़ते समय पी.पी. सिंह का पैर एक गड्ढे में पड़ने की वजह से मुड़ गया और उनके टखने में मोच आ गई। तीनों लोग जो छुप-छुपाकर शहद निकालने आए थे। अगल-बगल के गाँव के थे। हम लोगों को उनकी मासूमियत से भरी हिम्मत की दाद मन-ही-मन देनी पड़ी कि वह लोग ठीक वहाँ शहद की चोरी कर रहे थे पिछले लगभग 100 दिनों से ऊपर जहाँ बाघ घूम रहा था। इन तीनों शहद चोरों और उनके शुद्ध देसी उपकरणों को क्षेत्र के वन विभाग के स्टाफ के सुपुर्द कर दिया गया।

हम लोग लौटकर वापस वहीं शीशमवाले प्लाट में आ गए जहाँ मचान खड़ा किया जा रहा था। खाबड़ करीब-करीब लग चुका था। जहाँ खाबड़ नहीं लग पाया वहाँ सफेद रंग का कपड़े का थान मँगवाकर लगवाया गया, जो दूर से देखने पर सफेद दीवार की तरह दिखता था। सफेद कपड़े का विचार पुराने शिकारियो से लिया गया था, जहाँ बाघ का शिकार करते वक्त शिकारियों का एक दल बाघ को घेरने के लिए सफेद कपड़े का या फिर लाल तथा सफेद कपड़ो की झंडियों का इस्तेमाल करते थे। यह कपड़ा और झंडियाँ एक प्रकार से बाघ

के ऊपर मनोवैज्ञानिक दबाव बनाते थे और बाघ उस तरफ नहीं जाता था जिधर उसे यह सफेद-लाल कपड़े या झंडियाँ लगे मिल जाते थे। सफेद-लाल कपड़ा या फिर झंडियाँ जंगल के एक बहुत बड़े भाग में लगाई जाती थी, जो दाहिने और बाएँ दिशा में बहुत बड़े भाग में लगाई जाती थी और आगे बढ़ने पर इनकी आपस में दूरी कम हो जाती थी। अगर ऊपर से देखा जाए तो यह एक त्रिकोण जैसा होता था जिसकी दोनों भुजाओ पर यह झंडिया या कपड़ा लगा रहा था या जिसकी चौड़ाई धीरे-धीरे कम होती जाती थी। बाघ को दोनों झंडियों और कपड़ो के बीच छोडे गए संकरे मार्ग से निकलने को मजबूर होना पड़ता था और उसी संकरे मार्ग के मुँह पर शिकारी कहीं घात लगाकर बाघ का शिकार कर दिया करते थे। इसी तरीके का एक छोटा रूप यहाँ लगाया कि जब सारे हाथी बाघ को घेरे तो बाघ पिछली कई बार की तरह इधर-उधर निकल न जाए और कुछ देर असमंजस में सोचने पर मजबूर हो जाए कि जाए किधर और कैसे और यही मौका होगा, जब बाघ को एक सँकरी जगह घेरकर उस पर काबू पाया जा सकता है।

उस रात केवल एक पिंजरे में ही मीट रखा गया। बाघ द्वारा मारा और खाया गया बचे-खुचे पड़वे को भी ढूँढ़ा नहीं गया। सारे जंगल, बागों और खेतों में सन्नाटा रहने दिया गया। हाथियों को भी गश्त करने से मना कर दिया। सब तरफ कुछ ज्यादा सामान्य ढंग से काम हो रहा था। अशोक मिश्र के विश्वास पर गड्ढे पर भैंसे के मीट को पड़ा रहने दिया गया जैसा कि पिछले दिनों से पड़ा था। कई जगह से बाघ की कई खबरें आ रही थीं, पर टीम कहीं नहीं गई क्योंकि उनको पूरा विश्वास था कि बाघ तो यहीं-कहीं आसपास ही है। धीरे-धीरे शाम हो गई ढलता सूरज लालिमा बिखेर रहा था। मैं शीशमवाले प्लाट में नए बन रहे अधबने मचान के ऊपर चढ़ गया और आसपास का नजारा लेने लगा। दूर तक हरियाली ही हरियाली थी और यह सोचकर मन खुश था कि यहीं-कहीं बाघ भी है। मचान की बल्लियाँ लगभग खड़ी हो गई। इसी जगह खाबड़ और सफेद कपड़ा भी लग गया। मजदूर काम कर रहे थे और शाम होते-होते सब वहाँ से चले गए। सब तरफ अँधेरा हो गया। रात का अँधियारा होते-होते मैं मचान से उतर आया। रात की ड्यूटी कर रहे लोगों, हाथी, रहमानखेड़ा और उसके अन्दर घूम रहे बाघ को रातभर के लिए छोड़कर हम लोग वापस चल दिए।

अगले दिन फोन करके पता किया तो रहमानखेड़ा में मचान और खाबड़ कपड़े का बचे-खुचे अभियान का काम यथावत चल रहा था। उम्मीद थी कि शायद शाम तक मचान का काम पूरा हो जाए और नांद में भी पानी भर दिया जाएगा। खाबड़ कम पड़ रहा है इसलिए बाघ को गिराने के लिए बने बड़े गड्ढे

के अन्दर लगाए कुछ खाबड़ को भी निकाल लिया गया था। उसी सुबह महेन्द्र सिंह, पी.पी. सिंह और मैं तीनों बाघ के एक पुराने जानकार के घर गए उनका नाम अजित नरायण सिंह था। वह वन विभाग में शोध अधिकारी थे पर उन्होंने बाघ और तेन्दुए के हर तरह के अभियानों में उस वक्त भाग लिया था जब बाघ और तेन्दुए पकड़े नहीं जाते थे मार दिए जाते थे। ए.एन.सिंह अब रिटायर हो चुके थे। महेन्द्र सिंह उनके पुराने मित्र थे और उनसे सलाह-मशिवरा करने उनके घर हम लोगों को ले गए। वहाँ से सीधे हम लोग रहमानखेड़ा पहुँच गए वहाँ मचान, भैंस को बाँधने का खूंटा, नांद, खाबड़ और कपड़े के साथ जोर-शोर से तैयारियाँ हो रही थी। क्षेत्र काफी बड़ा था इसलिए समय भी ज्यादा लग रहा था। ट्रैकिंग कर रही टीम ने बताया कि उनको ऐसा आभास लग रहा है कि बाघ चौंकी के पास बँधी भैंस के आसपास ही मंडरा रहा है। भरी दोपहर में पी.पी. सिंह, कमाल और मैंने पूरे क्षेत्र का आखिरी मुआयना-सा किया। पी.पी. सिंह बुरी तरह से लंगड़ा रहे थे। सारा काम सूरज ढलते-ढलते खत्म हो गया और सूरज भी जैसे महीनों से थका-मादा गहरी नीद में सो-सा गया। शाम को घर लौटते समय पी.पी. सिंह का एक्सरे कराया, लिगामेंट इंजरी पाई गई। पैर में क्रैप बैंडेज बाँधा गया और दर्द और सूजन कम करने की दवाई दी गई। आज का भी पूरा दिन कल की दिन की तैयारी में यूँ ही बीत गया। अप्रैल के गर्म दिन आ चुके थे पर फिर भी सुबह शाम और रात की हलकी सिहरन बाकी थी। दोपहर तो मई जून की तरह तप रही थी। पतझड़ के बाद के अधिकांश पेड़ नए पत्तो को जन्म देने की सफल कोशिश में थे। सेमल के लाल फूल आकर खिलकर बिखर चुके थे। पीपल, बरगद और नीम की नई पत्तियाँ हल्के हरे रंग से जगमगा रही थी। दूर तक नया हरे रंग का सन्नाटा बिखरा नजर आता था। गाँववालों ने संस्थानवालो और वन विभाग की टीम ने बाघ के बारे में जानकारी लेने की उत्सुकता बहुत पहले ही छोड़ दी थी। अब बस हम लोगों संस्थान में आता-जाता देखकर वह लोग बस हल्के से मुस्करा देते थे। जन-जीवन ने यह मान लिया था कि अनन्त काल तक अब बाघ यहीं रहेगा कहीं नहीं जाएगा और न ही हम लोगों से पकड़ा जाएगा। कुछ विशेषज्ञों ने तो हम लोगों को यह भी समझाया कि बाघ तुम लोगों से नहीं पकड़ा जाएगा इसलिए इस केन्द्रीय संस्थान की जमीन को वन विभाग में स्थानान्तरित करवाकर और इसको मजबूती से घेरकर यहाँ एक-दो बाघ छोड़ दो तो यहाँ पर बाघ सफारी का पर्यटन स्थल बना दिया जाए। सलाह-मशिवरा तो इतने दिए गए कि एक अलग से किताब लिखी जा सकती थी। आपकी असफलता मूर्खों की भी बातों को आपको सुनने पर मजबूर करती है और

अगर मूर्ख मानसिक रूप से कमजोर होते हुए भी थोड़ा बहुत भी राजकीय या सामाजिक तौर पर शक्तिशाली है, तो आपको उसकी दी गई बेतुकी सलाह और बेतुकी बात को कभी-कभी अमल में भी लाना पड़ता है, और उस मूर्खतापूर्ण कृत्य को करके आप अपनी नजरों में कहीं थोड़ा बहुत गिर जाते हैं और इस ठोकर से आपकी आत्मा लँगड़ाने भी लगती है।

दिन रविवार 22 अप्रैल, 2012 को सब लोग दोपहर तक रहमानखेड़ा पहुँच गए। शीशमवाला प्लाट मुख्य ऑपरेशन की जगह बन गया-सा लग रहा था। इस प्लाट में अगर आप उत्तर की ओर मुँह करके खड़े हो जाओ तो पैरों के नीचे बांयीवाली ढलान और उठान लेती हुई सड़क है, सड़क के पीछे पीछे जंगल और जंगल के ढलान से उतरो तो बेतवा नाला। दाहिनी तरफ पुरानी चौकी, चौकी का बरामदा, कोने में उदास खड़ा हैंडपम्प और उसके सामने मिला-जुला छितरा-सा जंगल और बाग और इनके बीच में दूर जाती सीधी सड़क अमरूदो के बागो में जाकर इधर-उधर घूमती अटक-सी जाती थी। बाएँ हाथ पर टीलेवाला प्लाट और प्लाट के नीचे की तरफ सरसोंवाला खेत में एक बड़ा गड्ढा, गड्ढा पत्तियों से ढका हुआ और उसके बीचोंबीच सड़ता हुआ गोश्त। शीशमवाले पूरे प्लाट को लगभग तीन तरफ से खाबड़ और सफेद कपड़े से घेर-सा दिया है। नांद में ट्यूबवेल का मीठा ठंडा पानी भर दिया गया था और पूरे प्लाट को ट्यूबवेल से पानी चलाकर तर कर दिया गया था। इतना ज्यादा पानी लगाया गया है कि कुछ जगह हलका कीचड़ जैसा हो गया है। इस तरफ बल्लियोंवाला मचान पटरे लगाकर तैयार है। सब लोग जोशो-खरोश में उसे पत्तियों और झाड़ियों से ढँककर छुपा रहे हैं, जो कि ठीक ऊँचेवाले प्लाट की ओर बाई तरफ बनाया गया है। रेंजर आफताब किसी काम से कल रात लखीमपुर चले गए हैं, शायद आज रात वापस आ जाए। महेन्द्र सिंह, पी.पी. सिंह ओर वी.बी.सिंह और ए.के. द्विवेदी के साथ सब लोगो ने शाम तक सारे काम खत्म करके चुपचाप वहाँ से निकल गए। रात की ड्यूटी पर स्टाफ आ गया था, तय यह किया गया कि आज की रात 2.30 बजे सब लोग रहमानखेड़ा पहुँच जाएँगे और डार्ट करनेवाले मचान पर बैठेंगे, सामने भैंस को वहीं शीशम के झुरमुट में बाँध कर।

घर पहुँचा ही था कि प्रमुख वन संरक्षक, वन्य जीव अस्थाना साहब का फोन आया, वह कल की तैयारियों के बारे में बात की। मैं सुबह जल्दी उठने की तैयारी में सोने की कोशिश करने लगा पर नींद आँखों से बहुत दूर लग रही थी। किसी तरह सोते-जागते सुबह 2 बजे के करीब लखनऊ से चला और 3 बजे अँधेरे में भैस वहीं मचान के पास बँधवाकर चुपचाप मचान पर लगी बल्लियों

के सहारे चढ़कर मचान पर डार्टगन और बैग रखकर बैठ गया। मुझे पूरी-पूरी उम्मीद थी कि अभी भोर के तीन सवा तीन ही बज रहे हैं, अभी काफी अँधेरा है। भूखा बाघ अँधेरे में भैंस की उपस्थिति को जानकर जरूर आएगा। इसलिए भैंस को बाँधने और मचान पर बैठने के लिए हाथियो तक का सहारा नहीं लिया गया जिससे अगल-बगल कहीं अलसाए और शिकार में घूमते बाघ को किसी तरह की आहट न होने पाए। मैं डार्टगन लिए धूप निकलने तक बैठा रहा निगाह बैरल से फिसलकर सीधे भैंस की तरफ को बार-बार उठ रही थी। हर क्षण उम्मीद थी कि बाघ आएगा तो भैंस को पकड़ने के बाद मौका देगा कि पहले। किस तरफ से आएगा। शायद मेरे मचान के पीछे से आए और मचान के नीचे से होता हुआ भैंस की तरफ जाए। 7-7.30 बजे चमकते उजाले ने जिन्दा उम्मीद को धीरे-धीरे मारकर खत्म कर दिया। मैं मचान से बिल्कुल भी आवाज न करता हुआ उदास उतर गया और उतर कर चौकी पर पहुँचा। सुबह की तेज रोशनी हर तरफ छिटक गई। जंगल के हरे रंग नुमाया हो गए, कमाल है कि हरे रंग के शेड भी कुदरत ने हजारो बनाए है, किसी एक पेड़ की पत्तियों का रंग दूसरे किस्म के पेड़ों की पत्तियो से नहीं मिलता है, किसी एक जाति की घास का रंग दूसरी जाति की घास से बिलकुल अलग है। सारे रंग अलग है पर हमारी परेशानी और उलझन का रंग एक है।

सब लोगों की सलाह थी कि अब भैंस को अब किसी नई जगह न हटाया जाए। किसी भी व्यवस्था को अब छेड़ा न जाए जो कि जैसा है वैसा ही रहने दिया जाए। आफताब भी रात को वापस आ गए थे। आफताब, वासिफ और अन्य स्टाफ को पुरानी और नई चौकियो पर रात भर की निगरानी पर लगाकर बाकी टीम कल भोर के लिए वापस चली गई। दिन मँगलवार 24 अप्रैल को जब मुँह अँधेरे रूपकली हाथी से जब बँधी भैंस को दूर से देखा गया तो भैंस जमीन पर औंधी पड़ी थी, पास जाकर देखा तो पाया कि बाएँ पुट्ठे का पूरा एक भाग लगभग बाघ द्वारा खाया जा चुका था। निठल्ले बाघ ने घने झुरमुट में भैंस को खीचने की कोशिश भी नहीं की। जीभर माँस खाने के बाद उसने वहीं नांद से जीभर के काफी देर तक इतना पानी पिया कि उसके मुँह में लगा भैंसे का खून नांद के किनारे जहाँ-तहाँ गिर गया था और नांद के पास की कीचड़ नुमा भीगी मिट्टी में उसके बड़े बड़े पैरों के बिलकुल ताजे निशान बता रहे थे कि बाघ अभी-अभी यहाँ से निकला है। अनुमान लगाया कि जैसी ही हम लोग हाथी से भैस को देखने शीशम के प्लाट में घुसे होगे वह चुपचाप वहाँ से निकल गया और जरूर कहीं दूर घनी झाड़ियों में बैठा हम लोगों का नजारा ले रहा होगा।

भैंस का इतना ज्यादा वह गोश्त खा चुका था और वह यहाँ-वहाँ इतना लेटा था कि हम लोगों ने अन्दाजा लगाया कि बाघ ने भैंस का कत्ल देर रात को ही कर दिया था, जिससे उसे भैंस को खाने का काफी समय मिल गया। महेन्द्र सिंह और पी.पी. सिंह थोड़ी देर से पहुँच गए। लगभग सुबह 6 बज रहे थे जब महेन्द्र सिंह के कहने से शीशम के प्लाट में काम्बिंग शुरू की गई। बाघ के निशान तो बहुत मिले पर बाघ कहीं नदारत हो चुका था। दोपहर देर तक तीनों हाथियो से जहाँ तक हो सका पूरे इलाके की काम्बिंग की। पर शीशमवाले प्लाट में मारी और खाई गई भैंस तथा नांद के पास खून और बाघ के पैरों के निशान के अलावा वहाँ कुछ नहीं मिला। टीम ने अभी हार नहीं मानी थी क्योंकि भैस इतनी बड़ी थी कि बाघ उसे सप्ताह भर खा सकता था और इतने बड़े लालच को वह इतनी आसानी से नहीं छोड़ सकता था। जब तक उसे कोई बहुत बड़ा खतरा महसूस न हो। वैसे भी 3 महीने से उसने हमारी उपस्थिति को दूर ही दूर से स्वीकार भी कर लिया था। मारी और खाई गई भैंस का सिर्फ पिछला हिस्सा ही दिख रहा था आगे का हिस्सा झुरमुट के अन्दर पड़ा था और गले में नीले रंग की रस्सी भैंस को बाघ द्वारा खीच जाने के कारण गाड़े गए लकड़ी के खूँटे से बिलकुल तनी हुई थी। शीशम के इस जंगल जैसे प्लाट में ट्यूबवेल से और पानी छोड़कर ठंडा रखने को कहा गया था। जमीन के अन्दर गाड़ी गई सीमेंट की नांद के किनारे किनारे कीचड़ में धँसे बाघ के भारी पंजे, सुबह की धूप में बहुत खूबसूरत लग रहे थे और ताजी मारकर खाई हुई भैस के खून के निशान जो पानी पीते हुए नांद के किनारे बाघ के मुँह और बालो से टपककर गिरे हुए थे। जैसे ही धूप ऊपर उठी और बाघ के वहाँ होने की उम्मीद काफी कम हो गई तो सब कुछ ज्यों-का-त्यों छोड़कर हम लोग इस उम्मीद के साथ नई चौकी पर अगली सुबह के इन्तजार में जा बैठे कि कल बाघ हम लोगों के झांसे में आ ही जाएगा। पूरी टीम इकट्ठी थी, शायद ही, कोई ऐसा रहा हो जो वहाँ न उपस्थित हो।

अगला दिन उगा 25 अप्रैल, दिन बुधवार 2012 को रात 2 बजे उठकर मैं तैयार हो गया और सुबह-सुबह लगभग 3.30-4.00 बजे एस.डी.ओ. वी.बी. सिंह के साथ रहमानखेड़ा की ओर निकल गया। सुबह-सुबह मुझे रहमानखेड़ा पहुँचने की इतनी जल्दी थी और मैं इतना हड़बड़ाया हुआ, उत्साहित था कि चिड़ियाघर की कालोनी में रह रहे अपने सहायक कमाल शेख को भी साथ में लेना भूल गया। घर से 4-5 किमी. दूर इमामबाड़े के पास मुझे याद आया कि कमाल को तो लिया ही नहीं है। मेरे पीछे महेन्द्र सिंह भी आ रहे थे, मैंने उनको

फोन करा कि आप लखनऊ से कमाल को अपनी गाड़ी में बैठा लिजियेगा। पी.पी. सिंह भी सुबह-सुबह रहमानखेड़ा की तरफ निकल गए थे।

लगभग सुबह 4.45 पर हम सब लोग अपनी नई चौकी के पास इकट्ठे हो गए। तीनों हथिनी अपने महावतों के साथ उत्साहित सी खड़ी थी। बेतवा नाले की तरफ की सड़क पर एस.डी.ओ. वी.बी. श्रीवास्तव मोर्चा सँभाले, तीन-चार गाड़ियाँ खड़ी करके बाघ का रास्ता रोकने के प्रयास में खड़े थे। शीशम के प्लाट को पूर्व में ऊपर ऊँचाई की तरफवाली सड़क पर भी आफताब, ए.के.द्विवेदी ने लाइन से अपनी-अपनी गाड़ियो को खड़ाकर दिया था। रात में न जाने कैसे एक खाबड़ गिर गया था। उस गिरे हुए खाबड़ को खड़ा करके सीधाकर दिया गया। एक हाथी पूर्व दिशा और एक हाथी को उत्तर पश्चिम दिशा की ओर रखा गया। महेन्द्र सिंह अपने हाथी से शीशम के झुरमुट की ओर यह देखने के बढ़े की बाघ ने भैस खाई है कि नहीं। उनका हाथी धीरे-धीरे पड़े हुए किल की ओर बढ़ा। लल्लन महावत ने हाथी को सावधानी से उत्तर दिशा की ओर से अन्दर किया। लल्लन महावत ने हाथी पर बैठे हुए झाड़ियों में सबसे पहले देखा तो पाया कि बाघ ने रात भर जीभर के भैस को खाया था और भैंस के शव को झुरमुट में खींचने का प्रयास भी किया था। और अकंठ पानी पिया है, क्योंकि नांद में पानी करीब आधा खाली था। वह लोग यह सब देख रहे ही रहे थे कि रूपकली हाथी पर बैठे मुझे और पी.पी. सिंह को शीशम की बेतरतीब झाड़ियों और झुरमुटों के एक लहर में हिलने का भ्रम-सा हुआ क्योंकि हम लोग शीशम के प्लाट में बाहर पश्चिम दिशा में ऊँचे पर हाथी के ऊपर थे इसलिए नीचे का नजारा गन्ने के किसी खेत की तरह नजर आ रहा था। किसी भी जानवर की हरकत से पौधो और पेड़ों की ऊपर को जाती शाखाए एक दिशा में हिलने लगती थी। हमें अन्दाजा लग गया कि बाघ वहीं खाने के लालच में कहीं भैंस के अधखाए शव के आसपास ही बैठा है। सब लोग हाथियों समेत शीशम के घने झुरमुट से बाहर निकल आए। गाड़ियों पर बैठे कर्मचारियों को दोबारा से बताया गया कि क्या करना है और हम लोग क्या करने जा रहे हैं। फिर से खाबड़ और सफेद कपड़े को जाँचा गया। वी.बी. श्रीवास्तव बेतवा नाले के पासवाली सड़क पर मोर्चा सँभाले थे। बाघ की सबसे ज्यादा सम्भावना उधर ही भाग जाने की थी। पूरा ऑपरेशन को महेन्द्र सिंह और पी.पी. सिंह योजनाबद्ध तरीके से अपने हाथो में ले रखा था। मेरा मन बस बाघ की एक झलक के लिए तरस रहा था। आफताब अली को वहीं पूरब दिशा की ओर पुरानी चौकी के पासवाली ऊँची सड़क पर गाड़ियों के साथ खड़ा किया था क्योंकि बाघ के निकल जाने का यह दूसरा रास्ता भी बहुत आसान

और पूरा अभियान को धराशायी करनेवाला था। सुबह के लगभग 6 बज रहे थे, धूप हलकी झिलमिलाने लगी थी। सब तरफ सन्नाटा-सा पसरा था। शीशमवाले प्लाट में भैस को खाता हुआ बाघ को लगभग तीन तरफ से खाबड़ और कपड़ा लगाकर प्लाट के साथ दोनों सड़को पर गाड़ियाँ खड़ी करके घेरने का प्रयास किया गया था। तीन हाथी थे। हाथियो पर ट्रंक्यूलाइजिंग करनेवाले बैठे थे और सामने कहीं लगभग 108 दिन से सबको छकाता हुआ वह तिलस्म यहीं कहीं झाड़ी में छुपा बैठा था।

रूपकली हाथी और महावत इरशाद के साथ मैं और पी.पी. सिंह। गंगाकली पर महावत अनीस और आर.बी.सिंह रेंजर और डॉ. सौरभ सिंघई। तीसरे हाथी पर लल्लन महावत, महेन्द्र सिंह और कमाल। मैंने ऊपरवाले को याद किया और ऊँचेवाले प्लाट की तरफ से इरशाद को इशारा किया कि वह हाथी को शीशमवाले प्लाट में उतारे और धीरे से उस तरफ ले जाए जहाँ शीशम के पौधे अभी कुछ देर पहले हिले थे। जैसे ही हम किल की तरफ बढ़े झाड़ियों में छुपा बाघ वहाँ से चौकी की तरफ की सड़क की तरफ भागा जहाँ आफताब खड़े थे। लेकिन भागता हुआ बाघ खाबड़ में जाकर उलझा, गिरा और फिर जाल से छूटकर सड़क की तरफ वापस भागा। सड़क पर तैनात खड़े आफताब अली ने जोर से गाड़ी का हार्न दबा दिया। बाघ खाबड़ के गिरने और हार्न की तेज आवाज से हड़बड़ाकर छुपने के लिए शीशम की घनी झाड़ियों की तरफ भागा और भागकर शीशम के दूसरे हिस्से में आ गया। हम लोगों ने शीशम के प्लाट को खाबड़ से बीच में से दो टुकड़ो में बांटा हुआ था। बाघ भागकर जंगल और बेतवा नाले की सड़क की तरफ आ गया था। जहाँ तीन चार गाड़ियों को लेकर वी.बी. श्रीवास्तव खड़े थे जैसे ही बाघ ने उधर के शीशमवाले प्लाट में घुसकर सड़क की ओर निकलना चाहा तुरन्त ही सड़क पर खड़ी सारी गाड़ियों के हार्न भी बज उठे और बाघ वहीं कहीं झुरमुट में दुबक गया। बाघ जहाँ छुपा था वहाँ दोनों तरफ हाथी खड़े थे। वहीं प्लाट के बाहर डॉ. सौरभ, आर.बी.सिंह और गंगाकली के साथ थे। दूसरी ऊँचाई की तरफ महेन्द्र सिंह थे। मैंने डॉ. सौरभ को फोन करके कहा बाघ तुम्हारी ही तरफ है। अन्दर घुसो और आराम से डार्ट करने की कोशिश करना। बाघ को सामने देखकर हड़बड़ाना नहीं। अनीस ने गंगाकली को बाघ के छुपे होने की दिशा में डाला और डॉ. सौरभ को अन्दर ले गया। शीशम इतने ऊँचे थे कि वहाँ के जंगल में हाथी पर बैठे हम लोग तैरते से दिखाई पड़ते थे। हाथी नहीं दिख रहा था। मुझे और महेन्द्र सिंह को सौरभ हाथी पर बैठे हुए अन्दर जाते दिखाई पड़े। इधर-उधर घूमने के बाद भी बाघ उन्हें दिख

नहीं पाया। इतनी घनी झाड़ियाँ और शीशम था कि उसमें अगर हाथी खड़ा हो तो ढूँढ़ना मुश्किल है। बाघ तो बस 3 से साढ़े तीन फुट ही ऊँचा होता है। गंगाकली बाघ को खोज ही रही थी कि अचानक एक घनी झाड़ी में बाघ उसके सामने पड़ गया। जोरदार आवाज के साथ गंगाकली और बाघ ने जंग का ऐलान साकर दिया। बाघ ने भी आज ज्यादा दूर न भागने की सोच ही रखी थी और गंगाकली भी पीछे हटनेवाली हथिनी में से नहीं थी। दूर ऊँचे प्लाट में पश्चिम की तरफ महेन्द्र सिंह हाथी पर कमाल के साथ थे। मैं दोनों हाथी के त्रिकोण पर आफताब अली की तरफ चौकी की ओर लगभग ढलान पर ही खड़ा था। महेन्द्र सिंह का फोन मेरे मोबाइल पर आया अब ज्यादा देर मत लगाओ बाघ निकल जाएगा। अन्दर घुसकर पकड़ने का प्रयास करो। गंगाकली बाघ को सामने पाकर तमतमा गई थी। माहौल में हाथी और बाघ झड़प ने यह तो तयकर दिया था कि आज कुछ होगा। डॉ. सौरभ के तमतमाए हुए हाथी को शीशम के झुरमुट से बाहर निकलने के लिए कहा गया और मैं आफताब अली की तरफवाली सड़क से घूमकर बेतवा नाले से लगी सड़क पर रूपकली हथिनी समेत आ गया। जहाँ की चौकसी वी.बी.श्रीवास्तवकर रहे थे। इरशाद से मैंने कहा कि बाघ के ज्यादा पास मत जाना वरना बहुत ज्यादा दबाव पड़ने पर बाघ मैदान छोड़कर भाग खड़ा हो सकता है और इससे उसकी तो बिलकुल बेज्जती नहीं होगी। मैदान छोड़कर भागेगा वह और बेज्जती होगी हमारी। जैसे ही सड़क से रूपकली ने शीशम के प्लाट की नीचाई पर पैर रखा उसका अगला दाहिनी पैर 3-4 फिट पोली जमीन के अन्दर चला गया। बाघ की उपस्थिति माहौल की गर्माहट और अचानक पैर गड्ढे में चले जाने से रूपकली चीख उठी। दूर दोनों हाथियों ने भी दूर से आवाज लगाकर अपने साथी हाथी का हालचाल लिया। इरशाद ने रूपकली को हौसला और शाबाशी दी और रूपकली ने खुद ही अपना पैर गड्ढे से बाहर निकाल लिया। कुछ मिनट तक इरशाद रूपकली से बात करता रहा उसे शाबाशी देता रहा और फिर रूपकली तेज चाल में शीशम के घने जंगलों में घुस गई। उसकी सूंड़ बाघ की उपस्थिति को सूंघ रही थी और लगभग 10-15 फीट दूर अन्दर जाकर वह खड़ी हो गई इरशाद ने कहा बाघ यहीं कहीं सामने है। मुझे कुछ दिखाई नहीं दे रहा था। सिर्फ शीशम की पत्तियाँ ही पत्तियाँ जैसे हरा पर्दा-सा तना हो। पी.पी. सिंह हर तरफ निगाह रखे हुए बाघ को ढूँढ़ रहे थे और मैंने डार्टगन का सेफ्टी पिन हटा दिया था और गन के बट को दाहिनी कंधे से लगाकर निशाना लेकर बैठ गया। काफी इधर-उधर नजरें घुमाने के बाद इरशाद ने कहा साहब वह देखो यह सामने अन्दर की तरफ दिख रहा है। मुझे कुछ नहीं दिख रहा था। शीशम

के सघन झुरमुटो के नीचे अँधेरा-सा था क्योंकि अभी सुबह का उजाला धीरे-धीरे फैल ही रहा था। शीशम के बाहर खड़े लोग कसमसा रहे थे। यहाँ तक की सारे हाथी भी पहलू बदल रहे थे। यहाँ कुछ समझ नहीं आ रहा था। काफी ध्यान से देखने पर मुझे नारंगी काली रंग की धारियाँ सी दिखाई दी पर यह समझ नहीं आ रहा था कि बाघ के शरीर का यह कौन-सा हिस्सा है। मैंने निशाना लगाया पी.पी. सिंह से पूछा आप डार्ट करेंगे। पी.पी. सिंह ने मुस्कराकर कहा ''नहीं, मौका मत चूको। मैंने डार्ट फायरकर दिया ठीक सुबह के 6.25 हुए थे। डार्ट कहा गई पता नहीं चला। बाघ को लगी कि नहीं कुछ कहा नहीं जा सकता। करीब 10-12 मिनट तक हम लोगों ने इन्तजार किया। पी.पी. सिंह ने इरशाद से कहा हाथी को शीशम के उस झुरमुट के अन्दर करो, जहाँ बाघ था। जैसे ही रूपकली ने अन्दर कदम रखा और डाली हटायी तो देखा बाघ का बांया पुट्ठा मेरी तरफ था और वह भागने की तैयारी में था। उसके व्यवहार और आचरण से कहीं भी ऐसा नहीं लग रहा था कि उस पर दवा का रत्तीभर असर हुआ हो मैंने कुछ नहीं सोचा। अब नहीं तो कभी नहीं और ठीक 6.40 पर दूसरे डार्ट को फायरकर दिया मुझे इतने घने शीशम के झुरमुट में भी डार्ट बाघ के बाएँ पुट्ठे पर जाकर धँसती हुई दिखाई दी। बाघ डार्ट लगते पर हलका-सा चौका और हमसे विपरीत दिशा की ओर मुँह करके उठने लगा। हाथी को हम लोगों ने वहाँ से तुरन्त पीछेकर लिया। डार्ट लग चुकी थी हम लोग नहीं चाहते थे कि बाघ हाथी के दबाव से कहीं और जाकर बेहोश हो जाए और उसको इतने घने जंगलों में ढूँढ़ना मुश्किल हो। पी.पी. सिंह ने हाथ हिलाया। इरशाद ने सबसे कहा बहुत बढ़िया साहब। मैंने हाथी पर बैठे-बैठे दोनों हाथ के अंगूठो को उठाकर महेन्द्र सिंह और डॉ. सौरभ को बता दिया कि बाघ डार्ट हो चुका है। एक ही झटके में महौल बदल गया था। सबके चेहरे खिल गए। धूप सुनहरी लगने लगी वहीं रहमानखेड़ा जो पिछले 3-4 महीनों से उदास-सा लगता था अचानक खिल उठा। शीशम की पत्ती-पत्ती भली लगने लगी। हवा हलकी ठंडी। थोड़ा-थोड़ा-सा रूपकली के साथ मैं भी घमंड में आ गया था। मगर अभी तो बाघ को झाड़ियों के अन्दर जाकर देखना था कि बाघ बेहोश भी हुआ है कि नहीं। रूपकली इरशाद के मजबूत इशारों पर संभल-संभलकर आगे कदम रख रही थी। उसकी सूँड़ बार-बार झाड़ियों की तरफ उठकर बाघ की स्थिति को सूंघकर पता लगाने की जुगत में भी थी। धीरे-धीरे शीशम की पत्तियों टहनियों को हटाया गया। सभी लोग हरी पत्तियों को दूर से देख रहे थे। हमारे हाथी के पीछे गंगाकली महावत अनीस के कहने पर आकर दूर खड़ी थी। गंगाकली पर आर.बी. सिंह और डॉ. सौरभ सिंघई थे।

धीरे-धीरे आगे बढ़ती रूपकली ने एक बढ़ते हुए मोटे पेड़ को जैसे ही झुकाया सामने दाहिनी करवट लेकर बाघ अचेत पड़ा था। इरशाद ने सबसे पहले बाघ को इस अवस्था में देखा। डार्ट उसके बाएँ पुट्ठे में बिलकुल सही जगह लगी हुई थी और बाघ के होश गुम थे। मेरे और पी.पी. सिंह के इशारे पर लोग अन्दर दौड़ गए। महेन्द्र सिंह सबको निर्देश दे रहे थे। मैंने पी.पी. सिंह और कमाल ने हाथी से उतर कर बाघ को देखा तो पाया कि बाघ पूरी तरह से अचेत है। लोगों को बाघ को उठाकर पिंजरे में डालने को कहा गया। सबसे पहले विशालकाय बाघ को नीले रंग के जाल से ढँक दिया गया। करीब 8-10 लोग उसको उठाकर, शीशम के प्लाट से बाहर लाने के लिए लग गए। पिंजरा चौकी उठाकर सामने ही सड़क पर रख दिया गया। इतने भारी और विशाल बाघ को स्ट्रेचर और जाल की मदद से उठाने पर भी लोगों के छक्के छूट गए। शीशम से बाघ को पिंजरे तक लाने में करीब 45 मिनट के ऊपर हो गए थे। बाघ बिलकुल शान्त था। बाघ इतना बड़ा था कि पिंजरे में बामुश्किल आ रहा था। वारिसी, नासिर, आफताब, भारती, इरशाद, वी.बी.श्रीवास्तव, महेन्द्र सिंह, पी.पी. सिंह, कमाल और भी बहुत से नाम जो लिख नहीं पा रहा हूँ, सब लोग दिल से अभियान के आखिरी चरण को पूरा करने में जी-जान से जुट गए। इधर मैंने कुछ जरूरी दवाएँ बाघ को दे दी। सुबह 7.25 मिनट होने को थे कि पिंजरे में दाहिनी करवट लेटा बाघ अपने अगले दाहिने पंजे को उठाने लगा। दवा के हल्के नशे में वह हिलता-डुलता करवट लेकर उठ बैठा और दवा की वजह से वह अपनी फैली हुई आँखें की पुतलियाँ को रोशनी के हिसाब से सिकोड़ नहीं पा रहा था, पुतलियाँ फैली हुई थी। आँखों में दवा डाली गई। पिछले लगभग 1 घंटे से उसकी आँखें कपड़े से ढक भी दी गई थी। इसलिए उसकी आँखों में नमी बनी हुई थी। पहली बार हम सबने इस बाघ को इतने करीब से देख रहे थे। पहली बार बाघ के खूबसूरत चेहरे को मैंने देखा सचमुच वह एक बहुत खूबसूरत बाघ था और उसकी चार महीनों की भलमनसाहत ने उसकी खूबसूरती और उसके आसपास की आभा को और बढ़ा दिया था। बाघ की उपस्थिति से हम लोगों के अन्दर भी एक रोशनी सी जगमगा रही थी। उस वक्त कोई कोई भी अच्छे-बुरे विचार कुछ भी जहन में नहीं थे। अन्दर सिर्फ सफलता और स्नेह की ऊर्जा थी। बाघ अपने धुले चमकते शरीर और उससे ज्यादा अपने अन्दर की ऊर्जा से सबको चकाचौधकर रहा था। सृष्टि की विशिष्टतम कृतियों में एक साक्षात हमारी नजरों के सामने थी और आकाश में पूरब से स्वयं भास्कर उदयमान हो रहे थे। अद्‌भुत दृश्य था। बाघ बिलकुल शान्त हम लोगों की गतिविधियों को देख रहा था और

थोड़ी देर में उसने अपने अगले पंजो पर अपनी ढोड़ी को टिकाकर बाघ ने हम लोगों द्वारा उसको दिए धोखे को जैसे उसने माफकर दिया और अपना भविष्य हम लोगों के हाथों में सौंप दिया।

बाघ पकड़े जाने की खबर पूरे इलाके में फैल गई बाघ की एक झलक के लिए जनता उतावली हो उठी। लखनऊ से सारे अधिकारी कर्मचारी काकोरी रहमानखेड़ा की ओर दौड़ पड़े। मीडिया प्रेस सुबह-सुबह देर रात काम करके थकी मादीं सो रही थी वह भी बिस्तर छोड़कर काकोरी की तरफ भाग चली।

बाघ के पिंजरे को पत्तियों, काले कपड़े और यहाँ तक की एक तरफ जहाँ सीखचे थे वहा स्ट्रेचर खड़ा करके ढक-सा दिया गया। तीनों हाथी एक पंक्ति में एक साथ अपने-अपने महावतो को अपने ऊपर बैठाए गर्व से खड़े थे। भागमभाग मची थी कोई बाघ के ऊपर पानी डालने को पानी माँग रहा था कोई पिंजरे के पास खड़ा होकर फोटो खिंचवा रहा था। कोई आते लोगों को डाँट रहा था। हर तरफ अफरातफरी सी मची थी। बाघ पकड़े जाने के बाद और बहुत से काम याद आए। डब्लू. टी. आई. के डॉ. देवेन्द्र, रेडियोकालर लेकर खड़े थे कि बाघ को रेडियोकालर लगाना था। रेडियोकालर मूसाबाग गेस्टहाउस उसमें था। बाघ के बेहोश होने के बाद मँगाया गया, मगर रेडियोकालर के आते-आते और बाघ को शीशम से पिंजरे तक लाते-लाते देर हो गई और डॉ. देवेन्द्र के हाथ में जब रेडियोकालर आया तब तक बाघ उठकर बैठ गया था। डॉ. देवेन्द्र की रेडियोकॉलर न लगा पाने की मायूसी पर किसी ने ध्यान ही नहीं दिया। सब खुश थे, बहुत खुश। मैं और पी.पी. सिंह एक कोने में खड़े होकर सिगरेट पी रहे थे और खुद को कुछ उड़ा-उड़ा-सा महसूसकर रहे थे कि आखिरकारकर दिखाया। इतने दिनो बाद ही सही, परकर दिखाया। मैंने हाथ जोड़कर निकलते सूर्य को नमस्कार किया और अनन्त आकाश की ओर चेहरा उठाकर उसके विराट स्वरूप को आँखों में भरकर पलकें बन्दकर ली और सफलता के लिए उसका आभार किया। आँखें बन्द करने पर भी धूप का एक टुकड़ा सुनहरी पीली धारी और सफेद रोशनी के रूप में बन्द आँखों में झिलमिला रहा था।

थोड़ी देर में धूप घनी होने के साथ-साथ भीड़ भी घनी होने लगी। लखनऊ से प्रमुख वन संरक्षक, वन्य जीव, जे.एफ. अस्थाना, मुख्य वन संरक्षक सी.पी. गोयल, डी.एफ.ओ. अशोक मिश्रा एवं दुधवा नेशनल पार्क शैलेष प्रसाद, रेंजर द्वारा वहीं पर तय किया गया कि बाघ बिलकुल स्वस्थ है और उसने अपनी भटकी हुई जिन्दगी में कभी किसी आदमी को नहीं मारा है। इसलिए इसको उसके घर यानी जंगल में मुक्तकर देते हैं। इसको इसके अनुसार अपनी तरह

का जीवन जीने का दूसरा मौका और दूसरा घर देते हैं तो उचित रहेगा। निष्कर्ष यह निकाला गया कि इसको दुधवा नेशनल पार्क के सोनारीपुर रेंज मे सलूकापुर चौकी, कम्पार्टमेंट-5, छउवा नाला के जंगल में रेडियो कॉलर करके छोड़ दिया जाए। ट्रक बाघ को लेकर तैयार खड़ा था। बाघ अब पूरी तरह होश में था मगर शान्त था। दोपहर ठीक 12 बजे रहमानखेड़ा से बाघ को लेकर ट्रक निकला। ट्रक के पीछे गाड़ियाँ ही गाड़ियाँ। सब लोग पीछे छूटते गए। मेरी और महेन्द्र सिंह की गाड़ी उसके पीछे-पीछे सीतापुर हाइवे तक गई। दोपहर के 1.30 बज रहे थे सारी व्यवस्था हो चुकी थी। आफताब अली, डॉ. देवेन्द्र, डॉ. सौरभ और बहुत सारा स्टाफ दुधवा एक बेशकीमती चीज को लेकर जा रहे थे। सब खुश थे। उत्साहित थे। ट्रक हाइवे पर दुधवा की तरफ निकल गया बाघ ट्रक के पीछे सड़क की ओर मुँह करके बैठा था। मैं देखता ही रह गया। थोड़ी देर बाद ट्रक रूका। बाघ को अवध की यह आखिरी विदाई थी। ट्रक आगे चल पड़ा हमारी गाड़ियाँ वापस लखनऊ की ओर लौट पड़ी। खिड़की के बाहर दुकाने, पेड़, खेत आ जा रहे थे। मैं कल से रात 2 बजे अब रहमानखेड़ा नहीं जाऊँगा और न ही उन लोगों से फिर मुलाकात जल्दी होगी जो मचान बाँधते थे, मचान की बल्लियाँ गाड़ते थे, बाघ के लिए गड्ढा खोदते थे, उस पर पटरा बिछाते थे, न वह हाथी होगी जिनके सुदृढ़ सहयोग से यह ऑपरेशन सफल हो सका। वह लोग जो हम लोगों के लिए चना-चबैना लाते थे। खाना लाते थे और उन लोगों ने जो योजनाएँ बनाते थे और उन अधिकारियों से जिन्होने हम पर विश्वास किया ओर वह सब करने दिया जो आज कोई करने देने से पहले सौ बार सोचेगा और शायद सौ बार सोचने के बाद भी करने नहीं देगा।

खिड़की के बाहर देखते हुए न जाने क्यों बाघ की याद आ गई। और मैंने धीरे से पिछले दिनों की भरी हुई नमी को आँखों से पोछ दिया। बाघ को रेडियो कॉलर करके जंगल में छोड़ने के बाद 10 मार्च 2013 को दुधवा के बिल्लाया रेंज से बाघ कैमरा ट्रैप में कैप्चर हुई आखिरी बार मेरे पास उसकी फोटो आई, बिलकुल वैसा ही था जैसा मैंने उसको संस्थान में देखा था, और फिर पिंजरे में बन्द किया गया था। बिलकुल मस्त, बिन्दास वहीं सूफियाना लहजा।

एक गैंडे की खोज

मैं सुबह लगभग 5 बजे लखनऊ से रामपुर की ओर, अपने साथ कमाल को लेकर, एक लाल रंग की सूमो गाड़ी से निकल पड़ा। आदेश मिला था कि एक गैंडे को पकड़ना है, जो कि अपने परिवेश से भटक कर, लख़ीमपुर ख़ीरी होते हुए सीतापुर, बरेली जिलों की ज़मीन पर, अपने पैरों के निशान छोड़ता हुआ, जिला रामपुर में ठहरा हुआ है। अच्छी ख़ासी सर्दियों के दिन थे और तारीख़ थी, 2 जनवरी, 2005। सुबह सूरज देर से निकलता था और शाम को जल्दी ही सो जाता था।

मुझे इस गैंडे के बारे में ज़्यादा जानकारी नहीं थी, कि इसका ठिकाना कहा और किधर है और यह कितना घायल है। मैं बस इतना जानता था कि वह भटका हुआ है और बहुत परेशान है। पिछले कई महीनों से मुझे इस गैंडे के बारे में अख़बार और टी.वी. समाचारों के ज़रिये, थोड़ी बहुत जानकारी मिली थी। अगर मुझे ठीक याद है तो अक्टूबर महीने में यह गैंडा सीतापुर जिले में अपने घर की खोजकर रहा था, तब इसको पकड़ने के लिए पश्चिम बंगाल की टीम बुलवाई गई थी। टीम ने काफी मेहनत की और गैंडे को पकड़ भी लिया था, पर ऐसा कुछ हुआ कि गैंडा पिंज़रे से निकल भागा।

असल में किसी भी जानवर को पकड़ने के लिए कुछ बातें बुनियादी रूप से ज़रूरी होती हैं। पहली, एक जुझारू टीम की, दूसरी ढेर सारे संसाधनों और तीसरी जानवर और आपका भाग्य। अगर इसमें से किसी की भी कमी हो जाए तो आप किसी जंगली जानवर को सफलता पूर्वक तथा सुरक्षित नहीं पकड़ सकते हैं। मैं सोचता हूँ शायद पश्चिम बंगाल की टीम के पास भाग्य की ही कमी थी या फिर गैंडे के भाग्य में कुछ और ही लिखा था।

मैं सुबह करीब ग्यारह बजे रामपुर जिले के डी.एफ.ओ. संजय श्रीवास्तव के सामने रामपुर का नक्शा खोले बैठा, उनसे गैंडे के बारे में विचार-विमर्शकर रहा था। डी.एफ.ओ. मेरे पूर्व परिचित भी थे और कुछ दिन निदेशक प्राणि उद्यान लखनऊ भी रह चुके थे। संजय श्रीवास्तव ने मुझे जानकारी दी कि गैंडा आज

सुबह रामपुर शहर से कुछ दूरी पर मेघा नगला नामक जगह पर, रेलवेलाइन के पास देखा गया है। चाय पी कर, बिना समय गँवाए हम लोग तुरन्त ही मेघा नगला की ओर चल पड़े। मेघा नगला के साथ जा रहे हाईवे के दाहिनी ओर गन्ने के खेतों के पीछे, रेलवेलाइन के पास, लोगों की भीड़ दूर से ही दिखाई पड़ रही थी। मैं सारे रास्ते गैंडे के बारे में सोचता आ रहा था और जैसे ही भीड़ दिखाई दी, मुझे अचानक लगा कि मैं कुछ-कुछ रोमांचित-सा हो रहा हूँ।

गाड़ी सड़क के किनारे खड़ी करके जैसे ही हम लोग वहाँ उतरे, पहले से मौजूद कुछ पत्रकारों ने सवाल करने शुरूकर दिए! कैसे पकड़ेंगे, कब पकड़ेंगे, कहाँ ले जाएँगे? संजय श्रीवास्तव ने सवालों के जवाब दिए और हम लोग सड़क पार करके जिधर भीड़ थी, उधर की तरफ चल दिए। वहाँ रेलवे लाईन पर पहुँचकर, लाइन के किनारे-किनारे, हम लोग आगे खेतों की तरफ चल दिए। हलकी धूप निकली थी। खुशनुमा दोपहर खिली थी और हम लोग स्टाफ के साथ, रेलवेलाइन के किनारे पड़े पत्थरों पर चलते हुए, गन्ने के खेत के उस टुकड़े के पास पहुँचने लगे, जहाँ कुछ भीड़ खड़ी दिखाई दे रही थी। आसपास के कुछ उत्साही युवक व बच्चे हमारे साथ-साथ आपस में तेज-तेज बातें करते हुए चल रहे थे। मुझे लगा कि वह आपस में बातें कमकर रहे हैं और हम लोगों को उस अद्‌भुत जानवर के बारे में बताने को ज्यादा उत्सुक हैं। कोई उसके पैरों के निशान के बारे में बता रहा था तो कोई उसके आकार के बारे में, कोई उसके मुँह के बारे में अपनी कल्पना को जोड़कर इस तरह से बता रहा था, जिससे सुननेवाले की उत्सुकता बढ़ती ही जाए, कम न हो। जब हम लोग वहाँ पहुँचे तो पता चला वहाँ सिर्फ पैरों के निशान ही बाकी हैं। गैंडा इस गन्ने के खेत से सुबह ही किसी दूसरी ओर निकल गया था। यह बात सुबह की थी और अब दोपहर हो रही थी। ख़ैर हम लोगों ने पूरे इलाके को देखा और पाया कि गैंडा सचमुच यहाँ से निकल गया है। सुबह के सन्नाटे का लाभ उठाते हुए वह दूर तक निकल गया होगा, ऐसा हमने अन्दाज़ा लगाया। हम लोग कुछ निराश से होते हुए वापस लौटने लगे। बीच-बीच में गाँववाले अपनी बहादुरी और डर के सम्मिलित छोटे-छोटे किस्से हमें सुनाते रहे। एक सज्जन का किस्सा मुझे आज तक याद है वह सज्जन बेहद दुबले-पतले थे। काले रंग की पतलून और नीले रंग की धारीदार बुशर्ट पहने, अपने अगल-बगल के लोगों से थोड़ा ज़्यादा पढ़े लिखे लग रहे थे। उन्होंने मुझे बताया कि वह सुबह-सुबह अपने एक साथी के साथ साइकिल हाथों में लेकर, पैदल-पैदल इसी रेलवेलाइन के किनारे किनारे जा रहे थे कि वह विशालकाय प्राणि जो बिलकुल डायनासोर जैसा लग रहा था, अचानक सामने

के खेत से निकलकर आ गया और दौड़ाकर उसने उन लोगों पर हमला कर दिया। मैंने पूछा कि उसने आप पर हमला किस तरह किया तो उन्होंने बताया कि वह सीधे दौड़ते हुए आया और हम लोग साइकिल छोड़कर भाग भी न पाए थे कि इन्हीं सज्जन को, जो मुझे किस्सा बता रहे थे, अपने सींग से उठाकर 10-12 फुट ऊँचे फेंक दिया और भाग गया।

मैंने पूछा कि आपको कहीं चोट तो नहीं लगी। उन्होंने बहुत ही साधारण ढंग से बताया, कि वह तो हम मर ही जाते पर हम लोग आज सुबह से ही बहुत सतर्क थे। इन सज्जन से हुई बातचीत के बाद कुछ लोगों को उस अद्‌भुत जानवर को न देख पाने की ईर्ष्या हुई और कुछ खुद को उस गैंडे की गिरफ्त में न आया जानकर भाग्यशाली मान रहे थे।

हम लोग फिर मुख्य सड़क पर आ गए और विचार करने लगे कि अब उसे कहा ढूँढ़ा जाए। आखिर में यह तय हुआ कि इसी सड़क पर आगे जाकर पता करते हैं, शायद कोई सूचना मिले। आगे इसी सड़क पर एक रेंज आफिस भी था। सोचा गया कि वहीं पर जाकर चाय-पानी भी पी लिया जाएगा और गैंडे के बारे में पूछताछ भी हो जाएगी। हम लोग नेशनल हाइवे-24 पर गाड़ियों में बैठकर आगे बढ़ गए, जो बरेली जिला जानेवाली दिशा को गया था। रेंज आफिस में पहुँचकर, वहाँ के स्टाफ से मिले और उसको भी अभियान में अपने साथ ले लिया। वहीं पर स्थानीय लोगों द्वारा सूचना प्राप्त हुई कि कुछ दूर आगे इसी हाईवे पर, लोहा नाम की जगह पर, गैंडा गन्ने के एक बड़े खेत के टुकड़े में जाता दिखाई दिया है। हम लोग तत्काल लोहा की ओर चल दिए। वहाँ पहुँचने पर गन्ने के उस खेत के पास कुछ स्थानीय लोग भीड़ की शक्ल में पहले से ही खड़े मिले। यह गन्ने का एक बड़ा खेत था, इसके एक ओर हाईवे तथा दूसरी ओर ईटों के लिए निकाली गई मिट्टी के कारण एक लम्बा-चौड़ा व बहुत गहरा गड्ढा-सा बन गया था। उसको देखकर ऐसा ख्याल आया कि यहाँ कभी मछलियाँ पाली जाती रही होंगी या आगे कभी पाली जाएँगी। तालाब की पूरी तलहटी पर कीचड़ ही कीचड़ था। दूर से कीचड़ काले रंग में रंगा दिखाई दे रहा था। इस कीचड़ भरे तालाबनुमा गड्ढे को छोड़कर, दोनों तरफ से भी खेत को देखा जा सकता था। इस कीचड़वाले तालाब की तरफ से भी खेत का मुआयना खेत और तालाब के बीच एक पतली सी पगडंडी पर चल करके किया जा सकता था। पूरा-का-पूरा खेत भी थोड़ा 2-3 फीट नीचे एक गड्ढे में बना था। लगभग 50 मीटर चौड़ा और 100 मीटर लम्बा खेत रहा होगा। इतना सब देखते और समझते हुए, धीरे-धीरे शाम हो गई और सूरज की किरणें तिरछी होकर गन्नों पर पड़ने लगी। हवा में भी हलकी ठंडक थी।

हम लोग स्टाफ़ और स्थानीय लोगों के साथ गन्ने के चारों ओर चक्कर लगाते, बतियाते, घूम रहे थे कि कहीं से गैंडे के खेत में होने की पुष्टि हो जाए। गन्ने के खेत के अन्दर एकदम सन्नाटा था। कहीं से कोई भी आहट नहीं थी। ऐसा लगा कि गैंडा यहाँ से भी निकल गया है। मगर वहाँ देखनेवालों का कहना था कि गैंडा यहीं है और यहाँ से अभी तक बाहर नहीं निकला है।

हम लोग ताक-झाँककर रहे थे और खोजी भीड़ धीरे-धीरे बढ़ रही थी। मैं और कमाल देर से खेत का चक्कर लगा रहा थे और हर जगह गन्ने को ध्यान से देख रहे थे कि कहीं दबे हुए गन्ने दिख जाएँ जिससे गैंडे के गन्ने में घुसने या वहाँ से निकलने का अन्दाज़ा हो जाए। हाइवे पर तेजी से गाड़ियाँ, ट्रक इत्यादि निकल रहे थे। मैं चक्कर लगाता हुआ घूमकर खेत के पिछलेवाले भाग से लगे दूसरे खेत में जाकर खड़ा हो गया। इस खेत में सरसों के पौधे लगे थे और कहीं-कहीं कतारों में पीले फूल भी दिखाई दे रहे थे। लाल होता सूरज सामने आसमान में बस जरा अटका हुआ-सा था। पीछे घूम के देखो तो दूर तक खेत ही खेत और सामने गैंडेवाला खेत। इस खेत के पार ढलान और ढलान के ऊपर हाईवे जिसमें अभी भी बड़ी-छोटी गाड़ियाँ तेजी से आ जा रही थीं। जिनके अन्दर बैठे मुसाफिरों को शायद कुछ मालूम ही नहीं था कि उनसे थोड़ी-सी दूरी पर क्या हो रहा है।

मैं वहीं खड़ा, आगे की योजना बना रहा था कि अन्दर, गन्ने के खेतों में हलचल सी दिखी। गन्नों की ऊँची-ऊँची पत्तियाँ अन्दर की ओर से हिलती लगीं। मुझे लगा कि गैंडा है, पर गन्ना टूटने और हिलने के साथ-साथ आदमियों की भी आवाज़ें आने लगीं। इधर-उधर पूछने पर पता लगा कि एक रेंजर साहब दो तीन आदमियों के साथ खेत के अन्दर चले गए हैं। मैंने मन-ही-मन सोचा कि यह इन लोगों ने बहुत गड़बड़ काम किया। खेत के अन्दर के आदमियों तथा बाहर खड़े लोगों की बाकायदा बातचीत चल ही रही थी कि अचानक अन्दर के लोगों के एक साथ भागने की आवाजें आने लगीं। वह लोग भागते हुए कह रहे थे, वह रहा-यह रहा- भागो। खेत के बाहर खड़े लोग बाहर से आवाज़ लगा रहे थे कि क्या हुआ! क्या हुआ! मैं बाहर खड़ा यह तो समझ गया था कि अन्दर गैंडा है पर अन्दर हुआ क्या, यह नहीं पता लग रहा था। अजीब-सा बोझिल माहौल था। शाम ढल रही थी।

अन्दर के लोगों के भागने की दिशा का अन्दाज़ा लगा कर, हम लोग उनके खेत से बाहर निकलने की दिशा की ओर चल दिए। जब तक मैं पहुँचता, तब तक वे तीन चार लोग बाहर आ कर, लोगों को गैंडे के बारे में बता रहे थे कि वह अन्दर आराम से बैठा हुआ है। अब यह बताना तो मुश्किल है कि गैंडा लेटा

हुआ कैसा लगता है और बैठा हुआ कैसा लगता है। गन्ने के घने पौधों के बीच से, इस तरह के जंगली गैंडे को, पैदल जाकर देखना भी, अपने आप में एक अजूबा ही था। थोड़ी देर तक बहस, बातचीत, मसाला, सिगरेट और गैंडे को देख पाने की बातें होती रही और अन्त में यह मान लिया गया कि यह सचमुच बहादुरी की बात थी। मेरे द्वारा गैंडे के बारे में कुछ ज्यादा प्रश्न करने से अन्दर गए रेंजर साहब ने कहा कि आप मेरे साथ गन्ने के अन्दर चलें तो मैं स्वयं आपको गैंडा दिखा दूँगा। अब सोचने की बारी मेरी थी, क्योंकि गन्ने के खेत में एक परेशान और बदहाल गैंडे को अन्दर पैदल जाकर देखना, सीधे-सीधे खुदकुशी करने जैसी बात थी। मैंने अपने अन्दर हो रही सोच से पैदा हो रही वाहियात बातों को दबाया। वैसे यह वाहियात सोचे नहीं थी, यह घबराहट थी, डर था और यह कभी-कभी उनको भी महसूस होता है जो जंगली जानवर को किसी भी सामान्य इनसान से थोड़ा ज्यादा जानते हैं।

खैर मैं उनके साथ अन्दर चलने को तैयार हो गया और साथ में तीन आदमी और हमारे साथ चलने को तैयार हो गए। हमें ऊँची मेड़ से उतर कर सीधे गन्ने के खेत में घुस जाना था और गन्ने के खेत में रेंजर साहब के पीछे-पीछे चल कर, चुपचाप गैंडे को देखकर लौट आना था। मुझे सुबह से ही उस गैंडे को देखने की बहुत इच्छा थी और अब तो गैंडा कुछ ही दूरी पर था। मैं गैंडे को इसलिए भी देखना चाह रहा था जिससे उसकी हालत और स्वास्थ्य के बारे में कुछ जान सकूँ। गन्ने के अन्दर थोड़ी दूर तक तो सब एक के पीछे एक होकर चलते रहे पर कुछ देर बाद दो आदमी गन्नों को हटाते हुए, दांयीं ओर निकल गए और दो आदमी जो पीछे थे, जिसमें रेंजर साहब भी थे, पता नहीं क्यूँ, मुझसे बाईं तरफ हटते चले गए। वैसे रेंजर साहब के मुताबिक गैंडा बाएँ हाथ पर जरा तिरछी तरफ था, पर तय यह हुआ था कि सब साथ-साथ रहेंगे। शायद उन्होंने सोचा कि मैं गन्नों के झुरमुट में उनको नज़र नहीं आ रहा हूं पर उनके पीछे-पीछे ही चल रहा हूँ। लेकिन अब मैं अकेला था और रेंजर साहब जो कि एक आदमी के साथ बाईं ओर गैंडे की तरफ गए थे, की ओर बढ़ गया। अब हम सब लोग आगे-पीछे होते हुए शायद गन्ने के खेत के बीचोंबीच आ गए थे। कमाल को मैं साथ नहीं लाया था क्योंकि उसके पैरों में चिड़ियाघर के मस्त में आए, हाथी को नियन्त्रण में करते हुए, कुछ महीनों पहले चोट लगी थी, जिसमें उसकी दोनों एड़ियाँ टूट गई थी और उनके ठीक हो जाने के बाद भी वह अब तेजी से भाग नहीं सकता था। मैं बिना आवाज़ किए, धीरे-धीर गन्ने में रास्ता बनाता हुआ, आगे की ओर बढ़ रहा था। मेरे बाईं ओर आगे गए रेंजर साहब तथा उनके साथ के आदमी

के चलने की आवाज़ तो आ रही थी, पर वह लोग मुझे दिख नहीं रहे थे और मेरे दाहिनी तरफ जो लोग गए थे, उनके भी चलने से गन्नों के टूटने और हटने की आवाज़ें आ रही थी। मैं कुछ झुका-झुका-सा सामने नजर जमाए, गन्नों में से रास्ता बनाता हुआ चल रहा था। शाम के धुँधलके की वजह से गन्नों के अन्दर देखने में समस्या आ रही थी।

मेरे चारों तरफ गन्ना ही गन्ना था और मुझे यह भी नहीं मालूम था कि मैं गन्ने के खेत में अब कहाँ पर हूँ। मुझे अब हर जगह गैंडे के होने का आभास हो रहा था, वह मेरे पीछे भी हो सकता था, आगे भी और शायद अगल-बगल भी। गैंडे का रंग, गन्ने की पत्तियों के रंग में घुल मिल-सा गया लगता था। सब तरफ गैंडा था भी, और नहीं भी। ऊपर भी सिर उठाओ तो करीब 10-12 फीट तक गन्ना ही गन्ना था। मैं बाईं ओर गैंडे और रेंजर साहब के होने की दिशा में धीरे से बढ़ गया।

अचानक यूँ ही चलते-चलते सामने मुझे लगभग 6-7 फुट दूर, गन्नों के झुरमुट के बीच गैंड़े का मुँह दिखाई दिया। वह बिलकुल मेरे सामने अपने मुँह को ऊपर नीचेकर रहा था और इसी के साथ मेरे बिलकुल बाईं तरफ से रेंजर साहब और उनके साथ का आदमी गन्नों के बीच भागते हुए दिखाई दिए, एक ही आवाज मेरे कानों में पड़ रही थी, भागो-भागो। मैं पलटा और भागा। दाहिनी तरफ गए आदिमियों का मुझे ध्यान नहीं रहा मुझे लगा कि गैंडा मेरे पीछे है और मुझे गन्ने के खेत से बाहर निकलना है। भागते हुए मुझे गन्ना अचानक ज्यादा घना और बड़ा लगने लगा। एक दो गन्ने जड़ से जुड़े पर, लगभग जमीन पर लेटे हुए रास्ते में पड़े थे। मुझे उन टूटे गन्नों की ठोकर लगी और मैं दूर जाकर गन्नों में लगभग मुँह के बल गिर पड़ा। गिरते ही मुझे लगा कि गैंडा पीछे खड़ा है और उसकी पीठ पर सवार मृत्यु। मन में विचार थे भी और नहीं भी। बस एक ही विचार उस वक्त दिमाग़ में था और वह यह कि भागो, भागो और बस भागो।

मुझे जंगली जानवरों के व्यवहार का बहुत अच्छा ज्ञान तो नहीं है पर फिर भी मुझे चिड़ियाघर और जंगल में जंगली जानवरों के साथ काम करने का भरपूर मौका मिला है और उनका कुछ अनुभव मुझे है। मैंने हमेशा महसूस किया है कि जंगल का जानवर जब तक खड़ा है तब तक कुछ नहीं, जहाँ उसने आपको दौड़ाया, आपकी सारी बुद्धि, सारी चालाकी, उनके विषय में आपका सारा ज्ञान, आपको छोड़कर एक कोने में दुबककर खड़ा हो जाता है और आप बस अपनी स्वाभाविक, प्रकृति द्वारा दी गई सहजवृति या प्रतिक्रिया के अनुसार ही खतरे से बाहर निकलने की जी तोड़ कोशिश करते हैं। साथ ही आपके शरीर और बुद्धि

को आपके पुराने अनुभव नियन्त्रित करते हैं, जो आपके अवचेतन मस्तिष्क में कहीं न कहीं दर्ज़ होते हैं।

मैं जितनी तेजी से हो सकता था, उतनी तेजी से उठा और सीधे बाहर की दिशा में, गन्ने को हटाता, गिराता भागा। और मैं सचमुच में बाहर था। खेत के भीतर बिलकुल सन्नाटा था। हवा रुकी सी लगी, ठंड़क भी कम लगी, पसीना ज्यादा लगा, दुनिया भली लगी। आसपास खड़े सभी लोग अच्छे लगे। मेरे पीछे न गैंडा था और न कोई। सब कुछ ठीक ठाक था। बिलकुल ठीक-ठाक, लेकिन मैं सोच रहा था कि किसी ने मुझे इस तरह भागते-गिरते तो नहीं देखा होगा। लोगों से बातचीत की गई और घूमते फिरते शाम हो ही गई। अँधेरा होने लगा, हम लोग सड़क पर आ गए और गाड़ियों में बैठकर वापस रामपुर चल दिए। रास्ते में संजय श्रीवास्तव से गैंडे को पकड़ने की योजना बनती-बिगड़ती रही। पिंजरा, हाथी, क्रेन, ट्रक और ढेर सारे आदमी मुझे चाहिए थे। अन्दर यह महसूस हो रहा था कि काम मुश्किल है, बहुत मुश्किल। पता नहीं हो पाएगा कि नहीं।

शाम होते-होते हम लोग रामपुर शहर वापस आ गए। मेरे और कमाल के लिए एक होटल में रुकने का इन्तजाम था। शायद यहीं से, हमें यह गैंडा पकड़ो ऑपरेशन भी सम्पन्न करना था। रास्ते में संजय श्रीवास्तव ने बताया कि अभी थोड़ी देर में वन संरक्षक, बरेली, सुनील पांडे भी यहीं होटल में आ रहे हैं, तब हम सब लोग बैठकर आगे की योजना बनाएँगे।

सुनील पांडे की मुझसे पहले भी मुलाकात हो चुकी थी। उन दिनों वह राजा जी नेशनल पार्क के फील्ड डायरेक्टर थे और मैं राजा जी, छुट्टियों में घूमने गया हुआ था। वहाँ उनसे मेरी मुलाकात एक घायल तेन्दुए को बचाने के प्रयास में हुई थी। शाम होते-होते सुनील पांडे वहीं होटल आ पहुँचे और रात तक उन्होंने अपनी यह मंशा स्पष्टकर दी कि किसी भी हालत में गैंडे को पकड़ना है और जब तक गैंडा पकड़ा न जाए, ऐसे प्रबन्ध करने हैं जिससे वह, लोगों का, खेत और सम्पत्ति का नुकसान न करने पाए। मैंने उनको अपनी ज़रूरतें बता दीं जो मैंने शाम को लोहा से लौटते हुए संजय श्रीवास्तव को बताई थी यानी कि गैंडे को रखने के लिए एक मजबूत पिंजरा, स्लेज़ और हाथी! हाथी कम-से-कम एक तो हो ही। पिंजरे और स्लेज की डिज़ाइन मैंने लखनऊ से ही संजय श्रीवास्तव को फैक्सकर दी थी। अपने साथ भी उसकी फोटो कॉपी लेता आया था। यह तय हुआ कि पिंजरा तो बरेली में कल से बनना शुरू हो जाएगा और वहीं स्लेज़ दुधवा से आ जाएगी जो कि अक्टूबर में इसी गैंडे को पकड़ने के लिए पश्चिम बंगाल से आई टीम द्वारा इस्तेमाल की गई थी। उस वक्त जो पिंजरा गैंडे को पकड़ने

के लिए इस्तेमाल किया गया था, उसको उसकी वर्तमान दशा में इस्तेमाल किया जाना ठीक नहीं समझा गया। रही हाथी की बात, तो हाथी भी आ ही जाएगा।

मैं और कमाल होटल के कमरे में रात में बात करते हुए सोचने लगे कि आज 2 जनवरी है। पिंजरा बनने में कम-से-कम 4-5 दिन तो लगेगें ही और हाथी और दूसरी व्यवस्थाओं में भी कम-से-कम 2-3 दिन लग ही जाएँगे। इन चीजों के बिना हम लोग बेकार है। इसका मतलब यह हुआ कि 3-4 दिन तक हमारे लायक यहाँ कोई काम नहीं होगा। तो फिर किया क्या जाएगा। कमाल और मैंने तय किया कि इन दिनों हम लोग गैंडे की गतिविधियों, व्यवहार आदि का अध्ययन करेंगे और उसकी सूचना रखेंगे, जिससे कि वह बिलकुल ओझल न हो जाए। जहाँ भी वह जाएगा उसके पीछे-पीछे हम जाएँगे और यथासम्बव उसके पास रहने की कोशिश करेंगे। उसके बारे में गाँववालों से भी जानकारी इकट्ठी करेंगे। ऐसा तब तक करेंगे जब तक पिंजरा, स्लेज, हाथी नहीं पहुँच जाते। आगे इसका हमें फायदा भी हुआ और हम उस भटके हुए गैडे, जिसके ऊपर यह आरोप भी था कि इसने अब तक 2-3 आदमियों को मार दिया है, के व्यवहार, उसकी मूवमेंट और दिन-रात की गतिविधियों को अच्छी तरह से जान सके। मैं और कमाल रात में देर तक, इसी तरह बात करते, योजना बनाते रहे और अगली सुबह 5 बजे उठने की तैयारी करके, हम लोग आज बिना कुछ करे ही, बेवजह थककर सो गए। इस तरह इस गैंडा अभियान का यह पहला दिन पूरा हुआ।

दूसरे दिन यानी 3 जनवरी को सुबह का सफर शुरू किया गया लोहा से, जहाँ पर हम गैंडे से कल शाम मिले थे। वहीं गाँववालों से पूछते-बातचीत करते, गैंडे के पैर के निशानों के ऊपर अपने पैर रखते, हम लोग उसके पीछे-पीछे चल दिए। दूर तक खेत ही खेत देखकर लगा कि मंजिल दूर है बहुत दूर। गेहूँ के छोटे-छोटे पौधे दूर तक फैले हुए थे, साथ में कोहरा और ठंड़क। बीच-बीच में गन्ने के बड़े-छोटे खेत और कुछ खेत तो खासे बड़े भी थे। गेहूँ के हरे खेतों का एक फायदा यह होता था कि रात को ओस पड़ने से गैंडे के आने-जाने के निशान, उसके भारी और बड़े पैरों से गेहूँ के पौधों के दबने के कारण, दूर से ही सुबह की धूप में चमक उठते थे। और गैंडा अपने जाने की दिशा के निशान खुद लगाता चल रहा था।

हमारे साथ वन विभाग के और भी लोग थे। सभी का एक ही मकसद था कि गैंडे को किसी तरह काबू में किया जाए। इन लोगों में दो मुझे आज भी याद है, एक थे वीरेन्द्र चौधरी, रेंज ऑफिसर तथा एस.एन. सिंह, फारेस्टर। दोनों में

एक उत्साह था जो उन लोगों में ही मिलता है, जो काम को दिल से करते हैं। दिमाग़ से तो सभी लोग काम करते हैं पर दिल से काम करनेवाले बहुत कम लोग मुझे ज़िन्दगी में मिले हैं। ख़ैर यह कहानी तो गैंडे की है जिसका कोई नाम नहीं, जिसकी कोई पहचान नहीं, जिसका कोई घर नहीं था। बस अख़बारों मे, टी.वी. चैनलों की खबरो में लगातार दिखाया जा रहा है कि 'एक भटका हुआ गैंडा' या 'गैंडे की दौड़'।

हम लोग उसके पीछे-पीछे चलते रहे और चले भी करीब 6 जनवरी तक, बिना गैंडे की मौजूदगी को खोये, बिना थके। इस बीच गैंडा लोहा से पीपलसाना, रूपपुर, जसमोली, जुठिया, वमनपुरी, पहाड़ी भम्मरवा तथा कोयली गाँवों से होता हुआ मुरादाबाद जिले की तरफ चल दिया।

उसने ऊपर लिखी जगह को इतनी आसानी से पार नहीं किया जितनी आसानी से मैंने लिख दिया है। उसने छोटी-बड़ी नदियाँ, नाले पार किए और हमसे भी कमर तक के पानी को पार कराया, कई बार हमारी टीम भटक गई। कई बार हम लोग बिछड़ गए और गैंडा ? गैंडा उसी रफ्तार से चलता रहा जिससे वह चल रहा था। कई बार उसका पीछा करते-करते यह महसूस होता कि शायद उसे पता लग गया है कि कुछ लोग उसके पीछे-पीछे हो लिए हैं। कई बार गन्ने के खेतों के बाहर आग जलाकर, उसको रात में रोके रखने की नाकाम, पर जी तोड़ कोशिश की गई। एक बार इसी कोशिश में उसने संजय श्रीवास्तव और एक अन्य आदमी पर, रात में जब वह खेत के किनारे-किनारे चल रहे थे, हमला करने की पूरी कोशिश की थी। उस रात हम लोग पीपलसाना में थे। गैंडा एक छोटे से गन्ने के खेत में फिर रुका था और हम लोग पुआल के पुआल जलाकर एक तरफ से उसे रोकने की कोशिश में थे, क्योंकि उधर एक बस्ती थी, गाँव था, आदमी थे, बच्चे थे।

दरअसल वह दिन में बहुत कम चलता था। दिन के समय किसी भी बड़े गन्ने के खेत के बीचोंबीच बैठा या लेटा रहता था और शाम या अँधेरा उतरते ही वह चल देता था। रात में वह खाना-पीना खाता हुआ चलता ही रहता था। उसने सड़क नापी, गाँव में सोते हुए लोगों के घरों के बगल से निकला, घरों के किनारे बैठा और लेटा। आम के लम्बे-लम्बे बाग़ों से निकला। बाग़ों की रखवालीकर रहे बड़े-बड़े शिकारी कुत्तों से टकराया और उनका जमकर मुकाबला किया। उसके शरीर पर गहरे नहीं, पर लम्बे घाव थे और उनमें जब उसे खुजली महसूस होती तो उनको वह चलते हुए पेड़ों से रगड़ता, तब वहाँ की ज़मीन पर ख़ून, मवाद हम लोगों को पड़ा मिलता था। सुबह दिन की चहलपहल शुरू होने से

पहले वह चुपचाप फिर किसी गन्नें के खेत का सहारा ले लेता था और वहीं पर अँधेरा उतरने तक के लिए जमकर बैठ जाता था। उस दौरान उसने हम लोगों को खूब छकाया और घुमाया भी खूब। इधर पिंजरा तैयार होने की खबर भी आ रही थी और 5 जनवरी को पिंजरा सचमुच में रामपुर डी.एफ.ओ. आफिस पहुँच भी गया।

हम लोग गैंडे के पीछे-पीछे ही थे, पर इस प्रयास में एक गलती भी हो गई। हम लोग ज़रूरत से ज़्यादा थक गए। मेरी और कमाल की परेशानी यह भी थी कि हमारे पास दूसरे कपड़े और जूते भी नहीं थे। जो पहनकर लखनऊ से आए थे, वह शाम तक कीचड़, पानी, ओस से इस कदर भीग कर, भारी हो चिपक जाते थे कि कमरे में पहुँचकर, पहले तो उन्हें उतारना मुश्किल हो जाता, फिर हीटर में सुखाना और मिट्टी छुड़ाना और भी मुश्किल। हम कपड़े सुखाकर उनसे खुरचकर मिट्टी निकालते और गैंडे की उस दिन की गतिविधियों के बारे में विचार करते थे। हम लोग नक़्शे पर निशान लगाते और अन्दाज़ा भी लगाते कि अब वह किस तरफ जा रहा होगा और कल गैंडा हमको कहा मिलेगा। लेकिन गैंडे की ख़बर हमेशा शाम को थोड़ी देर के लिए ही मिलती थी। फिर पूरे दिन गन्ने के खेतों को हिलता-डुलता देखकर या फिर उसके पैरों के निशानों से अन्दाज़ा लगाते कि गैंडा आज दिन में शायद यहीं पर है या था। पिछली 2 तारीख के बाद हम लोग 5 तारीख तक उसको आँखों से देख नहीं पाए। अब तक गैंडा कई किलोमीटर चल चुका था और बाक़ायदा अखबारों की सुर्खियों में हम लोगों की बेवजह की नाकामी को दर्शाता रोज़ सुबह चुनौती सी देता महसूस होता था।

मैं रोज सोचता था कि किसी तरह से यह एक जगह रुक जाए तो इसको पकड़ना आसान हो जाएगा। पर समस्या यह थी कि इसको रोका कैसे जाय। पहला विचार आया कि गैंडा जहाँ पर रुके, वहाँ इलेक्ट्रिक फेन्सिंग कर दी जाए या फिर गैंडा जिस खेत में रुके उसके चारों तरफ खाईं खोद दी जाए। इलेक्ट्रिक फेंसिग के बारे में संजय श्रीवास्तव ने दिल्ली और कार्बेट नेशनल पार्क से बात की पर जब तक हम किसी निष्कर्ष पर पहुँचते, गैंडा वहाँ से किसी बादशाह की तरह अपनी मर्जी के मुताबिक़, जब-जहाँ दिल करता चल देता। अब तो वह छोटी-छोटी दूरियाँ तय करके भी रुक जाता था। इन दिनों गैंडा घनी आबादीवाले शहरों रामपुर और मुरादाबाद के बीच में था। बस यह समझ लीजिए कि गैंडा शहर में ही था। वह बाजार में बस इसलिए नहीं टहल रहा था कि उसे बाजार में घूमना शायद पसन्द नहीं था। एक बार तो वह लगभग रामपुर शहर से ही होकर

निकल गया। किस्मत अच्छी थी कि कोई हादसा नहीं हुआ पर हम लोगों को यह मालूम नहीं था कि आगे एक बड़ा हादसा होनेवाला है।

रोज-रोज की भागमभाग से हम लोगों को थकता देखकर, यह विचार किया गया कि इस तरह गैंडे के पीछे-पीछे भागने से कोई फायदा नहीं है। और अब तक हम लोगों को उसके पीछे-पीछे चलते हुए उसके चलने की दिशा, दूरी और रुकने का कुछ-कुछ अन्दाज़ा हो गया था। अच्छा यह हो कि जिधर गैंडा दिख जाए उस क्षेत्र के अधिकारी-कर्मचारी हम लोगों को खबर कर दें और हम लोग वहाँ पहुँच जाएँ क्योंकि गैंडे के चलने की दिशा का हमें अब पूरा-पूरा अन्दाजा था। विचार अच्छा था और हम लोग भी उन 4-5 दिनों की भाग दौड़ से थोड़ा आराम चाह रहे थे। मैं यह भी सोच रहा था कि कहीं ऐसा न हो कि सारी टीम अपनी शक्ति पहले ही खर्चकर दे और मौका मिलने पर हम लोग तकते रह जाएँ और गैंडा हाथ से निकल जाए। पूरे ऑपरेशन की व्यवस्था धीरे-धीरे हो गई थी। सुनील पांडे से लगातार फोन पर बात हो रही थी। उनको पूरा विश्वास था कि गैंडा पकड़ा जाएगा और हमारे लिए यह स्वप्न जैसा था। पूरी व्यवस्था में एक कमी रह गई थी। वह थी हाथी की और गैंडे के सामने बिना हाथी के जाना सीधे-सीधे अपने आपको मार देना था, या यह काम कोई बेवकूफ़ ही कर सकता था और हमने यह बेवकूफ़ी भी कर ही डाली।

6 जनवरी की सुबह खबर मिली कि गैंडा कोयली गाँव से रात में चला और इस वक्त सुबह सींगनखेड़ा गाँव के एक बाग़ में लेटा हुआ है। वहाँ संजय श्रीवास्तव व्यवस्था करने में लग गए और मैं कमाल को लेकर सीधे सींगनखेड़ा पहुँचने के लिए गाड़ी में बैठ गया। गाड़ी सींगनखेड़ा गाँव पहुँची तो गाँववालों ने बताया कि गैंडा, गाँव के किनारे एक आम के बाग में लेटा हुआ है। वहाँ से हम लोग पैदल ही गैंडे के पैरों के निशान के पीछे-पीछे चल दिए। काफी दूर चलने के बाद यही रास्ता घूमकर पतला हो गया था, जिसके एक ओर आम के बाग ही बाग थे और दूसरी ओर गहरा तथा निचली सतहवाला एक लम्बा चौड़ा प्लॉट, जो आसानी से मछली पालने का तालाब बनाया जा सकता था। रास्ते के बाईं तरफ, दूर से ही भीड़ खड़ी दिखाई दे रही थी। वहाँ काफी पुलिस बल भी खड़ा था और उनके अधिकारी भी पहुँचे हुए थे। भीड़ की इस प्रकार की उपस्थिति, हमें गैंडे के उस दिशा में होने का संकेत, दूर से ही दे देती थी। सुबह और दोपहर के बीच का उलझा हुआ समय हो रहा था। मैं गाँववालों और कमाल को लेकर दाहिने तरफ की छोटी कच्ची पगडंडी पर उस तरफ चला, जिधर गैंडा होना बताया जा रहा था और लोगों की भीड़-भाड़ अधिक दिखाई दे रही थी। करीब

100 मीटर चलने के बाद दाहिने तरफ एक छोटे खाली खेत के पार एक आम का बाग था और उसमें धूप और छाँव की घालमेल में, सरसरी तौर पर आपकी आँखों को धोखा-सा देता हुआ, दूसरी दूरवाली छोर पर पत्थरों के रंग का गैंडा भी बैठा था। अगर आप इस बाग की ओर मुँह करके खड़े हो जाएँ तो सूरज आपके दाहिनी ओर ऊपर से जरा तिरछा होकर आ रहा था। नीचे उसी ओर बंजर जैसा खाली खेत। बाईं ओर सरसों और गेहूँ के मिले हुए खेत थे। बाग में गैंडा जहाँ लेटा था, उसके पार दूर, पीले फूलवाला सरसों का खेत चमक रहा था।

बाग़ के चारों ओर क़रीब 100 से 200 मीटर का घेरा बनाए हुए लोगों का सैलाब खड़ा था और इन सब से बेखबर दूर गैंडा बिलकुल सामने लेटा था। हम लोगों से 50 मीटर के फ़ासले पर वह लेटा था और दुनिया से बिलकुल बेख़बर। हमारी गाड़ी इस रास्ते पर नहीं आ सकती थी इसलिए उसको गाँव के दूसरी तरफ से घुमाकर वहाँ पहुँचने को कहा गया। जहाँ हम खड़े थे वहाँ से बाईं तरफ़ एक सीधी छोटी पगडंडी गाँव की मुख्य सड़क में जाकर जुड़ जाती थी जिससे होकर हमें मुख्य सड़क पर खड़ी गाड़ियों तक पहुँचना था। वहाँ जैसे कि पहले आपको बता चुका हूँ, पुलिस और वन विभाग के अधिकारी, कर्मचारी खड़े थे और एक फायर ब्रिगेड भी लाल रंग में सजी खड़ी थी, जिससे वहाँ का वातावरण बिना किसी बात के ही गम्भीर व ख़तरनाक मालूम हो रहा था।

दोपहर के ख़त्म होने से पहले ट्रैंक्यूलाइज़ेशन रायफ़ल भी टेस्ट कर ली गई। ट्रक जितना ही बड़ा पिंजरा, ट्रक पर लदकर पहुँच गया था। नीले रंग की डी.सी.एम. ट्रक, स्लेज आदि उपकरण और कर्मचारियों को लेकर आ पहुँची। तय किया गया कि बाग़ के सामने जो तालाबनुमा ख़ाली प्लॉट है वहाँ ट्रक पिंजरे समेत तालाब के किनारे की ऊँची सतह से इस प्रकार लगा दिया जाए कि ट्रक में रखे पिंजरे के अन्दर जाने के लिए रैम्प या स्लोप जैसा बन जाए और स्लेज को ट्रैक्टर में बाँधकर तैयार कर लिया जाए।

अब तैयारी होते-होते लगभग 2 या 3 बज गया था। ट्रक को जहाँ उतारा गया वहाँ पहले स्लोप बनाने के लिए इस प्रकार गड्ढा किया गया कि ट्रक में रखे पिंजरे की सतह और तालाब के किनारे की ज़मीन की सतह, एक ही तल पर हो जाए, जिससे जब स्लेज में रखा हुआ गैंडा लाया जाए तो गैंडे को पिंजरे के अन्दर करने में कोई परेशानी न हो। लोगों की भीड़, अधिकारियों, कर्मचारियों का हुजूम, धीरे-धीरे गिरती हुई धूप, मेरी डार्ट सिरिंज, रायफल आदि की तैयारी, कमाल की सलाहें, नीली लाल बत्तियों की गाड़ियाँ, खाकी वर्दियों में कसी शक्लें और गाँव की कच्ची सड़क की धूल, जो गाड़ियों के आने-जाने से न चाहकर भी

उड़ने को मजबूर थी, इस सब ने ऐसा समाँ बाँध दिया था कि ऐसा लगता था कि अब कुछ होनेवाला था। या तो फतह या फिर कुछ और। मेरा यह पहला मौका था कि मुझे इस प्रकार से इतने बड़े और दुस्साहसी किस्म के जंगली जानवर को पकड़ना था। इससे पहले मैं हाथियों, शेरों, और तेन्दुओं का पीछा करने का तथा पकड़ने का काम कर चुका था मगर गैंडे के बारे में जो जितना जानता है वह उतना ही उससे डरता है क्योंकि यह बिलकुल सपाट किस्म का जानवर है और अपने मनोभावों को अपनी सख्त चमड़ी के बाहर झलकने नहीं देता, इससे यह अगले पल क्या करेगा इसका अनुमान लगाना कठिन हो जाता है। एक बात जो मेरी सारी योजना को चौपट करती लग रही थी, वह थी कि हमारे पास एक भी हाथी का न होना। इस प्रकार से जमीन पर खड़े होकर, किसी परेशान व भटके हुए गैंडे को डार्ट करना नामुमकिन-सा लग रहा था। वन संरक्षक सुनील पांडे, डी.एफ.ओ. श्रीवास्तव दोनों मुझे बार-बार दिलासा दे रहे थे कि सब कुछ ठीक हो जाएगा। बार-बार सुनील पांडे आकर मेरी रायफ़ल और डार्ट सिरिंज के बारे में पूछते और पूरी योजना पर बार-बार विचार करते। निर्णय यह हुआ था कि मैं और कमाल गैंडे की पीठ की तरफ से धीरे-धीरे पास जाएँगे, पास जाना इसलिए जरूरी था क्योंकि निशाना लगाना था और जिस बाग में गैंडा बैठा था उसके चारों तरफ काफी पेड़ थे और जंगली पौधों की एक पूरी जमात उसके शरीर के चारों ओर सिर उठाए खड़ी थी। गैंडे के पीछे पहुँचकर उसको रायफल से डार्ट इंजेक्शन लगा देना था। बस गैंडे के बेहोश हो जाने तक का इन्तजार करना था और फिर उसको येन-केन-प्रकारेण पिंजरे के अन्दर डाल देना था। हाथी को छोड़कर सारी व्यवस्था हो चुकी थी। हाथी था ही नहीं तो व्यवस्था क्या होती। सारी योजना को बार-बार मन-ही-मन और लोगों के साथ दोहराया गया। डार्ट सिरिंज और रायफल सामने के पेड़ पर चलाकर टेस्टकर ली गई। फिर डार्ट सिरिंज में दवा भरकर रायफ़ल में सिरिंज को डालकर लोडकर लिया गया और ऊपरवाले को मन-ही-मन याद किया गया। सबकी निगाहें मेरी तरफ थीं और लोगों को उम्मीद ही नहीं, पूरा यक़ीन था कि आज मैं कोई चमत्कार दिखाए बगैर यहाँ से जाऊँगा नहीं। एक रोमांचक तमाशे की उम्मीद में गाँववाले, गाँव से न आनेवाले को भी, गाँव जाकर अपने साथ ज़बरदस्ती बुला लाए थे। गाँववाले सुबह से भूखे-प्यासे मेड़ों पर चढ़े, पेड़ों पर लदे अचरज से आँखें फाड़े गैंडे और हम लोगों को देख रहे थे, उनको शायद यह मालूम था कि ऐसा तमाशा उनके गाँव में फिर कभी नहीं होगा। गाँववालों की भीड़ बढ़ती ही जा रही थी और बहुत शोर मचा रही थी। उनको यहाँ आने से रोकना कठिन होता चला जा रहा

था। प्रशासन खुद हक्का-बक्का-सा इस खेल से रोमांचित था और आज स्वयं आश्चर्य तथा अचरज में था, ऐसा विशालकाय जीव उन्होंने भी जीवन में इससे पहले कभी नहीं देखा था। हम लोग खुद ही रोमांचित और उत्साहित थे, मगर मन के किसी कोने में थोड़ा-सा डर भी था क्योंकि हम जानते थे कि पैदल डार्ट करने का यह खेल ख़तरनाक है।

कथा रोककर आपको जरा ट्रैंक्यूलाइजेशन रायफल, डार्ट सिरिंज और दवा के बारे में संक्षेप में बताऊँ वरना आपको यह कहानी अधूरी-सी लगेगी।

जंगली जानवरों को दूर से बेहोश करके काबू में करने के लिए डार्ट सिरिंज की खोज की गई। यह सिरिंज आम इंजेक्शन लगानेवाली सिरिंज से थोड़ी हटकर होती है। इस सिरिंज का काम यह होता है कि अगर इसको इसकी रायफल या पिस्टल में डालकर चलाया जाए तो यह जानवर के शरीर में आगे लगी निडिल के सहारे घुस जाती है। त्वचा में घुसने के बाद तत्काल सिरिंज में भरी दवा, अपने आप जानवर के शरीर में पहुँच जाती है। रायफल और पिस्टल का काम इतना ही है कि डार्ट सिरिंज को जानवर के शरीर में इस ताकत से पहुँचाना कि वह जानवर के शरीर में घुस जाए। जिस प्रकार गाड़ियों के कई मॉडल होते हैं, टी.वी. के अलग-अलग डिजाइन होते हैं, मोबाइल की तरह-तरह की किस्में होती हैं ऐसे ही डार्ट सिरिंज और डार्ट रायफल को भी कई कम्पनियाँ बनाती हैं और इन सबकी आकृति और काम करने का ढंग एक-सा होते हुए भी अलग-अलग तरह का लगता है। कोई डार्ट सिरिंज हवा के जोर से जानवर के शरीर में घुसती है, किसी में गैस के जोर से और किसी में बारूद के जोर से। इस प्रकार डार्ट सिरिंज को दूर फेंकनेवाली रायफल भी अलग-अलग तरह से काम करती है। गैस, हवा, बारूद तीन तरह के जोर से वह डार्ट सिरिंज को बाहर फेंक सकती है। इन सब का जानवरों के अनुरूप हम इस्तेमाल करते हैं। यहाँ पर हमें बारूद से चलनेवाली धातु की डार्ट सिरिंज और बारूद से ही चलनेवाली रायफ़ल का प्रयोग करना था क्योंकि गैंडे की खाल में किसी दूसरी तरह की सिरिंज नहीं घुस सकती है। जिस रायफ़ल का मैं यहाँ इस्तेमाल करने जा रहा था वह स्विटजरलैंण्ड की माडल 60 डिसइन्जेक्ट रायफल थी और इसकी डार्ट सिरिंज ऐल्युमिनियम धातु की बनी थी।

अब हम लोग बात को फिर उसी सिरे से पकड़ते हैं जहाँ आम के बाग़ के पास लेटे हुए गैंडे के पीछे हमने यह सिरा छोड़ा था।

मैं, कमाल, डी.एफ.ओ. संजय श्रीवास्तव और रेंज ऑफिसर वीरेन्द्र चौधरी धीरे-धीरे दाहिनी तरफ से लम्बा चक्कर लगाकर घूमते, बाग के किनारे-किनारे

होते हुए, गैंडे के पीछेवाली तरफ पहुँच गए। वहाँ से बाग़ के पेड़ इस प्रकार सामने पड़ रहे थे कि गैंडे की पीठ का एक छोटा-सा हिस्सा ही सामने दिखाई पड़ रहा था। संजय श्रीवास्तव और वीरेन्द्र चौधरी हम लोगों को अंग्रेजी में "बेस्ट ऑफ लक" कहकर बाग के किनारे-किनारे होते हुए बाहर निकल गए। बाग़ के इस किनारे रह गए मैं और कमाल। हम दोनों यह जान रहे थे कि यह सब इस खेल के नियमों के खिलाफ़ है कि पैदल जाकर इस तरह के गैंडे को डार्ट करें, पर इतने लोगों की भीड़ चारों तरफ फैली दिखाई दे रही थी। बच्चे, बूढ़े, औरतें और आदमी, सब थे। पूरा मेला-सा लगा हुआ था। गैंडा पहले भी इन्हीं जैसे लोगों पर हमला कर चुका था और इधर गैंडे का आतंक अब ज़रूरत से ज़्यादा बढ़ता जा रहा था। लोगों की सुरक्षा के साथ-साथ, इस बेजुबान भटके हुए की ज़िन्दग़ी की भी समस्या सामने खड़ी थी कि अगर कहीं इसने कुछ हरकत कर दी और लोगों ने घबराकर इसे ही मार दिया तब क्या होगा। उस वक्त तो यह विचार एकदम से आया और एकदम से चला गया और सामने रह गया कि खुद को बचाते हुए किसी तरह से गैंडे को डार्ट करना। दूसरी बात यह थी कि अगर हम लोग वहाँ से आतंकित होकर वापस चले जाते या फिर हाथी के अभाव में निष्क्रिय होकर बैठ जाते, तब तो जनता में गैंडे के आतंक से बचने का विश्वास बिलकुल ही टूट जाता और ज़ाहिर था कि लोगबाग उससे पहले से ज्यादा भयभीत हो जाते और यह भय उनको इस जानवर के प्रति कुछ-न-कुछ ग़लत करने को ज़रूर उकसाता। अभी तो लोगों को विश्वास था कि हम लोग सब सँभाल लेंगे।

मैंने कमाल को वहीं किनारे रोका और कहा कि अगर गैंडा डार्ट होने के बाद या उससे पहले मेरी आहट पाकर मुझे दौड़ा ले तो तुम्हें कुछ भी करके उसका ध्यान मेरी तरफ से हटाकर दूसरी ओर करना होगा। इस बीच मैं भागकर किसी पास के आम के पेड़ पर चढ़ने की कोशिश करूँगा। मैं कुछ ही क़दम अन्दर चला कि मुझे लगा कि मेरे जूतों के दबाव से नीचे जमीन पर पड़ी पत्तियों और छोटी टहनियों के दबने से कुछ ज़्यादा ही आवाज़ हो रही है। मैंने वापस आकर बाग़ के बाहर अपने जूते उतारे और नंगे पैर फिर बाग़ के अन्दर चलता चला गया। मैं धीरे-धीरे एक मीटर चलता या यूँ कह लीजिए कि खुद को बहुत होशियार और चालाक समझता, सरकता हुआ गैंडे के ज़्यादा-से-ज़्यादा पास पहुँचने की कोशिश करने लगा। सबकी निगाहें शायद मुझ पर ही लगी थीं और मैं पूरी कोशिश कर रहा था कि किसी तरह मुझे निशाना लगाने को मिल जाए। सच कहूँ तो इतने लोगों की आशा भरी निगाहें मुझे और परेशान किए दे रही थीं।

मैं बार-बार विचारों को झटककर धीरे-धीरे गैंडे की तरफ बढ़ता जा रहा था। विचार बिजली की तरह इधर-उधर चमकते हुए दिमाग़ में घूम रहे थे और सामने पहाड़ जैसा गैंडा मेरी तरफ से बिलकुल बेखबर लेटा हुआ था। शायद वह सो रहा था क्योंकि जानवर सोने का ढोंग तो कर नहीं सकते।

निशाना लगाने के लिए मुझे घुटनों के बल बैठना था क्योंकि लेटे हुए गैंडे की पीठ जमीन से ज्यादा ऊँची नहीं थी। मैं एक आम के पेड़ के पीछे जाकर चुपचाप खड़ा हो गया। मेरे सामने करीब 30 फीट पर गैंडा लेटा हुआ था। मेरी तरफ उसका पिछला भाग था। सब तरफ़ एकदम से ख़ामोशी सी हो गई थी। लोगों ने शोर मचाना और आपस में बातें करना बन्द कर दिया। मैंने नीचे झुककर घुटना नीचे ज़मीन से लगाया, जमीन थोड़ी गीली थी, शायद बाग़ में या बाग़ के अगल-बगल के खेतों में पानी लगाया गया था। राइफ़ल को दोबारा चेक कर, सेफ्टी लाक को खोल दिया और निशाना लगाकर पुट्ठे पर फायर कर दिया। मुझे इतना तो अन्दाज़ा फ़ायर करते ही लग गया कि सिरिंज गैंडे को नहीं लगी है। बीच में ही किसी पौधे से टकराने के कारण उसकी दिशा घूम गई और वह गैंडे के पास ज़मीन पर जाकर गिर पड़ी। इससे पहले कि भारी-भरकम गैंडा आहट पाकर उठता, मैं मुड़ा और दौड़कर सीधे बाहर की तरफ भागा। मेरे दिमाग में दो ही चीज़ें घूम रहीं थीं। एक तो यह कि डार्ट नहीं लगी, दूसरे यह कि गैंडा शायद पीछे हो। थोड़ी दूर भागने के बाद पलटकर देखा तो गैंडा मेरी तरफ ही मुँह करके खड़ा है और अपना थूथन ऊपर-नीचे कर रहा है। मुझें लगा कि वह गुस्से में है और अभी दौड़ा लेगा पर सुरक्षित दूरी पर पहुँचकर लगा कि जैसे वह मेरे इस तरह डरने पर हंस रहा हो या मेरी खिल्ली उड़ा रहा हो कि बच्चे! दोबारा मत आना मेरी तरफ।

मैंने अपने जूते उठाए और कीचड़ लगे पैरों को झटकता हुआ बाग के बाहर जाने लगा। डी.एफ.ओ. श्रीवास्तव और वीरेन्द्र चौधरी तुरन्त मेरे पास आए और पूछने लगे कि क्या हुआ। मैंने शर्मिन्दगी-सी महसूस करते हुए नकारात्मक रूप से सर को धीरे से हिला दिया और बाग़ के दूसरी तरफ से होकर बाहर जाने लगा। मैं बाग़ के बगल-बगल से होता हुआ, पतली पगडंडी पकड़कर बाहर की मुख्य सड़क तक जा पहुँचा। जहाँ सुनील पांडे, वन संरक्षक खड़े थे। मैंने उनको भी बताया, जो कुछ घटा था।

मैंने उनसे भी कहा कि अभी मैं दोबारा कोशिश करूँगा। इसके बाद अपनी रायफल और डार्ट सिरिंज को दोबारा से भरने और ठीक करने लगा। दोपहर ढल रही थी और मन की आशा कहीं-कहीं धूमिल-सी होने लगी कि गैंडा शायद

आज न पकड़ा जा सके। मन ने सोचा, जो भी होगा देखा जाएगा लेकिन कोशिश पूरी की जाएगी।

अबकी बार गैंडा हम लोगों की तरफ़ ही मुँह करके बैठ गया यानी कि पहली बार हम लोगों की तरफ़ लगभग उसका पिछला हिस्सा, हम लोगों के जरा दाहिनी ओर पड़ता था। अबकी बार वह ऐसा बैठा था कि आप बस उसको बाग के बिलकुल पार जाकर दूसरी विपरीत तरफ से ही कुछ कर सकते थे। अब वह तीनों तरफ निगाहें रखकर बैठ गया। हम लोग बाहर सड़क से होते हुए, पानी लगे हुए सरसों और गेहूँ के खेतों के बीच से घुसते हुए, उस पार से गैंडे की तरफ जाने की सोचने लगे। तय किया गया कि श्री वीरेन्द्र चौधरी और कमाल अबकी बार मेरे साथ रहेंगे क्योंकि जिधर से मैं गैंडे को डार्ट करूँगा, उस तरफ कोई पेड़ या फिर कोई छुपने की जगह ही नहीं थी, था तो सिर्फ कीचड़-ही-कीचड़ और गेहूँ और सरसों के बेढंगे खेत। वीरेन्द चौधरी ने अपनी रिवाल्वर हाथ में ले ली थी। मैं और चौधरी साहब बिलकुल साथ-साथ थे और कमाल पीछे। मैं पहली बार की ही तरह धीरे-धीरे चलता हुआ गैंडे की पीठ या पुट्ठा देखने की कोशिश करने लगा मगर उसके इर्द-गिर्द के पेड़ों के बीच से ऐसे देखना मुश्किल हो रहा था। मैं इन दोनों को पीछे छोड़कर और आगे बढ़ गया। मुझे याद है कि वह चिकना कीचड़ मुझमें डर पैदा कर रहा था। मुझे मालूम था कि इस कीचड़ में मैं दौड़ तो नहीं पाऊंगा और जानवर मुझसे ज्यादा अच्छी तरह से कीचड़ में दौड़ लेगा। मैं निशाना साधने के चक्कर में आगे बढ़ता रहा और चौधरी साहब, कमाल भी साथ ही पीछे-पीछे चलते रहे। जिस मेड़ पर हम लोग कीचड़ से बचते हुए चल रहे थे, वह बेहद सँकरी थी और उस पर पीली सुनहरी पत्तियोंवाले पॉप्लर के पेड़ लगे थे। हम लोग बस कतार बाँधकर ही उस पर चल सकते थे। और मेरे गैंडे के नजदीक पहुँचने के बाद यह दोनों धीरे से वहीं ज़मीन पर बैठ गए।

ऐसा इन लोगों ने इसलिए किया कि मुझे निशाना लगाने में इतनी सँकरी जगह में दिक्क़त न हो और मेरी तरफ से गैंडे को ज़्यादा हलचल या आहट महसूस न हो। मैं दो-तीन कदम और बढ़ा ही था कि गैंडा अचानक हमारी ओर घूमकर खड़ा हो गया। मैं वहीं रुक गया पर वह अचानक हम लोगों की तरफ दौड़ा और दौड़ता हुआ बाग के किनारे पर आकर रुका और, ठिठककर खड़ा हो गया। वह बाग़ से बिलकुल खुले में निकलकर नहीं आया। वह अपना भारी मुँह ऊपर नीचे जोर-जोर से हिलाकर चुनौती देने लगा कि अगर है दम तो आओ बेटा! गैंडे के यूँ पलटकर खड़े होने और हमारी ओर दौड़ने से अबकी बार हम लोग घबराए नहीं और पीछे पलटकर दौड़े भी नहीं या यूँ भी कह सकते हैं कि

हम गैंडे के इतने पास थे कि हम लोग कुछ कर भी नहीं सकते थे। मैं लगभग समझ गया कि अब इसको डार्ट करना मुश्किल हो गया है क्योंकि अब यह सजग और सतर्क हो चुका है। हाथी या गैंडे जैसे सजग जानवर को खुले में पैदल डार्ट करना वैसे ही असम्भव है। आप ने किसी तरह डार्ट कर भी लिया तो बेहोश होने तक उससे जान बचाकर भाग पाना एक दुष्कर कार्य होता है क्योंकि अब तक के अनुभव ऐसे रहे हैं कि जानवर को जिधर से डार्ट सिरिंज लगती है उसी दिशा में दौड़कर वह हमला कर देता है। ऐसे में उनको कोई मिल जाता है तो फिर क्या कहने।

इन सबके बावजूद हम लोग उसको डार्ट करने की कोशिश करते रहे पर वह भी हम पर निगाह जमाकर खड़ा हो गया और किसी भी तरह से अपने शरीर का कोई हिस्सा निशाने के लिए हमें दिखाने को तैयार नहीं था। इन सब कामों में लगभग आधा-पौन घंटा बीत चुका था और हम लोगों ने ढलती शाम में अपनी नाकामी को मानकर वापस जाने का फैसला कर लिया और वापस जाने लगे।

वापस आकर हम लोगों ने सब लोगों को पैदल डार्ट करने की समस्या और कठिनाइयों के बारे में बताया और पैर धोकर जूते पहनने की तैयारी करने लगे। कुछ ही मिनटों बाद गैंडे की तरफ से बहुत तेज शोर-सा उठने लगा। आदमियों के शोर के साथ कुत्तों के भौंकने की आवाज भी शामिल थी। हम सब नजदीक पहुँचने की कोशिश में, लगभग भागते हुए गैंडे की तरफ गए। वहाँ जाकर हम लोग हक्के-बक्के रह गए। गैंडा बहुत तेजी से बाग में इधर-उधर पागलों की तरह उछल-उछलकर भाग रहा था। उसके पीछे-पीछे सफेद रंग के कुत्ते उसे दौड़ा रहे थे, और जनता गैंडे पर ईंट-पत्थर चला रही थी। भीड़ इतनी ज़्यादा थी कि किसी को समझाना या रोकना सम्भव ही नहीं था। टी.वी., अख़बारवाले और दूसरे लोग जान बचाकर इधर-उधर भाग रहे थे। समझदार गाँववाले तो वहाँ से पहले ही क़ाफी दूर हो गए थे पर कुछ दुस्साहसी और उद्दंड लड़के गैंडे पर्र इंटें व पत्थर लगातार बरसा रहे थे। इस काम में कुछ मिनट ही लगे थे। पत्थरों की अंधाधुँध मार और कुत्तों के दौड़ाने से गैंडा गुस्से के मारे बेकाबू होकर इधर-उधर अंधों की तरह दौड़ रहा था। गैंडे का वजन कम-से-कम 2 से 2) टन के बीच रहा होगा और वह 30-40 किमी/घंटा की गति से कुत्तों और पत्थरों से खुद को बचाता दौड़ रहा था। कमाल ने मुझसे कहा कि आज कोई-न-कोई जान ज़रूर जाएगी। और थोड़ी देर बाद कमाल की बात सच साबित हो गई।

हुआ यह था कि हमारे हटने के तुरन्त बाद एक सफेद रंग का कुत्ता बाग़ में गैंडे के पीछे गाँव के कुछ लोगों द्वारा घुसेड़ दिया गया। उससे डरकर जब

गैंडा बाग़ के बाहर भागने लगा तब लोगों ने उस पर ईंट-पत्थर चला दिए। इससे वह घबरा कर, लगभग विक्षिप्त अवस्था में पहुँच गया और थोड़ी देर तो बाग़ में इधर-उधर भागता रहा और अब हमारे देखते-देखते वह गाँव की ही तरफ भीड़ को चीरता हुआ निकल गया। गाँव के बाहर खेत में एक बूढ़ी अम्माँ झुककर काम कर रही थी। गैंडे ने उनको देखा नहीं और अपना भारी भरकम पैर उनकी जांघ पर रखता हुआ भाग निकला। यह सूचना हम लोगों को बाद में रात को वीरेन्द्र चौधरी के द्वारा दी गई। घायल बूढ़ी अम्माँ को तुरन्त अस्पताल ले जाया गया मगर देर रात अस्पताल में उनकी मृत्यु हो गई।

हम और कमाल होटल के कमरे में बैठे आज की अपनी असफलता का विश्लेषण करते रहे। बूढ़ी अम्माँ की मृत्यु पर स्वयं को दोषी मान रहे थे कि अगर उस गैंडे को सफलतापूर्वक आज हम डार्ट कर देते तो और कुछ होता चाहे न होता पर अम्माँ की जान बच जाती। मैंने उस रात घर फोन कर पत्नी से कहा कि अब मैं गैंडे को बिना पकड़े वापस नहीं आऊँगा। वैसे तो रोज ही घर पर बात हो जाती थी पर आज मैंने अम्माँ के घायल होने की तथा मृत्यु की सूचना पत्नी को दी। वैसे घर पर हमारी खबरें, हमारे घटना स्थल से लौट कर, घर फोन करने से पहले ही टी.वी. के माध्यम से घर पहुँच जाती थी।

होटल के कमरे में पहुँचकर हम लोग अपनी डार्ट सिरिंज, बन्दूक साफकर रहे थे कि अचानक मुझे अपना सिर घूमता-सा महसूस हुआ। मैंने सोचा कि सारे दिन की थकावट, नाकामी और खिन्नता की वजह से हो रहा होगा। मैंने कमाल से कहा कि कमरे की खिड़की दरवाजे खोल दे और ताजी ठंडी हवा आने दे। कमाल ने कहा क्यों साहब? मैंने उसको बताया कि मेरा सिर घूम रहा है, कमाल ने कहा सिर तो मेरा भी घूम रहा है और आँखों में जलन-सी हो रही है। मैं तुरन्त समझ गया कि सिरिंज और रायफल साफ करते हुए किसी प्रकार बेहोशी की दवा हमारे कमरे में फैल गई है। मैंने कमाल से कहा तुरन्त कमरे से बाहर चलो। हमने जल्दी-जल्दी अपने मुँह धोए और कमरे की खिड़कियाँ खोलकर नीचे आकर होटल से बाहर निकल गए। होटल के बाहर सड़क पर कुछ देर टहलते रहे और ऊपरवाले को फिर धन्यवाद दिया कि चलो फिर बचे। क्योंकि गैंडे को बेहोश करनेवाली दवा मनुष्यों के लिए काफी खतरनाक होती है और उसकी कुछ बूँदें ही आपकी आँखों या त्वचा से शरीर में जाकर आपको मृत्यु के द्वार तक पहुँचा सकती हैं।

हम लोग होटल के बाहर की सड़क पर शहर के धुएँ और धूल में स्वास्थ्य लाभकर रहे थे कि इतने देर में होटल के बाहर एक नीली बत्तीवाली सफेद

अम्बेसडर आकर रुकी और उसमें से पहाड़ी ऊनी टोपी, कोट, बूट, सफेद दाढ़ी और सिगरेट में सजे परमजीत सिंह निकले। मैं परमजीत सिंह का पहले से परिचित रहा हूँ। वह लखनऊ प्राणि उद्यान में सन् 2000 में लगभग 8 महीने के लिए निदेशक रहे थे और मैं उनके अधीनस्थ वन्य जीव चिकित्सक के रूप में कार्यरत था। अब वह वन संरक्षक यमुनावृत्त थे, जो कि अब उत्तरांचल में है।

मुझे और परमजीत सिंह को फ़ीजेंट ब्रीडिंग पर हो रही मीटिंग में भाग लेने 07-01-05 की सुबह को नैनीताल प्राणि उद्यान पहुँचना था। देहरादून से चलते हुए परमजीत सिंह रामपुर यह सोचकर आ गए थे कि अब तक मैंने गैंडा पकड़ लिया होगा और वह मेरे साथ अगले दिन सुबह रामपुर से चलकर नैनीताल मीटिंग में पहुँच जाएँगे। ऐसा प्रोग्राम पहले से निश्चित था और मुख्य वन्य जीव प्रतिपालक, उ. प्र. से मुझे मीटिंग में भाग लेने की अनुमति भी मिल चुकी थी।

रात हो चुकी थी और मैं और कमाल हारे हुए दिन को याद कर रहे थे और उदास थे। ऐसे में परमजीत सिंह को देखकर मुझे बहुत खुशी हुई और कमाल भी लपकता हुआ उनके पास पहुँचा। उनकी गाड़ी से सामान वगैरह निकलवाकर ऊपर कमरे में ले जाया गया। परमजीत सिंह को हम लोग तुरन्त ही पिछले दिनों का क़िस्सा और विशेष तौर से आज का क़िस्सा बताने लगे। सब कह-सुनकर, हम लोग चुप हो गए। उन्होंने कहा कि चलो कोई बात नहीं। गैंडा तुम ही पकड़ोगे। उन्होंने कहा कि मैं तो सुबह ही नैनीताल निकल जाऊँगा फिर लौटकर अगर समय मिला तो वापस यहाँ जाऊँगा। वह भी इस गैंडा अभियान की बातें सुनकर, इसको अपनी आँखों से देखना चाह रहे थे। हम लोग आपस में बतियाते-बतियाते, खाना खाकर सो गए। सुबह यानी 7 तारीख को मैं चला गया गैंडे के पीछे सींगनखेड़ा की तरफ और परमजीत सिंह चले गए नैनीताल की तरफ।

7 तारीख का दिन पूरा भटकते-भटकते बीता और उस दिन पैदल बहुत चला गया। गैंडा सीगनखेड़ा से पैंगा गाँव होते हुए कोसी नदी को पारकर गया। कोसी नदी एक तरह से रामपुर और मुरादाबाद जिले की सीमा को तय करती है। गैंडा कोसी नदी को पार करने के बाद सरकंडी अहमद नगर होते हुए, करनपुर गाँव के पास से निकलते हुए, मुनीमपुर गाँव के एक बाग़ में शाम के लगभग 4 बजे फिर खड़ा पाया गया। उस दिन सारे दिन कोहरा छँटा ही नहीं था, बस शाम को जाते हुए सूरज ने हलकी धूप बिखेरी। हलकी-हलकी बूँदा-बाँदी भी हो रही थी और इधर ठंड, धुँध और कोहरा भी गैंडे का साथ दे रहे थे। गैंडा, कल के शोरगुल और पत्थर की चोट के कारण ज्यादा घबराकर, ज्यादा दूर, तेजी से चला था। वह कहीं रुका भी नहीं लग रहा था। वह रात में चला और कोहरे और धुन्ध के

कारण दिन में भी चला और पहुँच गया रामपुर से मुरादाबाद के गाँव मुनीमपुर के एक आम के बाग में। मुझे लगा कि क्या अब गैंडा गन्ने के खेत के बजाय आम के बाग़ को ज्यादा पसन्द करने लगा था। क्योंकि गैंडा पिछली बार गाँव सींगनखेड़ा के एक बाग़ में ही ठहरा था।

शाम हो रही थी। मैं, वीरेन्द्र चौधरी और कमाल अपने अन्य साथियों के साथ जीप में बैठकर वहाँ पहुँच गए। धूल-भरी गाँव की कच्ची सड़क के ठीक बाईं ओर आम का बाग़ था, जो कि गाँववालों से पूरा घिरा हुआ था और लोगों की हिम्मत का आलम यह था कि कुछ लोग तो गैंडे के इतने पास तक जा पहुँचे थे कि अगर कोशिश करें तो उसे छू भी सकते थे। कुछ गाँववाले हम लोगों का ही इन्तज़ार कर रहे थे और कह रहे थे कि तुम लोग क्या नौटंकी करते घूम रहे हो, एक रस्सा हमको ला दो हम लोग ही इसको यहीं पेड़ से बाँध देंगे। क्या और किसी को भी मारने का इरादा है।

अखबार में हम लोगों की नाकामी के चर्चे झंडे गाड़ चुके थे कि वन विभाग की टीम बस गैंडे के पीछे-पीछे घूम रही है और उनके पास कोई पुख़्ता इन्तज़ाम नहीं हैं और भी न जाने क्या-क्या। पुराने शिकारियों और स्थानीय लोगों के बेलगाम बयान आदि-आदि। हाथी लाने की बात दुधवा और कार्बेट के फील्ड डाइरेक्टर से सी.सी.एफ., वाइल्ड लाइफ उत्तर प्रदेश और बरेली वन संरक्षक, सुनील पांडेकर ही रहे थे। हम लोगों को इन उदास, पर रोमांचित कर देनेवाले दिनों में एक अच्छी खबर मिली कि शायद आज कल में हाथी पहुँच जाए।

बाग़ में हम लोग भी चुपचाप गैंडे को देखने लगे। शाम के लगभग 4 या साढ़े चार बज रहे थे और इस वक्त कुछ भी करने का समय नहीं था। गैंडा सिर झुकाए बिना किसी प्रतिक्रिया के बिलकुल चुपचाप खड़ा था। ऐसा लग रहा था कि या तो उसका स्वास्थ्य खराब है या फिर वह अपनी कल की अनजाने में की गई गलती पर शर्मिन्दा हो रहा है।

मैंने वीरेन्द चौधरी से कहा कि गैंडा तो बिलकुल बीमार जैसा लग रहा है। कल तक तो यह बिलकुल ठीक था पर आज यह ऐसे सर झुकाए चुपचाप क्यों खड़ा है। बहुत देर तक इस बात पर बहस करते रहे लेकिन हम लोग कोई निष्कर्ष नहीं निकाल पाए कि गैंडा इतना सुस्त क्यों खड़ा है। हम लोग यह भूल गए थे कि गैंडे ने कल से आज तक इतनी ज्यादा दूरी तय की है। जितनी उसने पहले कई दिनों में नहीं तय की थी और वह भी लगभग भागते-भागते साथ ही लोगों से बचने के प्रयास में, इसने शायद खाना-पानी भी ठीक से खाया-पिया नहीं है।

अँधेरा होने तक हम वहाँ जमा हुए लोगों को बस समझाते रहे कि गैंडे के पास मत जाओ! कल एक जान जा चुकी है, पर लोगों की भीड़ गैंडे की एक झलक देखने के लिए उतावली हो रही थी और दूर-दराज के लोग भी साइकिलों पर लदे, तेजी से भागते-दौड़ते आते ही जा रहे थे। यह सब बहुत खुश और उत्साहित थे। धीरे-धीरे सूरज का बचा-खुचा प्रकाश भी समाप्त हो गया और झूठ-मूठ की रात जैसी हो गई। इसी बीच हम गैंडे के आने की दिशा का अन्दाज़ा उसके किए गोबर और उसके पैरों के निशान से लगाते रहे और लोगों को पास न जाने की सलाह देते रहे। वहाँ पर लोगों के पास हमारी सलाह सुनने का समय ही नहीं था। वह तो बस गैंडे को एक नज़र देखना चाहते थे। थक हारकर वहाँ गैंडे की निगरानी व रखवाली के लिए स्टाफ तैनात कर, हम लोग वापस रामपुर के लिए चल दिए।

गैंडे की सूचना पल भर में ऊपर अधिकारियों को दे दी जाती थी और हम लोगों का आपस में अच्छा नेटवर्क-सा बन गया था। गैंडे के मुनीमपुर में होने की बात भी ऊपर तक पहुँचा दी गई थी और वहाँ से खबर लखनऊ तक जा पहुँची। जब से बूढ़ी अम्माँ की मृत्यु हुई थी तब से लखनऊ प्रशासन पर शासन का दबाव बढ़ गया था और हर कीमत पर गैंडे पर काबू करने के आदेश बार-बार दिए जा रहे थे, पर गैंडा तो गैंडा था। वह प्रशासन, शासन को क्या जानें। एक बार वह सीतापुर में पिंजरे से निकलकर भाग भी चुका था और उसके बाद वह पहले से चालाक, होशियार तथा सतर्क था। कल ज़रा-सी गड़बड़ उसने महसूस की और वह लोगों को बेवकूफ बनाता, रास्ते तय करता हुआ कभी आड़ा-तिरछा घूमता और फिर सीधा चलने लगता। अब वह सीधा-सीधा चलता और फिर पलटकर कुछ सौ मीटर पीछे उस रास्ते पर चलता और फिर पलटता और सीधा चलने लगता। जब हम लोग उसके पैरों के निशानों का पीछा करते तो इस प्रकार आते-जाते निशान देखकर चक्कर खा जाते और हम लोगों को अन्दाजा लगाना मुश्किल होता कि गैंडा किस तरफ गया होगा।

हम लोगों ने उसका पीछा कैसे-कैसे किया यह कथा तो एक अलग कहानी में ही लिखी जा सकती है चूँकि यह गैंडे की कथा है तो इसमें आदमियों की कथा को मैं थोड़ा छोड़ता चला जा रहा हूँ।

मगर यह मैं ज़रूर कहना चाहूँगा कि स्थानीय वन विभाग और लखनऊ में बैठे अधिकारियों और सारे लोगों का मक़सद एक था और वह यह कि गैंडे को किसी भी तरह से क़ाबू किया जाए। इसके लिए किसी के मन में कोई शंका नहीं थी। संशय था तो बस इतना कि यह काम होगा कैसे क्योंकि टीम में किसी को

भी गैंडा पकड़ने का कोई पूर्व अनुभव नहीं था, सिवाय कमाल को छोड़कर, क्योंकि वह पहले भी असम से दुधवा नेशनल पार्क के लिए गैंडों को पकड़ने तथा लानेवाली टीम में शामिल था। पर वह सब गैंडे, शान्त जंगल का जीवन जी रहे थे और उनका विचरण करने और रहने का एक निश्चित दायरा था, जीवन-यापन का एक निश्चित तरीका था, पर यहाँ इस गैंडे के लिए उसके जीवन की सारी मान्यताएँ, सारे नियम टूट चुके थे। वह तो ऐसे घबराया और परेशान था जैसे कोई अकेला आदमी एक घने जंगल में भटककर खो जाए। सब लोग अपनी अटूट लगन और निष्ठा के साथ इस काम में लगे थे और कमाल का अनुभव और उसकी आसाम की गैंडा-पकड़ो कहानियाँ इस काम में बहुत मददगार साबित हो रही थीं। इसी बीच खबर मिली कि एक हाथी, जो दुधवा नेशनल पार्क से ट्रक से चल पड़ा है, और वह 8 जनवरी को तैयार मिलेगा। बाकी सारी तैयारी थी ही। पिंजरा ट्रक में लदा-लदा हमारे साथ-साथ चलता था। एक छोटे ट्रक में स्लेज, बल्लियाँ, रस्से, तिरपाल, रबड़ की मोटी शीट और भी तरह-तरह की प्रयोग में आनेवाली सामग्री।

7 तारीख की शाम को यह तय किया गया कि टीम को थोड़ा आराम दिया जाए और 8 जनवरी से गैंडे की खोज में भेजी गई नई दूसरी टीम को, यदि कोई सूचना मिलती है तो, मोबाइल फोन से सूचितकर दिया जाएगा। ट्रक, पिंजरा, हाथी, स्लेज आदि को भी मौके पर पहुँचने के निर्देश दे दिए जाएँगे।

गैंडा कब चलता था, कब रुकता था इसका कोई भरोसा नहीं था, और हमें दोपहर को जाकर गैंडे की सूचना मिलती थी। जब तक सूचना पाकर सारे साजो-सामान के साथ हम लोग वहाँ पहुँचते थे, तब तक शाम हो जाती थी। एक तो गैडे को ढूँढ़ना कठिन, ऊपर से व्यवस्था करना, उससे भी दुष्कर कार्य था। गैंडा अब मुरादाबाद जिले में था और वहाँ के डी.एफ.ओ. थे, विभास रंजन।

8 तारीख को हम लोग तय योजना के अनुसार सुबह से ही होटल में रुके थे और किसी भी सूचना का बेसब्री से इन्तजार कर रहे थे। लगभग 12.00 बजे सूचना मिली कि गैंडा मुनीमपुर से मानपुर गाँव की ओर चला गया है और वहाँ एक छोटे से गन्ने के खेत में रुका हुआ है। हम लोग तैयार बैठे थे और तुरन्त ही मानपुर की तरफ चल दिए। रास्ते में फोन पर भी लगातार सूचना मिलती रही और साथ में यह खबर भी मिली कि गैंडा जिस गन्ने के खेत में है वह हाईवे के निकट ही है। सारी व्यवस्था दोनों डी.एफ.ओ. द्वारा की जा चुकी थी। हाथी, स्लेज़, क्रेन, और पिंजरा भी वहाँ पहुँच चुका था। अब सारा दारोमदार मेरे ऊपर था। मैं सारे रास्ते ऊपरवाले को याद करता और योजना बनाता रहा मुझे याद

है कि मैं मानपुर पहुँचने तक, रास्ते में किसी से एक शब्द भी नहीं बोला था। मानपुर हाईवे पर सड़क के किनारे गाड़ियाँ खड़ी मिल गई और वहाँ की व्यवस्था देखकर दिल खुश हो गया। हाथी, क्रेन, पिंजरा, ट्रक, स्लेज सभी कुछ यहाँ पर था। ट्रक को मजदूर एक जगह पर जल्दी-जल्दी गड्ढा खोदकर इस प्रकार से एक रैम्प-सा बना रहे थे कि गैंडे को बेहोश होने के बाद जल्दी-से-जल्दी पिंजरे के अन्दर डाला जा सके। ट्रक से पिंजरे को उतरना मुनासिब नहीं समझा गया क्योंकि पिंजरा कुछ कमजोर लग रहा था और गैंडा एक बार सीतापुर के पास पिंजरे से भाग भी चुका था। जल्दी-जल्दी सारी व्यवस्था की जा रही थी। मैंने रायफल में डार्ट सिरिंज भरकर रायफल को चेक किया। सभी कुछ ठीक-ठाक था पर इन सब कामों में समय अधिक हो गया था। शाम के लगभग पौने पाँच बजे मैं, चौधरी, कमाल और परमजीत सिंह, जो कि दोपहर में ही नैनीताल से वापस आ गए थे, के साथ रूपकली हाथी पर महावत इरशाद को लेकर गन्ने के खेत के उस टुकड़े में उतर पड़ा। हाथी पर बैठकर गन्ने के खेत के अन्दर घुसते ही ऐसा महसूस हुआ कि गन्ना काफी घना और लगभग 10 से 12 फीट ऊँचा है। हाथी उस गन्ने के खेत के बाहर खड़े लोगों को नहीं दिख रहा था। और न ही गन्ने के घने पौधों में, गैंडा ही हमें नज़र आ रहा था। बस जहाँ से गन्नों के टूटने की आवाज़ महसूस होती, उसी तरफ अन्दाज़े से हाथी को घुमा लिया जाता था। महावत अपने काम में निपुण और हाथी उत्साहित था। हम लोग गैंडे के बस पीछे-पीछे ही घूम रहे थे और गैंडा हमें गन्ने के अन्दर-ही-अन्दर चक्कर कटाता हुआ, लुका-छिपी का खेल रहा था। हाथी पीछे-पीछे और गैंडा आगे था, पर गैंडे का कोई भी ओर-छोर दिखाई नहीं दे रहा था।

मैं आगे सरककर हाथी की गर्दन पर खड़ा होकर, गैंडे को देखने की कोशिश कर रहा था पर तेजी से चलते हुए हाथी पर ऐसे देर तक खड़े रह पाना जरा मुश्किल था। मेरी दोनों टांगें, हाथी पर मेरे साथ बैठे हुए दो आदमियों द्वारा अलग-अलग कसकर पकड़ ली गई थीं। मैंने महावत इरशाद से कहा कि गैंडे के पीछे-पीछे इस तरह न जाकर, हाथी को जरा दूरी से घुमाते हुए गैंडे के सामने ले जाए और इरशाद ने मुझे बैठ जाने का इशारा करके, ऐसा ही किया। वहे हाथी को दूर से चक्कर कटाते हुए ठीक गैंडे के सामने ले गया। गैंडा फुफकारते हुए हाथी पर झपटा। कोई और हाथी होता तो गैंडे का यह रूप देखकर पलटकर भाग जाता पर इस हाथी का दुधवा में रोज़ ही गैंडे से आमना-सामना होता है। रूपकली ने भी तेज़ी से सूँड़ पटककर जोर से आवाज़ की और अगले पैर से ज़मीन पर ठोकर मारकर गैंडे को वहीं रुक जाने की चेतावनी दी। गैंडा ठिठककर

वहीं रुक गया और हम लोगों ने रूपकली को शाबासी दी। ऐसा दो बार हुआ कि गैंडे ने हाथी पर हमला करने की कोशिश की और हाथी ने उसे ज़ोर से डाँट दिया। मगर इस सब में निशाना नहीं साधा जा सकता था। सूरज हम लोगों के साथ और देर तक रुक भी नहीं सकता था। अधेंरा होने को था, समय कम था और गैंडा इधर-उधर भाग रहा था। मैंने दो डार्ट सिरिंज तैयार कर रखी थी। एक कमाल के पास थी और दूसरी डार्ट सिरिंज रायफल में लोड थी। मैं हाथी पर फिर खड़ा हो गया और गन्ने के बीच से भागते गैंडे पर ही निशाना लगाने की सोचने लगा। सोचा कि अगर गैंडे का कन्धा या पुट्ठा ज़रा भी दिख जाएगा तो फ़ायरकर दूँगा। मैं इसी कशमकश में उलझा हुआ, हिलता-डुलता-सा हाथी पर खड़ा था। मैं यह सोच ही रहा था कि मुझे एक बार गैंडे का पिछला हिस्सा गन्नों में से झाँकता दिखाई पड़ा, मैंने सबको इशारा किया, हाथी को वहीं रोका गया। मेरे दोनों पैरों को कमाल और परमजीत सिंह ने ज़ोर से पकड़ लिया और मैंने फ़ायर कर दिया। फायर की आवाज से हाथी चौंककर तेजी से हिला और पीछे की तरफ हटा और मैं मुँह के बल हाथी के सर पर आगे जा गिरा और फिसलता हुआ हाथी के कान के पास, लगभग लटक-सा गया। मगर मेरे दोनों पैर कमाल और परमजीत सिंह ने छोड़े नहीं थे, और मुझे तुरन्त ही हाथी की पीठ पर वापस खींच लिया गया। इस तरह मैं हाथी से गिरने से बाल-बाल बच गया। डार्ट सिरिंज किसी गन्ने में ही अटककर रह गई थी। मैंने बिना समय गँवाए फिर दूसरी डार्ट सिरिंज को रायफ़ल में लोड किया और गैंडे को तलाश करने लगा।

जब आदमी किसी लक्ष्य को प्राप्त करने की धुन में लगा होता है या फिर यूँ कहें कि किसी काम में वह तन-मन से पूर्णत: लगा होता है तो वह काम के उन्माद में सुरक्षा सम्बन्धी नियमों की अनदेखा करता चला जाता है। उस आदमी की अवस्था उस हारते हुए जुआरी की तरह होती है, जो हर हार के बाद, जीतने के आशा में, हर चीज को भूलकर बस दाँव लगाता ही चला जाता है। हम लोग भी ऐसा ही कर रहे थे। एक समय, एक क्षण ऐसा लगा कि अँधेरा होने को है और धुँधलका हो गया है पर फिर सोचा आज गैंडा सामने है, पता नहीं फिर मौका मिले न मिले और फिर किसी की जान न चली जाए। यही सब सोचकर निर्णय लिया गया, शाम है पर इतनी नहीं कि डार्ट करने के बाद गन्ने के खेत में इतने बड़े गैडे को ढूँढ़ा न जा सके। कुछ देर की भागदौड़ के बाद मुझे गैडे का पिछला हिस्सा फिर गन्नों में झाँकता नजर आया और अब की बार मैंने बैठे-ही-बैठे निशाना लगाकर फायर कर दिया। निशाना लगा, पर साथ ही गैंडे की पीठ पर डार्ट सिरिंज लगने के स्थान पर थोड़ी चिनगारियाँ सी भी उड़ती नजर आई।

हम लोगों ने सोचा कि चिंगारियाँ डार्ट सिरिंज की निडिल और गैंडे की त्वचा के आपस में रगड़ लगने से उड़ी है। गैंडे को मारनेवाली डार्ट सिरिंज की निडिल काफी मोटी होती है इसलिए ऐसा होना स्वाभाविक मान लिया गया। पर हम गलत थे।

डार्ट लगने के पाँच मिनट बाद सब कुछ बिलकुल शान्त हो गया। शाम धीरे-धीरे ठंडक के साथ उतर आई थी और अब हम लोगों को अपने चारों ओर तेज धुँध और कोहरा भी उतरता दिखाई दिया। हम लोग यह सब पहले नहीं देख पाए थे क्योंकि मेरा और टीम का सारा ध्यान गैंडे पर ही केन्द्रित था। बाहर पूरी तैयारी के साथ खड़े स्टाफ़ और दोनों डी.एफ.ओ. को परमजीत साहब ने डार्ट लगने की सूचना मोबाइल पर दे दी और कहा कि बस हम लोग हाथी से गैंडे को ढूँढ़ रहे हैं। इधर गन्ने का खेत बिलकुल शान्त, बिलकुल खामोश था और उस पर शाम का काला नशा-सा छाता जा रहा था। हम लोग लगभग सात से आठ मिनट बाद डार्ट लगने की जगह पर पहुँचे पर वहाँ अगल-बगल गैंडा कहीं नहीं था। अँधेरा होने लगा था। हम लोग एक टॉर्च के सहारे गन्ने के खेत में गैंडे को तलाशने लगे। मेरे दिमाग में विचार बिजली की तरह कौंध रहे थे और दिल तो ऐसे धड़क रहा था कि क्या बताया जाए। मैं सोच रहा था कि यह कोहरा, धुन्ध और अँधेरा एक साथ उतर आया है। गैंडे का कहीं पता नहीं है। खोजबीन के इन 15 मिनटों के बाद ही मेरा मानसिक सन्तुलन बिगड़ने लगा और जैसे-जैसे मैं घड़ी पर नजर डालता मेरा दिमाग घूमने लगता और यही विचार आता कि यह क्या हो गया। क्योंकि अगर गैंडे को डार्ट लगी है और गैंडा जल्दी नहीं मिला तो वह बिना एन्टीडोट (जानवर को बेहोशी से बाहर लानेवाली दवा) के अभाव में मर भी सकता है।

मैंने कमाल, परमजीत और महावत से पता नहीं क्या-क्या कहा। इतना अवश्य याद है कि इन लोगों की हालत भी मुझसे अच्छी नहीं थी। हाथी के ऊपर बैठकर इतने अँधेरे और घने कोहरे में गन्ने के इस खेत में गैंडे को ढूँढ़ निकालना अब भूसे में से सूई ढूँढने जैसा काम हो गया। समय तेजी से बीतता जा रहा था और मेरी हालत ख़राब। गैंडे का क्या होगा, बार-बार यह ख़्याल मेरे दिमाग़ में आ रहा था। ज़ाहिर था कि ऐसी स्थिति में हम लोग मानसिक रूप से पूरी तरह से विचलित हो गऐ थे। इसी के चलते मैं कई बार हाथी से भी उतरने को हुआ पर परमजीत सिंह, इरशाद और कमाल ने मुझे नीचे नहीं उतरने दिया और इधर घनघोर अँधेरा भी हो गया। कोहरे में डूबा सन्नाटा, खेत के बाहर स्टाफ़ की चमकती हुई टार्च, ट्रैक्टर की लाइट, लोगों की चीख़-पुकार और हमारी परेशानी, इन सब ने मिलकर एक भारी उदासी और हारवाला माहौल बना दिया। गन्ने

के बाहर कम-से-कम 150 आदमी वन विभाग के स्टाफ के साथ खड़े थे और हम लोगों से खेत के बाहर से ही चीख़-चीख़कर गैंडे के बारे में पूछ रहे थे। हम लोग यहाँ हाथी के ऊपर बैठे किसी नतीजे पर नहीं पहुँच पा रहे थे। कमाल और इरशाद का कहना था कि गैंडा खेत के बाहर भाग गया है। मैंने डार्ट लगते देखी थी तो मुझे यह विश्वास था कि गैडा इस खेत से हिल भी नहीं सकता। अजीब कशमकश, ग़लतफ़हमियों और अफ़रातफ़री के क्षण थे।

परमजीत सिंह, संजय श्रीवास्तव और विभास रंजन में फोन पर लगातार बातें हो रही थीं। कोई कुछ समझ नहीं पा रहा था। संजय श्रीवास्तव को मेरी ज़िद पर परमजीत सिंह ने फोन पर यह कहा कि वह गन्ने के एक तरफ से सारे आदमियों को लेकर घुस जाए और हाँका लगाते हुए दूसरी ओर से निकल जाए। साथ में वे दोनों ट्रैक्टरों को भी खेत के अन्दर समानान्तर चलते हुए दोनों किनारों पर डाल दें। मुझे लगा कि गैंडा बेहोश है और इसी तरीक़े से, इतने कोहरे और अँधेरे में वह ढूँढ़ा जा सकता है। यह काम इस पूरे अभियान का सबसे ज़्यादा ख़तरनाक काम था। मगर इसके अलावा हमारे पास और कोई विकल्प भी नहीं था। संजय श्रीवास्तव स्वयं अपने स्टाफ और गाँव के कुछ आदमियों के साथ, थोड़ी बहुत टॉर्चों को लेकर, ट्रैक्टरों के साथ ज़ोर से हाँका लगाते हुए, गन्ने के इस खेत में घुस गए। हम लोग बेवकूफों की तरह हाथी के ऊपर, उनके आगे-आगे खेत रौन्दते हुए चल रहे थे। दोनों ट्रैक्टर भी अब अपनी धीमी मरियल रोशनी को लेकर खेत के अन्दर इधर-उधर घूम रहे थे, जबकि उनको दोनों किनारों पर साथ-साथ चलने को कहा गया था। ऐसा लग रहा था कि ट्रैक्टर अन्धे हो गए हो। इस ढुंढ़ाई में न कोई किसी को पहचान पा रहा था, न कोई किसी के नियन्त्रण में लगता महसूस हो रहा था, न कोई ठोस निर्णय लिया जा रहा था।

विभास रंजन खेत के बाहर खड़े किसी भी ख़तरे से निपटने के लिए तैयार थे। इधर गैंडे को ढूँढ़ना ही सबका उद्देश्य था। पैदल ढूँढ़नेवालों के लिए यह जान जोखिम का काम था। ऊपर से भंयकर कोहरा और अँधेरी रात हो चुकी थी। कहीं कुछ नज़र नहीं आ रहा था। बड़ी टॉर्च भी बस 2 से 3 फिट तक ही रोशनी डाल पा रही थी। पैदल ढूँढ़नेवाले लोग खेत में आधी दूरी तक पहुँच गए थे। हमारा हाथी उनसे लगभग 50 फिट आगे-आगे चल रहा था। अचानक हमारे आगे, खेत में, बहुत ज़ोर से गन्नों के टूटने की आवाज हुई और ऐसा लगा कि कोई उधर से भागता हुआ आगे निकल गया। कमाल और इरशाद चिल्लाए, 'उधर जा रहा है गैंडा''। जल्दी से हाथी उसी दिशा में दौड़ाया गया और हम सब मिलकर हाथी के ऊपर से, चिल्लाने लगे कि सब लोग खेत से बाहर हो जाओ,

गैंडा खेत में ही भाग रहा है। अब आप लोग नीचे खेत में खड़े लगभग 100 लोगों की हालत का अन्दाज़ा अच्छी तरह से लगा सकते हैं कि इतने घने और ऊँचे गन्ने में, अँधेरी ठंडी रात में, कोहरे के बीच अचानक बाहर भागना और वह भी किस तरफ भागें, यह निर्णय करना, क्योंकि उन लोगों के लिए गैंडे की दिशा का पता लगाना बहुत मुश्किल था। फिर गैंडा घूमकर किसी भी दिशा से आपके ऊपर आ सकता था। ख़ैर सब लोगों को सुरक्षित लेकर डी.एफ.ओ. संजय श्रीवास्तव वापस बाहर भागे और ट्रैक्टर वग़ैरह भी जल्दी-जल्दी पीछे खीच लिए गए। हम लोग गैंडे की चलने की दिशा में गए पर वहाँ पर भी एकदम सन्नाटा था। कोई आवाज़ नहीं थी। बिलकुल शान्त, ओस से भीगा खेत चुप था। हम लोग बहुत देर तक इधर-उधर हाथी को लेकर अँधेरे में घूमते रहे। कोहरे के कारण हमारे सारे कपड़े भीग गए थे और शरीर पसीने से।

सब लोग रात 8 बजे तक गैंडे को तलाशते रहे पर वह मिला नहीं। हम लोगों को विभास रंजन द्वारा खेत से बाहर आने को कहा गया। विकास रंजन बिलकुल शान्त व संयमित थे। जबकि हम लोग घबराए हुए। उन्होंने कहा कि कोई बात नहीं, इतने बड़े ऑपरेशन में ऐसा तो होता ही है। सबको इकट्ठा किया गया। हम लोग खेत के बाहर आ गए और हाथी से उतर गए। मेरे दिमाग में अभी भी यह संशय था कि गैंडा अन्दर ही बेहोश पड़ा है। मैंने विभास रंजन और संजय श्रीवास्तव से अपने मन की बात कहीं। उन्होंने कहा कि गैंडा अब अन्दर नहीं होना चाहिए क्योंकि गन्ने के अन्दर इतना ज्यादा शोरगुल हुआ है कि उसे भाग जाना चाहिए। मेरा कहना था कि अगर वह बेहोश हुआ तो भागेगा कैसे ? यह विचार रखा गया कि अगर अभी कुछ आदमियों को लेकर इस खेत का एक चक्कर लगा लिया जाए तो गैंडे के जाने के पैरों के निशान मिल जाएँगे।

हम तीन-चार आदमी, एक दो टॉर्च लेकर गन्ने के किनारे-किनारे पिछली तरफ की ओर गए जहाँ आखिरी बार हमने हाथी से गैंडे के गन्ने के अन्दर भागने की आवाज़ सुनी थी। गन्ने का यह खेत काफी बड़ा था और अंग्रेजी के अक्षर एल की आकृति को उलटा कर दिया जाए तो वह लगभग उसी आकार का लगता था। उसके पास के खेतों में गेहूँ बोया हुआ था जिसमें पानी लगा था और आगे चलना मुश्किल हो रहा था। गेहूँ के छोटे-छोटे पौधे टॉर्च की रोशनी में कोहरे की बूँदों को अपने ऊपर बिठाए चमक रहे थे। पौधे खुश थे और हम लोग उदास। हम खेत के किनारे-किनारे चलते हुए उलटे एल के बीचों-बीच बन्दवाले कोने में पहुँच गए। हम लोग गए तो इकट्ठे-इकट्ठे, पर वहाँ पहुँचते-पहुँचते न जाने क्यूँ फैल गए थे। किसी को कोई भी निशान नहीं मिल पा रहे था। सब

लोग टॉर्च की मध्यम रोशनी में जमीन पर झुके-झुके, पैरों के निशान तलाश रहे थे कि अचानक कमाल चिल्लाया यहाँ से भागा है गैंडा''। सब लोग कीचड़ से सने पैरों से कीचड़ में ही दौड़ते हुए वहाँ पहुँचे तो देखा सचमुच गैंडे के पैरों के ताज़े निशान थे, जो खेत से बाहर लगभग उसी तरफ चले गए थे, जिस दिशा में गैंडा सुबह खेत में घुसा था। यह निशान ताज़े थे और जाने के थे। मैंने उस कोहरे से ढँके आसमान की तरफ जी भर के देखा और ऊपरवाले का तहे दिल से शुक्रिया अदा किया कि गैंडा सुरक्षित था। अब गैंडे को कोई ख़तरा नहीं था पर दुःख और अफ़सोस ज़रूर था कि गैंडा हाथ में आते-आते रह गया। पता नहीं ऐसी व्यवस्था आगे हो पाए कि नहीं, फिर मौका मिले कि नहीं और गैंडा फिर किसी पर हमला न कर दे।

थके-हारे, उदास, खिन्न सब लोग अपने-अपने आशियाने की तरफ रवाना हो गए। सुनील पांडे से फोन पर बात हुई, उनको मैं क्या कहता पर उन्होंने कहा कि उसे कल फिर पकड़ेंगे, चिन्ता न करो।

वैसे सरकारी तन्त्र में रहकर ऐसा लिखना शायद यह समझा जाए कि मैं ऐसा किसी ख़ास मक़सद के लिए लिख रहा हूँ पर ऐसा समझना शायद ग़लत होगा। सुनील पांडे, विभास रंजन, संजय श्रीवास्तव और वीरेन्द्र चौधरी इन सब ने हर नाकामी के बाद भी हिम्मत नहीं हारी। हर बार उम्मीद यही रखी थी कि कल सही! और हमारा विश्वास जब भी डगमगाता यह चारों एक जुट होकर हम लोगों को निराशा से बाहर खींच ले जाते। जब कि गैंडे को पकड़ने की व्यवस्था करना वहीं समझ सकते हैं जिन्होंने कभी इतने बड़े जानवर को पिंजरे में बन्द करने का साहस किया हो। हर बार पिंजरे को ट्रक सहित गैंडा होने की जगह तक पहुँचाना और साथ में क्रेन, स्लेज़, ट्रैक्टरों, रस्सों और आदमियों की फौज को एक छोटे निश्चित समय में व्यवस्थित करके पहुंचाना कोई सहज काम नहीं था। यह सब काम एक निश्चित समय में भी पूरा करना था क्योंकि इन लोगों को मुझे गैंडे को बेहोश करने का भी समय देना था। यह लोग हमारी हिम्मत बँधा सकते थे और व्यवस्था कर सकते थे, जो यह लोगकर भी रहे थे। गैंडे को बेहोश करके पकड़ना, फिर होश में लाना तो मेरा काम था पर शासन, प्रशासन की ओर से जवाबदेही इन्हीं लोगों की थी। यह पूरा ऑपरेशन इन्हीं चार-पाँच लोगों की मानसिक ताकत पर टिका था। मैं जितनी जल्दी उत्साहित होता हूँ उतनी ही जल्दी निराशा के गर्त में भी डुबकी लगा लेता हूँ। निराशा को दूर भागने के लिए चार मजबूत लोग मेरे साथ थे और मेरे साथ पाँचवा आदमी था कमाल, जो सचमुच कमाल ही था।

जैसा मैंने पहले भी कहा है कि मैं सिर्फ गैंडे की कहानी कहूँगा, आदमियों की नहीं, पर मुझे लगा कि यह लिखना भी थोड़ा बहुत ज़रूरी है इसलिए मैंने यह लिख भी दिया।

रामपुर में होटल के कमरे में बैठकर हम लोग भीगे हुए कपड़ों को सुखा रहे थे और खाने का इन्तज़ार कर रहे थे। भूख काफ़ी लगी थी। बातें कर रहे थे, आज शाम की घटी घटना की। सारी घटना समझ में आ रही थी। बस एक बात समझ नहीं आ रही थी कि अगर डार्ट गैंडे के लगी तो फिर गैंडा बेहोश क्यों नहीं हुआ और अगर हुआ तो फिर उठकर बाहर कैसे भाग गया? अगर डार्ट में रखी दवा गैंडे के शरीर में नहीं गई तो क्यों नहीं गई? खाना खाकर हम लोग यही विचार-विमर्श कर रहे थे। सब लोग अपने-अपने अनुभव से बस अनुमान लगा रहे थे। डी.एफ.ओ. संजय श्रीवास्तव भी वहाँ पर आ गए थे और वह भी आज शाम की चर्चा करने लगे पर वह ट्रंक्यूलाइजेशन रायफ़ल और डार्ट के बारे में ज्यादा क्या बता सकते थे। उन्होंने इतना कहा कि कल फिर गैंडे को पकड़ने का अभियान जारी रखा जाएगा और हम लोग गैंडे को ज़रूर पकड़ेंगे। उन्होंने बताया कि लखनऊ में मुख्य वन्य जीव प्रतिपालक पश्चिम बंगाल के वन विभाग से लगातार बातें कर रहे हैं। वहाँ से भी गैंडे को पकड़नेवाली टीम को दोबारा बुलाने की बात ज़ोर पकड़ रही है और हो सकता है कि एक दो दिन में हम लोगों के इस गैंडा पकड़ो अभियान में पश्चिम बंगाल की टीम भी आकर जुड़ जाए।

रात काफ़ी हो गई और संजय श्रीवास्तव अपने घर चले गए। इधर हम लोगों की आँखों में नींद नहीं थी। परमजीत सिंह भी शाम की इस कसरत से बुरी तरह थक गए थे और वहीं रुक गए थे। वैसे भी नैनीताल से लौटते समय उनकी गाड़ी का एक्सीडेंट हो गया था और गाड़ी वर्कशाप बनने गई थी। मैं और परमजीत सिंह बैठकर आज की नाक़ामी में अपना दिमाग़ लगा रहे थे पर किसी भी नतीजे पर नहीं पहुँच पा रहे थे। अचानक दरवाजे पर दस्तक़ के साथ कमाल की आवाज सुनाई दी। हमने कमाल को अन्दर आने को कहा कमाल ने अन्दर आकर कहा "साहब हमने पता लगा लिया है कि क्यूँ दवा गैंडे के नहीं लगी''। हम लोगों ने उत्सुकता से पूछा क्यों? उसने बताया कि डार्ट सिरिंज जब गैंडे के लगी, तब वह फट गई थी और सारी-की-सारी दवा गैंडे को शरीर में न जाकर बाहर ही बिखर गई। कमाल ने पूछा कि हम लोगों ने चिंगारी देखी थी ? हम लोगों ने कहा देखी थी। उसने कहा कि चिंगारी तो सिर्फ बारूद की ही दिख सकती है क्योंकि चिनगारी डार्ट सिरिंज की निडिल और गैंडे की खाल की रगड़ की नहीं हो सकती और दूसरी बात, बारूद तो डार्ट सिरिंज में बिलकुल सील बन्द

होता है। उसका काम तो दवा को आगे धकेलना होता है मगर वह न जाने कैसे सिरिंज के अन्दर इस तरह से फट गया कि ऐल्युमिनियम की मजबूत सिरिंज भी फट गई और हमें अन्दर के बारूद की चिंगारी दिखाई पड़ी। बात साफ थी और कमाल की बात पूरी तरह से ठीक लग रही थी। हम लोगों ने कमाल के मुँह पर कम और मन-ही-मन बहुत प्रशंसा की। रात के क़रीब पौने तीन बज रहे थे और हम लोग कुछ-कुछ सन्तुष्ट होकर सोने की तैयारी करने लगे, क्योंकि सुबह फिर गैंडे को पकड़ने जाना था। अगले दिन हम लोग सुबह पाँच बजे ही उठ गए। मैं और कमाल पिछली रात की जगह की ओर, जहाँ हमारी मुठभेड़ गैंडे से हुई थी, चल पड़े। परमजीत सिंह को देहरादून वापस पहुँचना था और वह देहरादून के लिए रवाना हो गए। मानपुर पहुँचने में लगभग 40 से 45 मिनट का समय लगना था, पर हम लोगों को समय ज़्यादा लगा क्योंकि सड़क पर सुबह का कोहरा बहुत ज़्यादा घना था और एक-एक मीटर गाड़ी चलाना मुश्किल हो रहा था। वहाँ पहुँचकर सबसे पहले हम लोग कल शामवाली जगह के निकट की फॉरेस्ट चौकी पर रुके, महावतों और हाथी से मिले। यह सब लोग यहीं रुककर अगले आदेशों की प्रतीक्षा कर रहे थे। महावत नासिर और इरशाद, मैं तथा कमाल कल रात की घटनावाले गन्ने के खेत में जा पहुँचे और अपनी डार्ट सिंरिज तलाशनी शुरू की। इतने बड़े खेत में लगभग एक पेन के बराबर डार्ट सिरिंज को खोजना जरा मुश्किल काम था। हम लोग इस काम में फिर भी जुट गए। मेरा इरादा था कि डार्ट सिंरिंज मिल जाए तो मुझे कल की घटना की असलियत मालूम हो सकती थी, जिसका कमाल ने अन्दाज़ा लगाया था।

गन्ने का ठंड़ा, कोहरे से लिपटा खेत, पिछले रात के आदमियों, हाथी तथा ट्रैक्टर से रौंद दिए गए टूटे हुए गन्ने, रात की अफरातफरी का किस्सा बयानकर रहे थे। टूटे गन्नों के कारण डार्ट सिरिंज को खोजना और भी कठिन हो रहा था। खोजते-खोजते हम लोगों को पान मसाले का वह खाली पाउच मिला जो कल रात अभियान के दौरान हाथी पर से खाकर नीचे फेका गया था। यह पान मसाले का पाउच गैंडे के ऊपर फायर करने के बाद, उसकी तरफ बढ़ते हुए, कुछ ही मिनट बाद खाया और फेका गया था। उसी खाली पाउच की निशानदेही पर हम लोगों को कल हुए घटनाक्रम का वह हिस्सा मिल गया जहाँ पर डार्ट मिलने की सम्भावना प्रबल थी। बस उसी खाली पैकेट के इर्द-गिर्द खोज शुरू कर दी गई और थोड़ी देर के बाद ही गन्ने के एक झुरमुट में फटी हुई डार्ट सिरिंज लटकी हुई मिल गई। वह फटने के बाद जमीन पर नहीं गिरी थी, बल्कि आड़े-तिरछे गन्नों में अटक गई थी। कमाल की बात बिलकुल सच थी और सचमुच में डार्ट सिरिंज

गैंडे से टकराने के बाद फट गई थी। मैं अब तक कई जंगली जानवरों को बेहोश कर चुका हूँ पर मेटेलिक डार्ट सिरिंज मुझे पहली बार इस तरह फटी मिली थी।

खेत से बाहर आकर हम लोगों ने वहीं पास की एक छोटी दुकान में चाय पी और गाँववालों से ख़बरें सुनने लगे। बीच-बीच में इधर-उधर फोन करके यह पता करने की कोशिश कर रहे थे कि गैंडे की कुछ ख़बर है कि नहीं। 10-11 बजते-बजते वहीं पर हम लोगों को यह ख़बर मिली कि यहाँ से थोड़ी ही दूर पर "खादी का माजरा'' गाँव में गैंडा फिर एक गन्ने के खेत में ठहरा हुआ है पर इस बार बताया गया कि गन्ने का यह खेत छोटा है। हम लोग गाड़ी से तुरन्त ही उधर रवाना हो गए और हाथियों के महावतों को यह हिदायत दी कि जब तक आप लोगों को कोई अगली सूचना या आदेश नहीं मिल जाते तब तक आप लोग आराम करने के साथ यहीं प्रतीक्षा करें।

खादी का माजरा पहुँचने में ही बहुत परेशानी हुई क्योंकि गैंडा एक ऐसी जगह पर रुक गया था कि न तो वहाँ पर गाड़ी जा सकती थी, न ट्रक, न ट्रैक्टर और न ही पिंजरा, स्लेज। चारों तरफ दूर तक ऊबड़-खाबड़ खेत जैसी ज़मीन थी और गैंडेवाले खेत तक पहुँचने के लिए एक बहुत ही पतली सँकरी कच्ची ऊँची सड़क थी जिस पर केवल एक जीप ही बमुश्किल चल सकती थी।

वहाँ पर थोड़ी ही देर में स्टाफ के लोग तथा डी.एफ.ओ. विभास रंजन भी पहुँच गए। थोड़ी देर तक गन्ने के इर्द-गिर्द घूमफिरकर हम लोगों ने दूर एक खेत में, जहाँ से गैडे पर निगाह रखी जा सकती थी, बैठने का इन्तजाम कर लिया। इस बार हम लोगों के पास प्रतीक्षा करने के अलावा और कोई चारा नहीं था। यहाँ तक कोई भी समान नहीं लाया जा सकता था और गैंडे को बेहोश करके यहाँ से स्लेज पर बाहर ले जाना भी असम्भव-सा था। विभास रंजन ने मुझे बुलाकर पूछा कि क्या यहाँ पर इसको डार्ट करके पकड़ा जा सकता है। मैंने बिलकुल मनाकर दिया और वह भी यही समझते थे। तय किया गया कि इसके यहाँ से हटने या निकलने की प्रतीक्षा हम लोगों को करनी चाहिए और वह हम लोगों ने की भी।

पूरा दिन यूँ ही खेत के पास बैठे-बैठे रायफल साफ करने में, इधर-उधर गन्ने के खेत में चक्कर लगाने और गाँववालों तथा पुलिसवालों से बातें करने में बीत गया। शाम को लगभग 5 बजे विभास रंजन ने मुझे बुलाकर कहा कि अब आप वापस चले जाएँ और कल की सूचना आपको स्थिति और पूरी तैयारी के साथ दे दी जाएगी।

दरअसल यहाँ के गाँववाले गैंडे को भगाना चाह रहे थे और कुछ अति उत्साहित स्थानीय नेतागण या यूँ कह लीजिए कि छुटभैये नेता डी.एफ.ओ.

साहब से बहसबाज़ी कर रहे थे कि आप लोग कुछ नहीं कर रहे, सिर्फ बैठे हैं। हम लोगों ने उन लोगों को परिस्थितियों को बताने, समझाने की बहुत कोशिश की पर वह धीरे-धीरे इकट्ठा होते गए और भीड़ का रूप लेकर डी.एफ.ओ. साहब से बहस करते चले गए। थोड़ी देर तक तो विभास जी धैर्यपूर्वक उनको समझाते रहे फिर उसके बाद उन्होंनें सख़्त रुख़ अख़्तियारकर लिया और गाँववालों को यह अच्छी तरह से समझा दिया गया कि अगर गैंडे को कोई नुकसान पहुँचाया गया तो हम लोगों को मजबूरन कोई-न-कोई सख़्त कदम उठाना पड़ सकता है।

मैं और कमाल वापस होटल आ गए। शाम हो गई थी। खाना खाकर हम लोग कल की आशा में सो गए। हम दोनों को यहाँ आए हुए अब तक 8 दिन हो गए थे और ख़बरों में असफलता और नाकामी को दर्शाती सुर्खियों के अलावा हमारे हाथ में और कुछ नहीं था। कुछ अखबारों में तो स्थानीय लोगों ने हम लोगों के विरुद्ध मुक़दमा दर्ज करने की भी बात कहीं और कुछ लोगों ने कहा कि टीम को वापस भेज दिया जाए और गैंडे को पकड़ने का काम उन्हें सौंप दिया जाए।

मगर आशा थी कि शायद कल। हाँ विभास रंजन ने एक बात और कहीं कि कार्बेट नेशनल पार्क से दो हाथी और आ रहे हैं। एक तो आज 9 तारीख को पहुँच जाएगा और दूसरा उसी दिन शाम तक या फिर अगले दिन तक आ जाएगा। यह एक अच्छी ख़बर थी और इस उम्मीद को जगानेवाली बात यह भी थी कि किसी ने अभी हिम्मत नहीं हारी है।

10 जनवरी, 2005 की सुबह हम लोग जल्दी उठ गए और नहा धोकर नाश्ता वगैरह करके अखबार और टी.वी. की ख़बरें पढ़ने और सुनने लगे। हम लोग इन्तज़ार कर रहे थे विभास रंजन या फिर संजय श्रीवास्तव के बुलावे का। आराम हम रात में कर चुके थे और हाथियों के आने की ख़बर से दुगुने उत्साहित थे। मन में जो विश्वास डगमगा-सा गया था वह फिर एकत्र हुआ और यह इरादा मज़बूत होता गया कि गैंडे को किसी भी तरह से पकड़ना है। दोपहर होते-होते ख़बर भी आ गई कि गैंडा हमेशा की तरह गन्ने के खेत में जा छिपा है बस जगह उसने बदल दी है। इस जगह का नाम है ''चककचनाल'' जो कि पिछली जगह से थोड़ी दूरी पर ही है। हम लोग जाने की तैयारी करने लगे। अपने-अपने साजो सामान रखवाकर गाड़ी में बैठे और होटल से मुरादाबाद की ओर निकल गए। रास्ते भर अपनी पुरानी नाक़ामयाबी पर हम लोग विचार करते रहे। गाड़ी में चार लोग थे वीरेन्द्र चौधरी, कमाल, मैं और हमारा ड्राइवर। अब तक मेरी यह गाड़ी काफी चल चुकी थी और सूमो के इस ड्राइवर से भी एक रिश्ता-सा बन गया

था। उसे भी इस ऑपरेशन में अब मजा-सा आने लगा था। ऐसे माहौल में एक नए आदमी को आनन्द और रोमांच आना स्वाभाविक भी था। भारत में पहली बार एक गैंडा इस प्रकार शहरों में घूम रहा था और उसे ज़िन्दा पकड़ना था।

हम लोग दोपहर तक गैंडे के होने की जगह पर पहुँच गए। ट्रक, पिंजरा, स्लेज़, दो हाथी और आदमी, सारा सामान मौके पर मौजूद था। सारे सामान को दोनों डी.एफ.ओ. ने बड़ी अच्छी तरह व्यवस्थित भी कर दिया था। आज हमारे पास समय भी था और दिन भी बिना कोहरे के, धूप से लबरेज़ था। जल्दी से दोनों हाथियों को कसा गया और 2.30 बजते-बजते हम लोगों ने गन्ने के खेत में अपने-अपने हाथी उतार दिए। एक हाथी पर मैं, कमाल, संजय श्रीवास्तव और इरशाद महावत और दूसरे हाथी पर विभास रंजन और अन्य लोग। तय यह किया गया कि विभास रंजन जिस हाथी पर हैं वह हाथी गैंडे को रोकेंगा और हम लोग दूसरे हाथी पर से निशाना लगाएँगे। मेरे पास कुल जमा 6 डार्ट सिरिंज और 6 बार देने योग्य दवा बची थी। मैंने चार सिरिंज डार्ट में दवा भर ली। और उसमें से तीन सिरिंज को कमाल को पकड़ाया एवं एक को रायफल में लोड कर लिया था। मौका अच्छा था। सब कुछ पूर्व निर्धारित योजना के अनुसार चल रहा था। हाथियों की कुछ देर की भागदौड़ और मशक्कत के बाद मेरे सामने गन्नों की ओट में गैंडे का पिछला भाग दिखाई पड़ा और मैंने बिना मौक़ा गँवाए फ़ायर कर दिया। पर डार्ट नहीं लगी, क्यों ? नहीं लगी यह सोचने का समय नहीं था। मैं दूसरी बार राइफल में डार्ट लोडकर के गैंडे को गन्ने के घने पौधों के बीच फिर तलाश करने लगा। अब की बार मुझे गैंडे का बायाँ कन्धा गन्नें के पेड़ों के बीच में झाँकता नज़र आया। वह बिना हिले डुले, पत्थर की तरह निश्चल खड़ा था। मैंने फ़ायर किया। जैसे ही फ़ायर किया वह तत्काल उसी क्षण पीछे की तरफ़ ज़ोर से हटा और निशाना चूक गया। तीसरी बार फिर डार्ट को भरा गया। अब तक गैंडा समझ चुका था कि उसके साथ कुछ ग़लत हो रहा है। वह पहले से अधिक तेजी से इधर-उधर भागने लगा। तीसरी बार फायर करने के बाद लगा कि शायद डार्ट लग गई है। पर गैंडा गन्ने में छिप गया था और हम लोग उसके गिरने की प्रतीक्षा करने लगे पर ऐसा कुछ भी नहीं हुआ। चौथी व आखिरी डार्ट को इस रायफल से न चलाकर दूसरी रायफ़ल से चलाया गया पर उसका नतीजा भी वहीं निकला जो बाकी तीनों डार्ट सीरिंज का निकला था। चारों सिरिंज कुछ ही अन्तराल पर ख़त्म हो गई और घड़ी में शाम के उदास से 4 बज गए।

मैं निराशा की ऐसी स्थिति में पहुँच गया कि जहाँ पर मुझे लगने लगा कि यह काम मेरे बस का नहीं है। सारी निगाहें, सारा ऑपरेशन मुझ पर आधारित

था और मैं दो बार चूक चुका था। क्या हो रहा है ? समझ नहीं आया। कितनी बार रायफ़ल को पेड़ पर डार्ट कर के जाँचा जा चुका था पर जब काम का समय आता था तब सब व्यर्थ हो जाता था। विभास रंजन ने ऑपरेशन को यहीं पर रोकने की सलाह दी क्योंकि पिछली बार हम लोग देर से डार्ट करके, अँधेरा होने का ख़ामियाजा भुगत चुके थे। उदासी और निराशा की उस स्थिति में मैंने भी उनकी बात का समर्थन किया और हम लोग हारे हुए सिपाही की तरह अपना सामान बटोरने लगे और मैं वापस जाने लगा। मेरे पास बोलने को कुछ नहीं था पर विभास रंजन ने कहा कि आप मेरे साथ मुरादाबाद चलिए बाकी स्टाफ़ को रामपुर वापस जाने दीजिए। सुनील पांडे मुरादाबाद आ रहे हैं और अभियान के बारे में फिर से विचार-विमर्श करना चाह रहे हैं। मैं उस समय सुनील पांडे के पास नहीं जाना चाह रहा था। न ही किसी से कोई भी बात करना चाह रहा था। मैं अकेले रहना चाह रहा था और कुछ भी सोचना नहीं चाह रहा था। मेरे मन के किसी कोने में यह दुर्बल विचार सशक्त हो गया था कि यह काम तुमसे नहीं हो पाएगा। बेटा ! वापस लखनऊ लौट जाओ।

लेकिन इन सब बातों के बावजूद मुझे सुनील पांडे के सामने जाना पड़ा। रात के लगभग 8 या 9 बजे थे। मुरादाबाद के वन विभाग के किस रेस्टहाउस या फिर किसी आफिस में, यह मुझे ठीक से याद नहीं, हम लोग बाहर बरामदे में तसले में आग जलाकर बैठे थे। संजय श्रीवास्तव, विभास रंजन, मैं और स्टाफ भी इधर-उधर खड़ा या बैठा आराम कर रहा था। सुनील पांडे आए और आने के साथ ही उन्होंने पूरी घटना घ्यानपूर्वक सुनी। कुछ देर बाद मेरी तरफ मुख़ातिब होकर कहा "ऐसा क्यों हुआ होगा उत्कर्ष" ? मैं क्या जवाब देता पर फिर भी मैंने कहा कि कहीं डार्ट लगने में चूक हो रही है। निशाना सही है पर मुझे लग रहा है कि डार्ट सिरिंज शरीर पर लगने के बाद बाउंस कर रही है। या तो डार्ट सिरिंज गैडे के शरीर में बहुत धीरे से लग रही है, जिसकी सम्भावना बहुत कम है या फिर डार्ट सिरिंज ज़रूरत से ज़्यादा शक्ति के साथ गैंडे के शरीर से लगकर उछल जा रही है। साथ ही मैंने कहा "गैंडे के गन्ने के खेतों में होने के कारण हम उसका निशाना उससे दूर जाकर नहीं ले पा रहे हैं"। गन्ने में छुपे हुए शरीर की टोह लेने के लिए गैंडे के पास जाना पड़ता है, अगर दूर से निशाने का अन्दाज़ा लेते हैं तो बीच में भारी गन्ना आ जाता है और पास से डार्ट करते हैं तो सिरिंज बाउन्स कर जाती है। फिर मैंने कहा, लगता है यह काम मैं नहीं कर पाऊँगा, मुझे वापस लखनऊ जाने दें। परसों शायद पश्चिम बंगाल की टीम आ ही रही है, वहीं इस काम को कर पाएगी। इतना कहकर मैं चुप हो गया।

सुनील पांडे ने कहा, 'देखो, न तो मैं तुम्हें वापस जाने दूँगा और न ही मैं किसी और को गैंडा पकड़ने दूंगा'। यह बात तुम दिमाग़ से निकाल दो कि तुम्हें वापस जाना है। परसों पश्चिम बंगाल की टीम आ भी जाती है तो भी गैंडा तुम ही पकड़ोगे। वे लोग सिर्फ तुम्हारी सहायता करेंगे। तुम्हें गैंडा पकड़ना-ही-पकड़ना है। इससे तुम अब बच नहीं सकते। वह कहते गए कि जब हम लोग तुम्हारे साथ हैं तो फिर तुम क्यों हिम्मत हार रहे हो। इसके बाद उन्होंने कई विशेषज्ञों से मेरी बात फोन पर कराई। यह तो मैं भूल चुका हूँ कि मैंने किस-किस से बात की, पर मैंने अपने एक दोस्त से भी बात की वह थे डॉ. उपेन काकाटी। यह आसाम के वन्य जीव चिकित्सक हैं, जिनके साथ मैंने आई.वी.आर.आई. से वन्य जीव चिकित्सा में पी.जी. डिप्लोमा किया था। इस समय डॉ. काकाटी काजीरंगा में गैंडों की देखभाल के लिए तैनात थे। उनसे मेरी बात रात लगभग 12-1 बजे हुई। उन्होंने मुझसे इतना कहा कि घने खेत में डार्ट न करो। गैंडे को हलके खेत में ले जाकर दूर से मारो। उनका इशारा हम लोगों के अन्दाज़े की ही तरफ़ था।

ये बातें रात लगभग दो बजे तक होती रही, इन बातों का असर यह हुआ कि जब मैं वहाँ से खाना खाकर उठा तो मेरे मन में गैंडे को पकड़ने का निश्चय दोबारा से जाग गया जो पिछले दिनों की नाक़ामयाबी से कहीं थककर सो गया था परन्तु मेरे पास दवा और डार्ट सिरिंज की मात्रा तथा संख्या कम हो गई थी। मैंने यह बात सुनील पांडे से बताई। सुनील पांडे ने तुरन्त ही लखनऊ फोन करके दवा और सिरिंज का इन्तज़ाम कराना चाहाँ मैंने उन्हें बताया कि लखनऊ प्राणि उद्यान में यह दवा है ही नहीं। यह दवा जो मैं अपने साथ लाया था, यह भी कानपुर प्राणि उद्यान से ही मँगाकर लाया था। अगर दवा और होगी तो कानपुर प्राणि उद्यान के पास ही होगी और डार्ट सिरिंज मुख्य वन्य जीव प्रतिपालक के आफ़िस के स्टोर में हो सकती है। सुनील पांडे के फोन करने पर रातोंरात मुख्य वन्य जीव प्रतिपालक, उत्तर प्रदेश ने कानपुर प्राणि उद्यान के निदेशक से दवा लेकर लखनऊ होते हुए, अगली सुबह तक सब सामान मुरादाबाद पहुँचवाने को कहा सिरिंज का इन्तजाम उन्होंने अपने स्टोर से कराया और आश्वासन दिया कि कल तक दवा और सिरिंज तुम तक पहुँच जाएगी।

अन्त में सुनील पांडे ने विभास रंजन, संजय श्रीवास्तव और मुझसे कहा कि कल गैंडा पकड़ने की योजना आज की ही तरह रहेगी। जहाँ पर गैंडा होने की सूचना होगी, वहाँ पर आज की तरह सारी व्यवस्था कर दी जाएगी। तीसरा हाथी भी कार्बेट नेशनल पार्क से आ गया है। जो कल अभियान में हमारे साथ रहेगा। उन्होंने बताया कि भारतीय वन्य जीव संस्थान, देहरादून से भी डॉ. एस.पी.सिन्हा

को सहायता के लिए बुलाया है, वह भी कल शाम तक शायद यहाँ पहुँच जाएँगे। तीनों हाथी पूरी तरह से अभियान में लगा दिए जाएँगे और तुम ! उत्कर्ष कल उसे पकड़ लोगे। मैं तुम्हें अच्छी तरह से जानता हूँ और मैं भी कल पूरे ऑपरेशन में तुम लोगों के साथ रहूँगा। इतनी असफलता के बाद भी मुझ पर यह लोग इतना विश्वास कर रहे थे तो मैं क्या कहता। मैं चुपचाप संजय श्रीवास्तव के साथ रामपुर लौट आया और होटल के कमरे में जाकर सो गया।

अगली सुबह सूरज फिर उगा, फिर दिन निकला। हम लोगों के गैंडा पकड़ने का यह दसवाँ दिन था। हम लोग मानसिक और शारीरिक रूप से थक चुके थे। बार-बार गैंडा हमारे हाथ से निकल जाता था। अब तक गैंडा, पूरी तैयारी के साथ होने के बावजूद, दो बार हाथ से निकल चुका था और आज हम लोगों का यह तीसरा मौका था, जब हम लोग पूरी व्यवस्था के साथ गैंडे को पकड़ने के लिए जा रहे थे। आज पहले की सभी चीजों में से बस एक चीज़ अलग थी और वह थी कि आज हमारे पास तीन हाथी थे, यानी कि हम लोग इन हाथियों के बल पर गैडे को अपने मन मुताबिक खदेड़कर कहीं भी ले जा सकते थे। दोपहर होते-होते विभास रंजन ने यह पता लगा लिया कि गैंडा कहा पर है। उन्होंने मुझे तुरन्त सूचना भिजवाई कि मुरादाबाद के 'गजरौला जयसिंह' गाँव पहुँचो हम लोग तैयारी में लगे हैं। मैं तुरन्त ही कमाल के साथ गजरौला जयसिंह गाँव पहुँच गया। दोपहर का वक़्त हो रहा था। सर्दियों का सूरज हम लोगों की पीठ को गर्मा रहा था। सामने तीन हाथी खड़े थे और तैयारी ज़ोर-शोर से चल रही थी। पिंजरे को अपने ऊपर लादे हुए ट्रक के पास गढ्ढे और मिट्टी का रैम्प तैयार किया जा रहा था। स्लेज़ को ट्रैक्टर के साथ मोटे-मोटे रस्सों से बाँधा जा रहा था। बँधे हुए छोटे-बड़े रस्सों को खोला जा रहा था। गाँववालों की भीड़ और मीडिया ने फिर से उस जगह को घेर लिया था। यह जगह भी पहले की कई जगहों की तरह हाईवे से लगी हुई थी और गैंडा एक बार फिर से गन्ने के खेतों में जा छुपा था। यह जगह भी पिछली जगहों जैसी ही थी और ऐसा लग रहा था कि हम लोग एक ही जगह पर अभ्यास कर रहे हैं। फिर भी सारी योजना को दोबारा समझते-समझाते और तैयारी करते हुए शाम के चार बज गए। इस बीच मैंने दो बार डमी सिरिंज को पेड़ पर चलाकर सुनील पांडे, विभास रंजन और संजय श्रीवास्तव के साथ जाँचा। फिर से भूमिका बनी, फिर से तैयारी हुई, फिर से कई बार योजना को दोहराया गया फिर से हाथियों पर बैठनेवाले लोगों का चयन हुआ और फिर से हम लोग चल पड़े ऐसे अभियान पर जिसमें अब तक सिर्फ असफलता ही हाथ लगी थी। सूरज की गर्मी धीरे-धीरे कम हो रही थी। पीली धूप दूर तक फैली हुई

थी। तीनों हाथी अपनी पीठ पर बैठनेवाला हौदा बाँधे, गन्ना खाते हुए सिर हिला रहे थे। भीड़ बढ़ती जा रही थी। मैं अपनी गाड़ी में जाकर बची-खुची दवा, बची हुई डार्ट सिरिंजों में भरने लगा। मन बिलकुल शान्त था, सोचा कि अब जो होगा देखा जाएगा। दूर एक टी.वी. चैनल के माइक पर इन्टरव्यू देते हुए सुनील पांडे के शब्द मेरे कानों पर पड़ रहे थे कि, ''इतने बड़े जानवर को पकड़ना आसान काम नहीं है और मैं उम्मीद करता हूँ कि आज हम लोग शायद गैंडे को पकड़ लेंगे''।

तय हुआ कि दुधवावाले हाथी पर मैं, वीरेन्द्र चौधरी और कमाल रहेंगे। कार्बेट से लाए गए हाथी पर संजय श्रीवास्तव और दूसरे हाथी पर विभास रंजन अपने-अपने स्टाफ के साथ रहेंगे। श्रीवास्तव और रंजन दोनों गैंडे को गन्ने के घने पेड़ों से दूर खदेड़ेंगे और मैं अपने हाथी को ऐसे जगह ले जाकर रखूँगा जहाँ से समझूंगा कि निशाना ठीक लगा सकता हूँ और मौका देखकर मैं फायर करूँगा।

इसी बीच हम लोगों के हाथी पर बैठते-बैठते देहरादून से डॉ. एस.पी.सिन्हा भी वहाँ आ गए और अब हमारी हाथी रूपकली पर चौधरी की जगह डॉ. सिन्हा ने ले ली। हाथी तैयार थे और हम तुरन्त हाथियों पर चढ़ गए और गन्ने के खेतों में फिर से उतर गए।

मेरे पास आख़िरी दो सिरिंज और आख़िरी दवा बची थी। एक डार्ट सिरिंज को मैंने रायफल में लोड कर लिया और दूसरी को कमाल को पकड़ा दिया। गन्ने के खेत में तीनों हाथियों के उतरते ही तुरन्त पता चला गया कि गैंडा किधर है। गन्ना भी छोटा था और हम लोग गैंडे को खदेड़ते-खदेड़ते खेत की उस दिशा में ले गए जहाँ पर गन्ना छोटा तो था ही और आपस में बाँधा भी हुआ था जिससे निग़ाहें दूर तक साफ़ जा रहीं थीं। विभास रंजन और संजय श्रीवास्तव मेरी बाईं ओर से अपने हाथियों को आपस में दूरी बनाकर ला रहे थे। मैंने गैंडे को देखा और अपना हाथी वहीं पर रुकवा लिया। मैंने देखा कि पहली बार गैंडा मेरी नज़रों के सामने इस तरह था कि उसका पिछला हिस्सा साफ दिखाई पड़ रहा था। मैंने इशारे से दोनों हाथियों को रुकने को कहा। अब चारों लोग अपनी-अपनी जगह पर चुपचाप खड़े हो गए। तीनों हाथी और गैंडा।

गैंडा मुझसे करीब 60 से 70 फीट दूर रहा होगा। मैंने निशाना लगाया और पिछली ग़लतियों को याद किया तो समय का ध्यान आया। अपनी काले रंग की घड़ी पर निगाह डाली तो ठीक 4.30 बज रहे थे। पलटकर कमाल से कहा, 'कमाल चलाऊ'! देर तो नहीं हो गई है। कमाल ने कहा साहब ऊपरवाले को

याद करके चला दीजिए। मैंने गैंडे के पुट्ठे का निशाना लेकर फायरकर दिया। कच्च की आवाज के साथ डार्ट सिरिंज गैंडे के पुट्ठे में जा धँसी। मैंने मुठठी बाँध कर, अँगूठा ऊपर कर, दूसरे हाथियों पर बैठे, दोनों डी.एफ.ओ. को बता दिया कि गैंडे को डार्ट लग गई है। सब लोग अपनी-अपनी जगह पर चुपचाप खड़े रहो। थोडी ही देर में गैंडा वहीं का वहीं बैठ गया। चारों तरफ हर्ष की लहर दौड़ गई। सब लोग प्रसन्न हो गए सबने यह समझ लिया कि गैंडा अब पकड़ा ही गया समझो लेकिन मैं अभी खुश नहीं था मैं जानता था कि अब उलटी गिनती शुरू हो गई है और जल्दी-से-जल्दी गैंडे को पिंजरे के अन्दर डालना जरूरी है। मैंने अपना हाथी तुरन्त खेत से बाहर निकाला। गैंडे का गिरना मैं देख चुका था और अपनी गाड़ी के पास पहुँचना चाहता था। जिसमें मेरी बाकी दवाएँ रखी थीं। लोग क्या कह रहे थे मुझे इसका होश नहीं रहा। बाहर निकलते ही मैं झपटकर हाथी से नीचे उतरा और अपनी गाड़ी की तरफ दौड़ पड़ा। गाड़ी में से मैंने तुरन्त सारी दवाएँ और सिरिंज अपनी जैकेट की जेब में भर ली और गैंडे के पास चला आया। जाकर देखा तो गैंडा पूरी तरह से बेहोश था। निशाना बिलकुल ठीक पुट्ठे पे लगा था और वहाँ पर उतनी ही देर में ट्रैक्टर और स्लेज़ पहुँच चुकी थी।

कमाल गैंडे के पुट्ठे में मजबूती से धँसी डार्ट सिरिंज को खींचकर निकाल रहा था। गैंडा गन्नों के बीच में लेटा हुआ था। उसकी आँखें और कान कभी-कभार हिल जाते थे। लोगों का हुजूम उसके आसपास इकट्ठा था। कोई फोटो खींच रहा था, कोई उसे छू रहा था। सब लोगों से कहा गया कि अब गैंडे को पलटकर स्लेज़ के ऊपर लिटाना है। इतने भारी जानवर को पलटकर लिटाना भी एक चुनौती पूर्ण काम था और यहाँ तो हर कदम पर चुनौतियाँ-ही-चुनौतियाँ थीं। मगर लोगों की शक्ति और उत्साह देखते ही बनता था। बिना गैंडे से डरे घबराए, स्टाफ और उनसे ज्यादा गाँववालों ने बातों ही बातों में गैंडे को स्लेज़ पर पलट दिया और ख़ुश होकर तालियाँ बजाने लगे। भोले-भाले गाँववालों को जैसे ही यह बताया गया कि जानवर के ऊपर थोड़ा पानी डाला जाना ज़रूरी है, पता नहीं कहा से बाल्टियाँ प्रकट हो गईं और खेतों का कीचड़वाला पानी दनादन गैंडे के ऊपर फेंका जाने लगा।

कार्बेट नेशनल पार्क में वाइल्ड लाइफ ट्रस्ट आफ इंडिया के डॉ. चौधरी को मैंने गैंडे की हृदय गति और सांसों को मॉनीटर करने को कहा और उन्होंने यह काम बख़ूबी निभाया भी। गैंडे के स्लेज में लेटते ही स्लेज़ को बाँधकर ट्रैक्टर चल पड़ा उस तरफ जहाँ ट्रक में पिंजरा रखा हुआ था। ट्रक को पहले गड्ढा खोदकर रैम्प में लगाया हुआ था पर क्योंकि गैंडा खेत के इस बाएँ कोने

में बेहोश हो गया था, इसलिए वहाँ से ट्रक को मय पिंजरे के यहीं बुला लिया गया और ट्रक का पिछला हिस्सा गाँव को जाती हुई सड़क जो कि आसपास के खेतों से ऊँची थी, में लगा दिया गया था। ट्रक का पिछला हिस्सा बराबर से सड़क के साथ मिल नहीं पा रहा था इसलिए ट्रक के टायरों के नीचे ज़मीन की मिट्टी हटाई जा रही थी। गैंडे को खींचते हुए ट्रैक्टर दौड़ा जा रहा था और उसके पीछे-पीछे लोगों की भारी भीड़ दौड़ती हुई आ रही थी और उनके पीछे सूरज धीरे-धीरे गिरता जा रहा था। पर हमारे पास अभी समय था। अभी 5 भी नहीं बजे थे। स्लेज़ को खींचते हुए ट्रैक्टर अचानक तेजी से मोड़ काटता हुआ, सड़क की उचान पर चढ़ा और स्लेज पलट गई। गैंड़ा ऊँचाई से खिलौने की तरह लुढ़कता हुआ स्लेज से नीचे खेत पर आ गया। लोगों के छलछलाते उत्साह और हौसले ने फिर से उसे पलटकर स्लेज में डाल दिया, फिर से उसकी आँखों को पहले की तरह, कपड़े से ढँका गया। गैंडा ट्रक के साथ लगी खाली पतली सड़क पर स्लेज सहित ट्रैक्टर द्वारा खींच लिया गया। चारों तरफ़ हड़बड़ाहट सी मची हुई थी। इतने आदमी इकट्ठा हो गए थे। कि यह नहीं समझ आ रहा था कौन विभाग का है और कौन बाहर का। सब काम जल्दी-जल्दी हो रहा था। सुनील पांडे के चेहरे पर मुस्कुराहट के साथ-साथ घबराहट भी दिख रही थी। संजय श्रीवास्तव ट्रक में रखे पिंजरे के अन्दर चढ़े, चिल्ला चिल्लाकर सबको निर्देश दे रहे थे और विभास रंजन का कहीं पता न था। मुझे काफ़ी बाद में पता चला कि लोगों की भीड़-भाड़ में भीड़ का धक्का लगने से उनका हाथ टूट गया है और वह तुरन्त ही वहाँ से अस्पताल ले जाए जा चुके हैं।

सबसे बड़ी समस्या थी कि इतने भारी-भरकम शरीरवाले जानवर को धकेलकर ट्रक में रखे पिंजरे के अन्दर कैसे किया जाए ? इस तरह से जानवर खींचा तो आसानी से जा सकता है पर धकेलना मुश्किल होता है। दो-दो ट्रैक्टर व आदमियों के असीम जोश और शक्ति के साथ मिलकर स्लेज़ को पिंजरे के अन्दर धकेलने की कोशिश कर रहे थे पर सब व्यर्थ हो रहा था। स्लेज़ गैंडे सहित टस से मस नहीं हो रही थी। इधर समय बीतता जा रहा था। मेरे चेहरे पर घबराहट बढ़ती साफ महसूस की जा सकती थी। स्लेज़ को आसानी से धकेलने के लिए उस के नीचे आगे-पीछे दो गोल मजबूत बल्लियाँ डाली गईं। अब कैसे डाली गईं यह तो लिख पाना मुश्किल है पर स्लेज़ के नीचे इस प्रकार सरका दी गईं कि स्लेज, धकेलने पर, गैंडे सहित रोल करता हुआ पिंजरे के अन्दर चला जाए। ट्रैक्टरों ने मनुष्य की शक्ति के साथ जोर लगाया मगर एक ग़लती हो गई। स्लेज़ के दोनों किनारों पर बराबर का ज़ोर नहीं लग पाया और स्लेज़

तिरछा होकर पिंजरे के दरवाजे की चौखट पर मजबूती से फँस गया। बल्लियाँ फिसलकर ट्रक और सड़क के बीच की जगह में फँस गई। अब स्थिति ऐसी हो गई कि ट्रक में भारी भरकम पिंजरा लदा है जो कि पूरे ट्रक के बराबर है, न तो पिंजरे के अगल-बगल थोड़ी-सी भी जगह है और न ही ड्राइवरवाली तरफ जगह है। पिंजरे का मुँह ट्रक के पिछलेवाले भाग में खुला है जिसमें गैंडे को धकेलते समय स्लेज गैंडे सहित फँस गई है। इतने भारी जानवर को खींचना या धकेलना तो दूर, हिलाया तक नहीं जा सकता है। समय उलटी दिशा में तेजी से गिरते पारे की तरह से घटता जा रहा था और सारी सफलता को ठंडा करता जा रहा था।

कभी-कभी मनुष्य की सारी ताकत और बुद्धि एक जगह पर आकर जवाब देने लगती है और मनुष्य किंकर्तव्यविमूढ़ होकर सिर्फ घटनाक्रम को तेजी से घटते हुए देख सकता है। आदमियों की चिल्लाहट, वीरेन्द्र चौधरी, संजय श्रीवास्तव और कमाल का इधर-उधर भागना। हर एक का हर सम्भव प्रयास करना कि गैंडा किसी तरह से पिंजरे के अन्दर चला जाए। मेरा इधर-उधर भागना, कभी डॉ. सिन्हा के पास और कभी सुनील पांडे के पास और कहना कि हमारे पास समय नहीं है। गैंडे को अगर एंटीडोट समय से नहीं दिया गया तो गैंडा मर जाएगा। मगर वह लोग भी क्या कर सकते थे ? अब स्लेज़ सहित गैंडे को ट्रक में पिंजरे के अन्दर नहीं किया जा सकता था क्योंकि स्लेज़ पिंजरे के दरवाज़े की चौखट पर बुरी तरह से फँस चुकी थी और गैंडे के शरीर पर हम लोग उतना ज़ोर नहीं लगा सकते थे कि गैंडा सरककर अन्दर चला जाए। एक शरीर पर एक साथ कितने आदमी जोर लगा सकते थे ? गैंडे का शरीर आदमियों के हाथों से भर जाता पर हिलता तक नहीं था।

दवा अपना असर दिखा रही थी और अगर ज़्यादा देर हुई तो गैंडे की साँसें रुक सकती थीं या फिर उसको दिल का दौरा पड़ सकता था। डॉ. सिन्हा भी ऐसी ही सम्भावना बता रहे थे। मैं मंज़िल के क़रीब था, पर निराश खड़ा था। लगा कि फिर आज नाकामी मिलेगी वह भी गैडे की मृत्यु के साथ। मेरी मजबूरी यह थी कि अगर मैं गैंडे को बचाने के लिए उसे एंटीडोट देता हूँ तो गैंडा तुरन्त खड़ा हो जाएगा और वहाँ की भारी भीड़ के लिए खतरा हो सकता है। यह निश्चित था कि इतनी जल्दी उस जगह को आदमियों से खाली नहीं किया जा सकता है। जिसमें बच्चे और बूढ़े भी थे। और फिर इनमें से ही हमें अभी ढ़ेर सारे आदमियों की आवश्यकता भी थी। अगर मैं आदमियों को बचाता तो गैंडे की जान जाने की सम्भावना प्रबल थी। मैं मंज़िल के पास खड़ा था और सफलता मुझे दूर

जाती दिखाई दे रही थी। मैं कोई निर्णय नहीं ले पा रहा था कि ऐसे में क्या करना चाहिए ? मेरा अन्तर्मन कहता था कि गैंडे को बचा लो, पर दूसरी आवाज़ यह आती थी कि यह उठते ही यहाँ से भागेगा और हो सकता है कई और जानें चली जाएँ। भले ही गैंडा लोगों को न मारता पर इतनी भारी भीड़ में भगदड़ मचने से लोगों को चोट लगने की बहुत-बहुत सम्भावना थी।

हम लोग बिलकुल हारकर बैठ गए। बिलकुल पराजित। कोशिश हो रही थी पर जोश कहीं धीरे-धीरे मर रहा था। लोगों को लगने लगा कि हम लोग एक हारी हुई लड़ाई लड़ रहे हैं। ऐसी परिस्थिति में सभी अपने-अपने दिमाग और अनुभव का पूरा-पूरा इस्तेमाल कर रहे थे और इसी के चलते वीरेन्द्र चौधरी ने सुझाव दिया कि गैंडे के शरीर को रस्सों से लपेट दिया जाए और रस्सों को पिंजरे में लगे लकड़ी के पटरों की दरारों से लँघाते हुए, ट्रक के अगले हिस्से से निकाल कर, ट्रैक्टरों से बाँधकर खींचा जाए और इसमें हाथियों का भी जोर लगाया जाए तो शायद कुछ हो सकता है। सुझाव अच्छा था और इसके अलावा हमारे पास सारे विकल्प भी बन्द थे। तत्काल पीले और सफेद रंग के लम्बे-लम्बे रस्से गैंडे के शरीर पर लपेट दिए गए और पिंजरे तथा ट्रक से पार कराकर ट्रैक्टरो में बाँध दिए गए। मैं ट्रैक्टर के पास खड़ा था और चौधरी व कमाल गैंडे के पास। संजय श्रीवास्तव ट्रक में पिंजरे के अन्दर थे और सुनील पांडे परेशान बाहर सड़क पर। मैंने रस्सों से गैंडे के शरीर को बाँधे जाने का इशारा मिलते ही ट्रैक्टरों को खींचने को कहा ट्रैक्टर ने पूरा ज़ोर लगाया। ज़ोर लगाते ही पिछलेवाले ट्रैक्टर के पीछे के बड़ेवाले पहिये तेज़ी से मिट्टी हटाते हुए जमीन में धँस गए। हाथी बुलाए गए और हाथियों ने ट्रैक्टर के पिछले तरफ से ज़ोर लगाया। आदमियों, हाथियों और मशीनो का जोर एक साथ लगा और शायद ऊपरवाला भी किसी बात से खुश था। अचानक संजय श्रीवास्तव के चिल्लाने की आवाज़ आई, जो कि उस वक्त दुनिया की सबसे अच्छी आवाज़ लगी। उनकी आवाज़ आई, 'गैंडा खिसक रहा है, खिसक रहा है अन्दर जा रहा है, अन्दर जा रहा है, और खींचो और खींचो'। खुशी के मारे उनकी आवाज़ कांप रही थी। मैं दौड़कर ट्रक के पास पहुँचा तो देखा, गैंडा सचमुच स्लेज़ को छोड़ता हुआ आराम से सरकता हुआ पिंजरे के अन्दर ऐसे जा रहा था जैसे बर्फ की सिल्ली काँच के ऊपर फिसल रही हो। मुझे तो विश्वास ही नहीं हो रहा था कि ऐसा अचानक इतनी आसानी से कैसे हो गया और मुझे उस अदृश्य शक्ति का अचानक ध्यान आया जिसके बारे में हम लोग पढ़ते-लिखते बातें करते हैं, पूजा करते हैं, मन्दिर, मस्जिद, गुरुद्वारा जाकर सर झुकाते हैं, पर महसूस नहीं करते। आज अचानक मुझे फिर उसकी शक्ति का

अहसास हुआ और मैंने ऊपर आसमान की तरफ देखकर श्रद्धा से सिर झुका दिया। शाम बस रात में डूबने को हो रही थी। धुँधलका होने लगा था। चारों तरफ कोलाहल मचा था। अफ़रातफ़री का माहौल था। मगर गैंडा अभी बेहोश था और उसको तुरन्त होश में लाना आवश्यक था। गैंडा धीरे-धीरे सरकता हुआ पिंजरे के अन्दर समा गया। बस उसका थोड़ा-सा सिर बाहर रह गया।

ऊपर से नीचे की तरफ बन्द होनेवाले पिंजरे के दरवाजे को बन्द करने के लिए धीरे-धीरे ऊपर से नीचे उतारा जाने लगा और हम लोग गैंडे के सिर को पिंजरे के अन्दर की तरफ धकेलने में लगे थे, मगर गैंडे का सर हम पाँच-छह आदमियों से हिल भर रहा था। जल्दी से रस्सा मुँह में लपेटकर पिंजरे के अन्दर आदमियों को बुलवाकर खींचा गया तब कहीं जाकर गैंडे का सिर पिंजरे के अन्दर हुआ। सिर पिंजरे के दरवाजे की तरफ इसलिए रखा गया था क्योंकि अभी एंटीडोट दवा भी देनी बाक़ी थी और यह दवा बस नस में ही दी जाती है। गैंडे के शरीर में कान ही ऐसा अंग है जहाँ पर की नसें आसानी से मिल जाती हैं। अगर गैंडे का मुँह अन्दर की तरफ रखते तब बाहर की तरफ से कोई रास्ता नहीं था कि उसके सिर तक मैं पहुँच पाता। पिंजरे के अन्दर जाकर दवा लगाकर बाहर निकलना और फिर गेट को बन्द करना जोखिम का काम होता क्योंकि दवा जादू की तरह असर करती है। इंजेक्शन देने के कुछ क्षणों बाद ही जानवर उठकर सक्रिय हो जाता है।

पिंजरे का दरवाजा गैंडे का मुँह अन्दर करवाकर, बन्दकर दिया गया। अँधेरा हो चला था। टॉर्च मँगाई गई। मैंने जेब से दवा निकाली और टॉर्च की रोशनी में हाथ पिंजरे के दरवाजे की बड़ी-बड़ी दरारों से डालकर कान को पकड़ा। गैंडा पूरी तरह से बेहोश था। उसकी सांसों की आवाज़ आ रही थी। उसके नथुनों के गीले किनारे टार्च की रोशनी में चमक रहे थे। आँखें शान्त व निस्तेज थीं। मैंने कान की नस में इन्जेक्शन दे दिया। फिर वहीं बैठकर प्रतीक्षा करने लगा। मुझे लगा कि समय ज्यादा हो रहा है। इसको खड़ा हो जाना चाहिए जबकि दवा दिए हुए समय ज्यादा नहीं हुआ था। मैंने बाक़ी बची दवा भी कान की नस से गैंडे के शरीर में पहुँचा दी। गैंडे के मुँह से घरघराहट जैसी आवाज़ निकली और उसने अपनी छोटी काली आँखें तेज़ी से इधर-उधर घुमाईं और एक झटके और आवाज़ के साथ खड़ा हो गया। गैंडे के बन्धन पहले ही खोले जा चुके थे।

मैं ख़ुश था। सारा माहौल ख़ुश था। संजय श्रीवास्तव ख़ुशी के मारे नृत्य-सा करने लगे जबकि वहाँ पर किसी भी तरह का कोई संगीत नहीं था। किसी का अपनी भावनाओं पर नियन्त्रण नहीं रह गया था। मैंने गैंडे को खड़े होते हुए देखा

और भागता हुआ सुनील पांडे के पास पहुँचा। सुनील पांडे जितने लम्बाई में मुझसे ज्यादा हैं उतने ही चौड़ाई में भी, उन्होंने बच्चे की तरह मुझे उठाकर लगभग अपने पेट पर बैठा-सा लिया और कहा "देखा बेटा! कर दिया न तुमने"। सचमुच खुशी के क्षण थे। ऐसे क्षण जीवन में बहुत कम आते हैं, जिसमें हमें सच्ची खुशी मिलती है। सच, दस दिनों की कड़ी मेहनत और असफलताओं की एक श्रृंखला के बाद हम लोगों ने एक बड़ी सफलता का स्वाद चखा था। ज़ाहिर था कि उसका स्वाद बहुत मीठा लगा।

आपकी भी रुचि अब इस कहानी में समाप्त हो गई होगी, पर हमारी तो थोड़ी परीक्षा अभी और होनी बाकी थी क्योंकि अभी यह तय होना बाकी था कि गैंडे को कहा ले जाना है और कौन ले जाएगा।।

सुनील पांडे लगातार लखनऊ के सम्पर्क में थे। मुख्य वन्य जीव प्रतिपालक, उत्तर प्रदेश से फोन पर बात हुई उन्होंने सफलता की बधाई दी। सुनील पांडे ने उनसे बात करके निर्णय लिया कि इसे लखनऊ प्राणि उद्यान ले जाएँ और ज़ाहिर था कि कमाल, मैं और स्टाफ इसको ले जाएँगे। गैंडा थोड़ा बहुत घायल भी था इसलिए उसे चिकित्सा की भी आवश्यकता थी। मगर लखनऊ चिंड़ियाघर में पहले से ही एक नर गैंडा था और ऐसी स्थिति में एक नए गैंडे को वहाँ ले जाना ठीक नहीं था। मैंने अपनी शंका जताई। लगातार फोन हो रहे थे। कहा-कहा किस-किस से बातें हुई याद नहीं। हम लोग जल्दी से गैंडे समेत ट्रक वहाँ से बाहर निकालकर सड़क पर ले आए। पिंजरा थोड़ा कमजोर लग रहा था इसलिए उसके दरवाज़े पर दो मज़बूत बल्लियाँ क्रास करके बाँध दी गईं।

आख़िर में उच्च स्तर पर यह निर्णय लिया गया कि कानपुर चिड़ियाघर में इस गैंडे को रखने की समुचित व्यवस्था है और आप लोग इसे वहाँ ले जाएँ। सुबह का इन्तज़ार करना मुझे ठीक नहीं लगा। हम लोग 2 घंटे बाद मुरादाबाद से सबसे विदा लेकर कानपुर की ओर चल दिए। रास्ते में गैंडे को नहलाते, बातें करते, कभी शान्त रहते, कभी ख़ुश होते। हम लोग एक अलग गाड़ी से चल रहे थे और हमारे आगे-आगे वह ट्रक चल रहा था जिसमें कई महीनों से एक परेशान, भटका हुआ गैंडा बन्द था और जो एक तरह से जनमानस में आतंक का रूप ले चुका था।

रास्ते भर मुझे फोन पर बधाइयाँ मिलती रहीं और मैंने उसी रात जब घर फोन करके अपनी सफलता को बताना चाहा तो पत्नी ने बताया कि बताने की ज़रूरत नहीं है, हम लोगों को टी.वी. से बहुत पहले ही पता चल गया है। मेरा सारा उत्साह और रहस्य तुरन्त ही काफ़ूर हो गया।

हम लोग सारी रात जागते हुए सुबह 10-11 बजे कानपुर चिड़ियाघर पहुँच गए। गैंडा सही सलामत था। तुरन्त ही उसको एक नए घर में बसाने की और चोटों का इलाज करने की क़वायद शुरू हो गई। लेकिन गैंडे को चढ़ाना भी मुश्किल था और उतारना भी। क्रेन ने जैसे ही पिंजरे को उठाया पिंजरा ऊपर से पूरी तरह से टूट गया। एक बार घबराहट हुई, पर इतनी नहीं, क्योंकि हम लोग चिड़ियाघर के अन्दर थे। व्यवस्था होते-होते शाम हो गई। शाम लगभग 5.30 बजे यानी कि पकड़ने के लगभग 24 घंटे बाद गैंडा दोबारा से स्वतन्त्र छोड़ा गया पर यह स्वतन्त्रता आधी थी क्योंकि यहाँ न जंगल थे, न नदी, न तो घासपात और न वह जंगल की सी बादशाहत। मगर सुरक्षा और देखभाल ज़रूर थी और इस समय गैंडे को इसी की ज़रूरत थी। गैंडे ने पिंजरे से निकलते ही पहला कमाल यह दिखाया कि उसने बाड़े की लगभग 6 फीट की दीवार को एक ही बार में छँलाग मारकर पार करने की पुरज़ोर कोशिश की और अपने अगले व पिछले पैरों से वह दीवार में लगभग लटक-सा गया। उसका चौथाई से ज्यादा शरीर दीवार के ऊपर टिक गया था। गैंडे की हरकत से कई तमाशा देखनेवाले, फोटो खींचनेवाले जो दूर दीवारों पर खड़े तमाशा देख रहे थे और फोटो खींच रहे थे, दीवार से गिर पड़े और कइयों को चोट भी लग गई। गैंडा अपने नए घर में गुस्से से तमतमाया हुआ घूमता रहा और बाहर निकल जाने की जगह को तलाश करता रहा और उसकी यह तलाश आज तक जारी है।

हाथी से बाघ तक

बात 29 नवम्बर, 2007 की है। मुझे मेरे एक मित्र डॉ. सन्दीप मलिक ने रात के भोजन पर परिवार सहित बुलाया था। मैं शाम को चिड़ियाघर का काम खत्म करके घर वापस आ गया। लगभग 7 बजे तत्कालीन प्रमुख वन संरक्षक, वन्य जीव, डी.एन.एस. सुमन का फोन आया कि नजीबाबाद शहर के समीपवर्ती गाँवों में एक हाथी चिल्ला हरिद्वार वन क्षेत्र की तरफ से आ गया है और उसने भारी तबाही के साथ-साथ दो या तीन आदमियों को मार भी दिया है। डी.एन.एस. सुमन ने मुझसे कहा कि मुझे तुरन्त ही नजीबाबाद पहुँचना होगा। मैंने उनसे कहा कि मुझे काफी दूर जाना है, इसलिए मुझे तैयारी के लिए लगभग 2 से 3 घंटे चाहिए होंगे, सुमन ने कहा कि ठीक है, पर हर हालत में सुबह तक नजीबाबाद पहुँच जाना होगा। मैंने उनको कहा, ठीक है सर।

उन दिनों मेरे पास इस तरह के कार्यों को करने के लिए कोई गाड़ी वगैरह नहीं होती थी। मुझे इस तरह के ऑपरेशनों में पहुँचने के लिए प्राय: टैक्सी का ही सहारा लेना पड़ता था। मैंने टैक्सीवाले को फोन किया और 9.30 बजे रात के लिए टैक्सी भेजने को कहा और खुद चिड़ियाघर के अस्पताल पहुँच गया, जो बिलकुल मेरे घर के पास बना था, वहाँ ड्यूटी कर रहे चौकीदार को कमाल के घर भेजकर उसे मैंने बुलवाया और सन्देशा भिजवाया कि आज रात हाथी ऑपरेशन के लिए हम लोग नजीबाबाद निकल रहे हैं।

कमाल अस्पताल पहुँचते ही हमेशा की तरह सहर्ष तैयारी करने लगा। मैं कमाल को बैठा, तैयारी करते हुए देख रहा था। एक चतुर्थ श्रेणी कर्मचारी जिसको ऐसे कार्यों के लिए कोई अतिरिक्त पारिश्रमिक नहीं दिया जाता है। जो चिड़ियाघर ट्रस्ट का नियमित कर्मचारी है, महावत है तथा ऐसे कामों में न जाने के कई उचित कारण बता सकता है। हर ऑपरेशन में जान जाने का खतरा भी बना रहता है। फिर भी कोई क्यों ऐसे कामों में सम्मिलित होने या करने के लिए सहर्ष तैयार हो जाते हैं।

कमाल को कोई रेस्क्यू ऑपरेशन करने का प्रशिक्षण नहीं दिया गया है, वह इतना ही पढ़ा-लिखा है कि मुश्किल से हस्ताक्षर भर कर लेता है, पर साहसी बहादुर इतना कि पूरा एक उपन्यास लिख दिया जाए। वह क्या सोच है जो ऐसे कार्यों को करने की प्रेरणा देती है, हो सकता है कि कुछ लोग अपने पद पर बने रहने के लिए तथा कुछ छोटे स्वार्थों के लिए कमाल जैसे आदमियों का उपयोग कर लिया करते हैं। उन्हें किसी यन्त्र की तरह से इस्तेमाल करके भूल जाते हैं, पर मैं देखता हूँ कि ऐसे लोगों के कार्य ही निष्काम कर्मयोग की श्रेणी में अनजाने ही आ जाते हैं और कोई तर्क, चालाकी और सरकारी दांव-पेंच उसके कर्म की महानता को छोटा नहीं कर सकते हैं। क्योंकि कमाल जैसे निष्काम कर्म करनेवाले योगियों का मालिक वहीं है जो कमाल जैसों को यन्त्र की तरह इस्तेमाल करनेवालों का।

कथा रोककर मैंने जो कहा कि उसकी उपयोगिता आपको कथा के मध्य पहुँचकर समझ आएगी। जहाँ आदेश देनेवाले यह भूल जाते हैं कि उनका आदेश बजानेवाले भी बिलकुल उनकी तरह के ही इनसान हैं और उनके अन्दर वहीं भावनाएँ और उनके वैसे ही परिवार हैं जैसे हम लोगों के, बस वह भाग्य, प्रारब्ध तथा एक बार पूर्ण ऊर्जा से परिपूर्ण हो, एक स्पर्धा को पारकर लेते हैं तथा उसके बाद सम्पूर्ण रूप से ऊर्जा विहींन होकर घिसे हुए सरकारी बाबुओं से लम्बे समय तक सरकारी भाषा लिखने का षडयन्त्र हम लोगों से अच्छी तरह जानते हैं, जिसकी जड़ में अपनी बिना उददेश्य की नौकरी बचाने का मूल मन्त्र छिपा रहता है।

खैर कमाल और मैंने मिलकर लगभग 8 बजे तक सारी तैयारी कर ली और मैं घर वापस आकर अपने परिवार को लेकर अपने मित्र डॉ. सन्दीप मलिक के घर निकल गया। वहाँ से लगभग मैं रात 9.30 बजे लौटा और मुझे घर के बाहर ही टैक्सी खड़ी मिल गई और थोड़ी दूर पर कमाल भी खड़ा मिल गया। ट्रैंक्यूलाइजेशन का सारा सामान कमाल गाड़ी में रखवा चुका था, सिर्फ मेरा बैग रखना शेष था।

रात लगभग 9.45 पर हम लोग नजीबाबाद की ओर निकल गए। लखनऊ शहर से बाहर आते ही यह समझ में आ गया कि बाहर ठंड बहुत है। अनिल गुप्ता टैक्सी के ड्राइवर थे। थोड़ी देर बात करते-करते मैं सो गया। अचानक मुझे लगा कि गाड़ी रुकी हुई है, मैंने आँखें खोलकर देखा तो गाड़ी एक ढाबे के किनारे रुकी हुई थी। अगल-बगल थोड़े बहुत ट्रक खड़े थे। घड़ी में देखा तो सुबह के तीन बज रहे थे। कमाल हाईवे किनारे थोड़ी दूर खड़ा था। मैंने कमाल

को बुलाकर पूछा कि गाड़ी कब से रूकी है, कमाल ने बताया कि गाड़ी अभी 15 मिनट पहले ही रोकी गई है, क्योंकि ड्राइवर को नींद आ रही थी और वह बहुत थका महसूस कर रहा था। मैं दोबारा गाड़ी में आँख बन्द कर के बैठा रहा लगभग 4.30 बजे हम लोग मुँह-हाथ धोकर चाय पीकर नजीबाबाद की ओर चल पड़े। बाहर जबर्दस्त ढंड पड़ रही थी और जैसे-जैसे हम लोग पहाड़ों की तरफ बढ़ रहे थे, ठंड भी बढ़ती जा रही थी।

सुबह-सुबह का कोहरा घना होता जा रहा था, करीब 9.30 बजे हम लोग नजीबाबाद डी.एफ.ओ. ऑफिस में बैठे हुए थे और वहाँ के स्टाफ से तबाही मचा रहे हाथी के बारे में जानकारी ले रहे थे। तब मुझे और कमाल को नहीं मालूम था कि इस हाथी-कथा का एक सिरा एक बाघ से भी जुड़ा हुआ है।

हम लोगों को मौजूदा स्टाफ ने बताया कि हाथी ने पिछले कई दिनों से तबाही मचा रखी थी। उसने पहले गाँव के दो लोगों को मार दिया था और आज सुबह भी उसने एक और आदमी को जान से मार दिया था। उनकी जानकारी के अनुसार यह एक बड़ा नर हाथी है, जिसके अच्छे खासे मजबूत दाँत भी हैं। यह हाथी, विशेषकर गुज्जरों के टोलों में घुस जाता है और वहाँ झोपड़ियों को तोड़ता है और जो भी खाने का सामान होता है उसे खाता कम और बरबाद ज्यादा करता है। लोगों के भगाए जाने पर वह क्रुद्ध होकर उन पर हमला कर देता है, और जो भी दुर्भाग्यशाली उसके सामने पड़ जाता है उसे वह मार देता है। इस तरह से हाथी ने कल रात तक 3 आदमियों को मार डाला है। डी.एफ.ओ. ऑफिस सड़क के किनारे बनी दुकानों के ऊपर बनाया गया था, दुकानों के बीच एक गोल मेहराबदार पुराना दरवाजा खुला था और उसको देखकर ही यह बात तय हो जाती है कि यह दरवाजा कभी बन्द नहीं होता होगा या कि फिर वह कोशिश करने के बावजूद बन्द ही नहीं हो सकता है। ठीक दुकानों के ऊपर बने डी.एफ.ओ. ऑफिस के कमरे भी दुकानों की लम्बाई में ही बने थे, और उन कमरों को जोड़ने के लिए सड़क की तरफ एक पतली बालकनी बनाई गई थी। कमाल और अनिल ड्राइवर नीचे गाड़ी के ही पास रुके थे और मैं डी.एफ.ओ. के कमरे में डी.एफ.ओ. अनुपम गुप्ता का इन्तजारकर रहा था। मुझे चाय दी गई जो कि ठंड में काफी राहत देनेवाली लगी थी।

थोड़ी ही देर बाद स्टाफ द्वारा यह बताया गया कि मुझे सिंचाई विभाग के रेस्टहाउस में पहुँचना है वहीं पर अनुपम गुप्ता मुझसे मिलेंगे। हम लोग रेस्टहाउस की ओर रवाना हो गए। रास्ता बतलाने के लिए एक स्टाफ हम लोगों की गाड़ी में साथ बैठ गया।

दोपहर होते-होते हम लोग रेस्टहाउस पहुँच गए। थोड़ी देर बाद ही वहाँ पर अनुपम गुप्ता भी आ गए और उन्होंने मुझे वहीं बताया जो कि उनका स्टाफ मुझे पहले ही बता चुका था कि हाथी काफी अनियन्त्रित हो चुका है और वह अब इतना दु:साहसी हो गया कि गाँव और डेरों में घुसकर आदमियों पर हमला कर देता है, और वहाँ रखी खाने योग्य सामग्री खा जाता है बल्कि खाता कम है बरबाद ज्यादा करता है। उसको गाँव, डेरों से दूर रखने की कोशिश की जा रही है परन्तु उसको रोकना मुश्किल हो रहा है, और हाथियों के अन्दर आदमियों के प्रति जो स्वाभाविक दूर रहने की प्रवृत्ति होती है वह धीरे-धीरे खत्म हो रही है। अनुपम गुप्ता ने बताया कि अगर यह हाथी जल्दी ही जंगल वापस नहीं गया तो समस्या कभी भी गम्भीर हो सकती है। गाँववालों का गुस्सा अपने चरम पर था वह अपने घरों, परिवार तथा मवेशियों के लिए काफी चिन्तित थे।

यह समस्या तब थी जब गाँववाले वर्षों से जंगलों में हाथियों के साथ रह रहे थे। यह गाँववाले हाथियों के आचार-व्यवहार से अनभिज्ञ नहीं थे, तथा उनके लिए हाथियों का उत्पात कोई नई बात नहीं थी। समस्या गम्भीर हो गई थी और उस सीमा तक जा पहुँची थी जहाँ तीन आदमी हाथी द्वारा मारे जा चुके थे और हाथी के भी मारे जाने की पूरी सम्भावना थी क्योंकि गाँववालों का आक्रोश और दु:ख, सरकारी नियमों को अनदेखाकर सकता था और किसी भी विपरीत परिणाम भुगतने के लिए तैयार था।

उन्होंने यह भी बताया कि क्योंकि यह क्षेत्र उत्तर प्रदेश के साथवाले राज्य उत्तरांचल से लगा हुआ है तथा हाथी दोनों प्रदेशों में आ जा रहा है इसलिए उत्तरांचल वन विभाग से भी मदद ली गई है। उत्तरांचल स्थित भारतीय वन्य जीव संस्थान से डॉ. पराग निगम, देहरादून वन प्रभाग के परमजीत सिंह, वन संरक्षक तथा प्रभागीय वनाधिकारी आई.पी. सिंह को भी सहायतार्थ बिजनौर बुलाया गया है। अनुपम गुप्ता के अनुसार यह सभी लोग शाम तक बिजनौर पहुँच जाएँगे तथा एक बैठक करके योजनाबद्ध तरीके से कार्य के लिए रूपरेखा तैयार की जाएगी। उन्होंने यह भी बताया कि क्षेत्र के मुख्य वन संरक्षक अतिबल सिंह भी शाम तक बिजनौर पहुँच जाएँगे।

शाम को परमजीत सिंह, अतिबल सिंह, डॉ. पराग निगम, आईपी.सिंह, अनुपम गुप्ता और मैं रेस्टहाउस के कमरे में बैठे हुए हाथी को नियन्त्रित करने की योजना बना रहे थे। हाथी के पिछले दिनों के व्यवहार से उसको समझ पाने का बस एक अनुमान भर लगा रहे थे। हाथी या कह ले कि कोई भी वन्य जीव जब अपनी स्वाभाविक गतिविधियों से विमुख होकर असामान्य व्यवहार व

गतिविधियाँ करने लगता है तब उसके असामान्य व्यवहार का आकलन करके उसकी भविष्य के व्यवहार या गतिविधियों के विषय में अनुमान लगाना कठिन हो जाता है। ऐसा वन्य जीव कोई भी कदम उठा सकता है, तथा आप केवल उसके किए गए व्यवहार का आकलन करने के लिए उसके पदचिह्नों तथा उसके द्वारा किए गए विध्वंस के पास खड़े रह जाते हैं। ऐसा ही एक हाथी एक समस्या के रूप में बिजनौर में राजाजी नेशनल पार्क के चिल्ला हरिद्वार होते हुए बिजनौर शहर की सीमा को लगभग छू रहा था।

हम लोग कमरे में बैठे हुए हाथी के हर पहलू, हर व्यवहार पकड़ने जाने के उपाय तथा जंगल वापस लौट जाने की सम्भावना पर विचार कर रहे थे। देर रात से निर्णय लिया गया कि हाथी को पकड़ पाना लगभग असम्भव-सा कार्य है क्योंकि यदि हाथी पकड़ भी लिया गया तो उसके बाद उसका करेंगे क्या ? जंगली हाथी को बेहोश करने के बाद जंजीरों में बाधना दुष्कर कार्य था। क्योंकि हाथी होश में आने के बाद फिर उत्पात कर सकता था तथा ज्यादा मजबूती से बाँधे जाने पर खुद को बुरी तरह से घायल कर सकता था, फिर हाथी को रखने का अपने पास कोई सुरक्षित स्थान भी नहीं था, और न ही कोई ऐसा बाड़ा था जिसमें उसको कुछ दिनों के लिए ही ढंग से रखा जा सके। उसको मारने के आदेश नहीं थे और हमारी टीम को कोई भी व्यक्ति हाथी को मारने या नष्ट किए जाने में रुचि भी नहीं रखता था और न ही ऐसा सोचता था। एक तरीका यह भी था कि हाथी को बेहोश करके दूसरे जंगल में स्थानान्तरित कर दिया जाए पर यह कार्य अत्यन्त दुरूह था तथा इसमें पर्याप्त ठोस संसाधनों का होना आवश्यक था।

सही यही था कि किसी प्रकार से गाँववालों की सुरक्षा की जाए और हाथी को इतना समय दिया जाए कि वह घूमता फिरता स्वयं अपने घर का रास्ता खोज ले और जंगल वापस चला जाए। पर यह सब इतना आसान नहीं था। अगर सब कुछ योजना के अनुसार हो जाता तो शायद फिर इस तरह की घटनाओं को मुझे लिखने की आवश्यकता ही नहीं होती।

अगली सुबह हाथी की खोज शुरू की गई, हमेशा की तरह हाथी गाँव अथवा आसपास के जंगलों में डेरे पर हमला करके गायब हो जाता था। हजारों हेक्टेयर के जंगल में एक अकेले हाथी को ढूँढ़ना काफी कठिन कार्य था। बिजनौर वन प्रभाग का स्टाफ पहले से ही हाथी की खोज कर रहा था पर हाथी की खबर तभी मिलती थी जब वह कहीं हमला कर देता था या फिर कोई और नुकसानकर चुका होता था। स्थानीय स्टाफ की निशानदेही पर अतिबल सिंह, परमजीत सिंह, डॉ.पराग निगम, अनुपम गुप्ता, आई.पी. सिंह और मैं हाथी को

तलाशते हुए घूम रहे थे। हम लोग उसके द्वारा की गई सबसे ताजा घटना के आसपास ही, उसके पगचिह्नों को उसके वहाँ होने का सबूत मानते हुए उसे ढूँढ़ रहे थे। उद्देश्य यह था कि सबसे पहले हाथी को तलाश किया जाए फिर उसको वहाँ ज्यादा से ज्यादा देर तक रोकने की कोशिश की जाए। उसके उपरान्त अगर बन पड़े तो उसको उस तरफ हाँका जाए जिस तरफ आबादी न हो या के फिर कम घनी आबादी हो। यहाँ तक अगर योजना सफल हो जाती है तो फिर अनुमान था कि उस क्षेत्र से मिले हाथियों के लिए उपयुक्त जंगल में वह स्वयं चला जाएगा। इस तरह से यह अभियान सफल माना जाएगा। और अगर ऐसा कुछ भी नहीं होता है और स्थिति बेकाबू होती है तो हाथी को बेहोश कर जंगल में स्थानान्तरित करने की कार्रवाई की जाएगी। यह कार्रवाई जोखिम भरी, बेहद मुश्किल तथा काफी खर्चीली होगी यह हम लोग सभी जानते थे। हाथी को बेहोश करके दूसरी जगह स्थानान्तरित करने में सबसे बड़ा जोखिम हाथी की जान को भी था और हमारी टीम को पूर्ण वयस्क जंगली हाथी को बेहोश करके स्थानान्तरित करने का पूर्ण अनुभव भी नहीं था।

हाथी को खोजते हुए हम लोग हाथी द्वारा पिछली रात को किए गए हमले के स्थान पर पहुँच गए। यह कुछ एक कच्चे घरों का एक गुज्जरों का डेरा था, जंगल और शहर के बीच इन लोगों ने अपना बसेरा बनाया था। यह लोग मवेशियों को पालते थे और दूध का व्यापार करते थे। गूजरों के बनाए गए कच्चे घर मजबूत तथा सुन्दर होते हैं। जीवनयापन के लिए यह गाँव के लोग काफी हद तक जंगल पर निर्भर रहते हैं। इसी डेरे पर हाथी ने कल देर हमला किया और एक बड़े घर की एक तरफ की दीवार को तोड़ता हुआ सीधे घर के अन्दर पहुँच गया। हम लोग घर के पास पहुँचे तो देखा कि हाथी ने कच्चे घर की एक मजबूत मोटी दीवार जो लगभग 10 फिट लम्बा 7 से 8 फिट ऊँचा तोड़ डाला था और लगभग झुककर यह हाथी घर के अन्दर पहुँच गया था। डेरे के लोग हाथी की गतिविधियों से वाकिफ थे इसलिए वह सतर्क थे और हाथी की आहट मिलते ही अपने बचने के उपाय करने लगे थे। पहले तो यह लोग घर के अन्दर ही बने रहे पर जब हाथी पूरी ताकत से घर की एक तरफ की दीवार तोड़ने लगा था तो इन लोगों ने वहाँ से भागकर जान बचायी। हाथी घर के अन्दर पहुँचकर सबसे पहले खाने पीने की चीजो को ढूँढ़ने लगा और उसने उन खाने पीने की चीजों को जी भर के खाया और खाने से ज्यादा बरबाद किया था। घर के अन्दर उसने काफी तोड़ फोड़ की थी। सारे झोंपड़े का सामान अस्त व्यस्त-सा कच्ची जमीन पर बिखरा पड़ा था, बच्चों के कपड़े, चादर, रजाई-गद्दा, खाने के बर्तन, अनाज के

डिब्बे और बहुत सारा इस तरह का सामान हाथी ने पूरे झोंपड़े पर फैलाया और तोड़ा था। उसने झोपड़े को अन्दर से भी तोड़ने गिराने की कोशिश की थी। घर के अन्दर की दीवारों पर कई जगह दरारें पड़ गई थीं। सबसे खास बात यह थी कि हाथी घर के एक तरफ दीवार तोड़कर घुसा, झोपड़े में उसने उत्पात मचाया और दुबारा दीवार तोड़कर दूसरी ओर से बाहर निकल गया।

गाँववाले हम लोगों के निरीक्षण परीक्षण को ध्यानपूर्वक देख रहे थे और दबी आवाज में आपस में कुछ बातचीत कर रहे थे। डेरे का मुखिया हम लोगों को घटना स्थल का मुआयना करा रहा था, उसके साथ डेरे के ही दो नौजवान भी थे। डेरेवालों की आँखें देखकर उनका हाथी और हम लोगों के प्रति आक्रोश और विद्रोह साफ जाहिर हो रहा था। डेरे के बाहर कच्ची पगडंडी पर हमारी गाड़ियाँ खड़ी थीं। उसके अगल-बगल हमारा स्टाफ भी खड़ा था।

डेरे का मुखिया हम लोगों को डेरा पार कराते हुए, खेत के एक छोटे से टुकड़े में ले गया जहाँ पर हाथी के पगचिह्न साफ दिख रहे थे और बता रहे थे कि यह हाथी समीप के घने पेड़ों से निकलकर रात में डेरे पर आया और फिर उसके डेरे के झोपड़ों पर हमला कर दिया। सब लोग भाग्यशाली रहे कि हाथी के आगे कोई डेरे का आदमी, औरत या बच्चा नहीं पड़ा, वरना हाथी का उत्पात देखकर यह समझा जा सकता था कि वह किसी को जीवित नहीं छोड़ता। जहाँ तक मुझे याद है हाथी का पाँव का घेरा लगभग 1.6 मीटर का था। आप अगर हाथी के पैर की गोलाई (व्यास) नाप लें और उसको दुगना कर दें तो आपको हाथी की लगभग ऊँचाई मालूम हो जाएगी। यानी कि यह हाथी लगभग 3 मीटर से ऊँचा था। पैर रखने के स्थान की मिट्टी पर जैसे हाथी के बेखौफ मजबूत हस्ताक्षर बने थे। मजबूत जमीन हाथी के भार से धँस गई थी। हाथी के पैर के निशान देखकर हाथी की विशालता और उसकी असीमित शक्ति का अन्दाजा हम लोगों को हो गया था। हाथी के पैरों के निशानों को देखते देखते हम लोग उसके जाने का रास्ता ढूँढ़ने लगे। डेरेवालों की आपसी बातचीत अब तेज हो गई थी और वे अपना आक्रोश तेज होती बातचीत के जरिये हम तक स्वयं पहुँचाना भी चाह रहे थे। समस्या वास्तव में थी। हाथी हमारे बस में नहीं था। डेरेवाले चाह रहे थे कि या तो हमारी रक्षा करो या फिर हाथी का कुछ करो, नहीं तो हम लोगों को ही कुछ करना होगा। डेरे की एक बुजुर्ग महिला हम लोगों और हाथी से बेहद नाराज थी।

एक तरह से देखा जाए तो बातचीत ने उग्र रूप ले लिया था और वह हाथी के कृत्य के लिए हम लोगों को भी दोषी मान रही थी। सब अधिकारी/कर्मचारी

उस बुजुर्ग महिला की डाँट सुन रहे थे। उस डाँट में उसका गुस्सा, असमर्थता तथा दु:ख सब कुछ मिला था। देखा जाए तो उसका गुस्सा वाजिब था, पर ऐसी स्थिति में तत्काल कुछ भी नहीं किया जा सकता था। मैं तो यह भी मानता हूँ कि यह मानव-वन्य जीव संघर्ष प्राकृतिक आपदा की तरह ही होते हैं जिसका जनक आप प्राकृतिक आपदाओं की तरह मनुष्य को मान सकते हैं, पर ऐसी स्थिति को तत्काल, थोड़े बहुत स्तर पर ही नियन्त्रित किया जा सकता है, यदि आपको वन्य जीव को भी बचाना है। अतिबल सिंह, परमजीत सिंह और अनुपम गुप्ता वरिष्ठ अधिकारियों के रूप में डेरेवालों को समझा रहे थे कि जल्द ही इस समस्या का समाधान किया जाएगा। मैं और डॉ. पराग निगम जरा दूर हटकर सिर्फ यह सोच रहे थे हाथी को कैसे काबू किया जा सकता है।

लोगों की बातचीत करते उनको समझाते-बुझाते शाम हो गई थी। यह क्षेत्र उत्तर प्रदेश और उत्तरांचल की सीमा पर स्थित था, अगर आप नीचे की ओर चलें तो नजीबाबाद क्षेत्र आ जाता था और जरा भी ऊपर की तरफ चलें तो कोटद्वार और उसके ऊपर हरिद्वार वन प्रभाग उत्तरांचल के मिले-जुले जंगल शुरू हो जाते हैं। दोनों राज्यों का मिला जुला क्षेत्र आबादीवाला था और बीच में जंगल के छोटे-छोटे टुकड़े थे जो कि वन्य जीवों को बड़े जंगलों तक पहुचाने के लिए गलियारा भर देते थे। कुल मिलाकर स्थिति यह थी कि इन्हीं छोटे-छोटे जंगल के टुकड़ों में हाथी भटक रहा था और बीच बीच में पड़नेवाले डेरे गाँव आदि में रहनेवालों के लिए आतंक का रूप ले चुका था।

लखनऊ स्थित अधिकारियों से भी फोन पर बातचीत लगातार हो रही थी और उनको मौके की स्थिति का ब्यौरा दिया जा रहा था। शासन प्रशासन का ध्येय स्पष्ट था, वे न तो आदमियों को खोना चाहते थे और न ही हाथी को। हम लोग भी स्थिति पूरी तरह समझ रहे थे पर इस चलती-फिरती विकराल आपदा को आबादी से कैसे दूर रखा जा सकता था। और यह आपदा सोचती थी, विचारती थी और पुरानी स्मृतियों को याद करके आगे का निर्णय भी लेती थी।

रात में हम लोग रेस्टहाउस में फिर इकट्ठे हुए और विचारने लगे कि हाथी की समस्या का निदान कैसे किया जाए। डॉ. पराग निगम को एक आवश्यक कार्य से वापस अपने संस्थान देहरादून पहुँचना था तो वे देर शाम वापस देहरादून चले गए। सब लोग आपस में बातचीत कर ही रहे थे कि डी.एफ.ओ. लैन्सडाउन निशान्त वर्मा का फोन परमजीत सिंह के पास आया कि लाल डाग के पास इलेक्ट्रिक फेंस लाइन के पास हाथी घूम रहा है। फेंस लाइन जंगल क्षेत्र में हाथियों को आबादी से दूर रखने के लिए लगाई गई थी। हम सब लोग तुरन्त ही

निशान्त वर्मा द्वारा बताई गई जगह पर पहुँच गए। रात के अँधेरे में एक पतली सी सड़क पर गाड़ियाँ खड़ी थीं। सड़क के एक तरफ छोटा-सा गाँव था जिसमें कुछ मकान बने थे।

जंगल अँधेरे में और ज्यादा घना और विकराल लग रहा था। सिर्फ जंगल की जमीन पर गिरी सूखी पत्तियों की आवाजों और टहनियों के टूटने की आवाज से हाथी के होने की दिशा मालूम हो रही थी। रात ठंडी और अँधेरी थी। हम लोग सड़क पर इधर से उधर घूम रहे थे और शायद सड़क के दूसरी तरफ हाथी भी हम लोग की टोह लेता चुपचाप घूम रहा था। अजीब सी रोमांचक स्थिति थी।

अगर हाथी सड़क पर किसी भी तरफ से उतर आता तो हम लोग कुछ भी करने की स्थिति में नहीं थे। अँधेरी रात ने हाथी की शक्ति को कई गुना कर दिया था। अतिबल सिंह, परमजीत सिंह, अनुपम गुप्ता, आई.पी. सिंह, निशान्त वर्मा और मैं, अन्य स्टाफ के साथ असहाय से सड़क पर खड़े थे। हाथी अगर सामने आ भी जाता तो भी उसको मैं डार्ट करके बेहोश नहीं कर सकता था क्योंकि रात में डार्ट करना वैसे भी कठिन था और फिर डार्ट करने के बाद हाथी को ढूँढ़ना असम्भव था क्योंकि दूसरी समस्या यह भी थी सड़क के आबादीवाला क्षेत्र ढलान पर था और बेहोश होता हाथी फिसलकर ढ़लान पर कहीं भी गिर सकता था। सबसे बड़ा ज्वलन्त प्रश्न यह था कि बेहोश करने के बाद इतनी रात में हाथी को दूसरी जगह स्थानान्तरित कैसे किया जाएगा। सब कुछ नितान्त असम्भव-सा कार्य था। कुछ घंटे बाद जंगल बिलकुल खामोश हो गया उधर से किसी भी प्रकार की आवाज आनी बन्द हो गई। हम सब लोग टकटकी लगाए जंगल की ही दिशा में अँधेरे में ही देखने की कोशिश कर रहे थे। टॉर्च जलाना, आवाज करना, बिलकुल मना कर दिया गया। गाड़ियों को वहाँ से हटाकर दूर खड़ा किया गया था। जिस जगह हाथी के होने की सम्भावना थी उसके लगभग सामने सड़क के पास एक मकान बना था। हम लोग उस मकान की छत पर चढ़ गए थे। क्योंकि वहाँ पर सिर्फ वहीं एक सुरक्षित स्थान था जहाँ हाथी से बचा जा सकता था। बाकी कोई ऐसी जगह नहीं थी जहाँ हाथी के हमला करने के बाद हम लोग बच सकते थे। सर्दी अपने चरम पर थी। जंगल और थोड़े फासले पर स्थित पहाड़ियों ने सर्दी को और मजबूती के साथ बढ़ा दिया था।

छत के एक कोने में मवेशियों को खिलाने के लिए पुआल एक ढेर के रूप में इकट्ठा किया गया, जब बहुत देर से जंगल की तरफ से कोई आहट नहीं हुई तब अचानक हम सभी को सर्दी का अहसास हुआ। अभी तक सबका ध्यान हाथी की ही ओर लगा था जैसे ही हाथी से ध्यान हटा हम सभी को ठंड लगने

लगी। मुझे याद है कि हम सबने उसी पुआल के ढेर को इकट्ठा कर नीचे बिछा लिया और उसी पर अधलेटे से हो गए। मैं अतिबल सिंह, परमजीत सिंह, अनुपम गुप्ता, आई. पी.सिंह पुआल पर लेटे बैठे थे और वहीं पुआल हम लोगों ने अपने ऊपर डालकर ओढ़ भी लिया।

हम सब पुआल का बिस्तर जैसा बनाकर लेटे, हाथी की कमजोर चौकीदारी सी कर रहे थे। मैंने ऊपर देखा साफ सितारों से भरा आसमान चमक रहा था। एक तरफ अशान्त हाथी को अपने में समेटे शान्त जंगल खड़ा था और दूसरी ओर नीचे घरों में सन्नाटा था और लोग खतरे से अनजान अपने-अपने गर्म बिछौनों में सोए हुए थे। सब तरफ शान्ति थी। ऐसा लग रहा था कि जैसे सब ठीक ठाक है, सामान्य है। पर दिल के अन्दर एक डर बैठा था हाथी को लेकर क्योंकि यह दिल जानता था कि हाथी अब तक तीन लोगों को जान से मार चुका है बेवजह। जाने कितने गरीबों के झोंपड़ों को तोड़ चुका है। उनकी गृहस्थी बरबादकर चुका है, और इस क्षेत्र में बसनेवालों के अन्दर एक भय पैदा कर चुका है, न जाने कब क्या कर बैठे।

हम लोग सोए तो नहीं थे पर सब अपने-अपने विचारों में गुम अपने-अपने ढंग से सोच रहे थे। मैं सोच रहा था वह जो आदमी मार दिए गए हैं उनके परिवारों के बारे में उनकी जीविका के बारे में। वह जो घर हाथी ने तोड़ दिए हैं, वह जो उसके अन्दर रखा सामान उसने तहस-नहस कर दिया है। हाथी ने ऐसा क्यों किया! क्यों वह जंगल से निकला? क्या हम लोग ही बढ़ते-बढ़ते जंगल के अन्दर पहुँच गए हैं। हाथी खुद बहुत परेशान होगा, भटक रहा था वह। वह भी अपने परिवार से बिछुड़ गया था। वह खुद ऐसी मुठभेड़ नहीं चाहता होगा। वह खुद आराम से खाते-पीते जिन्दगी बसर करना चाहता होगा। विचार बादलों की तरह से आपस में गड्डमड्ड होते हुए नए-नए विचारों का रूप दे रहे थे। उनको पकड़ पाना उनको आज लिख पाना बहुत मुश्किल हे पर कुछ प्रश्न थे। और वह आज भी उतने ही सशक्त हैं जितने उस दिन थे।

रात लगभग 2 से 3 बजे हम लोग वापस रेस्टहाउस आकर सो गए। सुबह सोकर उठे तो कोई समाचार नहीं मिला था, यह कहना ज्यादा सही होगा कि कोई अप्रिय समाचार नहीं मिला था। सुबह नाश्ते के समय यह तय किया गया कि मैं और आई.पी. सिंह, परमजीत सिंह के साथ रातवाली जगह से हाथी को खोजना शुरू करते हैं और वहीं से परमजीत वापस देहरादून चले जाएँगे और मैं, कमाल और आई.पी. सिंह वापस बिजनौर लौट आएँगे। हम लोग नाश्ते के तुरन्त बाद लालडांग की तरफ चल दिए।

सुबह थी, अँधेरा खत्म था और साथ ही रातवाला डर भी। आँखें दूर तक साफ साफ देख सकती थीं। रातवाली जगह पर हम से पहले ही निशान्त वर्मा अपने स्टाफ के साथ खड़े थे। और उन्होंने बताया कि हाथी इसी जंगल में अन्दर की तरफ चला गया है। उन्होंने बताया कि उनके स्टाफ ने सुबह-सुबह ही खोजबीन शुरू कर दी थी और अन्दर जंगल में हाथी के जाने के निशान मिले हैं। यह एक अच्छी खबर थी कि हाथी ने अपना सही रास्ता चुन लिया है और वह अब बेहतर दिशा में आगे बढ़ने की कोशिश में है।

हम सब अपने आपको रोक नहीं पाए और जंगल की पगडंडी पर हाथी के जाने की दिशा में पैदल ही आगे बढ़ गए। रास्ते में हमें हाथी की ताजा लीद मिली उसके द्वारा तोड़ी गई टहनियाँ, पेड़ इत्यादि रास्ते में पड़े थे। उसके छोड़े गए निशान को देखकर ऐसा लगता था कि उसे यहाँ से जाने की कोई जल्दी नहीं है, वह घूमता-टहलता खाता-पीता आगे बढ़ रहा था। हम लोग जंगल के अन्दर काफी दूर निकल आए थे। गाड़ियाँ पीछे सड़क पर खड़ी थी। आई.पी.सिंह ने एक सुझाव दिया कि हम इन जंगलों के रास्तों को आगे गाड़ियों से जाकर काटते हैं। क्योंकि हम पैदल उतना नहीं चल सकते हैं, जितना हाथी आगे बढ़ता जा रहा है और इस प्रकार की पैदल ट्रैकिंग से खतरा भी था। और इस तरह हाथी के पीछे-पीछे चलना बेवजह होगी जबकि हाथी सही दिशा में आगे बढ़ रहा है। आई.पी.सिंह की बात हम लोगों ने मान ली और गाड़ियों में बैठकर जंगल के दूसरी तरफ सड़क से निकल गए। मुझे पूरा जंगल का रास्ता तो याद नहीं रहा पर यह याद था कि हम अनुमान से हाथी के आसपास शाम तक चलते रहे, पीछे तैनात किए स्टाफ से बीच बीच में यह जानकारी लेते रहे कि कहीं बीच जंगल में हाथी कहीं वापस तो नहीं घूम गया है। हम लोग लगातार जंगलों की आड़ी तिरछी पगडंडियों को टटोलते काटते चलते शाम होते-होते चिल्ला रेस्टहाउस पहुँचे। चिल्ला पहुँचते-पहुँचते यह लगभग निश्चित हो चुका था कि हाथी सही रास्ते पर आगे बढ़ गया है। बस डर एक ही बात का था कि कहीं वह फिर वापस न मुड़ जाए।

रास्ते भर हम लोग यह जानकारी लेते रहे कि जंगल से गुजरनेवाले किसी भी व्यक्ति को एक अकेला हाथी जाता दिखाई दिया है कि नहीं। कई जगहों से इस बात के संकेत मिले कि हाथी ठीक दिशा में आगे की तरफ बढ़ रहा है। चिल्ला में थोड़ी देर आराम करने के बाद हम लोग वापस जाने की तैयारी करने लगे। परमजीत सिंह को देहरादून जाना था, मुझे और आई पी.सिंह को वापस बिजनौर। अनुपम गुप्ता और अतिबल सिंह से परमजीत सिंह की लगातार बातचीत हो रही

है और उन सबको भी हाथी के आगे बढ़ जाने की सूचना दे दी गई। वहीं से मैंने यह जानकारी डी.एन.एस.सुमन, प्रमुख वन संरक्षक, वन्य जीव को दे दी। खबर अच्छी थी इसलिए बताते हुए भी अच्छा लग रहा था। डी.एन.एस.सुमन ने कहा कि कल तक बिजनौर रुककर थोड़ा इन्तजारकर लो और अगले दिन यानी 04 दिसम्बर को दोपहर को नजीमाबाद से लखनऊ चल देना।

देर रात में हम लोग बिजनौर पहुँचे, हाथी का वापस चले जाना लगभग तय था इसलिए मैं और कमाल भी वापस लखनऊ जाने की तैयारी करने लगे। सोचा था कि कल दोपहर तक नजीबाबाद से लखनऊ के लिए चल देंगे और देर रात तक लखनऊ पहुँच ही जाएँगे।

4 दिसम्बर, 2007 की सुबह मैं सो ही रहा था कि अचानक मेरी नींद मेरे मोबाइल फोन की घंटी से टूटी। सुबह-सुबह फोन की घंटी सुनकर न चाहते हुए भी मन चिन्ता से घिर गया। मोबाइल में देखा तो डी.एन.एस.सुमन, प्रमुख वन संरक्षक, वन्य जीव का लखनऊ से फोन था, उन्होंने मुझे बताया कि मुझे अभी तुरन्त ही नजीबाबाद से कतर्नियाघाट जाना होगा क्योंकि हाइवे के किनारे एक बाघ घायल हो गया है। नजीबाबाद से कतर्नियाघाट लगभग 700 किमी. तो होगा ही। यह सुनकर मुझे थोड़ा आश्चर्य भी हुआ क्योंकि मुझे नजीबाबाद से कतर्नियाघाट तक पहुँचने में काफी समय लग जाएगा, मैंने प्रमुख को बताया कि मेरे पास जो इम्मोब्लाइजेशन गन है वह लम्बी दूरी तक मार करनेवाली हाथी के लिए ही उपयुक्त है। किसी घायल पड़े तेन्दुए अथवा बाघ को इम्मोब्लाइज करने के लिए मुझे दूसरी रायफल तथा अन्य उपकरणों की भी आवश्यकता होगी तथा घायल बाघ के लिए अन्य औषधियाँ भी लखनऊ चिड़ियाघर से लेनी होंगी। इसलिए मैं लखनऊ होते हुए कतर्नियाघाट जाऊँगा। सुमन साहब ने कहा ठीक है। जो भी चीजें जरूरी समझते हो वह लखनऊ से ले लेना परन्तु जितनी जल्दी हो सके कतर्नियाघाट पहुँच जाना।

सुमन साहब का फोन सुबह लगभग 7.30 बजे आया था और मैं और कमाल 9 बजते-बजते नजीबाबाद से सड़क के रास्ते लखनऊ की तरफ निकल गए। कोहरा, ट्रैफिक तथा जाम से उलझते सरकते हम लोग बिना रुके लखनऊ की तरफ चले जा रहे थे मेरा मोबाइल लगातार बज रहा था। कतर्नियाघाट के डी.एफ.ओ. रमेश पांडे तथा दुधवा के निदेशक एम.पी.सिंह लगातार मुझसे सम्पर्क बनाए थे और मेरी लोकेशन के बारे में जान रहे थे।

रास्ते में दोपहर लगभग 2.30 से 3 बजे हम लोगों ने एक जगह खाना खाया और फिर आगे की ओर चल पड़े। रात दस साढ़े दस बजते-बजते हम लोग लखनऊ शहर के अन्दर थे। गाड़ी को सीधे मैंने चिड़ियाघर के अन्दर बने वन्य जीव चिकित्सालय में रुकवाया और सबसे पहले बाघ के लिए उपयुक्त रायफल डार्ट तथा जीवन रक्षक दवाओं को गाड़ी में रखा। ड्राइवर और कमाल को मैंने कहा कि खाना खाकर हम तुरन्त ही कतर्नियाघाट की ओर निकल जाएँगे।

लगभग 11 बजे रात्रि में हम लोग लखनऊ से कतर्नियाघाट की ओर निकल गए। मैं अपने ड्राइवर अनिल गुप्ता की क्षमता की मन-ही-मन प्रसन्नता करने लगा क्योंकि वह सुबह से लगातार गाड़ी चला रहे थे और उसमें विशेषता एक ही थी वह यह काम बिना रुके प्रसन्न मन से कर रहे थे। शहर के बाहर घना कोहरा था। 5 दिसम्बर, 2007 की वह कतर्नियाघाट तक की दूरी कोहरा और ठंड ने बहुत अधिक कठिन बना दी थी। जैसे जैसे जंगल समीप आ रहे थे वैसे-वेसे ठंड और कोहरे का प्रकोप भी बढ़ता जा रहा था।

रास्ते का वर्णन मैं इस कहानी या किसी कहानी में ज्यादा नहीं करता हूँ क्योंकि आप भी उस बाघ तक जल्दी पहुँचना चाहते हैं और आप से ज्यादा मैं।

सुबह लगभग 5 बजे हम लोग कतर्नियाघाट के उस क्षेत्र तक पहुँच गए जहाँ बाघ का होना बताया जा रहा था दूर से सड़क के दोनों ओर कोहरे में लिपटी वन विभाग की गाड़ियों ने, अलाव की रोशनी ने हमारा स्वागत किया। मेरे मन में वस्तुस्थिति को जानने देखने की उत्कट इच्छा बार-बार उग्र रूप से उठ रही थी। सड़क के बाईं ओर एक चारपाई रखी थी। डी.एफ.ओ. कतर्नियाघाट रमेश चन्द्र पांडे उसी चारपाई पर अलाव जलाए बैठे मिले। बाद में पता चला कि डी.एफ.ओ. साहब ने जब से बाघ देखा गया है तब से यहीं पर डटे हैं। और सिर्फ डटे ही नहीं है घायल बाघ को उग्र होते गाँववालों से बचा भी रहे हैं।

डी.एफ.ओ. साहब के साथ अन्य स्टाफ भी पूरी तैयारी के साथ मौके पर डटा हुआ था। तराई का इलाका होने के कारण चारों तरफ काफी कोहरा था। ठंड अपने पूरे चरम पर थी। सुबह के लगभग 5 या 5.30 बज रहे थे पर अँधेरा पर्याप्त था।

मेरे पहुँचने पर लोग रातभर के जागे होने के बावजूद सक्रिय हो गए। मुझे डी.एफ.ओ. रमेशचन्द्र पांडेय ने सर्च लाइट से बाघ को दिखाया, बाघ मुख्य सड़क के नीचे ढलान के पार पेड़ों और झाड़ियों के पास बैठा था सर्चलाइट के अपने ऊपर पड़ते ही उसने फौरन अपना मुँह ऊपर उठाया। बहुत खूबसूरत बाघ था मैं तो क्षणभर के लिए उसकी भव्यता देखकर निःशब्द हो गया। सड़क से

वह काफी नीचे लेटा हुआ था। हम लोगों से बाघ की दूरी कम-से-कम 25-30 मीटर तो रही ही होगी। रमेशचन्द्र जी ने सारी व्यवस्थाएँ कर रखी थीं। एक बड़ा और भारी पिंजरा सड़क पर रखा हुआ था, थोड़ी देर में ही एक गाड़ी और आती दिखाई दी जिसमें एम.पी.सिंह फील्ड डाइरेक्टर दुधवा नेशनल पार्क आते दिखे, उन्होंने आते ही पूरी स्थिति का जायजा लिया।

तय यह किया गया कि जैसे ही हलका उजाला होगा मैं बाघ को बेहोशी का इंजेक्शन गन से लगा दूँगा, जब तक दवा का पूरा असर बाघ पर होगा, इसी बीच हम लोग और व्यवस्थाएँ भी कर लेंगे। 6 बजते-बजते ठंड और अत्यधिक कोहरे के बीच मैंने डार्ट तैयार की और डार्टगन लेकर थोड़ा-सा ढलान में नीचे की तरफ उतर गया। बाघ को यह सब बिलकुल पसन्द नहीं आ रहा था। मगर वह चोट की वजह से हमसे शक्तिशाली होते हुए भी लाचार था। उसका पिछला हिस्सा न के बराबर जोर दे पा रहा था। मैं करीब-करीब 20 मीटर बाघ के पास ढलान पर पहुँच गया मेरे साथ एम.पी.सिंह, रमेशचन्द्र पांडेय और कमाल थे। बाघ का मुँह सीधे हमारी तरफ था मैंने बाध के कंधे का निशाना लगाया, अपने आपको संयत किया और डार्ट को फायर कर दिया। डार्ट गन से तेजी से निकली और बाघ के बाऐ कंधे पर ऊपर की तरफ जाकर धँस गई। बाघ पर इसका कोई प्रभाव नहीं पड़ा पर हमारी इस हिमाकत पर उसने हम लोगों को वहीं बैठे-बैठे डाँट दिया।

बाघ के बैठने की जगह के चारों और काफी पानी भरा था और उसमें उगी वनस्पतियों और कोहरे के कारण उस जगह पर भरा पानी हम लोगों को दिखाई भी नहीं दे रहा था।

मुझे दवा की मात्रा के बारे में काफी सोचना पड़ा था क्योंकि बाघ काफी घंटों से चोट खाकर पड़ा था। दवा इतनी भर देनी थी कि उसको उठाकर पिंजरे में किया जा सके। चूँकि दवा की मात्रा कम रखी गई थी इसलिए डार्ट के बाद, आदमियों की सुरक्षा को ध्यान में रखते हुए, जाल का प्रयोग करना उपयुक्त पाया गया। ढलान पर से दूर बैठे बाघ के ऊपर जाल डालना भी एक दुरूह कार्य था। यह कार्य और भी कठिन हो रहा था जबकि इलाका जंगल हो क्योंकि पेड़ पौधों में जाल उलझ जाता है और रेस्क्यू करनेवाले जीव को पूरी तरह ढँक नहीं पाता। जाल के दो कोनों में रस्सी बाँधी और उन रस्सियों के दूरवाले छोर पर छोटे पत्थर बाँधे। अब पत्थरवाले हिस्सों को एक ही दिशा में मगर फासलों पर बाघ के पीछे फेंक दिया गया। कमाल गोल चक्कर काटकर पानी में से होता हुआ एक दो स्टाफ के साथ बाघ के पीछे हम लोगों के सामने था। उसने दोनों पत्थरों पर बँधी रस्सियों को खीचा इधर हम लोग जाल को एक प्रकार व्यवस्थित

कर रहे थे कि जाल खिंचता हुआ बाघ के ऊपर आ जाए। इधर दवा के कारण बाघ की बची खुची प्रतिक्रिया भी धीरे-धीर समाप्ति पर थी। कुछ ही देर में बाघ के ऊपर जाल डालने में हम लोग सफल हो गए। जैसे ही जाल के नीचे बाघ आ गया एक पतला कम्बल बाघ के मुँह पर डालकर उसकी आँखों को पूरी तरह ढँक दिया गया।

हम लोग भी दूर चक्कर लगाकर ढलान के नीचे उतर आए। नीचे पानी-ही-पानी, कीचड-ही-कीचड़। मुझे याद है कि जैसे ही मैं नीचे पहुँचा ठंडा पानी मेरे जूते मोजे में घुस गया और मुझे अन्दाजा हो गया कि यहाँ से बाघ को 20-25 मीटर ऊपर तक पहुँचना भी काफी मुश्किल काम है।

बाघ के बेहोश होते ही अफरातफरी सी मच गई। जबकि सब लोग व्यवस्थित होकर ही काम कर रहे थे। रमेशचन्द्र पांडेय ने निश्चित किया कि पिंजरा ही नीचे बाघ के पास ले जाया जाए। इसके दो कारण थे एक तो घायल बाघ को ऊपर जाल में बाँधकर ले जाना मुश्किल था और दूसरा हम उसकी चोटों उसके दर्द को न्यूनतम रखना चाह रहे थे। जाहिर था कि अगर बाघ को वहाँ से उठाकर ऊपर ले जाएँ तो कहीं-न-कहीं उसके शरीर को और नुकसान हो सकता है क्योंकि हमें उसकी चोटों की गहराई का कोई अन्दाजा नहीं था। दूसरे पानी और कीचड़ से पिंजरे को नीचे ले जाना आसान था, बजाय एक घायल बाघ को ऊपर जाल में ले जाने के।

गाँव और स्टाफ की मदद से लगभग 200-300 किलो के ऊपर का पिंजरा देखते-ही-देखते ऊपर ट्रक से उतारकर ढलान को पारकर बाघ के समीप रख दिया गया। अब विशेष कुछ शेष नहीं था। जाल के सहारे से ही बाघ को पिंजरे के अन्दरकर लिया गया और पिंजरे के दरवाजे को बन्द कर दिया गया। रेस्क्यू का एक चरण पूरा हो गया था। अब बाघ सुरक्षित पिंजरे के अन्दर था।

बाघ पिंजरे के अन्दर था, उसकी साँसों से धुँआ जैसा उठ रहा था। देखने पर यह पता चला कि पिछले भाग में जोरदार टक्कर लगी है बाघ पिछली टांगों पर खड़ा ही नहीं हो सकता था। अगला भाग खूबसूरत बिलकुल ठीक था! इतने खूबसूरत और भव्य जीव की लाचारी और विवशता की स्थिति में देखकर अच्छा नहीं लगा। मैंने बिना समय गँवाए कुछ दवाएँ इंजेक्शन के जरिये उसे वहीं दे दीं।

अब सबसे बड़ा काम था कि उस भारी पिंजरे को बाघ समेत सड़क तक ऊपर ले जाना और ट्रक में चढ़ा देना।

मैंने इस प्रकार के अभियानों में मनुष्य की शक्ति और इच्छा को बहुत करीब से देखा और आंका है। मनुष्य जब इकट्‌ठे हो जाएँ तो यह कुछ भी कर सकते

हैं, यह तो महज एक पिंजरे के अन्दर बैठे बाघ को उठाने की बात थी। मैंने पिंजरे समेत लोगों को हाथों से गैडे और हिप्पों को भी उठाते देखा है।

रमेशचन्द्र पांडेय की कमान में स्टाफ और गाँववालों ने मिलकर पिंजरा उसी कीचड़ पानी से उठाया और लम्बे और सीधे खड़े ढलान के ऊपर चढ़ाते हुए सड़क तक ले आए। बाघ की एक झलक पाने के लिए गाँववालों का तांता लग गया लेकिन सुबह की सर्दी और कोहरे की वजह से ज्यादा भीड़ नहीं इकट्ठी हो पाई थी। ऊपर से अभी पूरी तरह से सुबह भी नहीं हुई थी। बाघ को ट्रक में लाद दिया गया। बाघ की स्थिति की गम्भीरता को देखते हुए पास के एक रेंज ऑफिस में ले जाकर उसे जरूरी दवाएँ देना ठीक समझा गया। यहाँ सड़क पर खड़े ट्रक में पिंजरे के अन्दर लेटे बाघ को घेरे हुए भीड़ के बीच बाघ का इलाज करना नामुमकिन हो रहा था। गाँववाले बाघ की एक झलक पाने के लिए पूर जोश खरोश से आँख बचाकर ट्रक पर भी चढ़े जा रहे थे।

रेंज ऑफिस में पहुँचकर मैंने बाघ को और जरूरी दवाएँ दीं और आगे की रूपरेखा तैयार की। फील्ड डायरेक्टर एम.पी.सिंह और डी.एफ.ओ. पांडेय जी से सलाह मशिवरा किया गया। तय हुआ कि क्योंकि बाघ की हालत बहुत अच्छी नहीं है इसलिए इसे लेकर तुरन्त निकलना होगा। रेंज ऑफिसर एम.पी. गौतम को मेरे साथकर दिया गया। इधर धूप जैसे ही फैली हम लोग ट्रक में बाघ को लेकर एक लम्बे रास्ते पर निकल पड़े। हमें जंगल के रास्ते से निकलकर सीतापुर हाईवे तक पहुँचना था वहाँ से लखनऊ चिड़ियाघर पहुँचना था। इस दूरी में काफी समय लग सकता था। क्योंकि बाघ चोट खाया हुआ था, और उसकी स्थिति को देखते हुए ट्रक की रफ्तार काफी धीमी रखनी थी। मैं लखनऊ से पर्याप्त दवाएँ साथ लेकर आया था इसलिए रास्ते में चलते हुए भी इलाज किया जा रहा था। इसी बीच रास्ते से ही मैंने बरेली स्थित भारतीय वन्य जीव संस्थान के वन्य जीव केन्द्र के इंचार्ज डॉ. डी. स्वरूप से फोन पर बात की तथा उन्हें बाघ की स्थिति के बारे में बताया उन्होंने कहा कि वह अभी बरेली के बाहर हैं और मुझसे कहा कि मैं डॉ. असित दास से बरेली में बात कर लूँ। डॉ. असित दास से मेरी फोन पर बात ही हो रही थी कि मेरी नजर सामने चल रहे ट्रक पर पड़ी, ट्रक के अन्दर पिंजरे में बाघ अपने अगले पैरों पर बैठ गया था और उसका रोबदार चेहरा हम लोगों की तरफ था वह इधर-उधर देख रहा था। मैं उस शानदार जानवर को देखता रह गया था। उससे सुन्दर बाघ को मैंने कभी पकड़ा नहीं था। बहुत सुन्दर था वह। दोपहर लगभग 2.30 पर मैं लखनऊ चिड़ियाघर के गेट से अन्दर जा रहा था। प्रिंट और इलेक्ट्रानिक मीडिया को खबर हो गई थी और वह पूरे उत्साह

के साथ मौके पर मौजूद थी। बाघ फिर से लगभग लेट-सा गया था। आँखों की मध्यम रोशनी बता रही थी कि उसे काफी चोट लगी है और दवा के बावजूद दर्द उसे महसूस हो रहा है।

तेजी से समय बीत रहा था। बाघ को पिंजरे से निकालकर दूसरे एक बड़े पिंजरे में डाला गया। बाघ को लगातार दवाएँ दी जा रही थीं। मगर बाघ की डूबती आँखों से यह मैं समझ गया कि जितना ऊपर से दिखाई दे रहा था उससे कहीं खराब स्थिति अन्दर की है। 5 बजते-बजते वह खूबसूरत बाघ लगभग निढाल हो गया। न उसने पानी पिया और न ही उसने कुछ खाया। चिड़ियाघर के अस्पताल के अन्दर शाम की रोशनी में बेबस लाचार पर शानदार जीव को ऐसी स्थिति में देखकर बहुत दुःख हो रहा था। दूर शाम का अँधेरा घिरा और उधर बाघ ने आखिरी साँसें लीं। उसने हम सब से विदा ले ली, यूँ ही चुपचाप। उसकी आँखों का वह दर्द आज कभी-कभी मुझे याद आता है। यह मैं कोई भावुकतावश नहीं लिख रहा हूँ न ही मुझे आप लोगों के आगे दिखाना है कि मैं बाघ को कितना चाहता हूँ। पर वह खामोश आँखें जिनमें दर्द और बेबसी ठहरी थी दुनिया को अपनी स्थिति बताने के लिए काफी थी।

मेरा मन भारी-सा हो गया था। मैं दो दिन से इन्हीं सब में लगा रहा पर उसे बचा नहीं पाया। अगली सुबह पोस्टमार्टम किया गया था। पाया कि पिछला हिस्सा लगभग चूर-चूर हो चुका था। टक्कर इतनी जोरदार थी कि पिछला हिस्सा और पिछले अन्दरूनी अंग क्षत विक्षत हो चुके थे, बचना नामुमकिन था।

अनुमान लगाया कि कोहरे में बाघ सड़क पारकर रहा होगा कि तेजी से आ रहे वाहन को अपने पास पाकर बाघ ने निकल जाने की पूरी कोशिश की होगी पर वाहन की तेजगति उस पर भारी पड़ गई और वाहन की जोरदार टक्कर ने उसके पिछले हिस्सों को तोड़ दिया और इतनी बड़ी दुनिया में इतने कम बाघ में से हमने एक बाघ गँवा दिया, यूँ ही बेवजह।

हरदोई का तेन्दुआ

16 मई, 2006 का यह एक गरम दिन था। मैं अपने चिड़ियाघर के चिकित्सालय में बैठा था। लगभग दोपहर 1.00 बजे, मेरे मोबाइल फोन पर तत्कालीन मुख्य वन्य जीव प्रतिपालक, मुहम्मद अहसन द्वारा निर्देश दिए गए कि हरदोई के एक गाँव में एक तेन्दुआ वहाँ के स्थानीय निवासियों के लिए आतंक बन गया है। तेन्दुए का यूँ जंगल छोड़कर खुले में आ जाने के कारण उसको पकड़ना अति आवश्यक हो गया है। गाँव के लोग अपनी तथा बच्चों की जान बचाने की कोशिश में तेन्दुए की ही जान के पीछे पड़ गए हैं। इसलिए मैं उस तेन्दुए को पकड़ने के लिए आवश्यक सामान के साथ हरदोई पहुँच जाऊँ। हरदोई उत्तर प्रदेश का एक जिला है जो कि राजधानी लखनऊ से लगभग 80 किलोमीटर दूर है।

मैंने फोन द्वारा हरदोई वन विभाग के प्रभागीय निदेशक कमलेश कुमार से बातचीत की तो मालूम हुआ कि यह तेन्दुआ बरसपुर और भीखपुर गाँव के बीच खेतों में देखा गया है। गाँववाले घबराकर उसकी जान के पीछे पड़े हैं और तेन्दुआ भी अपनी जान बचाने के लिए उनसे जूझ रहा है। इस जान लेने और जान बचाने के उतार-चढ़ाव में लगभग 6 लोग घायल हो चुके हैं और साथ ही तेन्दुआ भी गाँववालों द्वारा पतावर में आग लगा देने के कारण थोड़ा बहुत जल गया है। फ़िलहाल तेन्दुआ एक खंडहर हो चुके पुराने ट्यूबवेल के गड्ढ़ेनुमा कमरे में छिपा है। तेन्दुए के छुपे होने की जगह पर बहुत अधिक संख्या में गाँववाले इकट्ठे हो गए हैं और प्रशासन तथा वन विभाग के अधिकारी तथा कर्मचारी भी वहाँ पहुँच चुके हैं। उनके द्वारा स्थिति को नियन्त्रित करने का प्रयास किया जा रहा है। मैंने ट्रान्सपोर्टर को फोन किया तथा एक ऐसी गाड़ी मँगवाई जिसमें दो आदमी आगे बैठ सकें तथा गाड़ी के पीछे पिंजरा भी रखा जा सके। करीब 2-2.30 बजे गाड़ीवाला चिड़ियाघर पहुँच गया। उस समय

मेरे छोटे भाई श्रेय शुक्ल भी मुझसे मिलने आया हुऐ थे। और वह वहीं मेरे ऑफिस में बैठे हुऐ थे। श्रेय उस समय 'सहारा समय न्यूज चैनल' में सीनियर रिपोर्टर थे। श्रेय ने कहा कि मैं भी चलूं! मैंने श्रेय से कहा कि हरदोई लखनऊ से ज्यादा दूर नहीं है। मैं शाम तक तेन्दुआ पकडकर आ जाऊँगा तुम क्या करोगे चल कर। उसने कहा कि नहीं, आज मैं भी चलकर देखूँगा कि तुम लोग किस तरह इस तरह के जानवरों को पकड़ते हो। यह कहकर वह अपनी गाड़ी में अपने कैमरामैन आरिफ़ खान के साथ हरदोई निकल गया। लगभग उसी समय हम लोग भी पिंजरा गाड़ी में लादकर हरदोई की तरफ निकल पड़े। उस समय लगभग दिन का 3.00 बजा रहा होगा। मेरे साथ हमेशा की तरह कमाल शेख़ थे।

तेज़ गर्मी और गर्म हवा के साथ ख़स्ताहाल गाड़ी का सम्मिश्रण इस रेस्क्यू ऑपरेशन की मुश्किलों को शुरुआत से ही कठिन बना रहे थे। थोड़ी दूर चलने पर यह भी रहस्योद्घाटन हो गया कि गाड़ी चला रहे ड्राइवर साहब के स्वास्थ्य की स्थिति भी बाहर के मौसम की तरह ख़राब है। न जाने कहा से बाहर की गर्म हवा उनके अन्दर प्रवेश कर गई है और पेट में जाकर वह ऊधम मचा रही है। ख़ैर रास्ते में गाड़ी और ड्राइवर के स्वास्थ्य को जाँचते, परखते, हम लोग लगभग पौने पाँच या पाँच बजे छोटी लहरदार सड़कों से होते हुए उस घटना स्थल तक पहुँच गए, जहाँ तेन्दुआ छुपा होना बताया जा रहा था। चारों तरफ इतनी भीड़ थी कि लगता था गाँव में कोई उत्सव, मेला या हाट लगी है। भीड़ बढ़ रही थी और धूल चारों तरफ उड़ रही थी। दूर तक सपाट खेत पड़े थे और उन खेतों के बीच एक छोटी कमरे नुमा जगह थी जो कि दूर से देखने पर टूटी-फूटी दिखाई दे रही थी। वहाँ तेन्दुए को देखने आए लोगों के लिए, कुछ लोगों ने अपनी अस्थायी दुकानें भी खोलकर या यूँ कह लीजिए कि जमीन पर बिछाकर चालू कर दी थी। इन दुकानों में पान मसाले और सिगरेट बीड़ी की दुकानें सब दुकानों पर हावी थीं।

मेरे गाड़ी से उतरते ही गाँववालों, प्रशासन तथा मीडिया ने मुझे घेर लिया और अपने-अपने ढंग से तेन्दुए को पकड़ने की तरकीबें बताने लगे। मैंने और कमाल ने सबसे पहले जानवरों को बेहोश करनेवाली रायफल तैयार की और उसकी डार्ट सिरिंज को रायफलों में भरकर तैयार हो गए।

लोगों द्वारा जो जानकारी दी गई वह इतनी थी कि यह तेन्दुआ इस पुराने पड़ चुके ट्यूबवेल के कुएँ में छिपा हुआ है। आज सुबह जब यह लोगों को बाहर दिखा तो गाँववालों ने जिस पतावर में यह छुपा था उसमें आग लगा दी

जिससे तेन्दुए का मुँह जल गया है। इसी तेन्दुए को मारने या पकड़ने के चक्कर में 6-7 लोग घायल भी हो चुके हैं। जिनका इलाज चल रहा है। यह जानकारी मुझे पहले फ़ोन पर भी मिल चुकी थी।

शाम हो रही थी और सूरज धीरे-धीरे लाल हो रहा था पर अभी रोशनी इतनी थी कि सब कुछ भली प्रकार से दिख रहा था। मैं, कमाल, एक इंस्पेक्टर और गाँव के दो आदमी जिसमें एक को गाँववाले प्रधान जी-प्रधान जी कह रहे थे, उस टूटे-फूटे कमरे के लगभग पास पहुँच गए। सामने जो कमरा था उसकी चारों दीवारें बीचोंबीच से टूटी-फूटी थीं। कमरे की पश्चिमी दीवार इस प्रकार से कुएँ की गहराई तक टूटी थी कि कुएँ की तल से बाहर तक एक ढालू रास्ता बन गया था। पूरबवाली दीवार में बिलकुल जमीन के स्तर पर एक छोटा झरोखा बना था जिसमें से शायद किसी समय ट्यूबवेल के पाइपों के आने-जाने का रास्ता होगा। इस झरोखे में से गट्ढ़े में झाँका जा सकता था। दक्षिणी दीवार में काफी बड़ा छेद था और उससे सटा हुआ एक हौदा बना था जिसमें कभी ट्यूबवेल का पानी गिरता रहा होगा। उत्तर दिशा की दीवार ज्यादा नहीं, पर थोड़ी बहुत टूटी-फूटी थी। कमरे की छत भी टूटकर एक छेद में बदल गई थी। आप इस प्रकार समझ लें कि एक 10-12 फिट गहरा गड्ढा है और उसके ठीक ऊपर की एक टूटी-फूटी कोठरी किसी तरह से खड़ी है। तेन्दुआ इसी गड्ढ़े में छिपकर किसी तरह अपने आपको बचाए हुए था। बाहर 5-7 हजार लोगों की भीड़ कमरे से लगभग 100-150 मीटर की दूरी पर घेरा बनाकर खड़ी थी। घेरे के अन्दर अधिकारी-कर्मचारी, मीडिया के लोग तथा कुछ गाँववाले भी थे।

मैंने उस टूटी-फूटी कोठरी को चारों ओर से देखा और पाया कि तेन्दुआ कुएँ की पश्चिमी दीवार से, जो कि एक रास्ते में बदल गई थी, निकल सकता है। बाकी रास्तों के लिए उसे गड्ढ़े में से ऊपर की ओर छलाँग लगानी होगी जो कि मेरी समझ में जरा मुश्किल काम था। तीन-चार लोग उस कोठरी के बेहद करीब पहुँच गए। पर तेन्दुए पर रायफल से इंजेक्शन तब तक नहीं दागा जा सकता था जब तक कि वह सामने बिना किसी रुकावट के दिखे। और तेन्दुए को देखने के लिए गढढे में ऊपर से झाँकना पड़ सकता है या फिर तेन्दुआ खुद ही बाहर आए। पर तेन्दुआ अगर बाहर आ जाएगा तो वहाँ रुकेगा नहीं और उसके बाहर आने से भीड़ में भगदड़ मचेगी सो अलग।

तेन्दुए की गतिविधियों का जायज़ा लेने के लिए मैं, कमाल और प्रधान धीरे-धीरे कोठरी के पास गए। कमाल उत्तरी दिशा की दीवार, जिधर पानी का पुराना हौदा बना था, उधर से अन्दर झाँकने की कोशिश करने लगा। हम लोग

बिलकुल चुपचाप थे। कमाल आगे था और मैं उसके ठीक पीछे। दोनों के हाथों में डार्टगन थी। मंशा यह थी कि तेन्दुआ किसी प्रकार दिखाई पड़ जाए तो उसे दूर से ही इंजेक्शन दिया जा सके। कमाल ने उस बड़े छेद में से झाँकने की कोशिश की पर मैंने उसे मना किया कि इतने बड़े छेद में से एक झुँझलाए हुए जानवर को इस तरह देखना ठीक नहीं है। पर थोड़ी ही देर बाद दूसरे को दी गई यह सलाह मैं खुद भूल गया। हम लोग घूमकर पूरबवाले छोटे झरोखे की तरफ आ गए और आपस में इशारों से बात कर रहे थे कि अचानक तेन्दुए की ज़ोरदार गुर्राहट सुनाई दी और पल भर के लिए लगा कि इस झरोखे में कोई चीज हिली। हम और कमाल गुर्राहट होते ही थोड़ा दूर गए और रुक गए। चारों तरफ भीड़ का शोर उठा और लोगों ने तेन्दुए की गुर्राहट और हम लोगों के न भागने का स्वागत ताली बजाकर किया। मैंने हाथ उठाकर भीड़ को शोर न मचाने के लिए कहा मैंने समझ लिया कि तेन्दुआ बाहर भी आ सकता है अँधेरा होनेवाला है भीड़ इतनी है कि उसको नियन्त्रित करना असम्भव तो नहीं पर मुश्किल जरूर है। अगर तेन्दुआ बाहर आ गया तो आज भीड़ के हाथों बच नहीं पाएगा, और न ही उसके क्रोध से भीड़।

मैं कमरे के पास से कमाल को लेकर वापस आ गया और हमें लगने लगा कि समस्या जटिल है। मैंने सोचा कि कमरे की पश्चिमी दीवार जहाँ ढलान जैसे रास्ते से तेन्दुए के निकल भागने की ज्यादा सम्भावना है वहाँ पर कमाल को किसी गाड़ी के अन्दर बैठाकर खड़ा कर देता हूँ जिससे तेन्दुआ वहाँ गाड़ी और आदमी को देखकर भाग न सके और तेन्दुए का ध्यान उस तरफ हो जाएगा, मैं पूरबवाली दीवार के झरोखे से अन्दर झाँककर तेन्दुए के ऊपर डार्ट गन से इंजेक्शन लगा दूँगा। काम और योजना दोनों ख़तरनाक थी पर उन परिस्थितियों में मेरे लिए यह जोखि़म लेना जरूरी हो गया, क्योंकि धीरे-धीरे शाम ढल रही थी और आकृतियों की चमक घटने लगी थी। भीषण गर्मी थी और उससे ज्यादा कमरे को दूरी से घेरे हुए लोगों की भीड़ और कोलाहल। घेरे के अन्दर मीडिया के कैमरे, मीडिया के लोग, कुछ पुलिस प्रशासन तथा वन विभाग के अधिकारी तथा कर्मचारी। मेरा सारा ध्यान अब तक तेन्दुए की ओर केन्द्रित हो चुका था और उसको रात होने से पहले पकड़ना ही एक मात्र लक्ष्य था। सफलता और असफलता के बारे में मैं जरा सोचता कम हूँ और कार्य को करने में ही सारी ऊर्जा लगाना चाहता हूँ। उसमें कभी सफल हो जाता हूँ और कभी असफल। मैं समझता हूँ कि कठिनाइयाँ, चुनौतियाँ और संघर्ष सदैव निपुणता और योग्यता के लिए ही आरक्षित हैं, बाकी का इसमें कोई भी स्थान नहीं होता है।

मैं जान रहा था कि तेन्दुआ भी इस समय बेहद तनाव में होगा क्योंकि पूरे दिन से वह दौड़ाया गया था और ऐसी स्थिति में तेन्दुआ खुद अपनी जान बचाने के लिए कोई भी जोख़िम उठा सकता है।

इधर एक पुलिस की जिप्सी में आगे की सीट पर बैठकर कमाल कमरे की पश्चिमी दीवार की तरफ रवाना हुआ और इधर मैं डार्ट रायफल लेकर पूरब की दीवार की तरफ प्रधान के साथ चला। दीवार के झरोखे के काफी पास पहुँचने पर मैंने प्रधान को वापस जाने का इशारा किया और खुद झरोखे के सामने खड़ा हो गया। रायफल मैंने झरोखे के बाहर रखी और अन्दर झाँककर देखा तेन्दुआ ठीक मेरे सामने गड्ढे में बैठा था। उसका ध्यान पहले दूसरी ओर था पर मेरी हलचल मिलते ही उसने मेरी तरफ सिर घुमाया, और बहुत तेज गुर्राकर मुझे डाँटा। अपने जले मुँह के कारण वह और भी खतरनाक लग रहा था। उसकी स्लेटी रंग की आँखें पूरी तरह से फैली हुई थीं और मुँह का ऊपरी होंठ भी फैल गया था जिससे उसके मजबूत दाँत पूरी तरह दिख रहे थे। मुझे यह भी याद नहीं रहा कि कमाल गाड़ी सहित उधर पहुँच पाया है कि नहीं। मेरे सामने तेन्दुआ था जो मुझ पर हमला करने की तैयारी में शरीर को सिकोड़ रहा था और मेरे हाथ में डार्ट रायफल थी। मैनें बिना वक्त गँवाए डार्ट रायफल को झरोखे के अन्दर किया और तेन्दुए के पिछले भाग पर निशाना लगाते हुए ट्रेगर दबा दिया। यह सब कुछ ही पल में हो गया। मेरा अन्दर झाँकना, तेन्दुए का मेरी तरफ देखकर गुर्राना और हमले की तैयारी करना। मुझे याद है कि तेन्दुए ने लगभग बैठे-ही-बैठे झरोखे की तरफ छलाँग लगाई। मुझे लगा कि डार्ट सिरिंज इधर रायफल से छूटी और दोनों हवा में ही एक-दूसरे के पास से, एक-दूसरे को लगभग छूते हुए गुजर गए।

तेन्दुए का तेज गुर्राहट के साथ छलाँग लगाना मैं देख चुका था। मैं पलटकर कमरे से दूर भागा। तेन्दुए ने एक ही छलाँग में झरोखे की दीवार को अगले पैरों से पकड़ा और दूसरी बार में बाहर हो गया। भागते हुए मुझे अचानक ध्यान आया या अचेतन मस्तिष्क की प्रतिक्रिया थी कि तेन्दुआ है भागो मत पीछे से पकड़कर गिरा देगा। मैं जब तक तेन्दुए की तरफ मुड़ता तब तक तेन्दुए ने अपने अगले पैरों से मुझे पकड़ लिया था। मुझे उसके अगले पैरों के नाखूनों के धँसने से गरम-गरम अहसास हुआ। उसका एक पंजा मेरी पीठ पर पड़ा था और दूसरा बाईं तरफ के पेट पर। उसका तमतमाया हुआ मुँह मेरी छाती के पास था और शायद मैं पूरी तरह से उसकी ओर मुड़ भी नहीं पाया था। कुछ क्षणों को उसका चेहरा और मेरा चेहरा आमने-सामने था। मैंने बाएँ हाथ से उसका मुँह पीछे करने की

कोशिश की तो उसने मेरे हाथ पर अपना दाहिना पंजा चला दिया, मेरे हाथ में बहुत तेज दर्द उठा। पता नहीं क्यों अचानक तेन्दुए ने मुझे छोड़ दिया और गड्ढे में फिर उसी झरोखे से वापस भाग गया जिससे निकलकर उसने मुझ पर हमला किया था।

तेन्दुए के तेज़ और अचानक हुए इस हमले से मेरे हाथ से डार्ट रायफल छूट गई। मेरे अगल-बगल जो लोग खड़े थे वह मुझसे दूर भागे! श्रेय ही ऐसे व्यक्ति थे जो कि मुझे और तेन्दुए को भिड़ता देखकर मेरी तरफ भागे, और दौड़कर मेरे हाथों से छूटी हुई रायफल उठा ली।

यह सब इतनी तेजी से घटित हुआ कि लोग भी अचम्भित हो गए। कुछ ही क्षणों में सब कुछ अस्त-व्यस्त हो गया। तेन्दुए के वापस गड्ढे में लौटते ही बाकी लोग भी मेरी तरफ दौड़े। मेरे पेट और हाथों से खून बह रहा था। उस वक्त मुझे लगा कि तेन्दुए के पंजों ने मेरी आँतों में छेद कर दिया है। पर बाद में पता चला कि उसके नाख़ून आंतों और फेफड़ों तक न पहुँचकर उससे कुछ सेन्टीमीटर की दूरी पर रुक गए थे।

मैं सब लोगों से पूछ रहा था कि देखो पेट का घाव कितना गहरा है। खून के अलावा तो कुछ नहीं निकल रहा है। मुझे लगा कि मेरी आंत में भी तेन्दुए के नाखून घुस गए हैं। मेरे चारों तरफ अफ़रातफ़री का माहौल था कुछ लोग मेरी चोटों पर ध्यान दे रहे थे और कुछ लोग यह पूछ रहे थे कि तेन्दुए को डार्ट सिरिंज लगी है कि नहीं। उस वक्त मुझे लगा कि डार्ट सिरिंज शायद तेन्दुए को लग गई है। बाद में मन-ही-मन घटना को दोहराया तो वहीं स्थिति थी जो कि मैंने लिखी है। सब लोग मेरे पास जमा थे और पूछ रहे थे कि अब क्या होगा। किसी ने मेरी उँगली से बहते खून को रोकने के लिए उसमें रूमाल बाँध दिया था। मैंने सबको आश्वासन दिया कि तेन्दुआ पकड़ा जाएगा और आज ही पकड़ा जाएगा। मैं ठीक हूँ। मेरे इन शब्दों ने सब लोगों पर जादू जैसा असर किया और पूरी टीम फिर से दुगने उत्साह के साथ योजना बनाने में लग गई। मैंने कहा कि मैं कमाल को लेकर फिर इसी झरोखे में से डार्ट करने की कोशिश करूँगा जिधर से मैं अभी गया था। पर अबकी बार किसी गाड़ी में बैठकर जाऊँगा। तेज गर्मी में सब लोग पसीने-पसीने हो रहे थे और मेरा पसीना घावों में जाकर जलन पैदाकर रहा था, जिससे बार-बार मेरा ध्यान घावों की तरफ़ जा रहा था। एक पुलिस की जिप्सी में बैठकर मैं और कमाल मय ड्राइवर के फिर उसी झरोखे के पास पहुँच गए जहाँ से तेन्दुए ने अभी-अभी निकलकर मुझपर हमला किया था। गाड़ी को झरोखे के पास खड़ी करने बावज़ूद गाड़ी में बैठकर गड्ढे में झाँका

नहीं जा सकता था। आप यूँ समझ लें कि किसी कुएँ की तलहटी को आप गाड़ी में बैठकर देखने की कोशिश करें। मैं जिप्सी की अगली सीट पर बैठा हुआ था। अब मुझे खिड़की में से झरोखा और झरोखे के पार दीवार का हिस्सा दिखाई पड़ रहा था। गड्ढे के तल का नामोनिशान ही नहीं था। मैंने गाड़ी का अगला दरवाजा खोलकर अन्दर झाँका तो तेन्दुए ने फिर ऊपर छलाँग लगा दी। और मेरे तेजी से दरवाजा बन्द करते ही वह दरवाजे की खिड़की के शीशे में पंजे मारता हुआ तुरन्त वापस फिर गढढ़े में लौट गया। इस प्रकार मैं जब भी गाड़ी का दरवाजा खोलकर गढढ़े के अन्दर झाँकता वह तुरन्त ही हमला कर देता और मुझे इतना समय ही नहीं मिल पाता कि मैं उसके छलाँग लगाने से पहले उसे डार्ट कर दूँ क्योंकि गाड़ी का दरवाजा भी बन्द करना जरूरी था वरना तेन्दुआ गाड़ी के अन्दर घुसकर हम लोगों को तुरन्त ही अस्पताल पहुँचा सकता था।

गाड़ी का ड्राइवर तेन्दुए को बार-बार गाड़ी पर हमला करता देखकर घबरा गया और वह अपनी गाड़ी वापस ले जाने का उपक्रम करने लगा। मैंने उससे कहा कि घबराओ नहीं! तेन्दुआ तुम्हें नुकसान नहीं पहुँचा पाएगा और न ही हम उसे गाड़ी के अन्दर घुसने देंगे। पर इस तरह का जानवर जब साक्षात सामने हो तो कोई मूर्ख ही होगा जो किसी के साथ ऐसे जानवर के निकट रहने का साहस जुटा पाए। खासतौर से उन लोगों के साथ जो उसे पकड़ रहे हों। मेरे बहुत कहने पर वह ड्राइवर थोड़ी देर और रुकने को तैयार हो गया। मैंने और कमाल ने यह तय किया कि अब कमाल अगली सीट पर बैठ जाएँ और मैं पीछेवाली सीट पर। कमाल दरवाजा खोलकर उसे देखने की कोशिश करेंगे और वह उस पर उसी प्रकार छलाँग लगाएगा जिस प्रकार वह मुझ पर छलाँग लगा रहा था। जब वह जिप्सी की खिड़की के शीशे पर अपने पंजे चलाएगा उस दौरान मैं पीछे की खिड़की से उस पर डार्ट रायफल से डार्ट मार दूँगा।

इस योजना में भी खतरा था पर मैंने सोचा कि अब सब तरफ खतरा ही खतरा है, यह चुनना है कि कि सबसे कम खतरा किस खतरनाक योजना में हो सकता है। निर्णय मुझे लेना है तेन्दुआ मुझे पकड़ना है और गाँववालों को भी उसके आतंक से छुटकारा दिलाना है।

सोची गई योजना पर उसी प्रकार अमल किया गया और तेन्दुए ने कमाल की तरफ हमला भी किया पर वह इतनी तेजी और फुर्ती से हमला कर देता था कि अपना पूरा ध्यान लगाने के बावजूद मैं उसके शरीर में ठीक जगह निशाना नहीं ले पा रहा था। डार्ट सिरिंज भी बिलकुल आम इंजेक्शन की तरह होती है जिसे शरीर की माँसल जगह पर, जैसे पुट्ठे और कन्धे पर ही लगाना ठीक रहता

है। शरीर पर किसी और गलत जगह पर लगने पर जानवर की मृत्यु तक हो सकती है। एक बार एक पल के लिए उसका पिछला हिस्सा मुझे दिखाई पड़ा जब उसने कमाल की खिड़की पर छलाँग लगाई मैंने ट्रेगर दबा दिया और डार्ट चला दी पर उसके शरीर में इतनी गति और अस्थिरता थी कि निशाना चूक गया और डार्ट सिरिंज ट्यूबवेल के कमरे की दीवार से टकराकर गिर गई। तेन्दुआ उसी झरोखे से फिर उसी गढ्ढ़े में वापस लौट गया।

मुझे लगा कि इस तरह से इस तेन्दुए को पकड़ा नहीं जा सकता है पर दूसरा कोई उपाय भी मेरे दिमाग में नहीं आ रहा था। धीरे-धीरे अँधेरा होने लगा और थोड़ी बहुत रोशनी कर दी गई थी। ड्राइवर और समय को देखकर मैंने गाड़ी को वापस करने को कहा और हम लोग फिर से उस ट्यूबवेल के कुएँ से दूर आ गए। तब तक एस.डी.एम. सच्चिदास्वरूप श्रीवास्तव ने कहीं से मेरे घावों की ड्रेसिंग का इन्तजाम करा दिया था। मेरे घावों को धोकर पट्टियाँ बाँध दी गई।

हम लोग दोबारा फिर ट्यूबवेल के कमरे के पास जाने को तैयार हो गए। अब पूरी तरह से अँधेरा हो चुका था। सर्चलाइटों, टॉचों तथा आग जलाकर रोशनी की जा रही थी। जिप्सीवाला दोबारा वहाँ जाने को तैयार नहीं हुआ और न ही मेरी भी इच्छा उसको ले जाने की हुई क्योंकि वह बहुत ज्यादा डरा हुआ था। तभी दो-तीन आदमियों ने मेरे पास आकर कहा कि हम अपनी गाड़ी ले आएँ आप हमारी गाड़ी में बैठकर चलेंगे। मैंने उन आदमियों के चेंहरों को देखा उसमें कहीं कोई डर नहीं था। सर्चलाइट की रोशनी में उनके चेहरे से लग रहा था कि यह लोग आखिर तक साथ दे सकते हैं। मैंने हामी भर दी। मैं फिर से गाड़ी की अगली सीट पर बैठ गया, बाकी लोग पीछे और मेरे पास उनमें से ही एक आदमी गाड़ी चलाने लगा। मैंने उससे पूछा कि कोई हथियार तो नहीं है पास में। उन्होंने कहा कि नहीं कोई हथियार इस गाड़ी में नहीं है। मुझे डर था कि कहीं तेंदुए ने हमला कर दिया और इनमें से किसी ने घबराकर गोली चला दी तो सारा किया धरा रह जाएगा। यह बात अलग थी कि अब तक मैं भी अपने को चोट लगाने के अलावा कुछ नहीं कर पाया था।

ख़ैर हम लोग फिर से उसी जगह पहुँच गए जहाँ पर कुछ देर पहले उजाला था। परिस्थितियों को अँधेरे ने और कठिन बना दिया था। पहले तो तेन्दुआ अन्दर से छलाँग लगाते हुए दिख भी जाता था पर अब अँधेरा होने के कारण गड्ढे में कुछ भी दिखाई नहीं दे रहा था। कुछ लोग दूर से कमरे की दीवार और गाड़ी के बीच बनी गैलरी में सर्चलाईट से रोशनी दिखा रहे थे। हम लोगों के पास अन्दर चार सेलवाली एक लाल रंग की टॉर्च थी। गाड़ी का दरवाजा

खोलकर टॉर्च मारकर गड्ढे में मैंने झाँका तो तेन्दुआ फिर से टॉर्च की पीली रोशनी में चमका और हिला। मैंने तुरन्त गाड़ी के अन्दर होकर दरवाजा बन्दकर लिया। और सोचने लगा कि गढढ़े में झाँककर इसको डार्ट कैसे किया जाएगा। अगर एक हाथ में रायफल और दूसरे हाथ में टार्च ले भी ली जाए तो तेन्दुए के छलाँग लागने की दशा में दरवाजा कैसे बन्द किया जाएगा। खिड़की का शीशा गिराना फिर मूर्खता होती क्योंकि तेजी के साथ गाड़ी की खिड़की का शीशा नहीं बन्द किया जा सकता था। नाराज़ तेन्दुआ खिड़की में से गाड़ी के अन्दर घुस सकता था।

मेरे साथ बैठे लोग बहादुरी के साथ गाड़ी के अन्दर मुझे हौसला दे रहे थे और देखते-ही-देखते उन्होंने अपने अंगोछे को लपेटकर एक फन्दे जैसा बना लिया और मुझसे बोले कि डॉ. साहब तेन्दुआ अगर गाड़ी के अन्दर आ जाएगा तो उसको हम लोग इस फन्दे में बाँध लेंगे। मैंने उनको यह तो नहीं कहा कि इस प्रकार आप लोग तेन्दुए को नहीं बाँध सकते पर उनके हौसले पर मुझे गर्व ज़रूर हुआ कि यह अनजाने लोग एक निरीह जानवर को बचाने के लिए मेरे साथ जान-जोख़िम में डाले हुए हैं। और वह भी बिना किसी डर के। मेरा दिमाग तेजी से चक्कर काट रहा था मैंने सोंचा अब तक तेन्दुआ करीब 15 से 20 बार तो गड्ढे से ऊपर छलाँग लगा चुका है। वह भूखा प्यासा बदहाल है। सुबह से भागते दौड़ते इसकी ऊर्जा भी खत्म हो रही होगी। इसको थोड़ा अगर और परेशान किया जाए तो एक समय ऐसा भी आएगा कि वहे थककर छलाँग लगाना बन्द कर देगा और मुझे डार्ट लगाने का समय मिल सकता है। तेन्दुए में शक्ति तो बहुत होती है पर इन जानवरों का स्टेमिना बहुत कम होता है। ज्यादा समय तक यह दौड़ या छलाँग नहीं लगा सकते हैं बशर्ते उन्हें थोड़ा आराम दिया जाए। मुझे थके हुए जानवर को बेहोश करनेवाली दवा की डोज़ के बारे में भी सोचना था और तेन्दुए को थकाने के बाद उतनी ही दवा देनी थी जो कि उसको बेहोश तो कर दे पर नुकसान न पहुँचाए। यह योजना मेरे दिमाग में बन चुकी थी और इसके अलावा एक ही विकल्प था कि सुबह तक का इन्तजार किया जाए यदि रातभर तेन्दुआ वहाँ रुका रहे तो।

मैंने टॉर्च ली और छोटे-छोटे कंकड़ मँगवाकर अपने पास रख लिए और तेन्दुए के ऊपर कंकड़ मारकर उसे अपने ऊपर हमला करने के लिए उकसाने लगा। मैं दरवाजा खोलकर तेन्दुए को देखता और कंकड़ मार देता था। तेन्दुआ पहले ही जिप्सी पर हमला कर-कर के बहुत थक चुका था पहले तो तुरन्त हमला कर रहा था पर लगातार 10-12 फिट की छलाँग लगाना, झरोखे पर पंजों

के सहारे लटकना फिर झरोखे से बाहर आना, धीरे-धीरे उसके लिए मुश्किल होता जा रहा था। करीब 40 मिनट बाद उस पर टॉर्च से रोशनी डालने पर वह मुझे देखता रहता। तेज रोशनी में उसे शायद ही ऊपर का कुछ दिखाई देता हो लेकिन फिर भी वह बची खुची शक्ति लगाकर छलाँग लगा ही देता था। परन्तु अब वह छलाँग लगाने में समय लेने लगा। पिछली सीट पर बैठे एक आदमी को मैंने अपने साथ अगली सीट पर बुला लिया और उसको अपने हाथों में पकड़ी टॉर्च दे दी। मैंने डार्ट रायफल दोनों हाथों में ले ली। मेरे साथ आगे की सीट पर आए आदमी ने मेरे सिर के ऊपर से टार्च निकालकर बिना गड्ढे को देखे हुए नीचे रोशनी डाली। उसको कुछ नहीं दिख रहा था मेरे कहने पर ही वह टॉर्च को इधर-उधर घुमा रहा था। थोड़ी देर के बाद टॉर्च की रोशनी तेन्दुए पर पड़ी। तेन्दुआ अब आराम से बैठा ऊपर ही ताक रहा था मैंने धीरे से दाहिने हाथ में रायफल ली और बाँएँ से दरवाजा बन्द करने का हैंडिल पकड़ लिया। रायफल भारी थी, मैंने उसको झरोखे की दीवार का सहारा देते हुए तेन्दुए की तरफ निशाना लगाया। टॉर्च की रोशनी में उसका पीला पुट्ठा चमक रहा था। मैंने थोड़ा झुककर निशाना लगाया। सारी इन्द्रियाँ रोमांचित होकर एक ही जगह पर केन्द्रित हो गईं। मैंने बाएँ हाथ से पकड़ा दरवाजा भी छोड़ दिया, यह जानते हुए कि यह सबसे जोखिम भरा काम है मैंने रायफल से निशाना लगाते हुए ट्रिगर दबाया। रायफल से डार्ट सिरिंज छूटी और सही निशाने पर लगी, डार्ट सिरिंज के लगते ही तेन्दुए ने फिर ऊपर छलाँग लगाई पर तब तक मैं दरवाजा बन्दकर चुका था। दरवाजा पूरी तरह से बन्द नहीं हो पाया था क्योंकि रायफल आधी बाहर ही रह गई थी। हम सब लोग गाड़ी के अन्दर चुपचाप बैठे रहे। गाड़ी के अन्दर सब लोग पूछ रहे थे कि क्या हुआ तेन्दुए को डार्ट सिरिंज लग गई है ? मैंने कहा कि हाँ, अबकी बार डार्ट सिरिंज बिलकुल ठीक लगी है। लगभग 15 मिनट बाद मैंने दरवाजा फिर खोला और टॉर्च लेकर बेखौफ होकर झरोखे में झाँका। तेन्दुआ अचेत पड़ा था। वह बिलकुल बेहोश हो चुका था और आराम से धीरे-धीरे सांसें ले रहा था। मैंने वहीं से चिल्लाकर कहा कि बेहोश हो गया है। सब लोग कमरे की तरफ दौड़ पड़े। भीड़ तेन्दुए की एक झलक पाने के लिए उमड़ पड़ी। जिसको जहाँ से जो जगह मिली वहीं से वह उसको देखने को व्याकुल हो गया। फिर से अँधेरे में अफ़रातफरी मच गई। मैंने गड्ढे में उतर कर देखा और कमाल से कहा इसे पिंजरे में डालो जल्दी। काम होते ही मुझे अब दर्द का अहसास होने लगा था और मैं एक जगह बैठ गया।

कमाल ने अन्य स्टाफ और गाँववालों के सहयोग से जाल में तेन्दुए को लेकर पिंजरे के अन्दर पहुँचा दिया। जितनी भीड़ थी उतना ही अँधेरा था। कुछ समझ में नहीं आ रहा था। मैंने श्रेय से कहा कि मेरे पेट, पीठ और हाथ में बहुत दर्द हो रहा है। मुझे अपनी गाड़ी से लखनऊ लेकर चलो। मैंने पेट के घाव पर रोशनी डाली तो देखा वहाँ नीले-काले रंग की अत्यधिक सूजन आ चुकी थी।

भीड़ को हटाना मुश्किल हो रहा था तो तेन्दुए की गाड़ी को जिलाधिकारी के आवास पर पहुँचाने को कहा गया क्योंकि अभी तेन्दुए को और आवश्यक ओषधियाँ भी देनी जरूरी थीं और यहाँ भीड़ भरे माहौल और अँधेरे में तेन्दुए को देख पाना ही दूभर हो रहा था।

करीब रात 9 बजे हम लोग तेंदुए को होश में लाने के बाद लखनऊ की ओर रवाना हो चुके थे। मेरी पत्नी और बेटी इस समय अपने माता-पिता से मिलने सहारनपुर गए हुए थे। उन लोगों को मुझे चोट लगने का समाचार टी.वी. न्यूज चैनेल तथा फोन से मिल चुका था। मेरे फोन पर भी अनगिनत फोन आ रहे थे। मैंने अपना फोन बन्द कर दिया और गाड़ी की पिछली सीट पर बैठकर सिर टिका दिया। रास्ते भर श्रेय से बातचीत करता रहा और तेन्दुए की देखभालकर रहे कमाल से तेन्दुए का हाल लेता रहा आधी रात को हम लोग वापस लखनऊ चिड़ियाघर पहुँचे। वहाँ पर मेरे सहयोगी रविकृष्ण प्रताप सिंह अन्य स्टाफ के साथ मौजूद थे। मेरी हालत भी खराब हो चुकी थी। तेन्दुए को मैंने देखा वह ठीक था और फिर गुर्राने लगा था। मैंने लखनऊ पहुँचने से पहले अपने एक मित्र डॉ. अशोक यादव जो कि श्यामाप्रसाद मुखर्जी सिविल अस्पताल में चिकित्सक थे, को फोन पर चोट लगने की सूचना दे दी थी। डॉ. अशोक यादव सिविल अस्पताल में मिल गए। वहाँ पर एक अन्य सर्जन के साथ मुझे इमर्जेन्सी के ऑपरेशन थिएटर में ले गए तो मैंने पूछा कि यहाँ क्यों ले जा रहे हो ! डॉ.साहब ने कहा कि ठीक से ड्रेसिंग करनी है। मेरी ड्रेसिंग वगैरह कराकर मुझे अस्पताल में भर्तीकर दिया गया जहाँ से एक सप्ताह के बाद मेरी छुट्टी कर दी गई। मेरी ड्रेसिंग काफी दिनों तक चलती रही।

तेन्दुए के ठीक होने के बाद उसकी स्थिति को देखते हुए पुनः जंगल में नहीं छोड़ा गया और उसको कानपुर चिड़ियाघर भेज दिया गया।

मेरे शरीर पर तेन्दुए के हमले के निशान आज भी हैं जो तेन्दुए की गुर्राहट उसकी शरीर की महक तथा उसकी ताक़त तथा तेज रफ़्तारी की याद दिलाते

हैं, और मुख्य वन्य जीव प्रतिपालक, मुहम्मद अहसन का वह फूलों का गुच्छा भी याद है जो कि वह अस्पताल लाए थे और अपनी अनोखी मुद्रा में झिझकते हुए मुझे दिया था। मगर मुझे अफसोस रहा कि मैं उन लोगों से उनका नाम और पता पूछना भूल गया जिन लोगों ने निस्वार्थ अपनी गाड़ी मुझे दी और बहादुरी से मेरे साथ पूरे ऑपरेशन में डटे रहे।

मिर्ज़ापुर का तेन्दुआ

24 नवम्बर, 2005 रात्रि के लगभग 9 बजे थे। मैं और मेरा परिवार रात के खाने की तैयारी में थे। लगभग उसी समय चिड़ियाघर के प्रशासक तथा उत्तर प्रदेश के मुख्य वन्य जीव प्रतिपालक का फोन मेरे मोबाइल फोन पर आया। इतनी रात गए मु. अहसन साहब का फोन नम्बर मैं अपने मोबाइल में देखकर समझ गया था कि कहीं जाना पड़ सकता है। जैसा कि मुझे आशा थी उसी के अनुरूप उन्होंने कहा कि मिर्ज़ापुर में एक तेन्दुआ फन्दे (ट्रैप) में फँस गया है और ज़ख्मी है जिससे उसकी मृत्यु भी हो सकती है। यह भूंखा-प्यासा तथा ज़ख्मी तेन्दुआ आज दोपहर को फँसा मिला है पर यह अन्दाजा लगाना मुश्किल है कि यह कब से ट्रैप में फँसा हुआ होगा। इस तेन्दुए के लिए मुझे आज रात अभी मिर्जापुर के लिए रवाना होना होगा, क्या पता उसकी जान बच जाए। उन्होंने मुझे तैयारी करने के लिए 2-3 घंटे का समय दिया और बताया कि मिर्जापुर के डी.एफ.ओ. अतुल जिन्दल मुझे लेने के लिए मध्य रात्रि के लगभग चिड़ियाघर स्थित मेरे आवास पर पहुँच जाएँगे। मैंने कहा कि मैं तैयार रहूँगा।

मैं खाना खाकर अपने घर से कुछ ही दूरी पर बने वन्य जीव चिकित्सालय में पहुँच गया। वहाँ जाकर इम्मोबिलाइजेशन रायफल, दवाई, सिरिंज तथा अन्य जरूरी सामान बैग में लगाने लगा। चिकित्सालय में ड्यूटी दे रहे चौकीदार को मैंने यह कहकर कमाल शेख़ के घर भेजा कि बाहर जाना है, तैयारी के साथ आ जाएँ।

ये घने कोहरेवाली सर्द रात थी। चिकित्सालय स्थित मेरा कमरा बन्द होने के कारण गर्म था और उसमें बैठना अच्छा लग रहा था। बाहर अच्छी खासी ठंड थी। चिकित्सालय के बाहर चौकीदार ने अपने को ठंड से बचाने के लिए अलाव जला रखा था। वहीं एक कुर्सी रखी थी जिस पर मैं कमरे के अन्दर सामान लगा कर, आग तापने के लिए बैठ कर, चौकीदार और कमाल का इन्तजार करने लगा। मैं हमेशा की तरह मन-ही-मन में घटना स्थल और

तेन्दुए का काल्पनिक चित्र बनाने लगा और उसी के अनुसार योजना भी बनाने लगा। ठंड काफी थी पर आग के पास कुछ देर बैठकर राहत महसूस हुई। मैंने अच्छी तरह से कपड़े पहन रखे थे। 11 बजते-बजते कमाल चौकीदार के साथ अपना बैग अपनी पीठ पर लादे दूर से आते दिखाई दिए कमाल ने नज़दीक आकर पूछा, कौन-सा जानवर है और कहा जाना है ? इसके अलावा उसने कुछ पूछा ही नहीं। मैं उसके अन्दाज़े पर अपनी मुस्कुराहट छुपा न सका और दोनों हथेलियों को आग की तरफ करते हुए मुस्कराते हुए बोला कि तेन्दुआ है, मिर्ज़ापुर जाना है। कमाल भी वहीं पास में बैठ गया और मुझे इतने इत्मीनान से बैठा देखकर बोला कि सामान लगा लिया है क्या ? मैंने जवाब दिया कि हाँ, सारा सामान मैंने लगा लिया है मगर एक बार तुम भी जरा चेक कर लो कि कहीं कुछ छूटा तो नहीं है। कमाल आग के पास से उठकर सामान चेक करने अन्दर अस्पताल में चला गया।

थोड़ी देर के इन्तज़ार के बाद कोहरे से पटी सड़क पर एक गाड़ी की धुँधली चमकती हुई रोशनी दिखाई पड़ी जो धीरे-धीरे हम लोगों की ओर ही आ रही थी। गाड़ी में से अतुल जिन्दल उतरे और हम लोगों को तैयार देखकर उन्हें इत्मीनान हुआ। हम लोग गाड़ी में सामान रखकर तुरन्त ही मिर्ज़ापुर की तरफ चल पड़े। बाहर हाइवे पर ज़बरदस्त कोहरा था। आगे का रास्ता धुन्ध में बिलकुल नहीं दिखाई पड़ रहा था। गाड़ी की तेज हेड लाइट अपनी सारी ताकत लगाने के बाद भी कुछ ही फीट तक कोहरे को बेध पा रही थी। सफ़र के यूँ शुरू होते ही समझ में आ गया कि सफ़र आसान न होगा। कोहरा और ठंड अपने पूरे चरम पर थी। सारे गर्म कपड़े पहनने के बावजूद बाहर की ठंड महसूस हो रही थी और बाहर का कोहरा, मौसम के सर्द होने का आँखों से भी अहसास दिला रहा था। धुँध और कोहरे की वजह से गाड़ी इतनी धीमी चल रही थी कि वह सड़क पर टटोल-टटोलकर चलती सी महसूस हो रही थी।

कमाल अगली सीट पर बैठा था और मैं तथा डी.एफ.ओ. साहब पीछे की सीट पर। कमाल ने अपने दरवाजे की खिड़की खोल रखी थी और बाहर झाँककर वह आगे के रास्ते का अन्दाज़ा ले रहा था और गाड़ी सड़क के बीच में ही रहे इसलिए गाड़ी के ड्राइवर को भी बाहर का आँखों देखा हाल बता रहा था। हम लोग आपस में बातें करते, तेज ट्रकों से जूझते हुए सड़क छोड़कर गड्ढ़े में उतरने से बचाते हुए रास्ता तयकर रहे थे। इस प्रकार 4-5 घंटे के सफर को हम लोगों ने लगभग 9 घंटों में पूरा किया और सुबह लगभग 9 बजे मिर्जापुर पहुँच गए।

मिर्ज़ापुर मैं पहली बार पहुँचा था। सुबह के कारण सड़कों, गलियों में भीड़-भाड़ बहुत कम थी। गाड़ी अतुल जिन्दल के बताए रास्ते पर चल रही थी और कुछ देर बाद हम शहर पार करके छोटी-छोटी पहाड़ियों और पठारों की तरफ घुमावदार सड़कों पर चल दिए। आगे जाकर एक मोड़ पर हमें वन विभाग का स्टाफ मिल गया। वहाँ से हम लोग तेन्दुए के फँसे होने की दिशा में चल दिए। आगे का रास्ता ऊँचाई लिए हुए पथरीला था। कुछ दूर ऊँचाई पर चढ़ने के बाद आगे गाड़ियों का जाना असम्भव हो गया तथा वहाँ से हम लोगों को पैदल ही झाड़ियों, पगडंडियों से होते हुए आगे चलना पड़ा। मौसम अब अच्छा हो गया था। छोटी पहाड़ी पर सुनहरी धूप खिली थी। पहाड़ी से नीचे देखने पर हलका कोहरा अभी भी दिख रहा था जबकि सुबह के लगभग 10-11 बज रहे थे। थोड़ी दूर चलने पर वहाँ एक कैनवस से ढँका हुआ ट्रक भी खड़ा मिला। इतनी मुश्किल चढ़ाई पर ट्रक को लाना ही जोखिम भरा काम था। ट्रक के पास छोटा सलाखोंवाला पिंजरा भी रखा था। डी.एफ.ओ. अतुल जिन्दल ने सारी व्यवस्था और सामान का इन्तज़ाम बख़ूबीकर रखा था जिसे देखकर काम को अच्छी तरह से कर सकने का आत्मविश्वास और बढ़ गया। ट्रक और आदमियों को पीछे छोड़ते हुए हम पगडंडियों के सहारे और ऊपर चढ़ने लगे। थोड़ी दूर पर वन विभाग का और स्टाफ भी मिला जो रात-दिन तेन्दुए की सुरक्षा में लगा हुआ था। उस घेरे के अन्दर किसी को जाने की इजाज़त नहीं थी। ऊँचाई पर हलकी ठंडी हवा बह रही थी। लोग ख़ामोश थे और अगल-बगल की झाड़ियाँ व घास सूखकर सुनहरे पीले रंग की हो गई थी।

सुरक्षा के उस घेरे के अन्दर हम लोगों ने जाकर देखा तो दूर हलकी पीली पगडंडी पर एक तेन्दुआ मुँह जमीन पर रखकर बैठा दिखाई दिया। उसका बायाँ हिस्सा हम लोगों की तरफ था। डी.एफ.ओ. साहब ने बताया कि इसका अगला दाहिना पंजा ट्रैप में फँसा हुआ है जिससे यह निकल नहीं पा रहा है। तेन्दुए की स्थिति को देखते हुए पहली नजर में लगा कि इसे फँसे हुए लगभग 24 घंटे हो चुके होंगे। हम लोगों के आने की आहट सुनकर तेन्दुए ने अपना मुँह हम लोगों की ओर घुमाया और चुपचाप देखने लगा। मैं, अतुल जिन्दल, कमाल और दो-तीन स्टाफ के साथ हम लोग तेन्दुए की ओर बढ़ गए। हमारे इस तरह पास आने पर तेन्दुए ने उठने की कोशिश की पर ट्रैप में पंजा फँसा होने के कारण वह पूरी तरह उठ भी नहीं सका और हम लोगों की तरफ देखकर नाराज़गी जाहिर की। यह एक मादा तेन्दुआ थी जो कि पगडंडी पर चलते हुए लोहे के मजबूत शिकंजे में फँस गई थी। अब उसका शिकंजे से बचकर निकलना असम्भव था। इतनी दूर

से देखने पर उसका ट्रैप में फँसा पंजा, हम लोगों से उलटी दिशा में होने के कारण पूरी तरह नहीं दिख पा रहा था पर अब उसकी एक झलक दिखाई दी। पंजा पूरी तरह से लहूलुहान, कुचला हुआ जान पड़ता था। तेन्दुआ बहुत तकलीफ में था। तेन्दुए पर कई तरह का तनाव व दबाव था। एक तो स्वतन्त्र विचरता जीव एक जगह बन्द हो गया था, दूसरे पंजे के कुचले जाने से हुआ बेतहाशा दर्द, तीसरा मानव जाति का उसके इतना करीब होना और वह भी तब, जबकि पता नहीं यह तेन्दुआ कब से भूखा, प्यासा फँसा हुआ था।

तेन्दुए का निरीक्षण करने के बाद मैंने वहीं एक पत्थर को साफ करके उस पर अपना सामान खोला और कमाल की मदद से डार्ट सिरिंज तैयार करने लगा। सारी तैयारी करके मैं डार्ट रायफल में डार्ट सिरिंज को लोड करके तेन्दुए की तरफ बढ़ा और 15-20 मीटर पर जाकर रुके गया। तेन्दुआ मुझे इतनी पास देखकर थोड़ा सशंकित हो गया पर पंजा फँसा होने के कारण बेबस था। मुझ पर वह एक ही दशा में हमला कर सकता था अगर उसका पंजा वहाँ से छूट जाए, जो कि बहुत मुश्किल था या फिर उतना पंजा उसके शरीर से अलग हो जाए। ऐसा भी हो पाना असम्भव-सा लगता था, फिर भी वन्य जीवों को रेस्क्यू करते हुए मैंने सीखा है कि इन वन्य जीवों में असीमित ताकत तथा ऊर्जा होती है। आप कभी भी खुले जंगल में वन्य जीवों के बारे में तब तक कोई निश्चित घोषणा नहीं कर सकते हैं अथवा वन्य जीवों के बारे में आप कोई भी निश्चित मत नहीं दे सकते हैं जब तक वह वन्य जीव पूरी तरह से आपके कब्ज़े में, पिंजरे के अन्दर न हो जाए।

मैंने सबको इशारा किया कि मैं अब रायफल से डार्ट सिंरिज फायर करनेवाला हूँ। मैंने जमीन से सटकर बैठे हुए तेन्दुए के पुट्ठे का निशाना लगाया और ट्रिगर दबा दिया। ठीक उसी समय तेन्दुआ हिला और लेट-सा गया। सिरिंज उसके पुट्ठे से रगड़ खाती हुई पीछे की तरफ जमीन पर गिर गई। तेन्दुए ने चौंककर मेरी तरफ देखा पर कोई प्रतिक्रिया नहीं की। मैंने वहीं खड़े-खड़े दूसरी डार्ट सिरिंज रायफल में भरी और फिर से तेन्दुए के पुट्ठे का निशाना लगाया। अबकि बार मैंने ध्यान दोबारा केन्द्रित किया और इन्तज़ार करने लगा कि पिछली बार की तरह अब निशाना न चूक जाए। अब की बार मैंने पूरा समय लिया और तेन्दुए को हिलने-डुलने दिया। जब तेन्दुआ पूरी तरह से निश्चिन्त होकर आराम से बैठ गया। तब मेरी नजरें रायफल की नाल से फिसलकर उसके पुट्ठे पर गड़ गईं और मैंने सांसें अन्दर खींचकर ट्रिगर दबा दिया। निशाना ठीक बैठा और मेरी मर्ज़ी की जगह पर डार्ट सिरिंज उसके पुट्ठे में घंस गई। अब की बार तेन्दुए ने

निडिल अन्दर धँसने के कारण उत्पन्न दर्द से जोरदार प्रतिक्रिया दिखाई और वह उछला, पर पंजा फँसा होने के कारण फिर से उसी स्थिति में बैठ गया जैसे वह पहले बैठा हुआ था।

मैं डार्ट लगाकर वापस पीछे जहाँ अन्य लोग खड़े थे वहाँ आ गया और तेन्दुए के बेहोश होने की प्रतीक्षा करने लगा। लगभग 10 मिनट बाद तेन्दुआ निढ़ाल होकर जिस अवस्था में बैठा था उसी अवस्था में, जमीन से निचला जबड़ा लगाकर बेहाश हो गया। मैंने 5 मिनट और इन्तजार करने के बाद उसकी तरफ एक छोटा-सा पत्थर उछाला। तेन्दुए की तरफ से कोई प्रतिक्रिया नहीं हुई। धीरे-धीरे मैं और कमाल उसके नजदीक पहुँचने लगे बीच-बीच में हम लोग इस बात की जाँच भी करते रहे कि तेन्दुआ पूरी तरह से बेहोश है कि नहीं। पूरी तरह बेहोश न होने पर तेन्दुआ हम लोगों के पास जाकर पकड़ने पर हमला भी कर सकता था और खुद को भी और ज्यादा घायल कर सकता था इसीलिए इस बात को जाँचना जरूरी था कि तेन्दुआ पूरी तरह से बेहोश है कि नहीं। डी.एफ.ओ. अतुल जिन्दल तथा एस.डी.ओ. के साथ अन्य स्टाफ भी हमारे पीछे-पीछे आ रहे थे। इम्मोब्लाइजेशन का नियम है कि कभी भी बहुत सारे लोग जानवर की बेहोशी परखने के लिए एक साथ उसके पास न जाएँ। इसमें ख़तरा रहता है। हमने दूर से एक डंडे से तेन्दुए को हिलाया वह उसी तरह से निश्चेष्ट बैठा रहा तब मैंने और कमाल ने उसके पास जाकर उसकी पूँछ को दबाया। कोई प्रतिक्रिया नहीं हुई। मैंने डी.एफ.ओ. साहब को मुड़कर बताया कि तेन्दुआ बेहोश हो गया है। अब इसको फंन्दे से छुड़ाकर पिंजरे में डाला जा सकता है। अब सब लोग तेन्दुए के पास आ गए। भारी पिंजरे को उठाकर वहीं तेन्दुए के पास लाया गया। हम लोगों ने बहुत एहतियात से बेहोश हो चुके तेन्दुए को उठाया और पिंजरे के अन्दर लिटा दिया। अब भी उसका फँसा हुआ पंजा पिंजरे से बाहर था। मैंने ट्रैप में फँसे उसके पंजे की जाँच की तो पाया कि घाव की स्थिति ठीक नहीं है। वह बुरी तरह से कुचल चुका था और फन्दा इतना मजबूत था कि हम लोगों के हाथों से नहीं खुल रहा था। फन्दे को खोलनेवाला लीवर इतना मजबूती से लॉक था कि लीवर को जब दो आदमियों ने खड़े होकर पैरों से दबाया तब कहीं जाकर तेन्दुए का पंजा ट्रैप में से निकल पाया। जब ट्रैप से पंजा निकाला गया तब पंजे की वास्तविक स्थिति सामने आई। पंजा पूरी तरह से टूट और कुचल चुका था। मैंने कमाल की मदद से उसके घायल पंजे की मरहम पट्टी की और उसको ज़रूरी दवाएँ दी। भारी पिंजरे को तेन्दुए सहित उठाकर ऊबड़-खाबड़ पगडंडियों से होते हुए ट्रक में चढ़ा दिया गया। दोपहर हो रही थी पर हवा में ठंडक थी। ट्रक में पिंजरे को

रखकर हम लोग उसे छोटी पहाड़ी से नीचे उतार लाए और तेन्दुए के होश में आने पर लखनऊ की तरफ प्रसन्न मन से रवाना हो गए। रास्ते में तेन्दुए को एक बर्तन में पानी दिया गया जिसे उसने तुरन्त पी लिया। तेन्दुआ अब अपने अगले पैरों को सीधा खड़ाकर पा रहा था तथा पिछले पैरों को मोड़कर अच्छी तरह से बैठा था। चोट खाए पंजे का बुरा हाल था। घाव लगभग काला पड़ चुका था।

अँधेरा होते-होते हम लोग लखनऊ चिड़ियाघर पहुँच गए। वहाँ पर फोन द्वारा हमारे तेन्दुआ लेकर आने की सूचना पहुँच चुकी थी। रात में ही तेन्दुए को इस प्रकार के पिंजरे में स्थानान्तरित कर दिया गया जहाँ पर उसका नियमित इलाज किया जा सके। रात में आवश्यक दवाएँ, भोजन तथा पानी देकर तेन्दुए को अस्पताल के अन्दर एकान्त में छोड़ दिया गया।

सुबह मैंने देखा तो तेन्दुए ने दिया गया भोजन खा लिया था तथा पानी भी पिया था। यह एक अच्छा संकेत था। चिड़ियाघर के अन्य स्टाफ के आने पर मैंने उसकी चिकित्सा की तथा कोशिश की कि उसका लगभग कुचल गया पंजा उसके शरीर से अलग न करना पड़े। मैंने इस प्रकार से उसकी ड्रेसिंग करने की कोशिश की कि मरे हुए मांस में दोबारा से रक्त संचार हो जाए जिससे उसके पंजे के ठीक होने की कुछ आशा जागे। मगर इसमें यह डर था कि मरे हुए मांस, जो कि लगभग सड़-सा गया था, से विष ऊपर स्वस्थ शरीर की ओर न बढ़ने लगे। ऐसी स्थिति बहुत ही घातक होती है। मैंने मन-ही-मन निर्णय लिया कि मैं अभी और इन्तजार करूँगा। यदि पंजे की सड़न ऊपर की ओर बढ़ती है तो खराब हो चुके हिस्से को काटकर उसके शरीर से अलग कर दूँगा। इस प्रक्रिया को साधारण चिकित्सीय भाषा में 'ऐम्पुटेशन'' कहते हैं।

26 दिसम्बर का पूरा दिन मैं अपने सहयोगी डॉ. अशोक कश्यप के साथ तेन्दुए के पंजे का निरीक्षण व जाँच करता रहा परन्तु शाम तक मुझे उसके जीवित होने के कोई लक्षण नहीं नजर आए, बल्कि पंजे की सड़न थोड़ी ऊपर की तरफ बढ़ गई थी। मैंने और डॉ. अशोक कश्यप ने यह निर्णय लिया कि कल प्रातः इसको एम्पुटेट कर देंगे। अगले दिन 9 बजे मैंने तेन्दुए को दोबारा बेहोश किया तथा 15 मिनट बाद उसका खराब हो चुका पंजा उसके शरीर से अलग कर दिया गया। मुझे इसका बहुत अफसोस हुआ परन्तु तेन्दुए का जीवन बचाने के लिए मुझे यह कार्य न चाहते हुए भी करना पड़ा।

लगभग 2 महीने तक निरन्तर उसके घाव की मरहम पट्टी की गई और तेन्दुआ, जिसका नाम हम लोगों नें'दिया' रख दिया था, ने भी हम लोगों को इलाज और मरहम-पट्टी कराने में बहुत सहयोग दिया। पट्टी बँधवाते समय वह

बिलकुल नाराज नहीं होती थी और सबसे ख़ास बात है कि वह पट्टी को अगली ड्रेसिंग तक बाँधे भी रखती थी और उसे वह नोचती नहीं थी। जैसे वह सब जान रही हो कि यह सब उसके भले के लिए ही किया जा रहा है।

यह कहानी आपको सुनाने तक 'दिया'' बिलकुल स्वस्थ होकर लखनऊ चिड़ियाघर में रह रही है और उसके साथ उसका हमसफ़र ''अकबर'' भी रहता है। जिसको मैंने इलाहाबाद कैंट एरिया से पकड़ा था, जहाँ वह जंगल से भटक कर आ गया था। इन दोनों के संयोग से इनकी अगली पीढ़ी भी चिड़ियाघर में जन्मीं।

गोरखपुर का तेन्दुआ

23 मार्च, 2006 की दोपहर 12 बजकर 54 मिनट पर मुख्य वन्य जीव प्रतिपालक मुहम्मद अहसन का फोन मेरे मोबाइल पर आया। उन्होंने बताया कि एक तेन्दुआ गोरख़पुर के निकट एक गाँव में आ गया है और वह गाँववालों के लिए ख़तरा बन गया है। इसलिए उसे जल्दी ही पकड़ना जरूरी है। इसके लिए मुझे तुरन्त ही गोरखपुर जाना होगा। साथ ही उन्होंने यह भी कहा कि मैं डी.एफ.ओ. गोरखपुर, मुकेश कुमार से भी फोन पर बात कर लूँ।

लखनऊ में धीरे-धीरे गर्माहट लाते हुए मार्च के यह बेहतरीन दिन थे। हवा तेजी से बहती थी और फिर अचानक रुक जाती थी मानो वह कुछ सोच-सोचकर बह रही हो कि तेज बहूँ कि धीरे ? पुरानी पत्तियाँ पेड़ों, दरख़्तों और पौधों से टूटती जा रही थीं और उनके पीछे उन्हीं की, छोटी टहनियों पर अगली पीढ़ी जन्म ले रही थी, हरी छोटी कोमल पत्तियों के रूप में।

मैं ऐसे कामों के लिए मानसिक रूप से तैयार रहता हूँ और खबर मिलते ही मन-ही-मन यह कल्पना करने लगता हूँ कि आगे किस प्रकार की तैयारी करनी होगी। वहाँ की क्या स्थिति होगी जहाँ यह घटना हो रही है? थोड़ी ही देर बाद डी.एफ.ओ. गोरखपुर का भी फोन आ गया और उन्होंने भी तेन्दुआ होने की बात कहीं। उनके मुताबिक तेन्दुआ एक गाँव के पास गेहूँ के खेत में कुछ लोगों को घायल करने के बाद छिपा हुआ है। मैंने एक टैक्सी मँगवाने के लिए फोन कर दिया और जानवरों को बेहोश करनेवाली रायफल तथा दवाइयाँ एक बैग में रख लीं। कमाल को भी मैंने बुलवा लिया और यह सब काम करने के बाद मैं अपने आफिस में बैठकर टैक्सी आने की प्रतीक्षा करने लगा।

दोपहर 2 बजते-बजते मैं और कमाल लखनऊ से गोरखपुर की तरफ निकल गए। रात लगभग 7.45 पर हम लोग गोरखपुर शहर पहुँचे। वहाँ डी.एफ.ओ. साहब ने आगे गाँव तक का रास्ता बताने के लिए दो आदमियों को लगा रखा था। उन दोनों व्यक्तियों को अपने साथ लेकर हम लोग गाँव परशुरामपुर की

ओर चल दिए जो कि गोरखपुर से 25-30 किमी. दूर था। रास्ते में इन दोनों व्यक्तियों से बातचीत के दौरान यह पता चला कि डी.एफ.ओ. साहब सहित बाकी स्टाफ सुबह से ही गाँव में है। लगभग 30-35 मिनट बाद हम लोगों को एक तिराहे पर डी.एफ.ओ. गोरखपुर की जिप्सी खड़ी दिखाई दी। रात हो चुकी थी। सड़क के दोनों ओर कुछ गाँव की कच्ची पक्की दुकानें मोमबत्ती, ढिबरी और लालटेन की रोशनी में अपनी अस्पष्ट आकृति के साथ चमक रही थी। उन्हीं दुकानों में से एक चाय की दुकान के अन्दर बैंच पर डी.एफ.ओ. साहब बैठे मिले। बाकी स्टाफ भी वहीं पर इर्द-गिर्द मौजूद थे। दुकान के बाहर ही मुझे उस क्षेत्र के एस.डी.ओ. साहब मिल गए। अँधेरे में आँखों से टटोलते-टटोलते हम दोनों ने एक-दूसरे को पहचाना। यह विजय कुमार थे। इसके पूर्व हम दोनों की मुलाकात पीलीभीत में एक आदमखोर बाघ की खोज के दौरान भी हो चुकी थी। करीब 20-25 दिन हम लोगों ने साथ-साथ काम किया था। इतने दिनों बाद मिलकर ज़ाहिर था कि खुशी दोनों को ही थी।

मैं डी.एफ.ओ. मुकेश कुमार को नमस्कार करके उनके पास जाकर बेंच पर बैठ गया। उन्होंने कहा कि आप वक्त पर पहुँच गए हैं। हम लोग तो सुबह से ही यहाँ पर हैं। उन्होंने बताया कि यह एक बड़ा तेन्दुआ है जिसने करीब-करीब 6-7 लोगों को घायल कर दिया है। जिसमें एक साधु महाराज की हालत चिन्ताजनक बनी हुई है और मेडिकल कालेज में उनका इलाज चल रहा है। डी.एफ.ओ. साहब बता रहे थे और मैं सुन रहा था। उन्होंने बताया कि गाँव के लोग कुछ अनोखा देखने के लिए इस छिपे और घबराए तेन्दुए के पास आते-जाते हैं। उसके दिख जाने पर उसको छेड़ते हैं या भगाने की कोशिश करते हैं इससे ही परेशान होकर, यह अपने घर से भटका तेन्दुआ हमला कर देता है। तेन्दुआ उन्हीं लोगों पर हमला करता है जो जरूरत से ज़्यादा उसके नजदीक पहुँच जाते हैं।

गाँववालों की चिन्ता अपने परिवार तथा मवेशियों की सुरक्षा को लेकर थी, जबकि प्रशासन की चिन्ता गाँववालों तथा तेन्दुआ दोनों की थी। पुलिस और वन विभाग का हर सम्भव प्रयास यही था कि बिना किसी का भी नुकसान हुए तेन्दुए को सुरक्षित पकड़कर उसको उसके घर भेज दिया जाए और गाँववाले अपने गाँव में चैन से रहें।

चाय के दौरान विचार आते रहे, योजना बनती रही, बिगड़ती रही और सारी योजना को बेकार कर देती थी रात! चारो तरफ अच्छा खासा अँधेरा हो चुका था और ऐसे में सामने बैठे हुए तेन्दुए को भी देख पाना मुश्किल था। फिर भी

बिना मौका मुआयना किए स्थिति को पूरी तरह से समझना कठिन था इसलिए हम लोग गाँव की ओर निकल गए। रात के लगभग 9 बज रहे थे। हम लोगों की गाड़ियाँ, मुख्य सड़क से, गाँव के अन्दर ले जानेवाली सड़क पर, तेन्दुआ होने की दिशा में बढ़ गई। 20-25 मिनट की दूरी तय करने के बाद एक छोटी नहर की पुलिया पर आग जलाए हुए कुछ स्टाफ बैठे मिले। चारों तरफ अँधेरे के कारण कुछ ठीक से समझ नहीं आ रहा था और दिशा भ्रम-सा हो रहा था। वहाँ उतर कर बातचीत करते हुए हम लोग पैदल ही पुलिया के साथ लगी पगडंडी पर नहर के किनारे-किनारे उस तरफ चलने लगे जहाँ पर शाम को आख़िरी बार तेन्दुआ देखा गया था। मुकेश कुमार के मुताबिक यही वह क्षेत्र था जहाँ तेन्दुए ने 6 लोगों को घायल किया था। और यहीं पर वह एक सीधे खड़े पाकड़ के पेड़ पर चढ़ गया। पेड़ पर चढ़कर वह घनी पत्तियों में इस प्रकार छिपकर बैठ गया कि पूरी तरह से दिखाई भी नहीं दे पा रहा था।

हम लोग अँधेरे में दो टॉर्च और चुस्त पुलिस विभाग की सुस्त सर्चलाइट की रोशनी में रास्ता बनाते हुए ठीक उस तरफ चल दिए जहाँ तेन्दुआ होने की बात कहीं जा रही थी। मैं मन-ही-मन सोच रहा था कि अब इतने समय बाद जबकि तेन्दुए को गाँववालों द्वारा घेरा गया, भगाया गया और परेशान किया गया था, क्या तेन्दुआ यहाँ हो सकता है ? अन्दर की आवाज थी कि नहीं, उसे अब यहाँ नहीं होना चाहिए। फिर भी कहीं एक धूमिल-सी आशा थी कि शायद कहीं कोई चिह्न या निशान दिखाई दे जाए जिससे उस परेशान और अपने घर का रास्ता भटके हुए जानवर के बारे में कुछ पता चले और आगे की कार्रवाई के लिए कुछ सोचा जा सके। सबसे बड़ी बात यह थी कि यह सब करने के अलावा इस वक्त हमारे पास कोई और विकल्प भी नहीं था।

अँधेरे में पके हुए गेहूँ के खेत और उसके अगल-बगल के जंगली पौधो व झाड़ियों में टॉर्च की रोशनी से रास्ता बनाते हुए हम लोग ठीक उस जगह पर पहुँच गए जहाँ तेन्दुआ आखिरी बार लोगों को दिखा था। चारों ओर सन्नाटा था, बस हम लोगों की आपस की बातचीत थी। जूतों और पतलून से घास और पौधों के दबने और रगड़ने की आवाज़ उस सन्नाटे के ध्यान को तोड़ रही थी। गेहूँ के पके हुए पौधे, यहाँ से वहाँ तक, टॉर्च की पीली रोशनी में अपने सुनहरेपन को और बढ़ाते हुए, ज़िन्दग़ी से भरपूर खड़े थे। तभी हमारे बांयीं तरफ अँधेरे में एक बकरी के मिमियाने की आवाज सुनाई दी। हम लोग उस तरफ मुड़े और आवाज की तरफ चल दिए। बताया गया कि तेन्दुए को पकड़ने के लिए, शाम को ही

पाकड़ के पेड़ से 50 मीटर की दूरी पर पिंजरा लगाकर तेन्दुए को ललचाने के लिए उसमें एक बकरी बाँध दी गई थी। जाकर देखा तो पिंजरा काफी बड़ा और भारी था। यह पिंजरा अधिकांशतः बाघ को पकड़ने के लिए इस्तेमाल किया जाता है। तेन्दुआ पकड़ने का पिंजरा इससे छोटा होता है पर तेन्दुए को भी इसमें पकड़ा जा सकता है। इसी पिंजरे के अन्दर एक छोटी भूरे रंग की बकरी बँधी थी। तभी दाहिनी तरफ जानवर के भागने जैसी आवाज आई। टॉर्च की रोशनी में देखा तो दो सियार भागे जा रहे थे। शायद सन्नाटे, अँधेरे और तेन्दुए की खुशबू के कारण बकरी अब तक चुपचाप खड़ी थी और आदमियों की चिरपरिचित आवाज़ सुनते ही उसने मदद के लिए मिमियाना शुरू किया था। उसकी छोटी-छोटी भूरी आँखों में साफ़तौर पर डर और ठहरा हुआ सहमापन देखा जा सकता था। बकरी की आँखों की काली लकीर जैसी पुतलियाँ फैलकर चौकोर हो गई थी। पर तेन्दुए को लालच देने के लिए बकरी को वहाँ बाँधना जरूरी था।

हम लोग वहाँ पर काफी देर तक टॉर्च और धीमी होती सर्चलाइट के सहारे तेन्दुए के होने की सम्भावना को खोजते रहे पर एक घंटे की खोजबीन के बाद यही निश्कर्ष निकाला गया कि तेन्दुआ यहाँ से अँधेरा होते ही किसी और तरफ निकल गया है।

एक सम्भावना यह भी थी कि यह तेन्दुआ सोहागीबरवा वन्य जीव विहार से भटककर यहाँ आ गया है इसलिए इस तेन्दुए की यह कोशिश रहेगी कि वह वापस अपने घर, सोहागीबरवा की दिशा की ओर ही चलेगा यदि वह बहुत ज्यादा दिशा भ्रमित नहीं हुआ होगा तो। मुझे बताया गया कि सोहागीबिरवा का जंगल यहाँ से 45-50 किमी. दूर है।

अँधेरे में जितनी तलाश हो सकती थी उतनी तलाश के बाद यह तय किया गया कि अगली सुबह जितनी जल्दी हो सके यहाँ पहुँचकर ही कुछ किया जा सकता है क्योंकि अँधेरे में बिना किसी सुराग के, इतने बड़े-बड़े खेतों में तेन्दुए को रात भर तलाशना सिवाय मूर्खता के, और कुछ नहीं था। रात लगभग ग्यारह बजे मैं रामगढ़ रेस्टहाउस आ गया जो कि गोरखपुर शहर से थोड़ी दूर पर था। मेरे साथ में कमाल और आई.एफ.एस. प्रोबेशन के एक अधिकारी प्रमोद गुप्ता भी आ गए थे। प्रमोद की तैनाती प्रोबेशनर के रूप में गोरखपुर में हुई थी और वह इस पूरी कार्रवाई में हमारे साथ थे। प्रमोद गुप्ता पहले से ही इसी रेस्टहाउस में ठहरे हुए थे। वापस रेस्टहाउस आकर मैं और प्रमोद गुप्ता बातचीत करने लगे। 12 बजे के करीब रोटी-सब्जी बनकर तैयार हो गई। रात के सन्नाटे में तेज गति के विमानों की आवाज़ से रेस्टहाउस गूँज रहा था। दरअसल रेस्टहाउस के

बिलकुल करीब एअर फोर्स का स्टेशन था और देर रात तक लड़ाकू विमानों के आने-जाने की गर्जना सुनाई देती रही।

खाना खाने के बाद प्रमोद गुप्ता सोने चले गए। कमाल और ड्राइवर भी थके हुए थे। वह लोग भी आराम करने चले गए। मुझे अभी नींद नहीं आ रही थी। मैं रेस्टहाउस की लॉबी में सोफे पर अधलेटा यह सोच रहा था कि तेन्दुआ अगर आगे निकल गया है और रात में कुछ घंटे भी चला तो हाथ नहीं आएगा। बस वह रात में किसी गाँव या आबादी के किनारे न रुक जाए। यही सब सोचते-सोचते नींद आ भी रही थी और नहीं भी। इसी तरह सोते जागते रात कटी। 3.30 बजे मैं इस झूठमूठ की नींद की तन्द्रा से बाहर आया और उठ गया। मैंने हाथ मुँह धोया और लोगों का इन्तज़ार करने लगा। खिड़की के बाहर अभी भी अँधेरा था। 4.30 बजे कमाल की तेज आवाज़ सुनाई दी। वह रेस्टहाउस के चौकीदार को रेस्टहाउस का मेन गेट खोलने के लिए आवाज़ दे रहा था। देर तक सब जगे थे इसलिए किसी की नींद इतनी जल्दी खुलनेवाली नहीं थी। फिर भी सबको उठाते, जगाते हम लोग उस क्षेत्र के रेंजर साहब को लेकर पाँच-सवा पाँच तक फिर उसी जगह पहुँच गए, जहाँ हम लोगों नें रात के अँधेरे की वजह से तेन्दुए की तलाश अधूरी छोड़ दी थी। सबसे पहले हम लोगों ने उस पिंजरे को जाकर देखा जिसमें बकरी बांधी गई थी। बकरी सही सलामत थी और हम लोगों से मिमिया-मिमियाकर नाराज़गी में कुछ कह रही थी या शायद रात की कोई ऐसी बात बताना चाह रही हो जो उसने देखी हो या महसूस की हो। हम लोग अन्य स्टाफ के साथ इधर-उधर फैल गए और तेन्दुए की खोज दुबारा शुरू की गई। तेन्दुआ अब यहाँ होगा ऐसा कोई भी सोचता न था पर इसी आशा में खोज जारी रही कि शायद तेन्दुए के पग चिह्न ही मिल जाएँ जिससे उस छिपे जानवर के बारे में कुछ तो पता चल सके। इसी कोशिश में हम लोग सर झुकाए जमीन की ओर देखते हुए चल रहे थे। सूरज धीरे-धीरे ऊपर उठ रहा था और गाँववाले भी धूप के साथ-साथ सब जगह भरते जा रहे थे। 3-4 घंटे की कड़ी तलाश के बाद रात जैसा ही निश्कर्ष निकाला गया कि तेन्दुआ कहीं और निकल गया है और पीछे कोई निशान भी नहीं छोड़ गया है। अब हम लोग तेन्दुआ की अगली सूचना मिलने पर ही कोई कार्रवाई कर सकते थे। इससे पहले कुछ नहीं क्योंकि इतने बड़े क्षेत्र में तेन्दुए को ढूँढ़ना नामुमकिन था। डी.एफ.ओ. मुकेश कुमार से फोन पर लगातार बात हो रही थी। सब लोगों ने यह निर्णय लिया कि हम लोग रामगढ़ रेस्टहाउस वापस चले जाएँ और वहीं पर रहकर तेन्दुए की अगली सूचना की प्रतीक्षा करें।

सुबह 9.30 पर हम लोग वापस रेस्टहाउस आ गए और चाय पीने लगे। बातचीत का मुद्दा यकीनन सिर्फ तेन्दुआ ही था। मेरे साथ प्रमोद गुप्ता, विजय कुमार और कमाल थे। बातचीत के दौरान हम लोगों को यह विश्वास हो गया कि अब तेन्दुए की सूचना नहीं आएगी। वह अपना रास्ता तलाशते हुए दूर जंगल में निकल गया है। मुख्य वन्य जीव प्रतिपालक मुहम्मद अहसन को भी यही जानकारी दी गई। उन्होंनें निर्देश दिया कि अभी आप लोग सूचना का इन्तज़ार करें और दोपहर तक अगर कोई सूचना नहीं मिलती है तो लखनऊ वापस आ जाएँ।

चाय पीकर यह सोचा ही जा रहा था कि दोपहर बाद तक अगर कोई सूचना नहीं आती है तो हम लोग वापस लखनऊ के लिए रवाना हो जाएँगे। हम लोग यह बातचीत कर ही रहे थे कि डी.एफ.ओ. गोरखपुर का फोन मेरे मोबाइल पर आया कि तेन्दुआ परतावल ब्लाक में गेंहूं के खेतों के पास गाँववालों ने देखा है। गाँववालों ने कल की तरह ही फिर तेन्दुए को एक खेत में घेरा हुआ है आप लोग तुरन्त वहाँ पहुँचें। वहाँ पर महाराजगंज जिले के वन विभाग का स्टाफ पहुँच गया है। हम लोग बिना समय गँवाए फौरन ही परतावल की तरफ रवाना हो गए और गोरखपुर के स्टाफ को भी अपने साथ ले लिया। परतावल तक रास्ता काफी लम्बा और खराब था। इधर गर्मी भी बढ़ रही थी और मन में तरह-तरह के विचार भी। गर्मी भरा रास्ता और भी लम्बा लगा। रास्ते को देखते हुए लग रहा था कि तेन्दुआ रात में काफी चला था। 11 बजे के लगभग हम लोग गाँवों की सँकरी गलियों और रास्तों को पार करते हुए उस जगह पर पहुँच गए जहाँ दूर से ही भीड़ खड़ी दिखाई दे रही थी। चारों तरफ ज्यादातर गेहूँ के खेत थे और कहीं-कहीं उनके बीच पेड़ों के झुरमुट खड़े थे। भीड़ की उपस्थिति इस बात का संकेत थी कि तेन्दुआ यहीं कहीं पर है। तेन्दुए और भीड़ तक गाड़ी से नहीं पहुँचा जा सकता था इसलिए हम लोग गाड़ी से उतर कर पैदल ही तेन्दुए के होने की दिशा में चल दिए।

यह जगह इस कहानी में थोड़ी महत्त्वपूर्ण है इसलिए इस जगह को थोड़ा समझ लेना जरूरी है। हम लोग जिस कच्ची सड़क से गाड़ी से तेन्दुए और भीड़ के होने की तरफ आए थे उसके चारों ओर पके हुए गेहूँ के लम्बे चौड़े खेत दूर तक सुनहरे पानी की तरह दिख रहे थे, जो हवा चलने पर पानी में बनी लहरों की तरह दिखते थे। उस कच्ची सड़क के 100 मीटर आगे समकोण पर काटते हुए दूसरी कच्ची सड़क एक आबादी से आ रही थी और यह सड़क उसके आगे सड़क न रहकर पगडंडी भर रह जाती थी। आबादी से आनेवाली कच्ची सड़क

ऐसी लगता थी कि हमारी सड़क को काटकर अपना वजूद खो रही थी और खुद हमारी सड़क भी एक पगडंडी में बदल रही थी। इस तरह जहाँ हमारी गाड़ी खड़ी थी वहाँ से देखने पर दोनों सड़क गणित के संकेत अक्षर की आकृति की तरह दिखती थी ऐसा लगता था कि मानो उसका प्रत्येक सिरा एक-दूसरे को काटने के बाद पतला होता चला जा रहा हो। भीड़ और तेन्दुआ हमारे बाएँ हाथ से जरा तिरछा, सामने कोने पर था। भीड़ के शोर से तेन्दुआ होने का अन्दाज़ा भी यक़ीनी तौर पर मिल रहा था। हम लोग पैदल अपने बाएँ चले जहाँ भीड़ के पास तेन्दुए के दिखने की सम्भावना थी। आबादी से आती हुई सड़क हमारे आने की दिशा की सड़क को समकोण पर काटकर एक छोटी पगडंडी में बदल रही थी हमें इसी पगडंडी से चलते हुए भीड़ के पास पहुँचना था। पगडंडी पर पहुँचकर भीड़ और तेन्दुआ अब हमारे दाहिनी ओर हो गए थे। पगडंडी से चलते हुए दाहिनी तरफ देखने पर कुछ कच्चे पक्के घर भी दिखाई दे रहे थे। पगडंडी और इन घरों के बीच एक छोटा दालान-सा था जिसमें काफी पेड़ लगे थे और इसी दालान को घेरे हुए भीड़ खड़ी थी। घरों से दूर दालान के खत्म होते ही खेत शुरू थे और वहीं किनारे पर सागौन के 5-6 फीट के कुछ पेड़ थे जिन्होनें झाड़ी का-सा रूप ले लिया था। लोगों का कहना था कि तेन्दुआ वहीं खेत के बिलकुल किनारे इन्हीं झाड़ीनुमा पेड़ों के नीचे छिपा बैठा है। लोगों का शोर इतना ज्यादा था कि हम लोग आपस में भी ठीक तरह से बात नहीं कर पा रहे थे। गाँववालों के चेहरे उत्सुकता और डर से व्याकुल हुए जा रहे थे। उनको लग रहा था कि न जाने क्या होनेवाला है। वहाँ पर उपस्थित कुछ दबंग किस्म के लोग हम लोगों से इसलिए बेहद नाराज़ थे कि अभी तक हम लोगों ने तेन्दुए को पकड़ा या मारा क्यों नहीं ? अखबारों और अन्य माध्यमों से इन लोगों तक पिछले दिन के तेन्दुए के कारनामे की खबर पहुँच गई थी। गाँववाले चोट लगने की परवाह न करते हुए अंधों की तरह पेड़ों पर चढ़े नहीं बल्कि लदे हुए थे। इस बात से निडर या अनजान कि एक झुँझलाया हुआ तेन्दुआ पास ही छुपा हुआ है। और वह पेड़ पर उतनी ही आसानी से चढ़ सकता है जितनी आसानी से वह जमीन पर दौड़ता है। इस शोर शराबे के बीच लोगों को बहुत मुश्किल से पेड़ों से उतारा गया और तेन्दुए के पास से जितना दूर कर सकते थे उतना कर दिया गया पर ऐसा लग रहा था कि भीड़ के इस घेरे को शायद कोई शक्ति बाहर से धकेलकर फिर आगे कर देती थी क्योंकि हर पाँच दस मिनट बाद घेरा छोटा होकर वहीं तक पहुँच जाता था जहाँ से हम लोगों ने उसे हटाया था।

पिछले गाँव से वहीं पिंजरा लाने को कह दिया गया था जिसमें कल बकरी बाँधी गई थी। हम लोग उस झाड़ी के पास जाकर तेन्दुए को देखना चाह रहे थे पर वह जमीन से शायद बिलकुल चिपककर बैठ गया था और इसीलिए दिखाई नहीं दे रहा था। इसी तरह कुछ देर की मशक्कत के बाद कमाल को उसकी एक झलक मिल गई और उसे महसूस हुआ कि तेन्दुआ बैठे-बैठे ही जमीन से चिपककर धीरे-धीरे सरक रहा है। मैं यह सोच रहा था कि पिंजरा अब कहा तक पहुँचा होगा। मैं तेन्दुए को पिंजरा पहुँचने के बाद बेहोश करूँ या पहले। वैसे नियम यह है कि पिंजरा आदि की सभी व्यवस्थाएँ जब पूरी हो जाएँ तभी जानवर को बेहोश करना चाहिए, मगर यह डर भी था कि पिंजरे के इन्तज़ार करने के दौरान तेन्दुआ यहाँ से भी न भाग जाए। मैं और कमाल यही सब सोचते हुए अपनी गाड़ी पर वापस आ गए और बेहोश करने करनेवाली डार्ट सिरिंज में दवा भरकर सभी तैयारियाँ पूरी कर ली। हमारी गाड़ी कच्ची सड़क पर थी और उसके पीछे वन विभाग की एक जीप खड़ी थी। हमारी सड़क को समकोण पर काटते हुए जो सड़क हमारे सामने थी उस पर वन विभाग की ही तीन और जिप्सी खड़ी थी। चारों तरफ गर्मी, धूप और गेहूँ के विशाल खेत। मैंने अपनी रायफल और डार्ट सिरिंज तैयार की और पिंजरे का वहीं रुककर इन्तज़ार करने लगा। बाकी सारा स्टाफ तेन्दुए के ही पास भीड़ को रोकने में लगा था। इस सब काम में 10 से 15 मिनट भी नहीं हुए थे कि अचानक तेन्दुए और भीड़ की तरफ से बहुत तेज शोर हुआ। 'भागो-भागो'' यह शोर हमारे बाईं ओर से आया था। हम लोग बाईं ओर देखने लगे तो देखा कि दूर गेहूँ के बीचोंबीच कोई जानवर भागा चला जा रहा था और गजब बात यह थी कि उसके पीछे-पीछे लगभग उसको दौड़ाते हुए 40-50 लोग हाथों में डंडा, लाठी, बल्लम, पत्थर आदि और न जाने क्या-क्या लेकर दौड़ रहे थे, और जिसको कुछ नहीं मिला वह खाली हाथ ही दौड़ रहा था।

अब माहौल यह था कि हमारे सामने खेत! खेत के अन्दर कोई धुँधला-सा जानवर दौड़ रहा था और उसके पीछे-पीछे आदमियों की भीड़ तेजी से शोर मचाती भागी जा रही थी। यह गाँववालों की निडरता थी या भोलापन था कि एक खूँखार जानवर को यूँ ही बात-की-बात में वह लोग पैदल ही दौड़ा रहे थे। शोर मचाती भीड़ और तेन्दुए के बीच लगभग बीस-तीस फीट का फासला ही रहा होगा कि तेन्दुए ने पलटकर हवा में एक आदमी पर छलाँग लगा दी। हम लोगों को दूर से उस आदमी का लाल लपेटा हुआ कपड़ा नजर आ रहा था। आदमी की दाढ़ी और बाल बेतरतीब बढ़े हुए थे। तेन्दुए को, उस आदमी

को लेकर गेहूँ के खेत में गिरते हुए देखा गया और आदमी के पीछेवाली भीड़ तेन्दुए के छलाँग लगाते ही पीछे पलटी और शोर मचाती हुई वापस भागी। मैंने सोचा जिस आदमी को तेन्दुआ लेकर गिरा है वह आदमी तो मर ही जाएगा। अगले ही क्षण तेन्दुआ गेहूँ के खेत में से फिर उछला और दिखाई दिया। यह काफी बड़ा तेन्दुआ था। घटनाक्रम इतनी तेजी से बदला था कि हम लोग समझ ही नहीं पाए कि हुआ क्या है। कुछ लोग यह कहकर दौड़ते हुए हमारे पास से निकले कि 'पत्थर मारकर दौड़ाओगे तो जानवर ऐसा ही करेगा। आज यह फिर किसी-न-किसी को खाएगा जरूर।'' समझदार लोग यूँ ही दौड़ते हुए घटना क्षेत्र से दूर निकलने लगे थे। हम गाड़ी के पास सड़क पर थे और असहाय की तरह यह सब कुछ होते हुए देख रहे थे। अचानक तेन्दुए को छोड़कर भीड़ हम लोगों की तरफ दौड़ पड़ी। उन 40-50 आदमियों को हमारी तरफ भागता देखकर बाकी बचे डेढ़ दो हजार आदमी भी दौड़ने लगे। भीड़ हम लोग को भला-बुरा न कहकर सिर्फ बुरा-बुरा ही कह रही थी। ज़ाहिर था कि हम लोगों के बारे में उनके विचार कुछ अच्छे नहीं थे। उनकी आपस की बातचीत से हम लोगों को इतना तो समझ में आ गया कि हम लोगों से इतने सारे लोग इसलिए नाराज हैं कि हम लोगों ने तेन्दुए को अभी तक गोली क्यों नहीं मारी, गाँववालों को शायद यह लग रहा था कि हम लोग कुछ भी नहीं कर रहे हैं। उनके इस आक्रोश का फ़ायदा कुछ असामाजिक तत्वों ने उठाया और मेरी गाड़ी के ठीक पीछे खड़ी जीप बुरी तरह से तोड़-फोड़ दी। टायर काट डाले। इस तरह पागलों की तरह यह भीड़ दूसरी गाड़ियों पर भी झपटी और देखते-देखते हमारी पाँच गाड़ियों में से चार गाड़ियाँ बुरी तरह से तोड़-फोड़कर खेतों में उलटा दी गईं। यह सब इतनी तेज़ी से हुआ कि हम लोग कुछ समझ ही नहीं पाए। समझे तो बस इतना कि गाड़ियों के बाद शायद हमारा नम्बर होगा। मैंने एक दो जगह फोन करके सबको सूचना दे दी कि यहाँ ऐसा हो रहा है। इस बीच एक दूसरी गाड़ी जिस पर लाल रंग से विधायक लिखा था, को तोड़ने-फोड़ने के चक्कर में गाड़ी पर बैठे व्यक्तियों तथा भीड़ के कुछ दबंग आदमियों के बीच जमकर मारपीट होनी लगी। इससे ही शायद हम लोगों के साथ वह सब कुछ नहीं हुआ जो गाड़ियों के साथ हुआ था। दो गुटों की आपस में गाली-गलौज, मार-पीट चल ही रही थी कि स्थानीय दरोगा वहाँ पहुँच गए और उनके पहुँचने के एक दो मिनट बाद वहाँ इतना सन्नाटा हो गया जैसे किसी ने जादू कर दिया हो। दो तीन उधमी लड़कों को पुलिसवालों ने पकड़ लिया था और मुझे इतनी जल्दी भीड़ को गायब होता देख आश्चर्य हुआ। अब वहाँ दूर-दूर तक केवल पुलिस थी, वन विभाग का

स्टाफ था और थी टूटी हुई उलटी पड़ी गाड़ियाँ। मन तो मेरा भी ख़राब हो चुका था। हम लोग ताज़ा हुई इस घटना पर अपने-अपने विचार देने लगे और कुछ देर के लिए तेन्दुए को इस अफ़रातफ़री में भूल गए। इसी बीच दूर एक कच्ची सड़क पर डी.एफ.ओ. साहब की सफेद जिप्सी धूल उड़ाती आती नजर आई।

डी.एफ.ओ. मुकेश कुमार ने गाड़ी से उतर कर स्थिति को समझा तथा मौके का मुआयना किया। टूटी हुई गाड़ियों को देखकर उन्हें अफसोस हुआ और गुस्सा भी आया। अपने स्टाफ को तमाम निर्देश देने के बाद उन्होंने पूछा ''और तेन्दुआ कहा है''। उन्हें बताया गया कि तेन्दुए ने गेहूँ के खेतों के बीचोंबीच जाती हुई मेड़ पर लोगों द्वारा उसको दौड़ाने के दौरान उन पर हमला किया था और वहीं कहीं खेत में छुपकर बैठ गया है। उसके बाद से कहीं नहीं दिखा है। दूसरी बात उन्हें यह भी बताई गई कि इधर लोगों के उपद्रव के तथा तोड़फोड़ के कारण हम लोग भी तेन्दुए पर ज़्यादा नज़र नहीं रख पाए कि वह किधर छुपा है पर इतना पक्का है कि तेन्दुआ इसी गेहूँ के खेत में ही कहीं छिपा बैठा है।

डी.एफ.ओ. साहब को वह पुरानी जगह भी दिखाई गई जहाँ तेन्दुए को बेहोश करने की कार्रवाई की जा रही थी। और बताया गया कि उसी समय लोगों द्वारा उसे पत्थर मारकर दौड़ाया भी गया था। डी.एफ.ओ. साहब बार-बार पूछ रहे थे कि क्या योजना बनाई जाए। कैसे तेन्दुए को पकड़ा जाए ? मेरा मन तोड़फोड़ की घटना से कुछ क्षुब्ध था। मैं डी.एफ.ओ. साहब को कोई रास्ता बताने के बजाय सिर्फ यह सोच रहा था कि देखो हम लोग तो जी-जान से गाँववालों तथा तेन्दुए दोनों की मदद करना चाह रहे हैं और यह लोग हम लोगों से इस तरह का व्यवहार कर रहे हैं। ऐसा नहीं था कि यह मेरे साथ पहली बार हुआ था, लोगों के इस प्रकार के अप्रत्याशित व्यवहार को, कई बार कई मौकों पर इसी प्रकार से, आतंकी जानवर को पकड़ने के दौरान बहुत नज़दीक से देखा था।

करीब 15-20 मिनट बाद यह तय हुआ कि जिस खेत के टुकड़े में यह अनुमान है कि तेन्दुआ छिपा है, उसको चारों तरफ से घूमकर देखना चाहिए कि तेन्दुए की स्थिति क्या है? क्या वह यहीं छिपा है या फिर यहाँ से भी भाग गया है। तीन टीमें बनाई गईं और खेत के चारों ओर घूमकर देखने को कहा गया। खेत की दो भुजाओं को हम लोगों ने खुद देखने का फैसला किया। हमारी टीम में डी.एफ.ओ. मुकेश कुमार, एस.डी.ओ. विजय कुमार, कमाल, तीन

सिपाही और एक सब इन्स्पेक्टर थे। बाकी दो टीमों में पुलिस, पी.ए.सी. तथा वन विभाग का स्टाफ था। हम लोग खेत को उस तरफ से देखने लगे, जहाँ तेन्दुआ के होने की सम्भावना सबसे ज़्यादा थी।

खेत को एक कोने से देखते हुए जब हम लोग खेत को दूसरी तरफ, एक सड़क से देख रहे थे तब हमने देखा कि दूर गेहूँ के खेत में तीन गाँववाले खेत के लगभग बीचोंबीच चलते हुए दिखाई दे रहे हैं। वह हम लोगों के समानान्तर उलटी दिशा में जा रहे थे। आगे-आगे चल रहे एक गाँववाले की नीली कमीज़ पके गेहूँ के सुनहरे रंग में दूर से ही चमक रही थी और उससे 50 फीट दूर पर दो लड़के और चल रहे थे। वह खतरे से बिलकुल अनजान अपनी मस्ती में चले जा रहे थे। यह बड़े आश्चर्य की भी बात थी क्योंकि तेन्दुए की सूचना उन्हें न हो ऐसा होना मुश्किल था। खेतों को बहुत दूर से गाँववालों द्वारा अभी भी लगभग घेरकर देखा जा रहा था। और यह तीन लोग लगभग तेन्दुए की ही तरफ क्यों जा रहे थे, यह बता पाना मुश्किल था। वह लोग ठीक उसी जगह पहुँच रहे थे जहाँ तेन्दुए ने आदमी पर छलाँग लगाई थी। वह लोग हम लोगों से काफी दूरी पर थे और दूरी इतनी थी कि हमारी आवाज़ उन तक नहीं पहुँच सकती थी। दोपहर का लगभग एक बजा होगा। हम लोगों ने फिर भी तेज़ आवाज़ लगाकर उन्हें वापस लौट जाने को कहा, पर आवाज़ उन तीनों तक स्पष्ट रूप से नहीं पहुँच पा रही थी। वह लोग रुके जाते, हमारी आवाज़ सुनते, फिर हाथ हिलाकर आगे को चलने लगते। 2-3 मिनट तक उन्हें इसी तरह से आवाजें दी गई पर कोई फ़ायदा नहीं हुआ। तभी हमारे साथ चल रहा एक सिपाही खेत के बीचोंबीच आवाज़ देता हुआ उतर गया और गेहूँ के खेतों में तिरछा रास्ता बनाता हुआ उन गाँववालों की तरफ चलने लगा। सिपाही को इस तरह से अकेले जाता देख हम लोग सिपाही को सुरक्षा देने की दृष्टि से उसके पीछे-पीछे खेतों में उतर गए और आड़े तिरछे होते हुए एक बहुत छोटी-सी नहर की पगडंडी पर चलने लगे। सिपाही हम लोगों से लगभग 50 फिट आगे था और वह तीनों गाँववाले उसकी बात सुनकर वापस जाने लगे थे। सिपाही उनको वापस भेजने के बाद भी सूखी हुई छोटी नहर के किनारे-किनारे चल रहा था उसके आगे नहर के दोनों तरफ के खेतों की ऊँचाई में काफी अन्तर था हम लोगों की तरफ से देखें तो दाहिनेवाला खेत ऊँचा था और बाईं तरफ का खेत नीचा था। इन दोनों खेतों में सिंचाई के लिए पानी की व्यवस्था को बनाए रखने के लिए दोनों खेतों को साइफन प्रणाली के जरिये एक ह्यूम पाइप से जोड़ दिया गया था। ह्रूम पाइप को इस प्रकार से दोनों खेतों के बीच डाला गया था कि पाइप दोनों खेतों के बीच

जाती हुई छोटी नहर के नीचे से होकर गुजरे। इस तरह ह्यूम पाइप एक तरफ से ऊँचाई तथा दूसरी तरफ से निचाई लिए हुए एक प्याले जैसी हलकी गोलाई लिए हुए दिखता था। पाइप के दोनों सिरों पर ईंटों की छोटी दीवार उठाकर पुलिया बना दी गई थी।

हमसे दूर जाते सिपाही से वह पुलिया चार कदम पर रह गई थी। हम लोग भी अपने चारों तरफ ताक-झाँक करके देख रहे थे कि शायद तेन्दुए का कोई निशान या फिर खुद तेन्दुआ दिखाई दे जाए। सिपाही उत्साह में भरकर पाइप और नहरवाली पुलिया के पास पहुँचा, पुलिया के बाँई तरफ सँकरी जगह में उतर कर उसने पाइप के अन्दर झाँका! उसका झाँकना और वहाँ से भागना दोनों लगभग एक साथ हुए। वह गिरता पड़ता हुआ वहाँ से भागा। दौड़ता हुआ वह हम लोगों के पास आकर अपनी दोनों टाँगें आगे जमीन पर फैलाकर और दोनों हाथ शरीर के पीछे हथेलियों से टिकाकर बैठ गया। उसका चेहरा तमतमाया हुआ था और मुँह खुला था। आँखों में ऐसा आश्चर्य जैसे उसने दुनिया की कोई ऐसी अनोखी चीज देख ली हो जो आज तक किसी ने न देखी हो। उसके खुले मुँह से बस बार-बार यही निकल रहा था कि बहुत बड़ा है साहब! बँटा जैसी आँखें फाड़े वह हमारी ओर ही देख रहा था। जब वह कहता था कि, ''वह हमारी ओर ही देख रहा था'' तब उसके मुँह पर खुशी और डर के ऐसे सम्मिश्रित भाव आते थे जिनको सिर्फ देखकर ही महसूस किया जा सकता था। खुशी शायद उसको इसलिए महसूस हो रही थी कि उसने ही सबसे पहले ऐसे खतरनाक जानवर को खोज निकाला और डर शायद इसलिए कि उसे तेन्दुए को देखकर क्षण भर में ही यह महसूस हो गया होगा कि ऊपरवाले की कृपा से वह उससे बचकर आ गया है। तेन्दुए की गुस्से से भरी निगाहों का ख़ौफ अब तक उसके शरीर में ऐसे हॉरमोनल और एंजाइमेटिक परिवर्तन कर चुका था जिससे वह समय बीतने के साथ ही अपने पर काबू पा सकता था। करीब 10 मिनट तक वह यूँ ही उठता-बैठता, हँसता, मुस्कराता, रुआँसा होता तेन्दुए को देख पाने का गर्व लिए अजीब-अजीब सी हरकतें और बातें करता रहा उसका ऐसा करना स्वाभाविक भी था। इतनी पास से तेन्दुए को अकेले झाँककर देखना बहादुरी की बात तो थी ही और उस समय आपके साहस की सब लोग प्रशंसा भी करते हैं जब अपनी सुरक्षा के नाम पर आपके हाथों में रायफल न होकर सिर्फ एक डंडा हो। हम लोग ने सिपाही को किसी तरह से चुप कराया और स्वयं भी चुपचाप होकर नहर के किनारे-किनारे पगडंडी से होकर सड़क पर निकल आए। सब लोगों में एकदम ज़िंदग़ी का संचार हुआ, सब लोग सतर्क

एवं उत्साहित हो गए। आपस की बातचीत की गति बढ़ गई। हम लोग सबसे कह रहे थे कि तेज़ आवाज़ में बातचीत मत करो। कहीं ख़तरा भाँपकर तेन्दुआ यहाँ से कहीं और न निकल जाए।

बिलकुल सड़क पर आकर यह तय करना अभी बाक़ी था कि ऐसे पाइप में छिपे तेन्दुए को पकड़ा कैसे जाएगा। पिंजरे घटनास्थल तक तो पहुँच चुके थे। सामान्य दृष्टि से देखा जाए तो सिर्फ बेहोश करना बाकी था। लेकिन पाइप के अन्दर बैठे झल्लाए हुए तेन्दुए को बेहोश करना भी असम्भव तो नहीं पर मुश्किल ज़रूर था, क्योंकि पाइप के अन्दर आप तेन्दुए पर निशाना कैसे लगाएँगे। ज़ाहिर था कि तेन्दुए पर निशाना साधने के लिए पाइप के मुँह के सामने सँकरी ऊबड़-खाबड़वाली जगह पर पहुँचना होगा, तेन्दुए पर डार्ट सिरिंज लगने के पहले और डार्ट सिरिंज लगने के बाद भी वह निशाना लगानेवाले पर हमला कर सकता है क्योंकि डार्ट सिरिंज से दवाई शरीर में पहुँचने के बाद भी पूरी तरह से बेहोश होने में तेन्दुए को 10 से 15 मिनट लग सकते हैं और कहीं निशाना चूक गया तो तेन्दुआ यहाँ से तो भाग ही लेगा। बाहर निकलकर वह सीधा भाग जाएगा या फिर हममें से किसी पर हमला करेगा यह पूरी तरह से तेन्दुए के मूड पर निर्भर होगा। अगर तेन्दुआ बेहोश भी हो गया तो इतने संकरे पाइप से उसको निकालना भी मुश्किल था जिसमें आदमी बैठकर भी नहीं जा सकता है। अगर किसी भी आदमी को पाइप में अन्दर भेजा भी जाएगा तो वह सिर्फ लेटकर सरक-सरककर ही आगे जा सकता है।

ऐसी स्थिति में एक अच्छा समाधान खोजना जरूरी था। फिर भी मैंनें तेन्दुए को बेहोश करने की पूरी तैयारी कर ली। तैयारी तो थी ही, सिर्फ डार्ट रायफल और डार्ट सिरिंज हाथों में ले ली गई। इतना सब करने के बाद तेज धूप से बचने के लिए मैं और कमाल वहीं सड़क के किनारे एक पेड़ के नीचे बैठकर तेन्दुए के होने की जगह का नक्शा मिट्टी में एक टहनी की सहायता से बना रहे थे और मन-ही-मन सोच रहे थे कि बेहोश करना इतना आसान नहीं है जितना दिखाई देता है। बेहोश करने का विचार छोड़कर मैं और कमाल दूसरे तरीकों के बारे में बात करने लगे। बाकी सब लोग भी इसी समस्या को सुलझाने में लगे थे। मैं और कमाल चिड़ियाघर में आज़माई तरक़ीबों के बारे में बात कर रहे थे कि तभी एक विचार यह सुझाई दिया कि तेन्दुआ तो पाइप के अन्दर है अगर किसी तरह से पाईप के दोनों छेद बन्द कर दिए जाएँ तो तेन्दुआ आसानी से हाथ में आ सकता है। और सबसे बड़ी बात यह होगी कि वह गाँववालों के लिए कोई

खतरा भी नहीं रह जाएगा, क्योंकि अगर तेन्दुआ पाइप के अन्दर से न भी पकड़ा जाए तो भी वह पाइप के बाहर तो नहीं आ पाएगा।

डी.एफ.ओ. मुकेश कुमार के सामने यह विकल्प रखा गया कि पटरे या तख़्त से पाइप के दोनों मुँह बन्द कर दिए जाएँ। हम लोग तेन्दुए को बेहोश भी करने की कोशिश करेंगे पर यदि मौका लगा तो इस दूसरे विकल्प का भी प्रयोग कर डालेंगे। डी.एफ.ओ. साहब ने काफी ध्यान से मेरी और कमाल की बातों को सुना और उन्होंने तुरन्त ही दूसरे विकल्प को भी इस्तेमाल करने की अनुमति दे दी। पाइप को दोनों तरफ से बन्द करने के लिए दो तख़्त लाने को कहा गया। देखते-ही-देखते दो भारी बड़े तख़्त गाँववाले अपने कन्धों पर रखकर लगभग भागते हुए ले आए। दोनों तख़्तों के एक तरफ के दोनों पावों पर रस्सियाँ इस तरह से बाँध दी गई कि तख़्तों को लम्बाई में लटकाया जा सके।

आगे की योजना कुछ इस तरह से बनाई गई कि मैं, मुकेश कुमार, कमाल और एक दो रायफलवालों के साथ हम लोग जिप्सी को उस सँकरी पगडंडी में उतार कर पुलिया के ऊपर ले जाएँगे और वहाँ ठीक पुलिया के ऊपर जाकर देखेंगे कि क्या कहीं से भी तेन्दुए पर निशाना लगाया जा सकता है। फिर वहाँ से मोबाइल फोन पर पीछे तख़्तवाली टीम को बताएँगे कि आगे क्या करना है। यह सब तेन्दुए की स्थिति को देखते हुए करेंगे। मैंने दो डार्ट रायफल तैयार की थीं। एक कमाल को दी और एक खुद रखी। डी.एफ.ओ. मुकेश कुमार स्वयं जिप्सी चलाएँगे। सिर पर सूरज ठहरा हुआ यह खेल देख रहा था। और हम लोगों की इस कारगुजारी पर हँसता हुआ चमक रहा था। इस समय दोपहर के लगभग 2 या 2.30 बजे थे।

मुकेश कुमार जिप्सी को बहुत पतली, ऊबड़-खाबड़ पगडंडी पर चलाते हुए उस पुलिया के ऊपर ले गए जहाँ सिपाही ने बताया था कि इसके नीचे तेन्दुआ है। चूँकि पुलिया दाहिनी नहरवाली तरफ से ऊँची थी और बाईं पगडंडीवाली तरफ से नीची थी इसलिए नीचेवाली तरफ की पुलिया में, पुलिया की दीवार के ऊपर से नीचे झाँककर देखा गया। ख़तरा तो था पर इसके सिवा कोई रास्ता भी नहीं था। नीचे कुछ भी नहीं था और होता भी कैसे ? सिपाही के मुताबिक तेन्दुआ तो पाइप के अन्दर था। और हम लोग अभी सिर्फ पाइप का मुँह ही देख रहे थे, वह भी ऊपर से।

5-10 मिनट बाद ही यह समझ आ गया कि इस तरह से पुलिया के ऊपर खड़े रहना समय को बरबाद करना है और पाइप के अन्दर बैठे तेन्दुए को ऊपर खड़े होकर डार्ट करना मुश्किल ही नहीं, नामुमकिन है। अगर देर हुई तो हो

सकता है कि तेन्दुआ यहाँ से भी निकल जाए और फिर कहीं किसी पर हमला कर दे। सबसे बड़ी बात जो दिमाग़ में आ रही थी वह यह कि तेन्दुए को पकड़ने के लिए इससे बेहतर जगह और कहीं नहीं मिलेगी क्योंकि तेन्दुआ हम लोगों के पास था पर हम लोगों को देख नहीं पा रहा था।

मोबाइल पर, पीछे खड़ी टीम को पैदल ही पगडंडी पर चलते हुए दोनों तख़्त लाने को कहा गया और यह भी कहा गया कि आवाज़ बिलकुल भी नहीं की जाए। पिछली टीम क्योंकि पैदल थी और हम लोग यहाँ गाड़ी में थे इसलिए तख़्त लेकर आती हुई टीम को हिम्मत दिलाने के लिए हम लोग भी जिप्सी से नीचे उतर कर पुलिया के ठीक ऊपर खड़े हो गए और पुलिया के ऐन नीचे तेन्दुआ था। 6-7 स्टाफ तथा गाँववाले तख़्त लेकर वहाँ से आते दिखाई दिए। उनके साथ दो रायफलवाले और एक दरोगा जी भी अपनी पिस्टल के साथ मुस्तैद थे। बस हम लोगों को डर यही था कि अगर तेन्दुआ कहीं बाहर आ गया तो सारी योजना ही ख़राब हो जाएगी। जैसे-जैसे तख़्त लिए टीम नज़दीक आती जा रही थी, उत्तेजना बढ़ती जा रही थी। डी.एफ.ओ. मुकेश कुमार भी चिन्तित थे। आख़िर हम सबकी जिम्मेदारी भी उन्हीं के ऊपर थी। सब उस समय शायद यही सोच रहे थे कि पाइप के दोनों मुँह तख़्त से बन्द हो पाएँगे कि नहीं। कहीं तेन्दुआ आहट पाकर किसी तरफ से निकल न जाए। कहीं एक तरफ से तो मुँह तख़्त से बन्द हो जाए और दूसरी तरफ से पाइप का मुँह खुला न रह जाए। यही सब सोचते-विचारते दोनों तख़्त को चुपचाप पुलिया की दोनों दीवारों पर लम्बवत् खड़ाकर दिया गया। यह सब लोगों की मिली-जुली हिम्मत का नतीजा था। क्योंकि एक आदमी की गलती काफी नुकसान कर सकती थी। तय किया गया कि दोनों तख़्त एक-दो-तीन गिनते हुए एक साथ पुलिया की दीवारों से नीचे छोड़े जाएँगे जिससे पाइप के दोनों मुँह एक साथ बन्द हो जाएँ और अन्दर बैठे तेन्दुए को बाहर भागने का मौका न मिलने पाए। जोर से आवाज़ दी गई और दोनों तख़्त एक साथ ऊपर से छोड़ दिए गए। नीचे झाँककर देखा तो पाइप के मुँह दोनों तरफ से मजबूती से बन्द हो गए थे। तख़्त जहाँ पर जाकर टिके थे वहाँ की सतह ऊबड़-खाबड़ थी और वहाँ कुछ खुली दरारें थी। इसलिए जल्दी-जल्दी नीचे पुलिया के मुँह के पास उतर कर उन जगहों को भी ईंट-पत्थर से बन्दकर दिया गया। दोनों तख़्तों पर ज़मीन की सतह से लगा कर, तिरछे करके दो मजबूत बाँस ठोक दिए गए। तेन्दुआ पाइप में पूरी तरह से बन्द हो चुका था।

थोड़ी देर तक तो इस अप्रत्याशित सफलता पर हम एक-दूसरे को बधाई देते रहे कि याद आया कि सिपाही के अलावा तो अभी तक किसी ने भी तेन्दुए

को पाईप के अन्दर देखा ही नहीं था। कहीं तेन्दुआ हमारी योजना के बनने या करने के पहले ही चुपचाप यहाँ से सरक गया हो और हमें पता तक न चला हो। जल्दी ही एक तरफ के तख़्त का एक छोटा पटरा पत्थर से तोड़कर अन्दर झाँकने योग्य जगह बना ली गई। चिलचिलाती धूप से आँखें हटाकर जब तख्त में किए गए छेद में लगाई गई तो अन्दर सिर्फ अँधेरा ही नजर आया। बारी-बारी से कई लोगों ने यही काम किया और कई जोड़ी आँखें अन्दर अँधेरे में देखने की अभ्यस्त हुई। आखिरकार टार्च की रोशनी में तेन्दुए का बलिष्ठ पुट्ठा चमकता हुआ नज़र आया। वह अगले पैर सीधे करके बैठा था। पिछला भाग हम लोगों की तरफ था और उसने मुँह भी घुमाकर हमीं लोगों की तरफकर रखा था। वह चुपचाप न जाने क्या इस अन्दोरे पाइप में सोच रहा था? उसकी आँखें, उसके अपने कष्ट और दुविधा को बता रही थी पर हमारी सफलता की चमक में उसकी आँख की चमक कहीं खो-सी गई। तेन्दुआ नर था और काफी बड़ा था। वह बेहद थका, परेशान और हताश लग रहा था। उसका ऐसा लगना स्वाभाविक भी था क्योंकि पिछले कई दिनों से वह बेघर था और लोगों द्वारा भगाया, परेशान किया जा रहा था। तेन्दुआ अब हम लोगों के हाथों में था और सबसे बडी़ बात यह थी कि गाँव के लोग अब सुरक्षित थे। दिन के लगभग 3.15 बजे थे। सर उठाकर भगवान को धन्यवाद दिया तो देखा सूरज हमारे उत्साह की तरह ही तेजी से चमक रहा था। सोचा जाने लगा कि अब तेन्दुये को पाईप के अन्दर से पिंजरे में कैसे लिया जाए। डी.एफ.ओ. मुकेश कुमार और मैं स्टाफ के साथ यह तय करने में लगे रहे थे कि अँधेरा होने से पहले तेन्दुए को पिंजरे में ले लिया जाए क्योंकि अँधेरा होने का मतलब था कि बाकी काम अगली सुबह ही किया जा सकेगा। सबने मेरी इस बात का समर्थन किया कि इतनी छोटी चौड़ाईवाले पाइप के अन्दर अगर तेन्दुए को बेहोश भी कर लिया जाएगा तो फिर अन्दर से उसको निकालना मुश्किल होगा। क्योंकि जैसा मैंने पहले बताया था कि पाइप के अन्दर बैठकर भी नहीं जाया जाया जा सकता था। अगर अन्दर जाया जा सकता था तो केवल लेट कर, सरक कर। इस तरह लेटकर बेहोश हुए उस बड़े तेन्दुए को, जो पूरी तरह से बाहर से न दिख रहा हो, एक अकेले आदमी द्वारा तेन्दुए को खींचकर निकालना जोखिम भरा काम है, क्योंकि डार्ट लगने के बाद यह देखना कि तेन्दुआ पूरी तरह से बेहोश हुआ है कि नहीं, सम्भव नहीं था। दूसरे, यह तय करना कि डार्ट सिरिंज उसके लगी भी है कि नहीं। तीसरी समस्या यह भी थी कि तेन्दुआ अभी कुछ-कुछ दिख रहा है मगर बेहोश होने के बाद पाइप के अन्दर कहा पर होगा यह बताना भी कठिन था।

फैसला लिया गया कि पिंजरे को पाईप के एक तरफ से सटाकर लगा दिया जाए और सटे हुए तख़्त को ऊपर खींचकर निकाल लिया जाए तब तेन्दुए को पिंजरे में लेना आसान होगा क्योंकि एक तरफ से रोशनी दिखने पर शायद तेन्दुआ खुद ही रोशनी की तरफ भागे और पिंजरे में आ जाए।

ठीक इसी प्रकार की व्यवस्था की गई और जैसा सोचा गया ठीक वैसा ही हुआ भी। मुश्किलें आईं, इतने भारी पिंजरे को ट्रक समेत पुलिया तक पहुँचने में, ट्रक से उतारकर उसे पाइप के मुँह तक लगाने में और फिर तेन्दुए को उसकी इच्छा के विरुद्ध पिंजरे में पहुँचाने में, पर स्थिति पूरी तरह से नियन्त्रण में थी और सफलता की इस उपलब्धि के आगे उन मुश्किलों का कोई महत्त्व नहीं था। तेन्दुए का पिंजरे में पहुँचना था कि लोगों के झुंड-के-झुंड हम लोगों को धकियाते हुए, पीछे हटाते हुए तेन्दुए की एक झलक पाने के लिए आने लगे। गाँव के लोगों द्वारा ऐसा किया जाना स्वाभाविक भी था। एक ऐसा जानवर जो गाँववालों के लिए आतंक बन चुका हो। वह पकड़ा गया हो तो ज़ाहिर है कि हम लोग भी यदि उनकी जगह होते तो ख़ुद को तेन्दुए को देखने से रोक न पाते।

पिंजरे के अन्दर आते ही गुस्साए तथा झल्लाए तेन्दुए ने पिंजरे के अन्दर ही ऐसा रौद्र रूप दिखाया कि बाहर खड़े लोगों के चेहरे सहम गए। उस बन्द जानवर का क्रोध और साहस अपने पूरे चरम पर था। वह पिंजरे के अन्दर भी इतना भयावह लग रहा था कि उसके ज्यादा पास लोगों की जाने की हिम्मत नहीं हुई। मैंने यह सोचते हुए कि कहीं पिंजरे से टकराकर तेन्दुआ खुद को जख़्मी न कर ले उसे थोड़ा सिडेटिव दे दिया। दवा ने तुरन्त अपना असर दिखाया और तेन्दुआ चुपचाप अगले पंजों के बीच में अपना सर टिकाकर बैठ गया। पिंजरे को ट्रक पर लदवाया गया और बढ़ती भीड़ को देखते हुए तुरन्त ही वहाँ से दूर जाने का प्रयास किया जाने लगा।

शाम 4.30 बजे तेन्दुआ पूरी तरह से होश में था और स्वस्थ था। वह गर्व से अपना सर उठाए पिंजरे के अन्दर बैठा ट्रक में चला जा रहा था। हम लोग उसे उसके अपने घर सोहागीबरवा वन्य जीव विहार लेकर जा रहे थे। हमारे साथ अन्य गाड़ियों में थे वन संरक्षक विकास वर्मा, डी.एफ.ओ. मुकेश कुमार, एस.डी.ओ. विजय कुमार और पूरा स्टाफ़। गाड़ियाँ चली जा रही थीं और मैं इस सफलता पर मन-ही-मन खुश था, बाहर अँधेरा होने लगा था और न जाने कब मैं गाड़ी में सो गया।

मेरी नींद खुली लगभग 7.30 पर, हम सोहागीबरवा के घने जंगलों में चले जा रहे थे। एक उचित और घने स्थान पर ट्रक को रुकवाकर तेन्दुए को दोबारा

देखा गया, तेन्दुआ पूरी तरह स्वस्थ था और हम लोगों को किसी कीमत पर अपने करीब बर्दाश्त नहीं कर रहा था। लगभग 1 घंटे की व्यवस्था के बाद पिंजरे को खोल दिया गया और थोड़ी मशक्कत के बाद तेन्दुआ एक ही छलाँग में घने जंगल के अँधेरे में खो गया। मैंने जंगल के सन्नाटे और ऊँचे-ऊँचे पेड़ों की ओर देखते हुए आसमान की तरफ देखा। तारों से भरा आसमान जंगल में और खूबसूरत लग रहा था। मैंने दोबारा ऊपरवाले का शुक्रिया अदा किया और यह सोचने लगा कि लखनऊ इस जंगल से कितनी दूर होगा।

रूपहडिया का तेन्दुआ

7 जुलाई, 2000 की बरसात का एक खुशनुमा दिन था। आसमान बिलकुल धुला, स्वच्छ, नीला खिला हुआ था। सूरज तमतमाता हुआ आसमान के बीचोंबीच चमक रहा था। मैं अपने चिड़ियाघर के रोजमर्रा के कार्यों को निपटा रहा था कि तत्कालीन मुख्य वन्य जीव प्रतिपालक, उ.प्र. डॉ. रामलखन सिंह का सन्देश मिला कि एक तेन्दुआ बहराइच जिले के रूपहडिया रेंज में गाँववालों द्वारा पकड़ा गया है। मुझें उसे रेस्क्यू करने जाना होगा। उन्होंने यह भी बताया कि वहाँ पर प्रभागीय वनाधिकारी आर.एन. झा मिलेंगे।

मैं कमाल के साथ बहराइच के लिए रवाना हो गया और जैसा कि मुझे बताया गया था ठीक वैसे ही मैं प्रभागीय वनाधिकारी के आवास पर दोपहर होते-होते पहुँच गया। मेरे पास वन्य जीवों को बेहोश करने का सारा सामान व उपकरण थे। आवासीय परिसर में डी.एफ.ओ. के आवास के अलावा और भी स्टाफ के आवास बने हुए थे। बंगले के बरामदे के आगे काफी खुली जगह थी और उसमें आगे एक बड़ा हरे रंग का फाटक लगा था। फाटक के बाहर स्टाफ और स्थानीय लोगों की थोड़ी बहुत भीड़ इकट्ठी थी। हरे-भरे बंगले के फाटक के अन्दर प्रवेश करने पर मुख्य आवास रास्ते के दाहिनी ओर पड़ता था और सीधे जाने पर आवास से लगभग लगा हुआ एक मोटर गाड़ी रखने का सफेद चूने से पुता हुआ एक गैराज था। डी.एफ.ओ. आवास पुराने बने बंगलों की तरह खपरैल से बने बरामदों, गोल मेहराबदार दरवाजों, पुराने पर मजबूत ईटों, जिस पर सुर्खी चूने की चुनाई थी, का बना हुआ था।

मेरे और कमाल के वहाँ पहुँचने पर डी.एफ.ओ. आर.एन.झा, रेन्जर आफताब अली तथा आई.एफ.एस. प्रोबेशनर पर तैनात विवेक पांडें हम लोगों को मिले।

विवेक पांडें और आर.एन.झा से बातचीत करने पर पता चला कि तेन्दुआ यहाँ से दूर रूपहडिया रेंज में एक गाँव में देखा गया था। गाँववालों के खदेड़ने पर

तेन्दुआ एक पेड़ पर चढ़ गया था जहाँ गाँववालों ने रस्सी के फन्दे में उसे फँसा लिया और एक छोटी-सी चारपाई (जिसे स्थानीय भाषा में खटिया कहा जाता है) पर पता नहीं कैसे बाँध दिया। तेन्दुए के पूरे शरीर को चारपाई के साथ लपेटकर बाँध दिया था। इस दौरान डी.एफ.ओ. और विवेक पांडे को इस घटना की खबर दी गई और वन विभाग के अधिकारी तथा अन्य स्टाफ मौके पर पहुँच गए। इन लोगों के पहुँचने से पहले गाँववालों ने जादूगरी दिखाते हुए तेन्दुए को चारपाई से बाँध दिया था। वन विभाग के अधिकारी उस बँधे हुए तेन्दुए को चारपाई सहित अपनी जिप्सी में डालकर बहराइच की तरफ रवाना हो गए पर रास्ते में ही इस खतरनाक और झुँझलाए हुए जानवर ने अपने शरीर पर बँधी हुए रस्सी को काटना और अपने लचकदार शरीर को बँधनों से छुड़ाना शुरूकर दिया था। यह लोग किसी प्रकार जान जोखिम में डालते हुए तेन्दुए को बहराइच मुख्यालय तक ले आए और जल्दी से अधबँधे तेन्दुए को मय जिप्सी और चारपाई के गैराज के अन्दर बन्द कर दिया।

तेन्दुआ चारपाई से रस्सियों के सहारे बँधा हुआ था, चारपाई जिप्सी में पीछे रखी हुई थी। सारी ज़िन्दा और मुर्दा चीजें गैराज़ के अन्दर बन्द थीं। अन्दर तेन्दुआ चारपाई से अभी भी बँधा हुआ है कि नहीं, यह मालूम नहीं था क्योंकि गैराज़ के अन्दर किसी ने झाँका नहीं था और न ही अन्दर देखने की कोई जगह ही थी। गैराज़ के बांयीं ओर की दीवार के पास मिट्टी और कूड़ा करकट का ढ़ेर इतना ऊँचा हो गया था कि वह गैराज़ की दीवार की आधी ऊँचाई तक जाता था। गैराज़ के पीछेवाली दीवार के साथ जंगली पौधों तथा झाड़ियों का एक छोटा-सा जंगल उग आया था। गैराज़ के चारों ओर चक्कर लगाने पर किसी को कोई ऐसी जगह नहीं दिखाई पड़ी जिससे कि अन्दर देखा जा सके। हम लोग आपस में मशविरा कर रहे थे कि एक पुराने कर्मचारी ने बताया कि गैराज़ की बांईं दीवार पर एक सलाख़ोंवाली पुरानी खिड़की थी पर उसे ईट गारे से चिनाई कराके किसी वज़ह से बन्द कर दिया गया था। अगर उसे किसी प्रकार खोल दिया जाए तो गैराज़ के अन्दर झाँककर देखा जा सकता है। उस खिड़की पर क्योंकि सलाख़ें लगी थीं इसलिए अन्दर झाँककर देखने पर ख़तरा भी कम है। बुजुर्ग कर्मचारी की सलाह और योजना अच्छी और सुलझी हुई थी और सबसे अहम बात यह थी कि इसके अलावा हमारे पास कोई चारा भी नहीं था, क्योंकि किसी भी रेस्क्यू कार्य करने से पहले बन्द गैराज के अन्दर देखना जरूरी था। डी.एफ.ओ. साहब ने बताया कि गैराज के अन्दर एक बल्ब लगा है और उसको जलाया भी जा सकता है।

कुछ ही देर में खिड़की की ईंटों को तोड़कर हटा दिया गया। खिड़की के कई सालों से बन्द लकड़ी के पल्लों को भी ठोंककर खोल दिया गया। खिड़की से देखने पर जिप्सी की बांयीं साईड नज़र आ रही थी। यह सफेद रंग की सॉफ्ट जिप्सी थी, जिसका पिछला हिस्सा कैनवस से ढँका हुआ था। कैनवस स्लेटी रंग का था और उसमें पारदर्शी प्लास्टिक लगाकर खिड़कियाँ बनाई गई थीं परन्तु पुराने पड़ चुके पारदर्शी प्लास्टिक के अन्दर कुछ भी नहीं दिख रहा था। जिप्सी के आगे जहाँ गैराज़ खत्म होता था वहाँ कोने में एक बल्ब लगा था जिसकी पीली रोशनी बेजान सी लग रही थी और गैराज़ को गैराज़ जैसा बनाने के लिए उसमें कई पुराने सामान भी रखे थे। बल्ब अन्दर के अँधेरे को बस इतना भर तोड़ रहा था कि जिप्सी खड़ी दिख रही थी और गैराज़ की दीवारें दिख रही थीं।

खिड़की के रास्ते जिप्सी के कैनवस को डंडों से फाड़कर तेन्दुए को देखने की कोशिश की गई पर तेन्दुए की धमकी भरी गुर्राहट के सिवा और कुछ नहीं दिख सका। पर इन कार्यों को करते हुए हमारी आँखें धीरे-धीरे अन्दर देखने की अभ्यस्त हो रही थीं। मोटी प्लास्टिक और कैनवस को फाड़ने की कोशिश में की गई दरारों में से तेन्दुए के शरीर का कुछ हिस्सा हम लोगों को काफी देर बाद हिलता नज़र आया। मैंने बेहाशी की दवा देनेवाले इंजेक्शन और रायफल इत्यादि तैयार किए हुए थे, पर खिड़की से कैनवस को भेदते हुए चारपाई पर बँधे हुए तेन्दुए पर निशाना लगाना उस समय असम्भव था।

हम लोगों ने अपनी हर कोशिश हर सोच को करने का प्रयास किया पर सफलता तो दूर, हम लोग तेन्दुए के शरीर को भी ठीक प्रकार से देख नहीं पा रहे थे। इधर दोपहर हो चली थी। तेन्दुआ काफी देर से जिप्सी में बँधा हुआ गैराज़ में बन्द था। उसकी जान को भी ख़तरा हो सकता था। काफी माथापच्ची के बाद मैंने, कमाल और आफ़ताब अली ने डी.एफ.ओ. से गैराज़ के अन्दर जाने की इजाज़त माँगी और बताया कि इस तेन्दुए को बिना अन्दर जाए काबू नहीं किया जा सकता है। और देर करने से जानवर को नुकसान पहुँच सकता है। काफी सोच विचार कर डी.एफ.ओ. आर.एन.झा. और विवेक पांडे ने हमारी सलाह मान ली और हम तीनों को गैराज के अन्दर जाने की इज़ाजत दे दी। मैं, आफ़ताब अली और कमाल गैराज के अन्दर जाने की तैयारी करने लगे। मैंने बेहोश करने की दवा को एक साधारण सिरिंज में भर लिया, डार्ट सिरिंज और रायफल को गैराज़ के बाहर ही छोड़ने का फैसला किया। कमाल और आफ़ताब ने एक-एक 4-5 फिट की कच्ची लकड़ी के डंडे पेड़ों से तोड़ लिए।

हम लोगों ने लगभग एक साथ गैराज़ में प्रवेश किया। हमारे अन्दर होते ही गैराज़ को बन्द कर दिया गया। हम लोग गैराज़ के लोहे के दरवाजे के पास खड़े हो गए। हमारे सामने जिप्सी थी और जिप्सी का पिछला भाग हमारी ओर था। सामने एक टूटी हुई छोटी-सी चारपाई पर तेन्दुआ लगभग लेटा हुआ बँधा पड़ा था। उसका मुँह जिप्सी की अगली तरफ था और पिछला भाग हमारी तरफ था। उसको पीछे के हिस्से का कैनवस का परदा से भी गिरा हुआ था। एक के आगे एक चलते हुए आफ़ताब और कमाल ने जिप्सी के जाकर पीछे का कैनवस डंडों की सहायता से पलटकर गाड़ी की छत पर कर दिया। कैनवस उठाते ही उसने लेटे ही लेटे गर्दन मोड़कर अपना सिर हमारी तरफ घुमाया और ऊपर का होठ सिकोड़कर दाँतों को दिखाते हुए ज़ोरदार गुर्राहट के साथ हमारी मौजूदगी पर नापसन्दगी ज़ाहिर की। इसी दौरान उसने उठने की ज़ोरदार कोशिश भी की पर ऐसा लगा कि उसका अगला हिस्सा बहुत मजबूती से नहीं बँधा हुआ है पर पिछले दाहिने पैर की जांघ अभी भी मजबूती से चारपायी में बँधी हुई है। ध्यान से देखने पर पता चला कि चारपाई भी बड़ी निपुणता से जिप्सी के साथ बाँधी गई है। तेन्दुआ बेहद थका हुआ और निराश लग रहा था, उसके हावभाव बहुत हिंसक नहीं थे। उसकी फैली हुई पुतलियों में क्रोध कम और हताशा ज़्यादा दिख रही थी। हमारे अचानक वहाँ पहुँचने पर उसने जो प्रतिक्रिया दिखाई थी वह स्वाभाविक थी पर हमारे इतने नज़दीक होने के बावज़ूद उसे जितना हिंसक होना चाहिए था वह उतने तेवर में मुझे नहीं लगा। कैनवास उठाकर कमाल और आफताब गाड़ी के आगे की तरफ आ गए।

मैंने कमाल से कहा कि वह फिर गाड़ी की पिछली तरफ जाकर वह डंडे से उसको छेड़े। इसी छेड़ने के दौरान जब तेन्दुए का ध्यान कमाल की तरफ होगा तब मैं गाड़ी की अगली सीट की खिड़की से हाथ डालकर बेहोशी का इंजेक्शन उसके पुट्ठे में लगाने की कोशिश करूँगा। कमाल ने गाड़ी के दाहिनी तरफ से गैराज की पिछली तरफ जाकर जैसे ही डंडा तेन्दुए की तरफ किया तेन्दुए ने झपटकर डंडे पर वार किया और उसको अपने मुँह में लेकर अपने मजबूत जबड़ों और दाँतों से पीसने लगा क्योंकि डंडा बड़ा और हरा था इसीलिए उसके दाँत डंडे में अन्दर तक धँस गए। तेन्दुए का सारा ध्यान अब डंडे की तरफ था। मेरे पास मौका था मैंने बिना समय गँवाए उसके पुट्ठे में हाथ से ही इंजेक्शन लगा दिया। आफ़ताब मेरे बिलकुल पीछे खड़े थे और इंजेक्शन लगाते समय यदि तेन्दुआ पीछे घूमकर मुझे पकड़ने की कोशिश करता तो उसके लिए तैयार थे।

इंजेक्शन लगाने के बाद हम तीनों गैराज के दरवाजे के पास आकर चुपचाप खड़े हो गए और तेन्दुए के बेहोश होने का इन्तजार करने लगे।

तेन्दुए ने एक दो बार हम लोगों को वहीं खड़े देखकर अपने अन्दाज़ में धमकाया मगर यह धमकाना भी एक मजबूरी थी। फिर वह चुपचाप हम लोगों की तरफ सिर घुमाकर हम लोगों को ख़ामोश नज़रों से देखने लगा। देखते-ही-देखते उसने धीरे से सर नीचे झुका दिया और थोड़ी देर में निढ़ाल होकर बँधे-बँधे जितना लेट सकता था लेट गया। उसकी सांसें धीरे-धीरे चल रही थीं। आँखें खुली थीं और कभी कभार उसके कान हिल रहे थे। थोड़ा और इन्तज़ार करने के बाद हम लोगों ने उसे डंडे से हिलाकर देखा कि वह पूरी तरह बेहोश हो गया है कि नहीं। दवा ने अपना पूरा असर दिखा दिया था। तेन्दुआ अब पूरी तरह से सुरक्षित रूप से हमारी गिरफ़्त में था। हमारे अन्दर से आवाज़ देने पर गैराज का दरवाजा खोला गया। गैराज के अन्दर विवेक पांडे और अन्य लोग भी आ गए। हम सबने मिलकर उसके शरीर पर से बेतरतीब बँधी रस्सियों को काटा और उसे उठाकर गैराज़ के बाहर ले आने का उपक्रम करने लगे।

गैराज़ के बाहर काफी भीड़ थी। कमाल और आफ़ताब ने उसके अगले पैरों को इस प्रकार से उठा रखा था कि उसका सिर उसके शरीर के बीचोंबीच था। मैंने और विवेक पांडे ने मिलकर उसके पिछले दोनों पैरों को उठा रखा था। इस प्रकार तेन्दुआ आदमियों के बीच तैरता-सा लग रहा था। पीछे होने के कारण हम दोनों आगे खड़े लोगों को पूरी तरह से दिखाई भी नहीं दे रहे थे। बाहर की भीड़ को आदमियों के बीच हवा में तेन्दुआ दिखाई पड़ा। आम जनता को यह नहीं मालूम था कि तेन्दुआ बेहोश है। वह तो जानवर को देखते ही पलटकर यूँ भागे जैसे सामने साक्षात प्रेत को देख लिया हो। कुछ देर यूँ ही अफ़रातफ़री मची रही। भीड़ थोड़ी दूर भागकर रुक गई तथा पलटकर हमारी तरफ देखने लगी। देखने पर उन्हें ख़तरा कुछ कम नज़र आया। थोड़ी देर बाद तेन्दुए को कोई भी हरकत न करता देख लोग धीरे-धीरे चलते हुए थोड़ी दूर पर आकर खड़े हो गए, और थोड़ी देर बाद वे पहले जैसी उन्मुक्त बातचीत करने लगे थे।

तेन्दुए को पिंजरे में डालकर जरूरी दवाएँ दी गईं। करीब 40-45 मिनट बाद तेन्दुआ होश में आ गया तथा पिंजरे के अन्दर छाती के बल उठकर बैठ गया। मैं, विवेक पांडे तथा कमाल तेन्दुए को पिंजरे समेत जिप्सी में रखकर लखनऊ चिड़ियाघर की तरफ चल दिए। हम लोग खुश थे कि ऑपरेशन कामयाब रहा और जानवर भी सुरक्षित था।

शाम होते-होते हम लोग चिड़ियाघर पहुँच गए और तेन्दुए को छोटे पिंजरे से निकालकर एक बड़े पिंजरे में स्थानान्तरित कर दिया गया। उस रात उसे मुर्गा और पानी दिया गया पर वह बहुत नाराज़ लगा और उसने कुछ भी नहीं खाया। अगले दिन भी वह कुछ सुस्त लगा तथा उसने खाने-पीने में कुछ भी रुचि नहीं दिखाई। जाँच करने पर तेन्दुआ बीमार पाया गया और उसका इलाज किया गया। कुछ ही दिनों बाद वह ठीक हो गया और हमारे चिड़ियाघर परिवार का वह 9 वर्षों तक सदस्य रहा।

इलाहाबाद कैन्ट का तेन्दुआ

जब मैंने छत में बनाए गए झरोखे में से अन्दर झाँका तो तेन्दुए की चिरपरिचित गन्ध तो नहीं महसूस हुई पर उसके शरीर की पीली-काली धब्बेदार खाल ट्यूबलाइट की दूधिया रोशनी में चमकती दिखाई दी। तेन्दुआ खिलौने की इस खूबसूरत दूकान के एक कोने में, दीवार में जमीन से लगभग 2 फिट ऊपर जुड़े पीले रंग के पटरे के नीचे, अपने चारों पैरों को सिकोड़े, सीने के बल बैठा था। उसकी पीठ का कुछ हिस्सा पटरे के अन्दर पूरी तरह नहीं छुप पाने के कारण हम लोगों को ऊपर से दिखाई पड़ रहा था। जहाँ से मैं बैठा तेन्दुए को देख रहा था वहाँ हरे रंग की फाइबर शीट की छत लगाई गई थी, उसके नीचे दो परतों से फॉल्स सीलिंग बनाई गई थी। हम लोगों ने तीनों परतों को तोड़कर एक छोटा-सा झरोखा बनाया जिससे अन्दर देखा जा सके। तेन्दुए का मुँह हमारी तरफ की दीवार की ओर था और उसका पिछला हिस्सा हम लोगों की विपरीत दीवार की ओर था जो कि पारदर्शी काँच की बनी थी। कमरे के अन्दर तेन्दुए के भगदड़ मचाने से बच्चों के खिलौने इधर-उधर बिखरे पड़े थे, उन्हीं खिलौनों में एक छोटा-सा कपड़े का खिलौना तेन्दुआ भी उलटा पड़ा था।

यह हलकी सर्दियों के दिन थे, पर आधी रात को इस तरह छत पर बैठे हुए ठंड महसूस हो रही थी। मेरे बाक़ी रेस्क्यू अभियानों से यह अभियान इसलिए अलग था क्योंकि यह एक'कैंट एरिया' था, जहाँ भारतीय फ़ौज का मज़बूत समर्थन तथा सहयोग हमें मिल गया था। यहाँ न गाँव की भीड़ थी और न शहरों की तरह का कोलाहल। हमारे काम करने के स्थान पर किसी भी प्रकार का कोई मीडिया भी नहीं था। इलेक्ट्रॉनिक और प्रिंट मीडिया वहाँ थे ज़रूर, मगर फौज के सख़्त अनुशासन से वह घटना स्थल से एक दूरी बनाए हुए थे और दूर से ही सब कुछ देख और रिकार्ड कर रहे थे।

आइये आपको बता दें कि यह कहानी है क्या ? उत्तर प्रदेश का एक महत्त्वपूर्ण जिला इलाहाबाद है, यह अत्यन्त प्राचीन, प्रसिद्ध तथा धार्मिक स्थान है, यहीं पर भारत की तीन पवित्र तथा प्रख्यात नदियाँ गंगा, यमुना तथा सरस्वती

का संगम भी होता है। इस शहर के लगभग बीचोंबीच कैटोन्मेंट एरिया पड़ता है जो कि इलाहाबाद हाईकोर्ट के निकट है। इसी कैटोन्मेंट की सब एरिया कैन्टीन में खिलौने की एक आधुनिक दुकान भी है। उसी दुकान में एक भारी भरकम स्वस्थ तेन्दुआ दुकान के सामने की काँच की एक दीवार तोड़ कर, दुकान के काउंटर पर से छलाँग लगाता हुआ अचानक अन्दर घुस गया। यह लगभग साढ़े चार बजे शाम का वाकया है। उस समय दुकान के कर्मचारी काम कर रहे थे। तेन्दुए को अपने सामने अचानक पाकर लोग दशहतज़दा होकर इधर-उधर भागने लगे। इधर तेन्दुआ भी अपरिचित जगह पर अपने आपको पाकर घबराया हुआ सदमे में था। वह खुद अपने लिए छुपने की जगह तलाश रहा था। और इसी तलाश और घबराहट में वह दुकान के अन्दर, गमलों और काँच को तोड़ता हुआ घुसा था। दोनों ही पक्ष अपने को बचाने में लगे थे इसलिए कोई भी पक्ष एक-दूसरे के ऊपर हावी नहीं हो पाया। मानव पक्ष के अधिकांश लोगों ने तो शायद ऐसा वन्य जीव इस तरह खुले में घूमता पहली बार ही देखा था, तो वह क्या तेन्दुए पर हावी होते ? यह ऊपरवाले का ही करम था कि तेन्दुए ने इस अफ़रातफ़री में किसी को घायल नहीं किया था।

खिलौने की दुकान के आगे काफी बड़ी खुली सीमेंट के फर्शवाली जगह थी और वहाँ पर फ़ौज का एक हरे रंग का ट्रक खड़ा था। खुली जगह को चारों तरफ से दीवार, ऑफिस तथा अन्य इमारतों ने घेर रखा था जिससे यह जगह एक सहन जैसी दिखाई देती थी। इस खुली जगह में जाने के लिए एक बड़ा ऊँचा, मज़बूत, लोहे की सलाखोंवाला गेट लगा था। तेन्दुए के अन्दर पहुँचते ही गेट को मजबूती से बन्द कर दिया गया था और जितना सम्भव था उतनी जगह पर बड़े-बड़े रस्सी के जाल भी बाँध दिए गए थे। ज़ाहिर है उस समय काफी हड़कम्प तथा अफरातफ़री मच गई थी। इसी खुली जगह में बनी एक इमारत के अन्दर जाने के लिए चौड़ी गैलरी थी जिसके प्रवेश द्वार पर ग्रिल लगी थी।

अब स्थिति ऐसी थी कि तेन्दुआ दुकान के अन्दर छुपा था, बाकी लोग बड़े गेट को बन्द करके बाहर थे और इमारत के अन्दर के लोग गैलरी में आकर इकट्ठा हो गए थे तथा ग्रिल बन्द कर दिया गया था। दुकान के अन्दर की सारी लाइटें जल रही थीं। सेना के उच्चाधिकारी तत्काल वहाँ पर इकट्ठा हो गए और तेन्दुए को काबू करने की रणनीति बनाने लगे। वन विभाग के उच्चाधिकारियों को ख़बर कर दी गई और इलाहाबाद के अधिकारियों से यह ख़बर लखनऊ वन विभाग के मुख्यालय तक आ पहुँची। लखनऊ वन विभाग मुख्यालय में तैनात

तत्कालीन मुख्य वन्य जीव प्रतिपालक मु. अहसन ने मुझसे सम्पर्ककर मुझे निर्देश दिया कि मैं तत्काल अपनी टीम को लेकर इलाहाबाद पहुँच जाऊँ तथा स्थिति को नियन्त्रित करने का प्रयास करूँ। मैंनें उस तेन्दुए को पकड़कर रखने के लिए जरूरी पिंजरे के बारे में पूछा तो उन्होंने बताया कि पिंजरा मिर्जापुर से गाड़ी में लदकर चल दिया है, और मेरे वहाँ पहुँचने तक वह भी पहुँच जाएगा। मुझसे यह भी कहा गया कि मैं डी.एफ.ओ. के.पी. दुबे से फोन पर वार्ताकर लूँ। मुझे यह निर्देश शाम लगभग 6 बजे प्राप्त हुआ और मैं आर.के.पी. सिंह जो कि चिड़ियाघर में सहायक वन्य जीव प्रतिपालक के पद पर तैनात थे तथा कमाल को लेकर इलाहाबाद की ओर ज़रूरी उपकरणों सहित रात लगभग 7.30 बजे रवाना हो गया।

हम लोग लगातार चलते हुए लगभग आधी रात 12.30 बजे इलाहाबाद पहुँच गए। वहीं प्रयाग स्टेशन पर हमें वन विभाग के कर्मचारी मिल गए तथा वह हमें लेकर कैंटोन्मेंट की तरफ रास्ता बताते हुए चल दिए। मैं और आर.के.पी. सिंह तथा कमाल जब वहाँ पहुँचे तो रात आधी से ज्यादा बीत चुकी थी नवम्बर की ठंडी हवा बता रही थी कि सर्दी बस आनेवाली हैं। घटना स्थल पर कई गाड़ियों का जमावड़ा था। वहाँ मुझे शैलेश प्रसाद, वन संरक्षक, इलाहाबाद मिले तथा अपने सहयोगी अधिकारी और कर्मचारियों के साथ डी.एफ.ओ. के.पी. दुबे भी वहीं पर मिल गए। रात और ठंड से बचाने के लिए पहने गए कपड़ों के कारण लोग देर से पहचाने जा रहे थे।

मैंने सबसे पहले शैलेश प्रसाद, के.पी. दुबे तथा सेना के अधिकारियों से बात की तथा स्थिति को समझने की कोशिश की। इन लोगों से बात करने के बाद मेरे सामने वस्तुस्थिति बिलकुल साफ हो गई। मैंने, आर.के.पी. सिंह तथा कमाल ने यह समझ लिया कि तेन्दुआ इस सामने की दुकान के किसी कोने में है। दुकान के सामने की तरफ से पूरी लम्बाई में लगा काँच एक जगह से टूट गया है तथा उसका काँच का दरवाजा भी भगदड़ में खुला रह गया है। चारों तरफ की इमारतों पर सेना के जवान रायफल तथा एके-47 लेकर तेन्दुए की किसी भी अप्रिय हरकत का जवाब देने के लिए मुस्तैदी से जमे थे। यह ज़रूरी भी था क्योंकि तेन्दुआ शहर के बीचोंबीच में था और अभी तक वह सिर्फ मानसिक दबाव के कारण ही वहाँ पर रुका हुआ था। उसका यह तनाव बनाए रखना भी जरूरी था क्योंकि उसका यह तनाव अगर खत्म हो गया तो वह बाहर निकलने की कोशिश करेगा और जाहिर है कि बाहर उसका जंगल नहीं शहर है, जहाँ आदमियों से उसकी मुठभेड़ अवश्यम्भावी होगी।

सेना ने अपनी ढेर सारी तेज़ सर्चलाइट से घटना स्थल को दिन का रूप दे दिया था। मजबूत तथा चकाचौंध रोशनी से दुकान के बाहरी हिस्से भी नहा गए जिसकी चमक से भी तेन्दुआ बाहर का रुख नहीं कर रहा था। इन्हीं सब तरीकों से वन विभाग और भारतीय सेना ने मिलाकर तेन्दुए को 8 घंटे से ज्यादा समय तक वहीं रोका हुआ था। ज़ाहिर है कि इसके बाद का काम मेरा तथा मेरी टीम का था। पिंजरा पहुँच चुका था। मैंने सबसे पहले यह निश्चित करने का प्रयास किया कि तेन्दुआ किसी भी दशा में दुकान के बाहर न निकलने पाए। इसके लिए मैंने सेना के अधिकारियों से अनुरोध किया कि वह बड़े-बड़े जाल मँगवा दें जिससे कि दुकान के आगे का काँचवाला भाग पूरी तरह से ढँककर बाँध दिया जाए ताकि तेन्दुए के पास पहुँचने पर तेन्दुआ वहाँ से भागकर बाहर न आ सके और न ही पकड़नेवाले पर हमला कर सके। किसी गाड़ी से दुकान के आगे जाकर तेन्दुए को बेहोशी की दवा लगाने का विचार मैंने छोड़ दिया क्योंकि दो जगह ऐसी थी जहाँ से इंजेक्शन दागा जा सकता था। एक तो जमीन से लगा हुआ वह काँच का टूटा हुआ हिस्सा जिसे तोड़कर तेन्दुआ अन्दर घुसा था और दूसरा खुला रह गया दरवाजा। मगर इस तरह तेन्दुए के बिलकुल सामने जाकर डार्ट करना तेन्दुए को और भड़काने जैसा मुझे लगा और इससे तेन्दुआ डार्ट करनेवाले पर झपट भी सकता था तथा दुकान से बाहर भी आ सकता था। बाकी जगह से तेन्दुए को मुश्किल के साथ देखा तो जा सकता था पर बीच में काँच होने की वजह से डार्ट इंजेक्शन नहीं लगाया जा सकता था।

रात आधा रास्ता पार करके सुबह के करीब पहुँच रही थी। ठंड बढ़ रही थी और समय धीरे-धीरे टुकड़ा-टुकड़ा खत्म हो रहा था। योजना बन रही थी और सेना के मुस्तैद अधिकारी/कर्मचारी वन विभाग की जरूरतों को पूरा करने के लिए तैयार थे। हमारी टीम द्वारा बड़े-बड़े जाल की माँग की गई थी और कुछ ही देर बाद ढेरों बड़े-बड़े जाल सेना के ट्रक से धीरे-धीरे बिना शोर किए उतरने लगे। दुकान का सामने का हिस्सा लगभग 30 फिट लम्बाई से ज्यादा का रहा होगा। आर.के.पी. सिंह और कमाल दुकान के बाईं ओर की एक इमारत की छत पर पहुँच गए और वहाँ से उन्हें दुकान के अन्दर का हिस्सा, काँच से साफ-साफ नज़र आ रहा था। इधर मैंने दो डार्ट रायफ़ल तैयार की और एक रायफ़ल को छत पर आर.के.पी. सिंह और कमाल के पास इस उम्मीद से पहुँचा दिया कि अगर तेन्दुआ बाहर उनकी तरफ से निकले तो वह उसे डार्ट कर सके।

एक डार्ट रायफल लेकर मैं मुख्य गेट के बाहर जमीन पर एक घुटना रखकर बैठ गया और डार्ट रायफल का निशाना सामने दुकान की काँच की दीवार पर

खुले रह गए दरवाजे पर लगाने लगा। इसके बाद सेना के जवानों को दुकान के पीछे मय जाल के जाने को कहा गया जहाँ लकड़ी की सीढ़ियाँ लगाई गईं थीं। इन सीढ़ियों पर से दुकान की फाइबर शीट की छत पर चढ़ना था, फिर आगे की तरफ आकर दुकान के सामने के हिस्सों को जाल से पूरी तरह से ढँक देना था। ढँके हुए हिस्से को रस्सियों की मदद से नीचे की ओर से बाँधना भी जरूरी था। यह योजना गड़बड़ हो सकती थी यदि फाइबर शीट पर चढ़े जवानों के चलने से होनेवाली आवाज़ से चौंककर तेन्दुआ जाल डालने से पहले ही वहाँ से निकल भागे। यानी अभी भी सारी योजना तेन्दुए के मिज़ाज पर निर्भर थी। फिर भी अभी तक वह वहाँ रुका हुआ था। कमाल और आर.के.पी. सिंह अन्य कर्मचारियों के साथ दूरबीन से तेन्दुए की हर हरकत पर नजर रखे हुए थे।

आर.के.पी. सिंह को अचानक दुकान के अन्दर हलचल दिखी और उन्होंने छत पर से कुछ कहा पर मुझे उस समय समझ में नहीं आया, तब मोबाइल पर उनका फोन आया और वह बोले कि उन्होंने तेन्दुए को पूरी तरह से देख लिया है। उनके अनुसार तेन्दुआ बहुत बड़ा और तन्दुरुस्त है। उन्होंने बताया कि वह उनकी ओर से देखने पर दुकान के दाहिने कोने में छिपा है और वह एक बार अभी-अभी खड़ा हुआ था और फिर वहीं कोने में बैठ गया है। दुकान में कपड़ों, अलमारियों तथा खिलौनों के होने के कारण ज़्यादा कुछ दिख तो नहीं रहा पर यदि तेन्दुआ दुकान में छिपने के स्थान से निकलकर दुबारा खड़ा हो तो दिख जाएगा।

इसी बीच सेना के जवान जाल लेकर छतों पर पहुँच चुके थे। क्योंकि सारी सर्च लाइटों तथा अन्य रोशनी की व्यवस्थाओं का केन्द्र दुकान के आगे का हिस्सा तथा उससे जुड़ा सहन था इसलिए छत के ऊपर चढ़ते जवान काले सायों की तरह दिख रहे थे। सब तरफ बातचीत बन्द हो चुकी थी। सबकी धड़कनें तेज़ और नजरें टूटे काँच की दीवार और दरवाजे पर केन्द्रित हो गई थीं। मैं वहीं बड़े फाटक के पास ज़मीन पर निशाना लगाए बैठ गया कि अगर तेन्दुआ बाहर निकले तो मैं उसे डार्ट कर दूँ। मैं जानता था कि तेन्दुआ बाहर आया तो आराम से टहलता हुआ नहीं आएगा। अगर वह बाहर आया तो उसकी रफ्तार और फुर्ती के आगे हम सब बौने हो जाएँगे। लेकिन यह कार्यवाई पूरी योजना का एक छोटा हिस्सा भर थी। सब तरफ खामोशी थी। सिर्फ जवानों के जूतों से फाइबर शीट की छत के दबने से जो आवाज़ उत्पन्न हो रही थी, वहीं वहाँ के सन्नाटे को तोड़ रही थी। दो-तीन जवान जाल लिए हुए बिलकुल छत की मुँडेर पर आ गए और उन्होंने जाल को खोलते हुए नीचे जमीन की ओर फेंका और थोड़ी देर बाद ही दुकान के आगे का काँच का हिस्सा अपनी पूरी लम्बाई में जाल से ढँक

गया। छत पर के लोगों ने जाल के ऊपरी हिस्से को रस्सों के सहारे मजबूती के साथ छत की पिछली तरफ से उतारते हुए बाँध दिया तथा नीचे खड़ी टीम ने गेट खोलकर जाल को नीचे से भी मजबूती से बाँध दिया जिससे तेन्दुआ छत से पर्दे की तरह झूल रहे जाल के नीचे से न निकल जाए। जाल कमरे को पूरी तरह से लपेट चुका था और तेन्दुआ उस दुकान के अन्दर हमारी पकड़ में लगभग आधा आ चुका था। जाल डालने से कम-से-कम इस समय समस्या का कुछ समाधान हो गया और यह खतरा भी समाप्त हो गया कि तेन्दुआ बाहर निकलकर कहीं और भाग सकता है या फिर किसी आदमी पर हमला कर जख़्मीकर सकता है या मार सकता है। इस तरकीब से तेन्दुआ भी सुरक्षित हो गया और बाहर खड़े और शहर में सो रहे लोग भी।

आर.के.पी. सिंह और कमाल अभी भी पास की इमारत की छत पर थे। मैं अब अपनी रायफल लेकर दुकान के पीछे की दीवार के पास पहुँच गया जहाँ जाल डालने के लिए चढ़े जवानों के लिए सीढ़ियाँ लगाई गई थीं। मैं डार्ट रायफल लेकर सीढ़ियों से होता हुआ फ़ाइबर शीट की छत पर पहुँच गया। आर.के.पी. सिंह ने फोन के द्वारा मुझे दिशा बता दी थी कि कहा पर मैं छत को तोड़कर झरोखा बना सकता हूँ। यह कार्य मुझे और अन्य सहयोगी को आर.के.पी. सिंह के द्वारा बताई गई उस जगह पर करना था जहाँ ठीक नीचे तेन्दुआ हो सकता था। आर.के.पी. सिंह के द्वारा लगाए गए अनुमान से हमने वहीं पर सुराख किया और छोटे से छेद पर देखने पर पाया कि कोई पीली-काली धब्बेदार जीवित चीज नीचे रोशनी में चमक रही है। उसके बाद ठीक उसी जगह सुराख को और बड़ा किया गया जिससे मैं तेन्दुए को भली प्रकार से देख सकूँ और निशाना लगा सकूँ। ऊपर हुई तोड़फोड़ और आवाजों से तेन्दुआ अपने आप में और सिमटकर बैठ गया, उसका कुछ हिस्सा दीवार पर लगे पीले पटरे के नीचे से झाँक रहा था और वह कभी-कभार हमारी आहट पर अपना मुँह हमारी तरफ उठा लेता था। हम लोग ऊपर से नीचे बैठे तेन्दुए को एक छेद से देख रहे थे। उसकी पीठ और मुँह का कुछ हिस्सा हमें दिखाई पड़ रहा था। जहाँ पर हमने छत को काटकर झरोखा बनाया था उसके नीचे काँच की खुली आलमारियाँ बनी थी जिन पर खिलौने रखे थे। इन काँच के अवरोधों के कारण मुझे तेन्दुआ तो दिखाई पड़ रहा था पर डार्ट इंजेक्शन लगाने में काफी कठिनाई आ रही थी।

मुझे अपनी डार्ट रायफल से डार्ट इंजेक्शन भी सिर्फ कन्धों या पुट्ठे के मांसल भाग पर लगाना था। काफी मशक्कत और बार-बार देखने और इन्तजार करने के बाद अपने चारों पैरों को सिकोड़े सीने के बल बैठे तेन्दुए ने अपने

पिछले पैरों को एक तरफ किया और थोड़ी विश्रामावस्था में बैठ गया। उसका थोड़ा-सा पिछला भाग पटरे के नीचे से बाहर निकल आया। मेरे लिए यह सुनहरा मौका था मैंने तुरन्त निशाना लगाकर फायर कर दिया और डार्ट के पुट्ठे में धँसते ही तेन्दुआ चौंककर सीधा बैठ गया। निशना बिलकुल सटीक था। मैंने रायफल की नाल को झरोखे में से बाहर निकाला और लोगों को बताया कि डार्ट लग गई है। लगभग 15 मिनट इन्तज़ार करना पड़ेगा। इस बीच मैं छत पर बैठा रहा और कमाल और आर.के.पी. सिंह को दूसरी छत से नीचे बुला लिया। निशाना ठीक लगे इसलिए मैंने अपनी गर्म जैकेट उतार रखी थी। अब मुझे ठंड सी लगी। अब तक सारी कार्रवाई करते हुए पौने तीन या तीन बज गए थे। मेरी ठंड को दूर करने के लिए वहीं छत पर कॉफ़ी का इन्तज़ाम किया गया। ठीक 12 मिनट बाद मैंने नीचे झाँककर देखा तो तेन्दुआ पटरे के बाहर एक तरफ करवट किए हुए लेटा था। मगर वह बार-बार अपना मुँह उठा रहा था। तेन्दुआ बड़ा तथा बहुत स्वस्थ था जैसे कि आर.के.पी. सिंह ने मुझे बताया था। मुझे तुरन्त लगा कि यह मेरे अनुमान से कहीं बड़ा तेन्दुआ है। इसको बेहोशी का एक और डार्ट देना पड़ेगा। मैं कॉफ़ी ख़त्मकर चुका था। छत से उतर कर मैंने दूसरी डार्ट ली। बेहोश होते हुए तेन्दुए को पूरी तरह बेहोश करने के लिए मैंने उसके पुट्ठे पर फिर डार्ट इंजेक्शन दे दिया। लगभग 3 सवा तीन बजे तेन्दुआ पूरी तरह से निष्पन्द पड़ा था और उसकी आँखें आधी खुली तथा सांसें धीमी थीं। सब तरफ सन्तोष और खुशी का माहौल था और उसे दुकान से बाहर निकाला गया। दुकान पर पड़े बड़े जाल को हटाकर तेन्दुए को एक छोटे जाल में लिया गया। तेन्दुए की जाँच करके ट्रक पर रखे पिंजरे में पहुँचाकर जरूरी दवाई दी जाने लगी। तेन्दुए की नाक के पास काँच को तोड़ते समय सिर्फ एक चोट का छोटा-सा निशान लगा हुआ था। खिलौने की दुकान में भागने से खिलौने इधर-उधर जमीन पर बिखरे पड़े थे। जहाँ पर तेन्दुआ ऊपर से दिखा था और बेहोश किया गया था, वहीं उसी जगह एक छोटा-सा खिलौना तेन्दुआ अभी भी उलटा पड़ा था।

तेन्दुए के पिंजरे में पहुँचते ही देखनेवालों और मीडिया के लोगों की भीड़ लग गई। एक ही प्रश्न बार-बार हम लोगों से किया जा रहा था, जो हम सभी के मन में भी चक्कर लगा रहा था, कि तेन्दुआ अचानक शहर के बीचोंबीच कैसे पहुँच गया ?

तेन्दुए के होश में आते ही मैं, आर.के.पी. सिंह और कमाल लगभग 5 बजे लखनऊ की तरफ इस बड़े तथा भारी-भरकम तेन्दुए को लेकर चल पड़े। तेन्दुए को लादे ट्रक हमारे आगे चल रहा था वह अगले पैरों को सीधा करके बैठा था

और आँखें फैलाकर इधर-उधर देख रहा था। हम लोग ठीक उसके पीछे एक गाड़ी में थे। मैं बाहर तेजी से गुज़रते पेड़ों और रास्तों को गाड़ी की खिड़की से झाँककर देख रहा था। बाहर अभी भी अँधेरा था। मैंने खिड़की से ऊपर आसमान की तरफ देखा, गुज़रते पेड़ों के बीच में से आसमान कभी-कभार दिख रहा था। एक जगह पेड़ों की क़तारें अचानक ग़ायब हुईं और पूरा आसमान दिखा, उस पर चाँद-तारे बिखरे पड़े थे। मैंने चाँद को अपने साथ-साथ चलते देखा और किसी अन्जान ताक़त को अपने बेहद नज़दीक पाया। ऐसा लगा कि उसी ताक़त ने हल्के से इस सफल कार्य की शाबासी दी या फिर मुश्किल अभियानों के लिए दी जानेवाली प्रेरणा, पता नहीं। परन्तु शायद यह वहीं भावना थी जो किसी नेक काम को करके होती है।

मलीहाबाद का तेन्दुआ

रात काफी हो गई थी। छविलाल और प्रेम आम के पेड़ के नीचे एक खाट पर अधलेटे से बैठे थे। मई की यह एक गर्म रात थी। हवा पूरी तरह से रुकी हुई थी। आम का यह बाग़ गाँव लुधौरा से थोड़ी दूर पर था। बाग़ के मालिक का नाम शिवनाथ शुक्ला था। गर्मी के बाद आम पकनेवाले थे और कच्चे आमों की रखवाली के लिए छविलाल और प्रेम वहाँ मुस्तैदी से चौकीदारी कर रहे थे। भोर होने तक उन्हें वहीं रहना था। यह रोज़ का नियम था कि खाना खाकर यह लोग बाग की ओर निकल आते थे। जैसा बताया गया है कि गर्मी पूरे शबाब पर थी। हवा पूरी तरह से रुकी थी। चारों तरफ सन्नाटा था। बीड़ी खत्म करके प्रेम ने अँधेरे में ही छविलाल की ओर मुँह करके कहा 'भैया उस तेन्दुए की कोई ख़बर नहीं मिली है, लगता है कि यह जगह छोड़कर चला गया है। एक दिन पहले ही उसने जिस बैल और पड़िया को ज़ख़्मी किया था वह तो अब कुछ ठीक-ठाक है। यह सुनकर छविलाल को अँधेरे में चारों तरफ तेन्दुआ-ही-तेन्दुआ नज़र आने लगा।

पिछले कई दिनों से एक रहस्मय जानवर अगल-बगल के गाँवों में घूम रहा था। लोगों के अनुसार वह बाघ या तेन्दुआ था। इस घटना से दो दिन पहले मलीहाबाद क्षेत्र के रनियामऊ गाँव से अचानक एक बकरी गायब हो गई थी फिर दूसरे दिन गाँव के समीप ही एक अकेली बनी झोंपड़ी में एक बैल और एक पड़िया को किसी जानवर द्वारा घायल कर दिया गया था। यह सब घटनाएँ लगातार हो रही थीं और इसी कारण लुधौरा गाँव, कमालपुर गाँव यानी मलीहाबाद क्षेत्र के आसपास के इलाकों में इस अजनबी जानवर के प्रति लोगों में एक कौतुहल और भय का सम्मिलित भाव उत्पन्न हो गया था। हर कोई इस जानवर के बारे में जानना भी चाहता था पर दूर भी रहना चाहता था। इस कारण जैसे ही प्रेम ने तेन्दुए का नाम लिया छविलाल को उस अँधेरी रात में ज़रा भी अच्छा नहीं लगा, सच पूछा जाए तो उसे थोड़ा डर भी लगा।

डर को अपने से दूर करने के लिए उन्होंने इधर-उधर की बातें शुरूकर दीं और बातों-ही-बातों में तेन्दुआ उनकी सोच से बहुत दूर भाग गया और आँखें झपकते, बातें करते रात की कालिमा भोर की रोशनी में धीरे-धीरे धुँधलाने लगी।

स्थानीय वन विभाग भी जानवर की खोजबीन में जुटा था और गाँववालों द्वारा दी जा रही जानकारी द्वारा, पंजों के निशान के सहारे जानवर को खोजा जा रहा था। एक बार गोमती नदी के किनारे एक जानवर का गाँववालों द्वारा पीछा भी किया गया पर जानवर चालाक और सतर्क था। वह सारी भीड़ को छलावा देता हुआ कहीं गुम हो गया। मलीहाबाद क्षेत्र उत्तर प्रदेश की राजधानी लखनऊ के पास होने के कारण यह घटनाएँ अखबारों और इलेक्ट्रॉनिक मीडिया में भी आने लगीं और शासन-प्रशासन भी इस बात को लेकर गम्भीर हो गया। अवध वन प्रभाग के डी.एफ.ओ. मुकेश कुमार, एस.डी.ओ. एम.पी.सिंह, वन क्षेत्राधिकारी रामेश्वर तिवारी, बी.एन.सिंह और आनन्द कुमार मिश्र भी इस जानवर को ढूँढ़ने और पकड़ने के लिए योजनाएँ बना रहे थे। बैल और पड़िया को घायल करने के स्थान तथा जहाँ से बकरी गायब हुई थी दोनों जगहों पर पिंजरों का फन्दा लगाया जा रहा था। वन क्षेत्राधिकारी बी.एन. सिंह उन दिनों विशेष ड्यूटी पर हमारे चिड़ियाघर में तैनात थे। चिड़ियाधर का काम उनके लिए अतिरिक्त कार्य था परन्तु इस बहाने मेरी उनसे करीब-करीब रोज़ ही मुलाकात हो जाती थी, और मलीहाबाद क्षेत्र के इस रहस्यमय जानवर की ताज़ा जानकारी मिल जाती थी। मैंने इस प्रकार के कई वन्य जीवों को पकड़ा है तो ज़ाहिर है कि इस प्रकार के कार्यों में प्रत्यक्ष या परोक्ष रूप से रुचि मेरी बनी रहती है। मलीहाबाद की घटनाएँ यह रेखांकित कर रही थीं कि क्षेत्र के गाँवों में किसी जंगली जानवर का बसेरा अवश्य हो गया हैं। परन्तु वनाधिकारी और कर्मचारी उसको देख नहीं पा रहे हैं, और क्योंकि जानवर शातिर है इसलिए वह पिंजरे में भी नहीं आ रहा है। यह घटनाक्रम हफ्ते दो हफ्ते से चल रहा था कि उस रात में जहाँ बाग़ की चौकीदारी करते हुए प्रेम और छविलाल ने रात गुजारी थी जैसे ही भोर का उजियाला हुआ तो छविलाल और प्रेम नित्यकर्म हेतु बाग़ को बीचोंबीच से पार करते हुए एक तरफ जाने लगे। बाग़ के चारों तरफ भोर की रोशनी का घेरा उठता हुआ दिख रहा था, कुछ चिड़ियों की चहचहाने की आवाज़ें आ रही थीं। प्रेम और छविलाल जैसे ही थोड़ी दूर पर पहुँचे, उनके ठीक सामने एक तेन्दुआ उनके आगे जानेवाले रास्ते को लगभग काटता हुआ खड़ा था। इस भारी-भरकम तेन्दुए को बिलकुल सामने पाकर दोनों एकदम कुछ पलों के लिए

संज्ञाशून्य हो गए, उनकी समझ में नहीं आया कि करना क्या चाहिए। पहली स्वाभाविक प्रतिक्रिया में वह घबराकर भागे। तेन्दुए ने दोनों को भागता देखकर दोनों पर हमला कर दिया। कुछ ही पलों में छविलाल के जबड़े और पीठ पर तथा प्रेम की पीठ, सिर और सीने को तेन्दुए ने लहूलुहान कर दिया। तेन्दुए ने पहला हमला प्रेम पर किया फिर दूसरा छविलाल पर। तेन्दुए के इस अप्रत्याशित हमले में प्रेम ज़्यादा घायल हुआ। छविलाल उससे थोड़ा कम। तेन्दुए को दोनों का देखना, इन लोगों का भागना, तेन्दुए का हमला, तेन्दुए के हमले के दौरान इन लोगों का शोर मचाना यह सब क्रियाएँ लगभग एक साथ हुईं। एक चलचित्र की भाँति एक झटके में यह सब घटनाएँ हुईं और खत्म हो गईं। सच्चाई यह थी कि किसी को कुछ समझ ही नहीं आया, न तेन्दुए को, न शायद आदमियों को, क्योंकि जितने हक्के-बक्के आदमी थे शायद उतना ही अवाक् तेन्दुआ भी अपने ठीक सामने आदमियों को पाकर था।

प्रेम और छविलाल दोनों के शरीर से खून गिर रहा था। इन दोनों के शोर मचाने से अगल-बगल आ जा रहे गाँववाले इकट्ठा हो गए थे। सब लोग दौड़ते हुए घटना स्थल पर पहुँचे थे। तेन्दुआ इस अनचाहे शोर और भागादौड़ी से दिग्भ्रमित-सा हो गया और इन दोनों को छोड़कर एक तरफ दौड़ पड़ा। तेन्दुए की सहज मनोवृत्ति तथा उसका व्यवहार कहीं लोप हो गया था। वह हड़बड़ाहट में बाग़ की कच्ची जमीन पर दौड़ते हुए वहाँ स्थित बोरवेल के उस गड्ढे को नहीं देख पाया और 20-25 फिट गहरे एक सूखे कुएँ में जा गिरा। बिल्ली प्रजाति का होने के कारण इतनी ऊँचाई से गिरने पर भी तेन्दुए को कहीं चोट नहीं आई। उसके लचकदार शरीर और पैर की गद्दियों ने शरीर को कोई नुकसान नहीं होने दिया। गाँव के लोग तेन्दुए का भागना तथा उसका गढढे में गिरना देख चुके थे। गड्ढे का मुँह भी बहुत छोटा, लगभग 4 फिट चौड़ा और और 4 फिट लम्बा था। बोरवेल में गिरने के बाद तेन्दुआ अपने को एक गहरी और बहुत छोटी सँकरी जगह में पाकर हतप्रभ हो गया और असहाय की तरह गड्ढे के मुँह की ओर बेकार में छलाँग लगाने लगा। उसने पूरी कोशिश की कि वह किसी तरह से इस बोरवेल से बाहर आ जाए पर गड्ढे के बाहर आना नामुमकिन था। इस बोरवेल से बाहर आने का कोई रास्ता नहीं था। गाँववालों ने तुरन्त ही बोरवेल को घेर लिया और झाँककर अन्दर का नजारा देखने लगे। इस अन्धकूप में कुछ दूरी तक ही दिखाई दे रहा था। तेन्दुए द्वारा उड़ाई गई धूल के कण गड्ढे के अन्दर वहाँ तक चमकते दिखाई दे रहे थे जहाँ तक धूप की किरणें पहुँच रही थीं। इस चमकती हुई धूल के बाद घुप्प अँधेरा-सा प्रतीत होता था। धूप छाँव के

इस मिश्रण से आँखें भ्रमित हो रही थीं और गड्ढे के अन्दर देखने पर कुछ-कुछ वैसा ही लग रहा था जैसे तेज रोशनी से अचानक एक अँधेरे कमरे में आने के बाद होता है। आँखों को नीचे देर तक टिकाकर देखने के बाद ही कोई चीज हिलती नजर आती थी। थोड़ी देर बाद आँखें उस गड्ढे की अभ्यस्त हो जाती थीं और फिर बहुत साफ तो नहीं, पर हलका-हलका नीचे दिखने लगता था। गाँववालों ने बाग में रखी छोटी-सी खाट गड्ढे के मुँह पर उलटी करके गड्ढे का मुँह ढँक दिया जिससे तेन्दुए के निकलने की रही सही सम्भावना तो खत्म ही हो गई और इससे एक यह भी फायदा हुआ कि किसी मनुष्य के बोरवेल में गिर जाने की भी शंका समाप्त हो गई। बोरवेल का मुँह बिलकुल जमीन की सतह पर था और जिस कोलाहल और उत्सुकता के साथ गाँववाले तेन्दुए को देखने की होड़ में थे उससे यह ख़तरा जरूर बन रहा था कि कोई दर्शक सीधे तेन्दुए के ऊपर ही न जा गिरे।

तेन्दुए के हमला करने और हमला करने के बाद बोरवेल में गिरने की खबर आग की तरह फैली और देखते-ही-देखते मौके पर वन विभाग की टीम और पुलिस दोनों पहुँच गई। वन विभाग के अधिकारियों और कर्मचारियों को तेन्दुए की सूचना पाकर बिलकुल आश्चर्य नहीं हुआ। उन्हें आश्चर्य थोड़ा बहुत जो हुआ वह तेन्दुए को गहरे बोरवेल में देखकर हुआ। वन विभाग के सामने सबसे बड़ी समस्या यह थी कि इस प्रकार गहरे बोरवेल में गिरे तेन्दुए को बाहर सुरक्षित किस प्रकार निकाला जाए ? पुलिस, भीड़ को नियन्त्रित करने का प्रयास करने लगी। अधिकारी और कर्मचारी अन्दर-ही-अन्दर कहीं खुद ही रोमांचित थे, और आगे क्या होगा ? का प्रश्न चिह्न उनके आगे तैर रहा था। लखनऊ मुख्यालय खबर भिजवाई गई। दिनांक 21.05.2006 को डी.एफ.ओ. मुकेश कुमार का फोन मेरे मोबाइल पर आया और उन्होंने सन्देश दिया कि मलीहाबाद क्षेत्र में एक तेन्दुआ कुएँ में गिर गया है, उसको निकालने चलना है। जल्दी से तैयार हो जाएँ। वह लखनऊ चिड़ियाघर पहुँच रहे हैं। सुबह-सुबह का समय था मैं चाय पीकर अखबार यूँ ही उलट-पुलट रहा था। मैंने कहा मैं तैयार हूँ, आप पहुँचे। हम लोग 9.00 बजते-बजते एक डी.सी.एम. ट्रक में पिंजरा लिए हुए डी.एफ.ओ. साहब की जिप्सी में मलीहाबाद की तरफ निकल गए। टीम में मुकेश कुमार और मेरे अलावा कमाल शेख तथा मो. आरिफ थे। कमाल का जिक्र तो आप लोग शायद सभी कहानियों में पढ़ ही चुके हैं।

सुबह दस, सवा दस बजते-बजते हम लोग आम के उस बाग़ के किनारे पहुँच गए जिसे गाँव के लोग सूबेदार का बाग़ कहते थे। मैं सोच रहा था कि

तेन्दुआ पाए जाने के बाद लोग कहीं इस बाग को लोग 'गुलदार का बाग़' न कहने लगें। तेन्दुए को गुलदार भी कहते हैं।

जैसा तेन्दुआ होने के स्थान पर होता है, गाँववाले बाग़ और बोरवेल को घेरे खड़े थे। उमस और गर्मी अपने पूरे रंग पर थी। लोगों के आने-जाने से उड़ती धूल से पूरा बाग़ धूलधूसरित था। गड्ढे के किनारे एस.डी.ओ. वी.वी. श्रीवास्तव, और एम.पी.सिंह, रेंज आफिसर रामेश्वर तिवारी, बी.एन.सिंह और आनन्द कुमार मिश्र अपने स्टाफ के साथ वहाँ मौजूद थे। बाँस की दो सीढ़ियों के प्रबन्ध के लिए इन लोगों को फोन पर बताया गया था। वहाँ वह सीढ़ियाँ भी मौजूद थीं। बाक़ी सामान हम लोग अपने साथ लेकर आए थे। पिंजरा, जाल, रस्से तथा बेहोश करनेवाली रायफल और डार्ट सिरिंज।

गड्ढे के अन्दर झाँककर पहले तेन्दुए की स्थिति और स्वास्थ्य को देखा गया। यह एक नर, वयस्क तेन्दुआ था और बेहद घबराया और परेशान था।

मैंने दो डार्ट सिरिंज तैयार की। इधर बाक़ी लोगों ने सीढ़ियों को आपस में बाँधकर इतना लम्बाकर लिया कि वह बोरवेल की तली तक पहुँच जाए। बिना समय गँवांये हुए बोरवेल में झाँककर मैंने तेन्दुए पर निशाना लगाने की कोशिश की, पर अँधेरे और धूल के कारण अन्दर बहुत स्पष्ट नहीं दिख रहा था। काफी देर बोरवेल के अन्दर झाँकने पर मुझे तेन्दुआ कुछ-कुछ नज़र आने लगा। इधर, भीड़ को वन विभाग के अधिकारी और कर्मचारी पुलिस के सहयोग से बोरवेल से दूर कर रहे थे। लोगों का उत्साह और कौतूहल अपने चरम पर था। वहाँ बच्चे से लेकर वृद्ध तक आ पहुँचे थे और कोशिश में थे कि ऐसी घटना अपनी आँखों से देख लें। वह जानते थे कि ऐसा मौका शायद उनके जीवन में दोबारा न आए। ठीक 11.20 बजे मैंने तेन्दुए के पिछले भाग का निशाना लेकर फायर कर दिया। तेन्दुआ उछला और फिर बैठ गया। मैं धूल और अँधेरे के कारण यह ठीक से समझ नहीं पाया कि डार्ट सिरिंज उसको लगी है या नहीं। सब लोग बोरवेल के पास से हट गए और करीब 10 मिनट बाद दोबारा झाँककर देखा गया तो तेन्दुआ पहले की अपेक्षा शान्त था पर अभी भी वह अपना सिर इधर-उधरकर रहा था। पाँच मिनट बाद उसका सिर हिलाना भी बन्द हो गया। डी.एफ.ओ. मुकेश कुमार और अन्य लोगों द्वारा भी लगातार तेन्दुए पर निगाह रखी जा रही थी। लम्बे जाल को खींचकर सीधा किया गया। पेंड़ से गिरे कच्चे आमों को धीरे से तेन्दुए के ऊपर उछाला गया। छोटे-छोटे आम उसके शरीर से टकराकर इधर-उधर गिर रहे थे पर उसके शरीर में कोई हरकत नहीं हो रही थी। सूरज थोड़ा और ऊपर उठ गया था और गर्मी पहले से बढ़ गई थी।

कुछ देर बाद तेन्दुआ लगभग निष्क्रिय हो गया था पर इतनी गहराई और अँधेरे में तेन्दुए को ठीक तरह से जाँच पाना कठिन था। फिर भी पूर्व के अनुभवों के आधार पर और तेन्दुए की स्थिति को देखते हुए बोरवेल के अन्दर सीढ़ी उतार दी गई। सीढ़ी को भली प्रकार मजबूती से लगाकर, जाल और रस्सियों को तैयार कर लिया गया। ऊपर गड्ढे के चारों ओर केवल काम कर रहे लोगों का जमावड़ा था।

अफ़रातफ़री के बावजूद एक व्यवस्था सी स्थापित थी, सबको अपना कार्य मालूम था। पिंजरा नीले रंग के स्वराज माज़दा पर लदा था। थोड़ी देर बाद मुकेश कुमार डी.एफ.ओ. और मेरे द्वारा यह निर्णय लिया गया कि अब किसी कर्मचारी को बोरवेल के गड्ढे में उतारा जाए जिससे वह तेन्दुए को जाल में लपेटकर बाँध दे ताकि तेन्दुए को ऊपर निकाला जा सके। गड्ढा इतना सँकरा था कि गड्ढे के अन्दर एक ही आदमी को उतारा जा सकता था।

इसके लिए मेरी और मुकेश कुमार की निगाहों में कमाल शेख से बेहतर और कोई आदमी नहीं था। काम जोखिम भरा था, 20-25 फीट गहराई में नीचे जाकर बेहोश पड़े जंगली तेन्दुए को जाल में लपेटकर बाँधना था। नीचे हवा की कमी और भयंकर गर्मी थी। जैसे ही कमाल से नीचे उतरने को कहा गया, कमाल सहर्ष तैयार हो गया। देखते-ही-देखते, ऊपर के लोगों की हिदायतें सुनते वह नीचे उतर गया। मैं भी अन्य लोगों की भाँति कमाल को ज़रूरी सलाहें दे रहा था। मन मेरा था कि मैं भी नीचे उतर जाऊँ पर दो आदमियों का एक साथ नीचे जाना सम्भव नहीं था। कमाल सीढ़ी के सबसे निचले डंडे पर पहुँच गया और अपने साथ ले जाई गई लोहे की सरिया से तेन्दुए को हिलाकर देखा। तेन्दुआ पूरी तरह बेहोश था। खुला हुआ लम्बा जाल नीचे लटकाया गया और उसका एक छोर ऊपर से रस्सियों द्वारा बाँधकर पकड़ लिया गया। नीचे बोरवेल की तलहटी में तेन्दुआ, कमाल और लटकता हुआ जाल था। कमाल ने नीचे उतर कर तेन्दुए को जाल में लपेटने की पूरी कोशिश की पर इतनी सँकरी जगह में इतने भारी, बेहोश जानवर को उठाकर उसे जाल में लपेटना कठिन कार्य था। दूसरे व्यक्ति द्वारा नीचे जाकर कमाल की सहायता करने की स्थिति भी नहीं थी। कमाल पसीने और घुटन में अपनी पूरी क्षमता से काम करने की कोशिश कर रहा था पर तेन्दुए को पूरी तरह से उठाकर उसके नीचे जाल नहीं लगा पा रहा था। इधर समय धीरे-धीरे बीतता जा रहा था। आपको यह बता दूँ कि किसी भी जानवर को जब बेहोश किया जाता है तब उसके बेहोशी में रहने की एक निश्चित अवधि होती है। उसके बाद वह धीरे-धीरे होश में आ जाता है। मेरी

निग़ाहें घड़ी पर थीं। इधर तेन्दुआ जाल में नहीं लिपट पा रहा था। लगभग 40 मिनट की मशक्कत के बाद कमाल ने नीचे से कहा कि साहब मुझे घुटन महसूस हो रही है, मैं ऊपर आऊँगा। तुरन्त ही कमाल को ऊपर बुला लिया गया। जैसे ही कमाल ने कहा कि घुटन महसूस हो रही है, मुझे तेन्दुए का खयाल आया कि नीचे घुटन है और पर्याप्त हवा नहीं है। दूसरे, इस मई की गर्मी में जबकि तेन्दुआ बेहोश भी है, स्थिति हाथ से निकल भी सकती है और तेन्दुए की मृत्यु भी हो सकती है।

कमाल जब ऊपर आया तो पसीने से लथपथ हाँफ रहा था। उसको पानी पिलाया गया। थोड़ी देर सुस्ताने के बाद कमाल फिर नीचे जाने लगा, मैंने कमाल को कहा कि कमाल समय ज्यादा हो गया है अगर तेन्दुआ जाल में नहीं लिपट पाता है तो उसकी टांग ही रस्सियों में मजबूती से बाँध देना। तेन्दुए के होश में आने पर, इतनी गर्मी और घुटन में दोबारा बेहोशी की दवा देना मैं ठीक नहीं समझता हूँ। इतनी घुटन और गर्मी में देर होने से और ताजी हवा न मिलने से तेन्दुआ मर भी सकता है। कमाल फिर नीचे गया और जाल में जितना तेन्दुआ लपेटा जा सकता था, लपेट दिया और उसके पिछले पैरों को भी उसने रस्सियों से इतनी मजबूती से बाँध दिया कि उसको ऊपर खींचते समय बीच रास्ते में तेन्दुआ जाल से निकल भी जाए तो बोरवेल में दोबारा न गिरे।

कमाल ने दूसरी बार उतरने के बाद बेहद फुर्ती से काम किया और तेन्दुए को जाल में जितना सम्भव था उतना लपेट दिया और उसके पिछले पैरों को रस्सियों से बाँध दिया। कमाल के गड्ढे से बाहर आते ही तेन्दुए को जाल समेत ऊपर खींचा जाने लगा। ऊपर खींचते समय तेन्दुए के पिछले पैर ऊपर की ओर, मुँह नीचे की तरफ था। बीच रास्ते में तेन्दुए का शरीर धीरे-धीरे जाल से निकलता जा रहा था और ऊपर बोरवेल के मुहाने पर पहुँचते-पहुँचते जाल लगभग तेन्दुए के शरीर से अलग हो गया पर उसके पिछले पैर मजबूती से रस्सियों से बाँधे थे जिसकी वजह से वह बोरवेल में नहीं गिरने पाया। तेन्दुए के ऊपर आते ही उसको दोबारा जाल में लपेटा गया परन्तु इस समय तेन्दुआ होश में लौट रहा था और गर्दन और आँखें इधर-उधर घुमा रहा था। लोगों को डराने भर को उसने आवाज़ भी की। जल्दी से उसे जाल में लपेटा गया और जाल समेत ही ट्रक में रखे पिंजरे के अन्दर कर दिया गया। लोगों में हर्ष की लहर दौड़ गई। मैंने जल्दी से तेन्दुए को आवश्यक दवाएँ दीं क्योंकि गर्मी काफी तेज हो गई थी और तेन्दुआ इतनी देर कम हवावाली जगह में भी रहा था।

जाल को तेन्दुए के शरीर से अलग कर पिंजरे से बाहर खींच लिया गया। उसके पैरों को भी खोल दिया गया और दोपहर होते-होते ट्रक समेत तेन्दुआ लखनऊ चिड़ियाघर की ओर चल पड़ा। तेन्दुआ ट्रक के पिछले भाग में रखे पिंजरे में पिछली तरफ मुँह करके बैठ गया और बाहर की शहरी दुनिया को पहली बार देखने लगा। वह पूरी तरह से होश में आ चुका था। पर अभी परिस्थितियों को न समझ पा रहा था और न ही वह उनसे सामंजस्य बैठा पा रहा था। मैं और मुकेश कुमार गाड़ी में बैठे ट्रक के पीछे-पीछे एक कार में चल रहे थे। मुकेश कुमार फोन पर उच्चाधिकारियों को इस सफलता की सूचना दे रहे थे। मैं खिड़की से बाहर देखता हुआ सोच रहा था कि पकड़ा गया तेन्दुआ कितने साल का होगा, और चिड़ियाघर में रखा कहाँ जाएगा?